U0729120

MCL 主编：褚潇白
中世纪经典文学译丛

金色傳奇

中世纪圣徒文学精选

褚潇白 成功 编译

浙江大学出版社
ZHEJIANG UNIVERSITY PRESS

本丛书出版承郑明君先生慷慨资助，谨致谢忱。

关于“神圣”的变形记

——解读中世纪流行故事集《金色传奇》

（代译者序）

《金色传奇》是除《圣经》之外在中世纪欧洲流传最广的作品。从手稿数量来看，这本圣徒传奇作品至今还留存有几千种手稿，数量之巨甚至超过了当时的大学教科书。[①] 它最初由拉丁文写成，很快就被翻译为欧洲各种方言，其中包括法语、英语、荷兰语、低地德语、高地德语、阿尔萨斯语、普罗旺斯语，加泰罗尼亚语、意大利语、捷克语和波兰语，等等。

此著不仅流传广泛，而且影响甚巨。欧洲中世纪后期及文艺复兴时期的文学、绘画和雕塑，一旦涉及圣徒形象，其象征符号肯定取自《金色传奇》。它当之无愧地是欧洲圣徒文化的经典之作，甚至成为欧洲中世纪晚期文化中最核心的部分。翻开乔叟的《坎特伯雷故事》，你会发现其中“第二位女尼的故事”几乎就直接取自《金色传奇》里圣切奇利亚的故事，威廉·朗格兰（William Langland）的《农夫皮尔斯》里也提到过这些传奇。

《金色传奇》在 1259—1266 年之间以拉丁文写就，总共一百八十二章，[②]是按照天主教一年的节期来写的，其中一百四十九章写的是

---

① Adviad Kleinberg, *Flesh Made Word, Saints' Stories and the Western Imagination*, Trans, Jane Marie Todd, Cambridge, Massachusetts: The Belknap Press of Harvard University Press, 2008, p. 239.

② 也有些版本是一百七十七章。

圣徒传奇，而其余三十三章讲耶稣、马利亚、教会节日和礼仪周期等内容。这些传奇中有大约一百二十个故事是写早期基督教会的圣徒，也就是在公元一世纪到四世纪左右生活的圣徒，还有四十个故事是写公元五世纪到七世纪的圣徒。另外尚有六位“新”圣徒也荣列其中，他们是：伯尔纳德（Bernard of Clairvaus）、托马斯·贝克特（Thomas Becket）、方济各（Francis of Assisi）、多明我（Dominic）、殉道者彼得（Peter Martyr）和图林根的伊丽莎白（Elizabeth of Thuringia）。由于《金色传奇》所记载最晚近的一个神迹发生于1259年，所以这本书不可能早于这个年代完成。现存最早的手抄本（慕尼黑clm16109）显示的抄写日期是1265年，其次便是1273年的梅斯MS1147手抄本。①

艺术史学者埃米尔·马勒在其著作《哥特式图像》中特别分析了《金色传奇》在整个基督教世界迅速闻名的原因，认为是其“收录了一些在当时的礼拜仪式书中没有的珍贵故事，使城堡中的男爵、商店中的商人都能随意欣赏那些美丽的故事”②。然而，这些让中世纪普通读者能够随意欣赏的美丽故事，对当代读者而言却未必会产生美感。不仅如此，《金色传奇》里那种将内心战斗物质化、肉身化的呈现方式，那种近乎疯狂的殉道情结，那种义人终将获得神奇力量的叙述程式都显得幼稚而愚蠢，对多数现代读者而言，它们至少是稀奇古怪而不可理喻的。如何理解这些曾经风靡了上百年的流行故事？与所有来自民间并流传于民间的作品一样，《金色传奇》是一个特殊时代的产物。唯有在通往那个时代的精神之旅中，方能感受到这部作品的

---

① Richard Hamer, Introduction, Jacobus de Voragine, *The Golden Legend*, trans. Christopher Stace, London: Penguin Books, 1998, XI.

② 埃米尔·马勒：《哥特式图像：13世纪的法兰西宗教艺术》，严善錞、梅娜芳译，杭州：中国美术学院出版社，2008年，第322页。

历史氛围、情感模式和话语指向。而在此精神路途中，“神圣”一词乃是开启此理解和感受之门的钥匙，因为，《金色传奇》这部圣徒传奇本身就是讲述“何为‘神圣’”、“何至‘神圣’”，以及“‘神圣者’何为”的传奇故事集。

一　何为“神圣”

圣徒传奇是关于“神圣者”的传奇故事。何为“神圣”？“神圣”，意味着分离和划界。在拉丁文中，sacer 和 sanctus 就是指将某物从日常领域中挪移出来，使之变得不可触碰。一旦一样东西被神圣化，它就从自己原先的种类中被划分了出来。“神圣”内蕴着“不同寻常”的含义，意味着与世俗世界的不同，而且，对日常生活的惯常性而言，这种“不同寻常”有着不稳定的特点。

在《金色传奇》里，圣徒们的神圣性体现在各种“不同寻常”中，也即与日常生活之惯常性的距离感中。其中，圣徒们对财富、童贞和殉道的态度及相应采取的行动是他们形成并保持这种距离感的三个重要主题。

首先是财富。在《金色传奇》中，圣徒们无一例外地追求“神圣的贫穷”。施舍者约翰秉持着“施舍起自怜悯”的信念，不仅把所有东西给了穷人，还称穷人为“我的主人”；原本富庶的圣亚历克西斯散尽所携家财，穿上破衣烂衫，形同乞丐，连乞讨得来的施舍都仅取绝对必要的部分留给自己，剩下的全部送给其他穷人；身为公主后来又成为王后的伊丽莎白虽享有最高贵的血统和难以计数的财富，但她一心冀求的却莫过于贫穷之德，并一生克己奉行，以至百姓都尊称她为“穷人之母”。在《金色传奇》里，矢志追求“贫德”这方面最引人注目的当属阿西西的圣方济各：他非常热爱自己和别人的贫穷，称此为“贫穷女士”。当见到有人比他更贫穷时，他竟心生嫉妒，担心自己被别人胜过。甚至,有一次,“方济各坐在桌边聆听修士诵经,正念到童贞马利亚和基督善守贫德之事,方济各忽然从座上站起,哭得泣不成声。泪雨滂沱中,他卧倒在地,将先前落在地上的面包屑吃得精光”——因为浪费了地上的面包屑而哭得泣不成声。方济各的行为举止似乎古怪得有点儿歇斯底里。事实上,追求“神贫”,将贫穷视为蒙上帝恩典的最高德性之一,是中世纪基督教传统中最重要的组成部分。可以说,这种有关财富的态度在基督教诞生之初便已形成,后经过阿塔那修(Athanasius,298—373)的《圣安东尼传》成为中世纪早期和整个中世纪的生活要素,也成为抵抗罗马奢侈生活的解毒剂。之后,“神贫”在奥古斯丁的《忏悔录》第八、第九卷中得到进一步阐发。

除了“神贫”,圣徒们也追求“神圣的童贞”。肉体的欲望是成圣途中的障碍,因为“身体在整个灵性系统中是非常重要的角色。身体的纯洁无染是灵魂洁净的必要条件”①。在圣依拉利的故事中,当依拉利的女儿阿皮亚想要结婚时,作为父亲的依拉利告诉女儿守贞的价值,并奉劝她将自己献给上帝。阿皮亚同意了,但依拉利依然担心女儿会因为信心软弱而再度萌生出嫁的念头。于是,他恳切祷告,请求上帝允纳阿皮亚的奉献并让她早日回到天国。女儿阿皮亚果然与世长辞,而这位失去女儿的圣人依拉利竟然如愿以偿地亲手埋葬她!这样的故事在现代读者看来是多么不合人情!在《金色传奇》中,类似方济各和依拉利的此种“不合人情”的故事不胜枚举。我们看到,《金色传奇》里的所有圣女都将“童贞”看得无比重要,她们中的多数选择不婚不嫁,即便在万不得已必须嫁人的时候,也尽可能地坚守贞

---

① Adviad Kleinberg, *Flesh Made Word, Saints' Stories and the Western Imagination*, p. 273.

洁。比如，圣切奇利亚在婚礼当天，在她的织金外袍里贴肉穿上了苦衣，并通过天使异象劝服丈夫皈依基督，两人一起度过婚后的童贞生活；乌尔苏拉公主对求婚者百般刁难，最后不仅成功逃婚，还赢得了殉道冠冕；同样身为公主的圣伊丽莎白在度过了她童真无玷、洁身自好的少女时光后，虽然被迫嫁人，但《金色传奇》强调说，“她这么做当然是遵循其父的旨意，但是，结果她却在基督里大获丰收。因其谨守信仰、躬行十诫，她得到了上帝的奖赏。虽然违背己愿，伊丽莎白同意与丈夫同房。她之所以这么做，并不是为了满足任何肉体的需要，而是出于对父亲的尊重以及为了养育那些虔诚侍主的孩子。因此，即便她受婚姻之床榻的法律束缚，但她绝未成为肉体欢愉的奴隶”。圣阿加塔、圣朱利娅娜和圣阿涅塞等众多貌美如花的童贞女在受到统治者的觊觎、诱逼乃至严刑逼嫁后，都以超群的智慧、勇气和坚忍反抗暴君的淫欲。值得一提的是，《金色传奇》并未视童贞为女性的专利，远离性行为这一要求同样作用于男性，特别是处于隐修时期的圣人们。他们常常受到魔鬼的诱惑，这种诱惑和反抗诱惑的故事在《金色传奇》中也屡见不鲜，比如圣本笃在修道时所遇到的性诱惑以及他的抵挡之道：正当他被诱惑到难以自持之际，忽然“在瞬间恢复了自我意识”，于是，“他扯下身上的衣服，赤身在荆棘灌木丛中翻滚不已，直至浑身上下伤痕累累。通过此种方式，他将灵魂之罪孽从肉身之伤口驱逐而出”。即便在婚姻关系中，我们也时常会读到，“在有了初次欢爱的果实后，夫妻自愿选择过虔敬纯洁的生活”云云。

除了“神贫”和童贞之外，圣徒们还竭尽全力地主动追求受难，效法耶稣基督为上帝殉道。《圣经》上记载着耶稣基督的话：“得着生命的，将要失丧生命；为我失丧生命的，将要得着生命。”[①]正是这种特

① 《马太福音》(10:39)。本书所引《圣经》原文，均以中文和合本为准。

异的表述使世界的常规性发生了逆转,以至于得到不同于这个世界之生命的另一种生命成了信仰见证者的最高追求。殉道是见证信仰的表现,希腊文的见证者就是殉道者(martyr)。那些为基督教信仰捐躯的所谓"殉道者",也就是见证了基督教真理的人。《圣经》记载的第一位基督教殉道者是一个叫司提反的希腊犹太人:在耶稣被钉死在十字架上两年之后,他因谴责当权者治死耶稣,而且还公然宣称自己看见天开了,耶稣坐在上帝右手边而被拖出城外,遭乱石砸死。[①] 和这位教会初代殉道者一样,《金色传奇》中的许多信徒都争先恐后地争取这种殉道机会,正如我们在圣塞巴斯蒂安的故事中看到的:"尼古斯特拉斯的妻子萨亚被异教徒抓住,酷刑折磨之后,她终于殉道了。特兰奎利诺听到这个消息后,大声疾呼道:'女人们已经赶在我们之前赢得冠冕了!我们还能苟活于世吗?'没过几天,他就被石头砸死,也光荣殉道。"

在中世纪后期的文学中,圣徒的存在形象常被调侃地称为"纯洁的傻子"。因为,在凡夫俗子眼中,舍弃财产、坚守童贞以及主动受难等,都是傻子所为。而正是这奇特的"纯洁之傻"表达出与世界的距离,即首先在"情感"上保持与俗世的距离。在"情感"上保持与俗世的距离才是真正的"纯洁的傻子",也是灵性的家园所在。灵性之为灵性在于它成为一种情感,它是坚定不移地与世界保持距离的尺度。也正是因为与世界之距离的存在,构成了对日常经验和秩序的彻底颠覆。《金色传奇》展现了一个颠覆了日常经验和秩序的非同寻常的世界:贫穷者并不贫穷,真正的贫穷者是那些占据财富、肆意挥霍、心无怜悯的人;被抓进妓院的姑娘并不淫邪,即便浑身赤露也有天国的荣耀环绕其身,她们甚至能使这些不洁的场所变得干净馨香;被判处

① 《使徒行传》(7)。

各种残酷极刑的罪犯其实无罪，而内心充满无止境欲望的审判者才是真正的罪犯。

与世界在情感上的距离成为这些神圣者的存在形象。这种因与世界的距离而产生的存在形象不仅抹去了惯常的界限，而且生发出能够支配世界并且令世界“变形”的权柄和力量。中世纪的传奇文学不断显示出世界在灵性面前的“变形”，而《金色传奇》则是各种关于世界的“变形记”的集大成者。

如果说世界的真实是一种形式，那么这些“变形记”中的形象则是真实的另外一种形式，即是“善”要突破其为“恶”所遮盖的形式。在生活中，“善”总是以某种有限性来展示其存在的状况，也就是说，“善”不能够充分地展现其自身。然而，在圣徒传奇中，“善”也以自身展示其真实性。由于这样的真实性无法以生活的实际表达，因此，在展示其自身时，其形象总是显得“古怪”。例如，那些出身高贵并家财万贯的圣徒几乎个个变卖了自己的所有产业，用以施舍给穷人，甚至连公主和王后都自甘贫苦并乐此不疲。圣伊丽莎白是一国之母，她矢志不移地追求自己的灵性抱负，对“上帝的热忱奉献和谦卑恭顺，对自己的克己功夫和极度苦行，以及对穷人的慷慨无私和矜怜悲悯”都令读者发问:这样的意愿和行为可能是真实的吗？伊丽莎白甚至还劝说丈夫去耶路撒冷，而当这位为信仰而战斗的王子终于战死沙场的时候，深爱其夫而如今已成寡妇的伊丽莎白闻讯后竟然欢喜雀跃，因为丈夫终于“成就了善功，荣膺殉道宝冠”。圣方济各则拥有更多令人感到匪夷所思的事迹，比如:“与别人对他的称颂相比，方济各反而更乐意听到对他的辱骂。当人们高声颂扬他是位伟大的圣徒时，他再三请求一位修士弟兄在他面前不断辱骂他。”这样的意愿和行为可能是真实的吗？所有这些稀奇古怪的言行听起来都几近于伪。然而，如果从“善”的不受限制的真实性看，在“善”以不受限制的形式展示的时候,这样的形象可能更接近于“善”本身,因为“善”是不受遮掩和伤害的。用世界的寻常性去理解“善”的不受限制,会使“善”变得稀奇古怪。

不仅如此,在《金色传奇》中,似乎唯有灵性的眼睛才能分辨善恶,只有灵性的力量方能使“恶”现出原形,才终得以弃恶扬善,而祈祷则是实现这种灵性能力的途径。我们能无数次地从《金色传奇》中读到,某某圣人能看到平常人看不到的恶魔。比如,在圣尼古拉的故事中,魔鬼化身为修女让一群海上的朝圣者将石油带给尼古拉,企图使圣殿毁于一旦。文本在此处形成了鲜明的对比:朝圣者和“诚实的灵魂”,前者不能够分辨这修女是魔鬼的化身,而“诚实的灵魂”则能够分辨。“诚实的灵魂”以灵性为生活的食粮,所以他们能够分辨出假冒伪善的恶者,而这个世界的大多数人却依然生活在混淆迷乱之中,无法分辨真正的善恶。神圣者拥有灵性力量,这就意味着他们能够分辨所谓的“礼物”之“善”是否是“真善”,因为,“恶”常不以“恶”的身份出现,它常把它自身示为“善”。但是,灵性是能够分辨二者的:“忽然,朝圣者们看见另一条船上坐满了诚实的灵魂,其中有一位很像圣尼古拉,他开口说道:‘诸位哪!那位妇人刚才向你们说了什么?又把什么东西交给了你们?’在朝圣者们说明了来龙去脉后,那人说:‘这是无耻女神狄安娜!快把油扔入海中,马上就能得到验证!’他们照做了。果然,海水中顿时燃起熊熊火舌。”

我们知道,在希腊传统中,能够分辨善恶的是理性,因为理性高于欲望和激情。而在中世纪传统中,灵性替代了理性,成为善恶的分辨者。那些面向上帝祈祷且总在祈祷中寻求上帝之回应的人,至少已经行在灵性之途。灵性之途总与世界保持着距离,并对世界产生支配力,令界限混淆,让世界变形,也是使得普通人成为神圣者的必经之途。一个人肉体死亡的时候,他可以继续在灵性中活着;活着的人却很可能仅仅是一具行尸走肉。《金色传奇》中的圣亚历克西斯等人都是这种典型的“活死人”，他们的存在形象本身就令世界变形，因为他们与世界相区别。他们活着的时候因追求灵性贞洁而在世人看来仿佛“死人”，而最后死去的时候，他们曾经所处的整个属世生活才重回正常秩序。

神圣者非同寻常，他们一生追寻灵性生活，又因此获得灵性的权柄，令世界为之变形。从这个意义上来看，《金色传奇》中的每个故事似乎都在回应《约翰福音》中的那句话——“叫人活着的乃是灵，肉体是无益的。”①

二 关于“神圣”的文学修辞

《金色传奇》中的主角是那些与日常生活分离、与世界划界并保持距离而走在灵性之途上的基督教信仰者们。该传奇文学的一大特点就是运用独特的文学修辞方式来呈现“何为‘神圣’”，即圣徒们与世界的距离并由此而产生的权柄。在具体的文学表述中，距离感可以由空间感来表达，也可由时间感来呈现，还可以通过不同文化记忆之间的杂糅并置构成。《金色传奇》正是运用旅程与梦境的空间调度、以“笑”为载体的时间终末意识和文化记忆的蒙太奇切换这三个修辞手法来拉开文本中的“神圣者”与“世界”之间的距离。

1. 旅程与梦境的空间调度

旅行意味着离开生活原初的那个现场。生活在别处，至少需要与曾经发生过的那个现场告别，才能将此刻的存在与曾经的世界拉开距离。因为大隐隐于市的灵性决绝很难通过传奇文学的文字来表

---

① 《约翰福音》(6:63)。

现,传奇文学通常采用更直接的视觉化修辞来呈现距离感。旅程的空间展开就是其一。

在抹大拉的马利亚的故事中,三段旅程将故事分割成了三个独立的叙事单元,也使得生活的场景和意义得到三次切换。第一个单元讲耶稣离世之后,抹大拉的马利亚和其他基督徒在海上漂浮多日后来到马赛,并遇到当地的王子。第二单元叙述马利亚与王子及其王妃分别,因为后者要寻找使徒,所以开始了海上旅程,而海上风暴带来情节的突变:王妃意外难产而死,王子将妻儿留于海岛,独自继续旅程。在第三单元里,王子在回马赛的旅程中来到海岛,发现妻儿都未死去,三人一起回归,与马利亚相见。第三单元再次通过海上旅程完成了第二单元中未完结的故事,并使整个故事得到升华。这三段海上旅程形成了三个循环,每个循环在趋于闭合的时候都再置了先前的空间,并在这种再置过程中使原先空间所处的那个世界发生了特殊的变形。世界的变形使故事充满了奇异性:其中曾经好吃懒做者成了辛勤的布道人,已经死亡者实际上依然活着,偶像崇拜者成了基督徒,丧失变成了收获。旅程的起始与闭合处显露出事态的两极,通过旅程的过渡、空间的切换达成两极的倒置。其中,最显著的倒置莫过于"生"和"死"的两极逆转。王妃难产后死亡,但在独留海岛期间却受天粮滋养而成为"活死人";而抹大拉的马利亚在隐修的时候也成了个不用吃喝的"活死人"。她们在这个世上死去,却仍然在基督里活着;她们看起来不吃不喝,却被天国的粮食更完美地滋养着。与世界的距离在此表露无遗,一个接一个的循环旅程似乎抹去了一切界限。我们看到,这个故事文本中的女主角抹大拉的马利亚本人既是罪人又是圣徒,既是活着的又是死去的,一切都在表象的脆弱性中宣告着一个可见世界的不可信和另一个灵性国度的无上权柄。

《金色传奇》中的另一位马利亚，也就是埃及的马利亚也有着类似的生活经历和由旅程所带来的传奇故事。文本记载说，这位埃及的马利亚 12 岁时来到亚历山大里亚并在那里做了整整 17 年娼妓。有一天，一些当地人要启程去耶路撒冷敬拜神圣的十字架，马利亚随同前往圣地。然而，身为罪人的她却无论如何不能迈步进入教堂。因为，作为一个神圣的地方，教堂是与世俗世界分离的空间，这个空间向罪人马利亚关闭。进入神圣空间的条件很明确：离开罪，离开原初置身的那个属于“恶”的空间。当她终于通过悔罪进入教堂并在那里崇拜圣十字架的时候，她听到有个声音说：“如果你渡过约旦河，就能获得拯救。”由是，她开始了第二单元的旅程，即渡过约旦河后的隐修旅程。和抹大拉的马利亚一样，在第二个循环中，她也开始了不吃不喝的“活死人”旅程。

除了这两位马利亚，《金色传奇》中尚有大量类似的“旅程”叙事模式。比如，圣亚历克西斯在婚礼当晚不辞而别，悄悄扬帆远航，先到了老底嘉，然后又去了叙利亚。在这个旅程单元中，主人公从富人之子自愿沦为街头乞丐，从活着的儿子和丈夫的角色中退出，成为已然离去的、失丧的无身份者。17 年后他又回到罗马，在没有被家人认出自己的情况下，成了亲生父母家中的乞食者。这第二个旅程单元使同一空间的内涵发生了彻底的变化。圣亚历克西斯离家出走前的那个家的空间和他回归后的那个家的空间看似同为一个空间，但由于归家后的主人公处于匿名状态，所以他依然远离自己在原初空间中所有的身份和因身份而规定的整个世界格局。也就是，他对于家庭空间中的每个成员来说都是个“死人”，或者“活死人”。直到又一个 17 年之后，他的肉体死亡才使真相大白，而这死亡本身却再次使得他的身份和原来的世界复活了。

圣尤斯塔修斯和圣克雷孟的故事也同属于这个叙事模式。前者和家人在逃亡路上遇到了大海，妻子被抢，两个孩子在渡河过程中又遭遇意外，但故事在第二个旅程循环中得到死而复生式的升华。后者的母亲马西迪亚娜带着两个孩子远航，船触礁沉没，她和孩子们被海水冲散，这位母亲一直以为孩子们早已命丧大海，但彼得和克雷孟后来在岛上遇到了她，海上旅程再次打开了通往新天地的可能性。

除了旅程模式之外，圣徒传奇文学对距离感的另一种视觉性呈现为梦境的空间移入。"梦"是一种空间的形式，是不同于世界的空间形式。"梦"使得不可见的灵性被作为一种特殊的空间形式进入世界的空间中。也就是说，"梦"成了灵性在世界中的特殊空间形式的显现。《金色传奇》中充满了形形色色的梦境，比如：圣多明我故事中的教宗梦见拉特兰大教堂即将倾颓之际，圣多明我从远处跑来，用肩膀顶住了这个庞然大物。经由此梦提醒，醒来后的教宗欣然答应圣多明我之前的请求。神学大师梦见七颗星星，原来就是即将前往听他讲课的圣多明我和另外六位修士。圣本笃在修士们的梦境中亲临修道院施工现场。抹大拉的马利亚多次在梦境中提醒王子和王妃。以弗所的七位沉睡者虽未曾在熟睡中做梦，但一觉醒来时已过去百年光阴，世界自身发生了置换……就文本而言，这种梦境空间的移入调度，使一个属于灵性领域的异空间得以在文学叙述中展开，而此空间所握有的权柄，也就顺理成章地影响了文本中人物的心思意念和抉择行动，成为使其世界发生变形的动力空间。

2. 以"笑"为载体的时间终末意识

《金色传奇》使用"旅程叙事"与"梦境移入"这两种空间调度方式来展现与世界的距离感，此外，我们还能看到它以一种夸张的喜剧感，即以"笑"为载体来表达时间的终末意识。圣徒传奇是对生活中的荒谬的嘲笑，是用喜剧表示的对"恶"的蔑视。它具有一种很特别的终末形式，这种终末性用欢笑来表示，用喜剧之眼来作为看的视像。它的终末性是一种特殊的时间形式，是喜剧的时间意识，即欢笑。

殉道者与暴君酷吏之间的对答毫无例外地被置于夸张对比的戏剧舞台。凯瑟琳与马克森提乌斯皇帝、阿加塔与昆蒂亚努斯等的对话都极具现场感和喜剧感。圣徒们的嘴角似乎总挂着一抹睿智的微笑，他们的每一句言辞、每一个行动都显得胜券在握；而暴君酷吏也无一例外的贪婪、凶恶并且愚蠢而气急败坏，虽然大权在握却依然虚弱可笑。二者在戏剧舞台上的表演自然而然地成为一种嘲笑的形式，一种幽默的表达。甚至连对圣徒肉体的折磨也遵循着某种叙述程式，在稀奇古怪中显得充满喜剧感。在一次次的审判过程中，血淋淋的场景因圣徒们嘲讽的欢笑而变得不再骇人。圣女阿加塔说：“如果你让野兽来攻击我，它们一听到基督之名就会变得温驯无比；如果你想烧死我，天使们会从天上降下甘霖，将火焰尽数熄灭；如果你痛打我，无论如何残忍地折磨我，圣灵都会庇佑我，而我也将耻笑你的所有恶行！”审判者就把她绑在刑架上折磨她，这位圣女又说：“在承受这些苦难的时候，我只感到无比快乐，就好似听闻喜讯，也好比旧友重逢，又仿佛得着无价之宝。未经打谷的麦子带着糠皮，这样的麦子怎能入仓？这道理于我也是一样，除非我的肉体经刽子手的鞭打，否则我的灵魂将无法荣膺殉道者的冠冕而进入天堂！”在这个戏剧舞台上，圣徒们处在世界的审判权之下，但对于这种审判权的轻蔑与嘲讽将远离这个世界的时间终末性以欢笑的形式生发出来。审判者昆蒂亚努斯问阿加塔：“既然你是贵族，为何偏偏要选择过奴隶的生活呢？”阿加塔回答说：“基督的奴隶们是最高贵的人。”在这样的对答中，在以欢笑为形式的时间终末性中，读者再一次看到：因与世界的距离而产生的存在形象抹去了日常生活中惯常的界限，而且发展出能够支配世界并且令世界“变形”的权柄和力量。

这种喜剧感不仅出现在圣徒与审判者的戏剧舞台上,《金色传奇》中的每个故事片段几乎都显示出站在世界之外,以喜剧之眼洞察世相的特色。当施舍者约翰把一位富人朋友送给他的贵重被子卖掉后换钱救济穷人时,哪知那位朋友又跑去买回被子送给约翰。他赠送礼物时还幽默地说:“我倒要瞧瞧,我们谁先在这你卖我买的过程中不胜其烦!”就这样,我们的圣人以一种愉快的方式不断收获着这位有钱朋友的财产。神贫的主题在诙谐的戏剧场景中被自然地引向欢笑的终末性,正如施舍者约翰随即而来的告白所言:“劫富济贫者不应有负罪感,因为这是一举两得的善行:穷人能得到生活必需品,而富人则因此而拯救了自己的灵魂。”

《金色传奇》中最让人忍俊不禁的喜剧性出现在圣徒与魔鬼们的遭遇场景中。圣女朱利娅娜识破了恶鬼的伎俩后,后者哀求她说:“朱利娅娜!女主人!别再嘲弄我了,否则我以后就没法将人引入歧途了!基督徒不是应该满怀怜悯吗?但你却对我这般冷酷无情!”魔鬼也同样哭求圣女玛格丽特:“哦,蒙福者玛格丽特,我认输了。如果一个年轻男子打败我,我不会介意,但现今我竟然被一个年轻姑娘打败!更何况,你的父母都是我的盟友,这让我这张老脸往哪儿搁!”这是《金色传奇》使用的文学语法,显示出夸张的喜剧特征。巴赫金曾用“狂欢”的节日感知去描述传奇语言的民间特性,《金色传奇》的文学语法也庶几近之。夸张的欢笑带出善与恶之间强烈的衬托和对比,而这种比衬使得日常生活的秩序在欢笑的终末性中被彻底颠覆。

3. 各种文化记忆的杂糅并置

《金色传奇》不仅运用文学的空间和时间修辞方法来造成神圣者的灵性空间与日常生活空间的距离感,其行文中出现的不同文化记忆的杂糅并置也是这部传奇文学的一大特征，并进一步造成了不合惯常秩序，甚至光怪陆离的表现效果。从诸多圣徒故事中，我们不仅能读到《圣经》传统中的各种故事元素，许多戏剧化情节和内容措置还能让人想起希腊悲剧中的场景以及希腊罗马史诗中的探险精神，更有大量故事体现了民间故事的传统类型。比如：抹大拉的马利亚的故事让人联想到约拿在海中被鱼吞食的《旧约》故事（《约伯记》）。圣乔治传奇中那位即将被巨龙吞食的公主和《旧约》中耶弗他女儿的遭遇类似（《士师记》），而圣乔治本人的传奇故事又不禁让人想起古希腊的珀修斯。使徒马提亚传奇中关于叛徒犹大的杜撰故事几乎是照搬了古希腊俄狄浦斯弑父娶母的情节，并加之以《旧约》中亚哈抢夺拿伯葡萄园的故事（《列王纪上》）。圣克里斯托福则类似于罗马神话中的大力神赫拉克勒斯，圣克里斯托福的毕生愿望是要终身服侍一位最伟大的王公，由是经历各种艰难，在人世间展开寻觅之旅，而这又属于民间故事中“神奇的难题”这种故事类型。① 在圣塞巴斯蒂安的传奇中，当马切利亚诺和马可兄弟即将殉道时，其父母和妻子的悲痛陈辞，以及在圣亚历克西斯的传奇中其亲人们的哭号，都回响着希腊悲剧的修辞之术。

由此，《金色传奇》将各种文化记忆杂糅并置于传奇文学的叙事脉络中，以文学取代论证，以想象为逻辑，将修辞的诸形式以语言的细微而出色的描写，去激发阅读者介入文本经验，使得个体成为共同旅程的一条小路或者路标。不过，客观而言，《金色传奇》的诸多修辞手法并非写作者刻意为之，很大程度上是文本的“先天因素”决定了这种文学特征。实际上，该书作者弗拉津的雅各（Jacobus of

① 丁乃通：《中国民间故事类型索引》，郑建威等译，武汉：华中师范大学出版社，2008 年，第 97 页。

Varazze，1230—1296）并非这些故事的始作俑者，他只是将现成的圣徒故事做了汇编整理。十三世纪时，圣徒传奇流行着好多版本。雅各有时候将某一版本中的故事删节减缩，有时候则添油加醋，更多时候，他将好几个版本中的故事混合起来，按照自己的推想，取其精华，去其糟粕而成。研究者们推测雅各使用了十二、十三世纪里超过 130 种不同版本的圣徒故事作为其编撰的母本。[①]其中三种最主要的版本是博韦的樊尚（Vincent of Beauvais）写的《历史之镜》（*Speculum historiale*）、马伊的让（Jean de Mailly）写的《圣徒奇迹概览》（*Abbreviatio in gestis et miraculis sanctorum*）和塔兰提的巴托罗缪（Bartholomew of Trente）写的《圣徒行传编后记》（*Liber epilogorum in gesta sanctorum*）。厄恩斯特·盖斯（Ernst Geith）在对《金色传奇》和这三个母本进行比较研究之后说，雅各经常只是对母本进行一些删减，或者用自己的语言重新表达原文的意思。[②] 作为多明我会的一名修士，雅各主要是用这些版本中的圣徒故事来重组教会年历，而《金色传奇》却出乎意料地异常受欢迎，以至于当其成为流行读物后，它的三个母本却逐渐被人遗忘了。我们完全可以推测，十二到十三世纪流传的上百种版本的圣徒传奇本身就混杂了大量来自不同文化传统的记忆内容、表达模式和传承特点。

当然，我们同时要记得伟大的中世纪文学研究者 C. S. 路易斯的提醒："没有疆界、模糊不定、引发联想并不是普遍的或典型的中世纪特点。那个年代的真正特点不是传奇。亚瑟王的系列故事表现的也

---

① 关于雅各在编写《金色传奇》时所使用的母本状况研究可参考：Giovanni Paolo Maggioni, ed., *Die Legenda Aurea*, 2 *vols*. Tavarnuzze: Edizioni del Galluzzo, 1998.

② L. Geith, "Jacques de Voragine: Auteur indépendent ou compilateur?" in Dunn-Lardeau 1993, pp. 17-32.

许是对日常生活的逃避或解脱”;“中世纪的人不是梦想家,也不是精神冒险家;他是组织者和编撰者,是一个有条理的人”。[①] 所以,应该看到,即便是传奇故事的编撰者,弗拉津的雅各在运用这些原始材料的过程中,虽然因袭了它们原有的文学特色,但当他在原始材料中发现自相矛盾或远离他能查考得到的史实时,他也会毫不犹豫地运用自己的怀疑精神对这些疑问做出评断。比如,在圣马提亚的故事中,雅各明显看出犹大的故事活脱脱是古希腊俄狄浦斯悲剧的基督教翻版,但他还是采纳了这个看似“不伦不类”的传奇,只是在此故事之后小心翼翼地加上了他自己的见解:“以上故事情节可见于次经历史。虽然这段故事可能不应作为史实被接受,而应作为传奇遭摒弃,但它究竟是否值得被重述,还当由各位读者看官自己判断。”再如圣乔治的故事,在完整叙述巨龙吞噬圣女的情节后,雅各以十分冷静的历史学家口吻总结说:“不过,这则巨龙吞噬圣女,尔后龙身爆裂的故事只是一则没有任何历史价值的传说而已。”还有,在“以弗所的七个沉睡者”这个传奇中,他更正了这些圣徒沉睡的时间跨度:“德西马斯的统治结束于公元 252 年,而他的统治期只有 1 年零 3 个月。所以,事实上,他们只沉睡了 196 年。”编撰者雅各不仅以当世的圣徒传奇为编撰母本,还大量使用了《圣经》次经、教父作品、历史作品、教会礼仪文献和一些百科全书,作为编撰此书的参考文献。正如中世纪的其他文学作品一样,我们可以从《金色传奇》中读到难以想象的复杂况味,那种“激情的逻辑思维,以一种镇定、欢跃且不知疲倦的能量,将一大批迥然不同的琐碎细节统一起来”,弗拉津的雅各和所有中世纪作家一样,“渴望协调与比例,渴望一切古典的品质,正如希腊人一样。但

---

① C.S.路易斯:《中世纪和文艺复兴时期的文学研究》,胡虹译,上海:华东师范大学出版社,2001 年,第 65 页。

他们要调和的东西更多而且更杂”[1]。

无论编撰者是否刻意，不可否认的是，《金色传奇》中来自不同文化的记忆呈现构成了一种蒙太奇效果，而此效果和旅程与梦境的空间调度、以“笑”为载体的时间终末意识一起，将文本中“神圣”与“世界”之间的距离拉伸到一个程度，以至于主人公能够“打破并穿越生死界限，在自然与超自然间来去无碍，也自由穿梭于基督徒和外邦人、道德和非道德以及性别界限之间”[2]。《金色传奇》的文学修辞手法让我们看到，似乎越是有想象的叙事就越富有逻辑性。它让“读者插上想象的翅膀穿越各个国家和时期，让对世界一无所知的低贱农民飞越他所居住的街道和街上的钟楼，分享全体基督徒的生活”[3]，高度想象的叙事使记忆表现出开放的宽度，所有过去的事件都不会过去而是成为过去的经验，所有个人的行动都不因为其零碎而遗忘于文字。

然而，《金色传奇》的文本及其文学修辞性并未在此止步。它的叙事修辞功能蕴含着高度想象的空间，这个空间里回响着个体记忆、人类的集体意识和群体经验。这些记忆、经验和意识没有离开过“这个世界”，当它们试图通过文学的形象来描述所谓“灵性”、“灵性的权柄”和“与这个世界的距离”时，常常显得犹豫不决、自相矛盾甚至张冠李戴。

---

① C.S. 路易斯：《中世纪和文艺复兴时期的文学研究》，胡虹译，上海：华东师范大学出版社，2001 年，第 66 页。

② Adviad Kleinberg, *Flesh Made Word, Saints' Stories and the Western Imagination*, p. 243.

③ 埃米尔·马勒：《哥特式图像：13 世纪的法兰西宗教艺术》，严善錞、梅娜芳译，杭州：中国美术学院出版社，2008 年，第 325 页。

三 文本之外的"神圣"

如果说"神圣"意味着不同寻常，意味着与世界保持距离，那么，按照圣经传统，这种不同寻常的距离应该来自于主人公们所处的"追求神贫、童贞和为主耶稣殉道"的灵性之途与此世的距离，而那些能使世界变形的能力，正是在追求灵性的过程中，神圣者们所获致的灵性力量。可是，由于灵性本身无法为肉眼所见，也并不同于人的感觉，同时，灵性本质上也不以理性的逻辑表达自身，不以言辞的推演为文本的最终，所以，对于传奇文学而言，它只能使用形象的变形作为灵性的视象。

《金色传奇》通过诸多文学修辞方式将"神圣"与"世界"之间的距离拉伸到一个程度，并使传奇中的主人公们获得了一种使世界变形的权柄，这就是传奇文学的灵性视像。但是，在具体演绎过程中，传奇文学同时也将此灵性视像表述为：圣徒们能够自由穿越时空、性别、生死乃至各种文化传统的限制。比如，通过旅程叙事自然可以产生空间距离感，但归根到底这只是从一个生活现场到另一个生活现场的转移，并不必然意味着能被解读为从俗世到灵性国度的旅程。也就是说，文学试图用离开现场的方式来表达一种灵性之旅，但其产生的空间效果很可能依然仅存于"此世"，而缺乏"异度空间"的暗示。相较而言，梦境倒是更具有"异度空间"旨向的形象，然而，对梦境的过度运用会强调故事情节的离奇性，同时就削弱了圣徒们赖以获致这些奇特能力的灵性追求主题，即前文所述的追求神贫、童贞和主动殉道的主题。又如，以"喜剧之眼"为其终末形式的修辞演绎固然能从时间的终末性中以欢笑的形象拉开与世界的距离，然而，在《金色传奇》的故事叙述中，圣徒们虽身受重刑却压根儿没感觉到肉体的疼痛，或者，伤痛会立马得到各种奇特的医治。由此可见，这种得胜者的微笑，这种对此世苦楚的轻蔑态度，这种对此世之“恶”和荒谬的嘲笑，这种“喜剧之眼”的力量来源往往不在时间的终末性中，而就在此世之中，就在时间之流变的每个当下之中。《金色传奇》中的受刑者在受刑之际业已摆脱了肉体此在的牵绊苦楚，正是在这里，我们看到了一个不同于耶稣基督本人在福音书里的形象，那个在走向髑髅地的道路上承受苦刑，却没有展示任何超越于自然规律之神迹的神人形象。仅从这一点来看，耶稣基督本人似乎比《金色传奇》中的许多圣徒更缺乏“神性”的盼望和特殊的权柄：他在受刑时显然强忍着巨大的痛楚，而没有以得胜者的微笑对待身边的刽子手们……比较之下，《金色传奇》中的主人公们却不仅颠覆了世界的某种规定性，同时也使自身成为模棱两可的存在：他们既可以自由穿梭于常识世界，也能在各种神秘的原始信仰和基督教故事中往来无碍。前基督教信仰和基督教信仰杂糅在一起，民间宗教和基督教似已不分彼此。

当我们在《金色传奇》中读解“神圣”一词时，不但能从诸如坚守神贫、童贞等灵性主题中看到圣徒与世界的距离，更进一步地，我们也不难发现，当传奇故事打算用所有具体化的形象来表现这个概念，并展示出文学叙事的想象宽度时，它可能面临着看似远离世界和惯常性，却是更深入、更本质地被卷入世俗世界的危险。

事实上，《金色传奇》一书从诞生之日起即未曾摆脱这种危险的困扰，或者说，这本圣徒传奇作品的诞生本身就源自对于“神圣”之内涵的理解和解说的模棱两可。因为，这种危险性并非仅仅由于传奇文学叙事的视觉化要求所造成的，除了文学表达使得“灵性”在读者的想象中习惯性地变成物质世界的某一部分之外，文本之外的“神圣”在中世纪漫长的千年历史长河中就一直很难真正与这个世界拉开必要的距离。

先讲一个真实的故事。公元六世纪的时候，法国南部洛泽尔省的农民们在山顶上敬拜一处湿地。每年冬天，他们都会在那个地方举行为期三天的敬拜和斋戒仪式。当地的基督教主教下令禁止这种偶像崇拜活动，但却屡禁不止。于是，主教想了个办法：他在湿地边盖了一座教堂，在里面供奉圣人依拉利，并告知乡人们说：“湿地里面是没有宗教的。如果这里有什么奇迹发生，那都是教堂里的这位圣人所为。”他还告诉农民们说，丰收前的大暴雨是不祥之兆，因为上帝不喜欢他们敬拜湿地，只要他们愿意将崇拜的对象变成上帝和他的仆人依拉利，一切就会转危为安。这个办法十分有效，异教信仰就此在当地消失了。①

湿地崇拜也即原始信仰的自然崇拜之一。在这位主教的因材施教下，当地农民顺利地由偶像崇拜者变成了基督教信徒。“湿地”被置换成了一位圣人，农民们并不知道这位圣人的任何生平经历，只关注其显灵的结果，而类似换汤不换药的皈依现象，在基督教兴起之初的几个世纪里都很常见。新的基督教信仰中混杂了大量古老的异教传统，圣徒崇拜与圣人传记文本的兴起正是在这种历史背景中产生的。

大约在公元410年，西罗马基督徒历史作家塞韦卢(Sulpicius Severus，约363—420)创作了他的代表作《图尔的圣马丁传》(*Life of Saint Martin*)。近两个世纪之后，格里高利一世的《对话录》谈及了努尔西亚的圣本笃(Saint Benedict of Nursia)。一直到十二世纪，这两部圣人传记都是最有影响力的拉丁文圣徒传记。这两部影响广泛的传记有着共同的特点：强调圣徒的行为，特别是圣徒所行的神迹。不过，事实上，这些拉丁文圣徒传记的读者并非普通民众，而是

① Gregory of Tours, *In Gloria confessorum* 2, in MGH, SRM, 1.2: 299-300.

具有一定文化水平的僧侣阶层。从七世纪到十一世纪，普通基督徒（平信徒和一般神职人员）并不阅读文本，圣徒传记的读者主要是少数修道院里的教士，当然，传记也会在一些礼拜仪式上被宣读。[①] 事实上，农民们根本无法阅读拉丁文，他们在崇拜圣人的时候也并不十分清楚这些圣人的生平事迹。[②] 研究者认为，普通信众经常从自己零打碎敲的关于圣徒的知识中拼凑起一个新圣徒的生平，再混合上他们自己富有原创性的误解和内心的各种希冀。而这种被创造出来的圣徒生平有时候完全不同于有知识文化的僧侣们所认识的圣徒生平。[③]所以，原本就强调圣徒神奇力量的圣徒传记在普通信众的口口相传中就递生出更多更具神奇力量的圣徒故事。"神圣"成了"神圣力量"和"神迹"的代名词，而这些信徒则是神圣力量的消费者，他们并不需要知道这种力量的来源，所以对所谓"历史性"的文本叙事不感兴趣，他们在意的是圣人的能力而非他的生平。[④]

另一方面，对有文化有知识的教士阶层而言，高层次的神学和灵性问题只适合很少部分人，大部分普通信徒的最高美德应该是顺服。公元595年，教宗大格列高利就曾引用《约伯记》中"牛正耕地，驴在旁边吃草"（1:14）这句话，将精英僧侣阶层比作牛，而普通信众则显然就是驴："驴和牛作伴的时候吃到了食物，也就是说，驴子比较木讷

---

① 约翰·豪(John Howe)称从《图尔的圣马丁传》到公元1087年左右为圣徒传的黑暗时期。见 John Howe, *Church Reform and Social Change in Eleventh-Century Italy: Dominic of Sora and His Patrons*, Philadelphia: University of Pennsylvania Press, 1997, p. 22.

② Adviad Kleinberg, *Flesh Made Word, Saints' Stories and the Western Imagination*, p. 191.

③ Ibid. p. 192.

④ Patrick J. Geary, "humiliation of Saints", in *Living with the Dead in the Middle Ages*, Ithaca: Cornell University Press, 1994, pp. 112-114.

的心智无法自己消化‘食物’，只有和智慧人在一起时，通过智慧人的理解力，才能将已经消化了的‘食物’把自己喂饱。”[①]事实是，在漫长的近九个世纪中，“牛”在灵性的草原上咀嚼着食物，而“驴子们”则以自己的方式收获适合自己肠胃的粮食。“牛”并不主动情愿地与“驴”分享经过自己消化了的食物，而“驴”似乎也满足于符合自己胃口的食物，没有产生其他奢求。不过，这种情况在十一世纪的时候发生了变化。

十一世纪时，欧洲农业技术大幅度革新，耕地面积大大增加，农民还提高了种植效率，新型挽具和轭具马蹄铁和犁的使用都很大提高了农产量。农村劳动力开始出现剩余现象，而欧洲的商业也进入了新的发展阶段。[②] 经济形势的变化可能使“驴子们”有了不同以往的新需求。然而，更重要的变化来自于教会。十一世纪，教宗成为全欧洲真正的领袖。格列高利七世为强大的教宗君主制打下了几个世纪的基础。到了 1200 年，英诺森三世（Innocent III，1198—1216 在位）已不仅仅是个教宗，还成为当时最强大的统治者。新的宗教精英集团以教宗为首领，掌握了上至十字军东征，下至普罗大众婚姻之事的所有大小事件的决定权。他们更创立了不少新的修道团体，鼓励修士向不同的人群传教，干预最受欢迎的宗教行为，也就是圣徒崇拜。

此时的精英僧侣阶层已不再故步自封于他们的修道院，而是进一步成为劝勉者、布道者、辩论者和领导人。其中最引人注目的一个僧侣团体是托钵僧团体，他们四处传教，其规模远胜于西欧历史上的

---

① Moralia in Job 2. 30-49, in CCSL 143：88 — 89；Gregory the Great, *Morals on the Book of Job*, *Vol*. 1, London：Oxford, 1844, p. 100.

② 朱迪斯·M. 本内特，C. 沃伦. 霍利斯特：《欧洲中世纪史》，杨宁、李韵译，上海：上海社会科学院出版社，2007 年，第 168—170 页。

任何一次传教运动。值得关注的是，托钵僧团体的传道者们不仅积极于传教的广度，而且还注重提高传教技巧，他们知道叙事技巧在传道过程中所能起到的重要作用。十一到十二世纪间，讲员们开始越来越关注听众的需求，其叙事更多的直接来自于通俗文化、民间故事和口头传统。这些新生代的布道者们变得非常乐于接受来自底层社会的素材。①在这些民间素材中，最容易被用来作为教育素材的便是流传了好几个世纪的各种圣徒故事。②教会鼓励布道者们重写圣人故事，并将此运用于布道之中。因为这是一举两得的好事。一方面，更多人能通过这些故事接受基督信仰；另一方面，受过良好教育的僧侣阶层可以通过圣人故事来理解普通信众对圣人圣地的狂热崇拜。但是这些僧侣完全无法接受毫无历史维度的、纯粹在当下经验层面发生的"圣人"崇拜，而是必须运用知识去"拯救"人们的盲信。③ 于是，托钵僧修会担当起了这个重任。圣徒故事的服务对象由此发生了转变：从中世纪初期的为教会精英人士预备，变成了中世纪后期的为大众服务。除了几个世纪间流传的一些圣徒故事外，当时还有大量来自拜占庭的殉道者和僧侣的故事被翻译过来。另一方面，托钵僧修会的修士们还以当代圣徒的生平为素材，发展了一种更具现实关怀的当代圣徒传奇。到十一世纪末，甚至雇人为圣徒写传记也成为可能的事，坎特伯雷的奥斯本（Osbern of Canterbury）就曾经为一

---

① Jean-Claude Schmitt, *Le corps*, *les rêves*, *le temps*, Paris: Gallimard, 2001, pp. 183-210.

② Felice lifshitz, 'Beyond Positivism and Genre: "Hagiographical" texts as Historical Narrative,' *Viator* Los Angeles : UCLA Center for Medieval and Renaissance Studies , 25(1994), p. 106.

③ Thomas J. Heffernan, *Sacred Biography: Saints and Their Own Country: Living Saints and the Making of Sainthood in the Later Middle Ages*, Chicago: University of Chicago Press, 1992, pp. 23-24.

名已故的修道院院长书写生平，期望能够将他列为圣徒。而“圣徒的设立也因此面临激烈的竞争，因为如果修道院过去的成员能够升为圣徒，它就可以吸引人们前来朝圣，瞻仰‘圣地’，目睹圣物，如果幸运的话，他还会听到与圣物有关的神奇故事”①。每座大教堂或修道院都保留着主教教区的圣徒行传，并在圣徒的节日庄重地朗诵这些事迹。这些事迹被收录在《圣经》选文集中。在好几个世纪里，圣徒通过《圣经》选文集而活在教会的记忆里。到了十三世纪，各种古老的礼拜仪式书都被一本书取代，《圣经》选文集里的教义进入了每日祈祷书。② 圣徒及其生平传奇就是在那时候开始受到空前追捧，就如同四世纪的时候，人们疯狂地进行圣人遗物和圣地的崇拜：“人们认为，在一大群圣人中，有资格坐在基督右边是牧羊人、赶牛者、货运马车夫和为人民服务的各类人，这些卑微的基督徒的传记表明任何人的生活都具有严肃性和深刻性。”③《金色传奇》就是在此历史背景下应运而生的。

编撰者弗拉津的雅各正是托钵僧修会之一的多明我会的修士。他 14 岁就加入多明我修会，并很快成为修道院的院长，1292 年又成为热那亚大主教。由于《金色传奇》的章目完全根据教会年历安排，而且其中的神学讨论都是极度简化的，所以，研究者认为这些故事很可能是神父预备讲道的原始材料④，是在弥撒仪式上由神职人员直

---

① G. R. 埃文斯：《中世纪的信仰》，茆卫彤译，北京：北京大学出版社，2005 年，第 95 页。

② 埃米尔·马勒：《哥特式图像：13 世纪的法兰西宗教艺术》，严善錞、梅娜芳译，杭州：中国美术学院出版社，2008 年，第 322 页。

③ 同上，第 325 页。

④ Alain Boureau, *La légende dorée: Le système narrartif de Jacques de Voragine*, Paris: Éditions du Cerf, 1984, pp. 21-25.

接宣读的。神父可以在任何一天按图索骥找到那天所要纪念的圣徒,然后根据《金色传奇》的故事准备那天的讲道内容。这些传道者本人不能完全算是《金色传奇》的读者,而只是它的传达者或转译者。他们站在文本和聆听圣道的普通信徒中间,并不是逐字逐句照搬文本的语言,而是在揣度听众口味的基础上,继续在《金色传奇》这一文本上做添油加醋的工作。所以,编撰者雅各在《金色传奇》里让人们看到了很多陈词滥调,但不可否认,那都是充满力量的陈词滥调,而至于其神学含义、人物的内心冲突等问题,似乎都留给了讲道者。不过,即便如此,这本"布道故事素材集"仍然显示出想要在听众和讲员间达成一种平衡的努力,而此努力使得编撰者在故事中对"神圣"内涵的阐释显得既充满灵性力量,又纠缠甚至执着于世俗权柄的运用。

四 "神圣者"的变形

《金色传奇》的主人公都是圣徒,他们的形象有一个共同点:与世界保持距离,并且不给自己留下任何在世界上的后路,不将后路留在人自身的筹划里,而是把后路留在上帝那里。圣徒们在谈到变卖财产、婚姻以及所要面对的死亡时都表达出这种不留后路的存在形式。这些文本以一种特别的态度表明:所谓培育人的灵性,即是培育一种与世界保持距离的"情感"。不过,这只是一方面。的确,《金色传奇》使人们读到了圣徒们的各种神圣事迹,也即远离世界,与世界相异并使世界因此变形的事迹。而另一方面,它的行文描述又让人觉得这些圣徒们天生就不属于人类这个群体,他们并不是靠着灵性的操练和成长而与世界保持距离,而是从出生那日起就被赋予了某种超自然的力量。比如,圣本笃刚出生不久就使被乳母摔成两半的漏勺合二为一;许多圣人在出生之前,他们的母亲就得到了异梦……这种超自然力量不仅终生伴随着圣徒,更重要的是,它们似乎借着圣徒的死亡而变得愈发奇特。在《金色传奇》中，圣徒们死后身体的各种神奇功能被再三强调。[1]因为对这种神奇力量的大肆渲染，神圣者们使世界变形的力量也促成了其自身的变形。他们握有的灵性权柄变成了世俗权力，他们的身体成了实现这种权力的源头。

民众对圣徒遗体和遗物的崇拜热情可以追溯到公元三世纪，诸多传奇故事对圣徒神迹的描述则进一步推动了大众对圣遗物的崇拜狂潮。这种崇拜有非常明确的针对性，因为每个圣人都负有特定的职能，这些职能均来自圣徒传奇故事。每一种人类所知的疾病都有一位圣人应对。比如，《金色传奇》中的圣阿加塔曾被暴君割去双乳，后来又奇迹复原，所以她就变成能专治乳房疼痛的圣女。同时，由于她"离世后一年，卡塔尼亚城附近火山爆发，烈火与岩浆如洪水般滚滚而下，山石熔化，土地焦裂。山上的村民成群结队地逃下山，他们跑进圣阿加塔的坟墓，扯下棺木上的纱盖，放在烈焰顷刻将至的路上，烈焰竟然立时熄灭。这个奇迹发生在圣阿加塔生日那天……"所以，圣阿加塔又是众民在发生自然灾害时的一个祈求对象。"头脑简单的人期待通过祈祷和触摸圣物使疾病奇迹般地被治愈"[2]，这种期待甚至演变成疯狂的举动，比如，在1231年匈牙利的圣伊丽莎白（也就是《金色传奇》中最晚近的一位当代圣人）的遗体告别仪式上，一群崇拜者撕扯掉盖在她脸上的亚麻布，他们割去了这位圣徒的头发、指甲乃至乳头。[3]

这里出现了极其吊诡的现象：圣徒在活着的时候表现出对于身

---

① 比如，圣雷米、圣阿加塔等人的故事。

② G.R.埃文斯：《中世纪的信仰》，茆卫彤译，北京：北京大学出版社，2005年，第98页。

③ 约翰·赫伊津哈：《中世纪的衰落》，刘军等译，杭州：中国美术学院出版社，1997年，第176页。

体的蔑视，但在他们死难之后，其身体却变成了受到整个世界极度重视和疯狂追捧的东西。殉道者们的遗骸遗物成了奇迹发生的根源，它们具有治疗、惩罚等对当事人而言至关重要的意义。殉道者的本意为见证信仰者，而他们的遗物却摇身一变，成了见证权力者，也即在这个世界上获得治愈的权力、惩罚的权力等的见证者。这些看起来属于超自然的权力，其实只是世俗权力的升级版。因为，当获得某种权柄的根源被误置的时候，再超然的权力也仅仅是欲望的同谋和达成者；因为，当灵性——这一不可见的权柄，这唯一能与世界拉开距离的力量来源被诸如圣徒身体的某些部位和遗物等俗物取代时，这一物质化的手段也最多只能使一个极度渴望获得权力，甚至为此焦灼疯狂的世界多了一点儿宗教的掩饰罢了；因为，在生活的日常性中，欲望铺展其历史的过程总是表现为人在时间中的目标。世俗欲望总是带着时间的焦虑，并且最终使目标成为欲望的力量。与世界拉开距离的灵性力量，正在于将后路留在上帝那里，而终止住时间性生存中所依赖的流变特性。然而，在《金色传奇》中，我们看到各种目标继续陷落于时间的特性之中，一种对作为崇拜客体和保护源泉的渴求在圣徒崇拜中得到了时间之流中快餐式的满足。尤有甚者，在圣徒崇拜过程中，死去的圣人们变得充满了人性的各种弱点：贪欲十足，渴望得到信徒的礼物，而且蛮横嫉妒，仇视其他得到尊崇的圣人。

大众的想象力不加限制地在圣徒传奇里天马行空带来了信仰变质的危险，但教会却忽视了这一方面。这是令人震惊的：一丝不苟地恪守教条的教会却对那些由于无知而使自己更加臣服于偶像的人表示了极大的轻信与纵容。圣徒成为当时宗教的极其真切和亲近的人物，以致与那些更加自然的宗教本能密切相关。当深刻的崇敬仍然集中在基督和圣母身上时，另有一种朴实的信仰已经在圣徒身上悄悄凝聚。一切都旨在使他们呈现得更加亲近和更有人生味道。他们像人们一样穿着打扮。每天，都可以在瘟疫缠身、半死不活的病人和香客中间遇到被称为“救世主”的圣罗柯(St. Roch)和圣詹姆斯(St. James)。[①]

赫伊津哈说对了一半。教会不仅“轻信”和“纵容”圣徒崇拜，而且，民众疯狂立圣的举动多半受到教士们的暗中鼓励，因为“教士和民众一样，对先圣遗物也有狂热的激情，而且他们更希望看到大量的朝圣者因为这些圣物而到他们的修道院和教堂里来”[②]。这里当然还涉及流行文化的问题。在前文的分析中，我们看到，雅各编撰的圣徒传奇故事，通过旅程的空间转移这一文学叙事方式，来达到拉开与世界距离而展现权柄的目的。然而，这不单纯是一种文学叙事手段，它要呈现的内容也不全然和灵性力量相关，事实上，它与俗世流行文化有着更紧密的关联。我们知道，重视圣遗物是整个中世纪的一个显著特点。为了充实修道院里的宝藏，人们可以毫不犹豫地偷盗圣遗物。圣遗物崇拜也部分地说明了中世纪的朝圣活动何以那样兴盛。[③] 当时，“基本上所有城镇和农村地区都或多或少收藏着一些圣物或庇护着他们的画像。人们对于圣物的热情也促使‘圣物经济’的增长，商贩带着圣物四处游走，卖给想要圣物的人”[④]。每一处城镇都希望拥有属于自己的圣徒遗物，因为圣徒的曾经莅临不仅是当地的人的骄傲，而且也会为当地带去可观的朝圣经济收入。《金色传

---

① 约翰·赫伊津哈：《中世纪的衰落》，刘军等译，杭州：中国美术学院出版社，1997年，第175页。

② 朱迪斯·M.本内特，C.沃伦·霍利斯特：《欧洲中世纪史》，杨宁、李韵译，上海：上海社会科学院出版社，2007年，第205页。

③ J.韦尔东：《中世纪的旅行》，赵克非译，北京：中国人民大学出版社，2007年，第216页。

④ 朱迪斯·M.本内特，C.沃伦·霍利斯特：《欧洲中世纪史》，杨宁、李韵译，上海：上海社会科学院出版社，2007年，第203页。

奇》主人公们的旅程路线往往暗合着在实际情况下他们遗物的流传状况。比如，关于抹大拉的马利亚的故事，就和圣人遗物崇拜风俗有着千丝万缕的关系。公元五世纪的时候，人们首次宣称说，抹大拉的马利亚的遗物在以弗所。而到了公元九世纪和十世纪，这些遗物被运到了君士坦丁堡，在第四次十字军东征期间，也就是公元1204年，人们又将部分遗物带到了西欧。《金色传奇》中关于抹大拉的马利亚、马大和拉撒路到普罗旺斯的神奇之旅，不仅能带着主人公和读者们进入充满魅力的奇幻世界，更指涉着文本背后的这种流行文化——圣徒、圣遗物和圣地崇拜。又比如：圣马可的遗骸原来被葬于亚历山大城，后来穆斯林占领该城后，意大利水手将其偷运到了威尼斯。尼古拉斯的遗骸则从迈拉被带到了巴里……这些故事都在《金色传奇》中用奇幻之旅的空间修辞手法予以表现。另外，圣徒故事的特点也与十字军东征息息相关。教会鼓励骑士们从圣人中选择自己的守护者。十字军东征由此使得一些骑士型圣人备受追捧，圣乔治就是其中最受欢迎的一位骑士型圣人。

由此可见，《金色传奇》的"离世脱俗"性质看似完全和十二、十三世纪的时代精神无关，然而，其实它本身就由当时的时代精神所塑造，并反过来进一步强化了中世纪晚期的时代特征。雅各所编撰的这本传奇故事集，其上百种母本本身就是时代精神的载体，而雅各为了加大文本和具体现实的距离，故意很少提供历史和心理描述，仅仅提供一些必要的信息。当然，这些传奇故事肯定会"使某些严肃的神学家感到不愉快，这些人在特林特议会的神父开设的学院受过训练，但到了十三世纪，这些传说得到了人们的普遍接受。人们在教堂公开朗诵这些故事，还用它们来装饰窗子。谴责弗拉津的雅各就是谴责所有古老的《圣经》选文集，谴责朗诵这些传说的牧师和倾听这些传说的信徒”①。也就是说，作为“圣徒偶像化传记”(Hagiography)的代表，十三世纪时，《金色传奇》已经和圣徒圣地崇拜一起，获得教会认可的绝对正统性。它在整个中世纪晚期的基督教世界里变得家喻户晓，成了人们茶余饭后的谈资，而在此之前，那些教会礼拜仪式书里并没有如此系统地讲到这些故事。

如果我们依然记得，古希腊罗马人是如何将他们日常生活的欲望转化为正义神、纺织神、幸运神、刚直神、命运神、生长神、丰收神等名字，而这些神祇又是如何充满了内心之恶，并任由这种“恶”发展成为城邦之间的争斗，我们就不难意识到，中世纪晚期被作为偶像进行崇拜的圣徒们只是这些古代神祇改头换面后的基督教新版本；如果我们依然记得，古罗马的各种神祇崇拜是如何与社会政治紧密结合，并成为其控告、压制和残害社会弱势群体(比如新兴的基督教)的武器，也就是让“恶”在公共之“善”的伪装下实施其手段的过程，我们就不难看到，中世纪后期的圣徒崇拜狂潮、剿灭异端运动和十字军东征等，仍然只是千年前那些欲望的嫡传子嗣。罪得以成为公共性，在于其他的罪的不断到来遮盖了每一种罪的不连续性。这样，罪的间断性就被罪的不断到来所遮盖，而以善的形式出现，使得追求欲望的共同体得以伪装在公共的善之下。当偶像的崇拜者们不断地制造出偶像为其生活的祷祝对象时，当诸民不断创造新的“神圣者”作为其生活方式的守护者时，他们已经把罪的以善为其连续性的表象确定成了生活的基础。本来有权柄使得世界变形的“神圣者”却以一种隐蔽于罪之公共性中的方式遭到来自这个世界的荒诞变形。

这种状况一直持续到基督教改革崭露头角的时代。无论是茨温

---

① 埃米尔·马勒:《哥特式图像:13 世纪的法兰西宗教艺术》，严善錞、梅娜芳译，杭州:中国美术学院出版社，2008 年，第 323 页。

利、马丁·路德还是加尔文，这些基督教改革派的领袖们个个反对圣徒崇拜。他们认为追捧神迹、崇拜偶像和过分强调仪式性都是对《圣经》原初真理的反动，“改革者开始抱怨教会放任甚至鼓励‘善功’和‘赚取升天之路’。它们与对圣徒的过度崇拜等问题一起，成为‘分裂教会’的因素，最终导致了中世纪的完结”①。

中世纪完结了，但谁又能说公元前的多神崇拜已经完结，公元六世纪的“湿地崇拜”已经完结，公元十三世纪狂热的圣徒崇拜已经完结了，但谁又能说，那离我们千年万里之遥的《金色传奇》，那稀奇古怪的关于“神圣”的变形记，真的早已远离我们？毕竟，在神圣者让世界变形和世界令神圣者变形之间，常常仅存一步之遥，因为欲望纵横肆虐，欲望匿藏于“善”。一个又一个疯狂制造“神圣”和“神圣者”的时代如野火般蔓延于世，遮蔽着上帝之城的圣辉。无法看清的不仅仅是真假“神圣者”之间的一步之遥，更有我们无法抵达的家园，那个安栖之所。

---

①　G. R. 埃文斯：《中世纪的信仰》，茆卫彤译，北京：北京大学出版社，2005年，第62页。

目　录

金色传奇①

圣依拉利(St. Hilary)

1月13日

普瓦捷(Poitiers)主教依拉利出生于阿基塔尼亚(Aquitania),②他的一生如晨星般熠熠生辉,光照普世。早年他只是个平信徒,也曾结亲育女,但他每天却过着如同修士般洁身自好的生活。后来,圣洁的生活和渊博的学识使他终于荣登普瓦捷主教之座。居于主教之位后,他不仅为本城基督教信仰辩护,也是整个法国基督教信仰的护教士。可是,有两个持异端见解的主教,唆使皇帝,将依拉利和另一位

① 选译自 Jacobus de Voragine, *The Golden Legend*, trans. Christopher Stace, London: Penguin Books, 1998.

② 阿基塔尼亚是高卢西南的罗马分界线,从比利牛斯山延伸到加隆河,并大致与阿基坦的历史地域范围同等。其地之伊比利亚人于公元前56年被尤里乌斯·恺撒征服。该地区于507年划归法国。

正直的主教，也就是韦尔切利（Vercelli）主教优西比乌（Eusebius）一起流放了。当阿里乌派异端（Arian heresy）[①]到处流传时，皇帝召集所有主教，让大家共同商议，确定何为基督宗教真理。依拉利也是与会者之一，但上述那两个持异端见解的主教发现，自己完全不是雄辩的依拉利的对手，便说服皇帝命依拉利返回普瓦捷。回程途中，圣人依拉利经过加里纳利亚岛（Gallinaria），岛上蛇群遍地。那些蛇一见到他就四窜逃开。依拉利就在岛中央立了柱子，禁止蛇类爬越。这一举动当即奏效——这个小岛的一半似乎变成了海洋，蛇类都不敢越雷池半步。

回到普瓦捷后，依拉利借着祷告的力量，复活了一个没有领洗就死去的孩子。[②] 他和那死去的孩子一起久久地躺在尘土中。祷告结束后，孩子复活，他和孩子同时站了起来。

依拉利的女儿阿皮亚（Apia）想要结婚，依拉利告诉她守贞的价值，劝她将自己献给上帝。阿皮亚同意之后，依拉利依然担心女儿会因为信心软弱而再度萌生出嫁的念头。于是，他恳切祷告，请求上帝允纳阿皮亚的奉献并让她早日回到天国。这事果真成了，没过几天，阿皮亚就与世长辞。依拉利亲手将女儿埋葬。阿皮亚的母亲见到自己的主教丈夫对女儿所行的一切，就央求丈夫帮助自己也追随女儿而去。依拉利照办不误，在自己离世前将妻子送归天堂。

---

① 阿里乌教派（Arianism，或称“亚流主义”），是由曾任亚历山大主教的阿里乌（或译“亚流”）所领导的基督教异端派别。他主张圣子是被上帝所造，从而有别于三位一体的教义，其教导在历次的大公会议中都被斥为异端。

② 洗礼，或称圣洗圣事，是基督教信仰仪式之一，表明正式皈依基督。据《圣经》记载，施洗约翰曾为耶稣施洗，后来耶稣也吩咐他的门徒奉圣父圣子圣灵的名给人施洗。洗礼一词“Βάπτισμα”（Baptisma），其希腊原文意思是进入水中或沉入水中。天主教认为，圣洗是加入教会、获得重生的保证，故此没有领洗就过世的人无法得到永生。

被阿里乌派异端引入歧途的教宗利奥(Leo)召集全体主教开会,依拉利并未受邀,但他还是如期到会。听闻依拉利将到场,教宗命令众位在座主教都不得起立,更不准给依拉利赐座。依拉利准时入场,教宗对他说:"你就是那个依拉利,那只蒜头公鸡?"[①]"我不是高卢人,"依拉利回答说,"虽然我来自高卢,但我并非生于那里,我只是在那里做主教而已。"教宗说:"好吧,那就是高卢的依拉利,而我是利奥,是罗马的大主教,也是众使徒之首彼得的正宗嫡传。"[②]"很好,"依拉利道,"如此说来,你是利奥,但你不是犹大的狮子[③],若你端坐在审判座上,那也一定不会是上帝的审判席。"听到这话,教宗愤然离座,怒气冲天地对依拉利嚷道:"你等着瞧,我马上回来,定要严惩你的侮慢!"依拉利回答说:"如果你不回来,请问谁又将在此圣座上回答我的问题?"教宗回答:"我很快就会回来,到时准让你的傲慢无地自容!"

教宗本是出去解手,却没想到突发痢疾,后来连肠子都拉了出来,死得很惨。依拉利见没人起身招呼他,就安静地坐到地上,援引《圣经》里的话说:"地和其中所充满的,世界和住在其间的,都属耶和

---

① 此处根据意思直译,"gallic cock"译为蒜头公鸡,实则在拉丁文中,"gallus"是公鸡或高卢人的意思。依拉利是法国普瓦捷主教,所以教宗以辱骂法国高卢人的方式来贬低和挑衅他。

② 彼得(希腊语:Πετρο ς),天主教译为"伯多禄",亦称作"伯铎",是耶稣十二使徒之一,他是耶稣的首徒。由于"彼得"在希腊文的意思又可解作"磐石",所以耶稣有时会叫他"矶法"(希腊语 Κεφα ς;天主教译为"刻法"),即亚兰文"磐石"的意思。罗马教廷认为彼得是由耶稣基督所拣选的第一位教宗,并担任罗马的首任主教。在此,教宗利奥宣称自己是彼得的后继者,以强调自己的正统地位。

③ 利奥为英语音译,"Leo"在拉丁文中是狮子的意思。

华。"[①]言毕，上帝立即使他所坐的那块地方慢慢升高，直到圣人依拉利最终得以与其他各位主教平起平坐。很快，教宗惨死的消息传入会场。依拉利闻讯起身，坚定宣告基督教信仰的内涵，并差遣众主教重返各自教区。不过，此传奇中教宗利奥如此神奇的死亡事件还有待确证，因为，第一，《教会史》(*Ecclesiastical History*)和《三一史》(*Tripartite History*)都无此记载[②]；第二，没有一本编年史书记载有关教宗利奥在那段时期的事迹；第三，正如哲罗姆(Jerome)所言："神圣罗马教会毫无瑕疵，且将永世不受异端污染。"[③]当然，还有一种可能性，就是当时有个叫利奥的教宗，但他不是大公教会选举的，而是用武力篡权，夺取了教宗席位。或许尚有另一种可能，因为和异端皇帝君士坦丁(Constantine)为伍的教宗利拜耳(Liberius)还有一个名字叫利奥。

蒙福者依拉利在施行了诸多神迹后，年老体衰，自知大限将近。他召唤自己十分喜爱的一位神父李安迪(Leontius)，请他在夜幕降临后外出，然后将他在外面打听到的消息回来禀报给圣人。李安迪依言而行，回来后禀告圣人说，听到了城里众人的喧哗之声。之后，这位神父继续守在主教床边，等待他的弥留时刻。午夜时分，依拉利再次让神父外出探听发生了什么。这次，李安迪回复说，一无所闻。刹那间，一道明亮的闪光席卷了依拉利，金光万丈间，神父犹如目盲。光芒渐逝后，这位圣人已归息主怀。依拉利在君士坦丁执政时期归天……

---

① 《诗篇》(24:1)。

② 《教会史》和《三一史》都是在中世纪欧洲盛行的教会历史手册。

③ 圣哲罗姆与安布罗斯、奥古斯丁和大格列高利并称四大拉丁教父。本译本也收录了他的传奇。

圣塞巴斯蒂安(St. Sebastian)

1月20日

塞巴斯蒂安是一位虔诚的基督徒,他是纳博讷(Narbonne)人,米兰(Milan)公民。戴克里先(Diocletian)和马克西米安(Maximian)皇帝都很器重他。这两位皇帝本不知道塞巴斯蒂安是个基督徒,所以委之以罗马禁军队长的重任,并令其随时待命。对塞巴斯蒂安而言,他在军营任职的唯一理由十分简单:作为禁军队长的他有机会接触到那些遭受折磨的基督徒们,当他们软弱之时,他能给予鼓励,帮助他们坚定信念。

马切利亚诺(Marcellianus)和马可(Marcus)是出生于显赫贵族之家的一对孪生兄弟。如今,他们即将因坚守基督教信仰而被斩首。二人的父母闻讯赶来规劝兄弟俩放弃信仰。此刻,那位悲伤的母亲已蓬头垢面,褴褛的衣衫竟至无以蔽体,她哀叹道:"啊,我亲爱的孩子们,那闻所未闻的苦难和难以承受的痛楚四面夹击着我!我将要失丧自己的亲骨肉。我的孩子们,你们却在这里高高兴兴地迎向生命的终点!若敌人将你们夺去,我必在混战中追击讨命!若敌人将你们监禁,我必以老朽之躯与其拼命!如今这临死之道是何等新奇,受害人竟乞求着刽子手行刑,祈祷着结束自己的生命,呼唤着死神的降临!如今这哀痛与悲苦何其独特,当这些乳臭未干的孩子们心甘情愿地弃绝年轻的生命时,为人父母者只能最终陷入白发人送黑发人的惨境!"

这位哀痛欲绝的母亲正哭号着,年迈的父亲也在仆人们的搀扶下赶到了。他满面尘灰地向天号哭道:"我儿啊,你们自愿赴死,我来与你们诀别!我那本为自己送终而预备的一切,竟然出现于你们的葬礼!我儿啊,你们是照耀着我垂死生命的两盏明灯,为何你们竟至眷恋死亡？哦，来啊，普天下的青年，为我的孩子们恸哭吧！来吧，人世间的老者，和我一起哀悼我的孩子们！天底下为人父者，快来，快来啊，你们必定未曾见过一人的悲痛更甚于我！哭泣吧，我那早已昏花的双眼，但愿泪水让我彻底目盲，我哭瞎的双眼将再见不到我儿遭屠的惨状！"老父刚说完，两位年轻人的妻子也赶到了。她们怀抱婴儿，放声恸哭道："狠心的人啊，你们究竟因何人之故而离弃我们？如今谁将成为这些孩子的父亲？谁又将瓜分你们的财产？哎呀，你俩为何心如铁石！你们鄙薄双亲，拒绝友侪，抛妇弃子，还心甘情愿地自蹈死地！"

面对亲人们的痛苦，两位年轻人坚定的信念开始慢慢融化。这时，一直在场的圣塞巴斯蒂安走上前来，对兄弟俩说："基督最英勇的战士，别让这些可怜的呼求夺走你们永恒的冠冕！"之后，他又对两位兄弟的父母说："不必忧伤，他们必不会与你们分离。目前所做的一切，只是因为他们必须先行一步，在天穹中为你们预备居所。自从创世之始，生活就欺瞒着那些将希望寄寓于这寰天浩宇的人们，蒙骗着一心寻求它的人，愚弄着对之深信不疑的人。其实，星辰和星象从未将安全赐予任何人，反倒是证明此世一切皆伪。它劝说小偷行窃、骗子撒谎，又激发坏脾气者如浊浪般咆哮个不停。它引人犯罪，逼人行恶，催人遗忘公正行事的天职。比较一下吧：此生我们所面对的迫害只在今日此刻突临，待到明日，必再无苦楚；今日，这痛苦如火焰熊熊燃烧，而明天它必将冷却，又烟消云散；我们只要忍受一个小时，此后，痛苦便将远离。与这等福乐相反的灾难却是，那永恒之地的痛苦将时时更新着它折磨人的力量，那地狱的烈焰将越燃越旺，灼烧起永世的剧痛。故此，让我们再次激起殉道的热望！魔鬼认为自己已然得胜，但当他企图控制我们，当他想牢牢逮住我们，当他要毁灭我们、折磨我们、割破我们的喉咙并嘲弄我们时，这一切的行径统统是在搬起石头砸自己的脚!”

圣塞巴斯蒂安正说着,尼古斯特拉斯(Nicostrarus)的妻子萨亚(Zoe)忽然失去了说话的能力,她跪倒在圣人脚边,显然是在祈求圣人的宽恕。这个尼古斯特拉斯正是这两位基督徒所关押之室的房东。塞巴斯蒂安说:“如果我是上帝的仆人,如果这位妇人听到我所说的一切话均属实,如果她相信这些话,那么,请那位让先知撒迦利亚(Zacharias)说话的神也让她开口!”① 妇人立即恢复了说话的能力,她大声喊道:“你口所出的言语是有福的,相信这言语的人们也是有福的!因我已见到一位天使侍立在你跟前,你所说的一切都来自天使为你展开的那册书卷。”听到妻子这么说,她的丈夫也跪倒在圣塞巴斯蒂安脚下,祈求他的宽恕。塞巴斯蒂安为两位基督徒青年卸除了铁链,当即释放了他俩。然而,弟兄俩人都回答说,他们不能放弃那已经获得的胜利冠冕。上帝将恩典和力量赐予塞巴斯蒂安的话语,不仅使马切利亚诺和马可坚定了殉道的信念,也使两位青年的父亲特兰奎利诺(Tranquillinus)、他们的母亲和众多家眷皈信了基督。坡旅甲(Polycarp)神父为众人施了洗礼。

之后,特兰奎利诺身患重病,受洗的那刻却不治自愈。罗马城的总督克罗玛提斯(Chromatius)也罹患重疾,他想请医治了特兰奎利诺的人来帮他恢复健康。于是,坡旅甲神父和塞巴斯蒂安应召前往。塞巴斯蒂安告诉他说,只有弃绝并特许他摧毁所有偶像后,总督的病才会好。总督说,他的奴隶们就可以执行这个任务,无须塞巴斯蒂安亲自动手。塞巴斯蒂安反对道:“不行,毁坏这些神像会使奴隶们感到害怕,即便他们这么做了,魔鬼也会伤害他们,而这就给异教徒们

---

① 在《路加福音》(1:5—80)中记载,施洗约翰的父亲撒迦利亚见到天使后变哑,后来再次开口。

留了话柄,他们一定会说,破毁神像者遭了报应。”说完,坡旅甲神父和塞巴斯蒂安就亲自破毁了两百多尊神像。他们对总督说:“我们击碎了这些偶像,你应该能病愈了。但现在仍旧不见好转,很明显,要么你没有完全弃绝异教信仰,要么你还私藏着其他偶像。”总督只好承认他还有一间密室,里头装点着星辰运行的宇宙图景。正是他的父亲花了两百多磅金子装饰了那个房间,因为在那里可以进行占卜活动。塞巴斯蒂安告诉他说:“如果你保留着那间密室,你的病就好不了。”总督同意拆除那间密室,但他的儿子蒂布尔齐乌斯(Tiburtius),一位很有前途的年轻人,走上前来,说:“要拆毁这样一处辉煌的杰作,我实在于心不忍。但我又不愿阻碍父亲大人恢复健康。我预备了两个火炉,倘若密室拆除后父亲的病情仍不见好转,这两个火炉就是为你们这两个基督徒预备的烤箱!”“非常好,”塞巴斯蒂安回答道,“就这么定了。”密室被拆毁后,一位天使出现在总督面前,告诉他说,基督已经医治了他。总督立刻恢复了健康,他追上天使,想去亲吻天使的脚。但天使阻拦了他,因为当时他还没有受洗。于是,总督本人、他的儿子蒂布尔齐乌斯以及一千四百多名家眷都受了洗礼。也是在这段时间,尼古斯特拉斯的妻子萨亚被异教徒抓住,酷刑折磨之后,她终于殉道了。特兰奎利诺听到这个消息后,大声疾呼道:“女人们已经赶在我们之前赢得冠冕了!我们还能苟活于世吗?”没过几天,他就被石头砸死,也光荣殉道。

蒂布尔齐乌斯也被要求做出选择:要么向异教神祇献燔祭,要么赤脚走过滚烫的煤炭。他在胸前划了十字,然后勇敢地赤脚走上那燃得正旺的煤炭,一边宣告道:“以我主耶稣之名,我感觉自己正走在铺满玫瑰花瓣的床上。”总督法比亚努(Fabianus)反驳说:“所有人都知道,正是你信的那个基督,他教会了你这种巫术!”“闭嘴吧,你这可怜虫,”蒂布尔齐乌斯说,“你根本不配提到这个如此圣洁而甜美的名字！”于是，恼羞成怒的总督将蒂布尔齐乌斯斩首了事。

马切利亚诺和马可被绑赴刑场时还唱着赞美诗：“看哪，弟兄和睦同居，是何等的善，何等的美！”①“可怜的蠢蛋们！”总督向他们叫喊道，“别再疯疯癫癫了，还不及时自救！”兄弟俩回答说：“我们从未如此心满意足，当我们的灵魂依然与躯体共居时，如果你将我们留在此地，我们是多么喜乐啊！”总督听他们这样一说，就吩咐手下人用长矛将他们刺透。于是，他俩也光荣殉道！

此后，总督给戴克里先皇帝写了正式公文，报告圣人塞巴斯蒂安的所作所为。皇帝传唤了圣人，对他说：“我始终待你不薄，将你视作最高级别的朝廷命官，然而你却密谋反对我和我的神祇们。”塞巴斯蒂安回答说：“事实并非如此。正是为了您的得救，我才一直尊崇基督；正是为了罗马帝国的长治久安，我才敬拜那在天国中的上帝。”于是，罗马皇帝命人将他绑在空地当中的一棵树上，叫来弓箭手们，让他们以塞巴斯蒂安为靶子练习射箭。弓箭手们将无数支箭射向圣人，以致最后塞巴斯蒂安活脱脱成了一只刺猬。射完之后，弓箭手们离开了那地，留下塞巴斯蒂安独自等死。但是，几天之后，塞巴斯蒂安竟然恢复了健康，他站在皇宫的台阶上，谴责皇帝对基督徒施以暴行。“这人难道不是塞巴斯蒂安，那个已经被我们射死的人吗？”两个皇帝惊呼道。塞巴斯蒂安回答说：“上帝让我复活，这样我才能当面指责你们对基督仆人们所犯下的恶行。”其中一位皇帝命令手下大棒伺候塞巴斯蒂安，直到他气绝身亡。之后，这个暴君又命人将圣人的尸体扔进阴沟，以为这样一来，基督徒就无法将之作为殉道者加以崇拜。可是，第二天晚上，圣塞巴斯蒂安向圣女露西亚娜（St. Lucina）显现，将自己尸体的位置告诉了她，并请求圣女将之埋葬在使徒遗迹

---

① 《诗篇》(133：1)。

附近。这事就这样成了。塞巴斯蒂安是在公元 287 年掌权的戴克里先和马克西米安皇帝当政时受难的……

圣阿涅塞(St. Agnes)

1月21日

安布罗斯(Ambrose)[①]写了关于阿涅塞的殉道故事,他证实了这位童贞女所具有的非同寻常的洞察力。十三岁那年,阿涅塞弃暗投明,获得天国中的永生。虽然她非常年轻,但却具有长者的智慧;童贞之身的她,心灵却格外早熟。她不仅容貌秀美,而且信仰纯正。

有一天,阿涅塞从学校回家,正巧被地方官的公子撞见,那人疯狂地爱上了她。他向姑娘保证,如果阿涅塞愿意嫁给自己,她将得到价值连城的珠宝和财富。但是,阿涅塞回答道:"离我远点,你这一心使坏、助纣为虐、必死无疑的家伙!我早已许配他人了!"说完,阿涅塞开始颂赞她那位心仪之人,也就是她未来的新郎。高贵的血统、仪表堂堂的外貌、富裕的家财、过人的勇力以及超越一切的爱情,她列数了自己心爱之人的这五个特点,全是新娘们对未来夫婿的最高期许。她还继续说道:"我所爱之人的出生远比你高贵,家世也远比你显赫,他的母亲是童贞女,他的父亲从未亲近过妇人[②];他永远富足,财产永世不会减少;他的馨香能使死人复活,他的抚摸能令软弱者坚强;他的爱情忠贞不移,他的爱抚圣洁无比;在他的怀抱中,我是个完全的童贞女。"接着,她总结这位心爱之人无可匹敌的种种优越条件说:"谁的血统能比他更高贵?谁的勇力能超过他?谁能比他更俊

---

① 安布罗斯约于339年生于今德国境内的特里夫斯。374年任米兰总督,同年被选为米兰主教。他使狄奥多西一世于392年定基督教为罗马帝国国教,主张教会独立与统一,不属于国家,但有权受国家保护。其主要著作为《论神职人员的使命》和《论信德》。他与奥古斯丁、哲罗姆和格列高利并称四教父。

② 她在这里所说的心爱之人是耶稣基督,守贞者自认为许配给耶稣基督。天主教认为圣母马利亚终生童贞,而其丈夫大圣约瑟也一直守贞。

美?谁的爱情能更甘甜?又有谁,能比他更仁慈地赐下这种种恩典?"接着,她列举了未婚夫送给她和其他新娘们的五件礼物,它们分别是:他以信仰的戒指迎娶她们;以无穷无尽的美德装扮她们;以受难之血标识她们;以爱的纽带连接她们;以属天的荣耀使她们越来越富有。阿涅塞说:"他已经在我右手上戴了婚戒;在我的颈项上佩了宝石项链;为我穿上了金丝织成的长袍,袍子上缀满无价的宝钻;也已经在我的脸上留下了印记,我就不会再爱上其他人;他的宝血也装点了我的脸颊。我已沉醉于他忠贞的怀抱,我们已连为一体。他给我看了他那无人可比的财宝,并许诺只要我忠实于他,这一切都将归我。"

听姑娘说完这些后,那年轻人简直发了疯。他跑回家,像所有得了相思病的人一样,倒在床上,连连哀叹。于是,年轻人的父亲找到了这位姑娘,并向她述说了发生的一切。但姑娘立场坚定,再次表明自己不能违背已经与未婚夫立下的誓约。这位地方官四处打听,想弄清楚姑娘口中的那位被她说得如此天花乱坠的未婚夫是何许人也。后来,有人告诉地方官,姑娘所说的那位未婚夫,指的就是耶稣基督。为了使姑娘回心转意,这地方官就开始对她软硬兼施。阿涅塞给她的回应是:"随便你怎么做,都无法改变我的心意。"对他的任何哄骗利诱和威胁恐吓,阿涅塞都一笑置之。地方官说:"那么,二选一吧,如果你当真喜欢做童贞女,就和女神维斯塔(Vesta)①的童贞女们一起献祭于她;或者就进妓院,开始妓女的营生!"(由于阿涅塞出身贵族,地方官不能强行逼她就范。他只能找个借口,以她是基督徒为名而迫害她。)阿涅塞回答说:"我既不会向你的神灵们献祭,也容不得任何人来玷污我的身体。上帝为我预备了天使,他会保护我

① 维斯塔是古罗马人崇奉的女灶神。

免受这些迫害。”于是，地方官命人抽打阿涅塞，扒光她的衣裳，把她送去了妓院。不过，上帝使姑娘的头发长得很长很长，比任何一件衣裳都能更好地遮体蔽羞。当她被送进那羞辱之地时，阿涅塞看见一位天使已经在里面等她，他的荣耀使妓院满室生辉。天使给阿涅塞穿上了一件熠熠发光的白色长袍。这样一来，原来的妓院成了祈祷的圣地，那些在妓院里的人，只要他们愿意对这属天的光明表达自己的尊崇之心，他们在离开妓院时就都变得比刚进去时纯洁许多。

这地方官的公子心存歹念，使出了坏招。他邀请自己那些狐朋狗友先去和妓院里的阿涅塞寻欢作乐。可是，当这些人一走进妓院，就立刻被那熠熠光辉吓倒，一个个羞愧满面地退了出来。年轻人一边骂这群朋友是可怜的胆小鬼，一边自己气急败坏地向阿涅塞走去。当他快要碰到阿涅塞时，他也和其他人一样，被那绚烂的光辉吞没。然而，由于他并不崇敬上帝，魔鬼就顺势掐住了他的喉咙，把他给活活扼死了。地方官听闻噩耗，径直跑去妓院找阿涅塞。他哭得昏天黑地，用仅存的一点儿意识询问儿子的死因。阿涅塞说：“你家公子一心想为魔鬼效劳，如今这个魔鬼掌控并杀死了他。他的朋友在看到屋里的奇迹后都惊恐万状地逃跑了，所以他们都毫发无损。”地方官对阿涅塞说：“如果你能通过你的祈祷让他起死回生，我就完全相信，你没有施行任何巫术！”阿涅塞听后就开始祷告。那年轻人立即活了过来，并马上跑出去向众人传扬福音。

神庙里的那些祭司们被这事惹恼，他们开始煽动民众，大声叫嚷道：“远离这个女巫！远离这个能使男人神志不清、魂不附体的妖精！”那个地方官因为亲眼看见阿涅塞行奇迹，所以本来想放她了事，但现在开始担心自己会因此遭到流放，万般无奈中只得将自己的职权交给了他的副手，自己则满怀愧疚和悲伤地离开了那个地方。

这个副手的名字叫阿斯帕修斯(Aspasius)。他把阿涅塞投进了熊熊烈火,但火焰立即一分为二,将两侧正在观望闹事的暴民给烧死了,阿涅塞却毫发未损。最后,阿斯帕修斯一剑刺穿了阿涅塞的喉咙,就此成就了她的殉道。那在圣爱中荣光万丈的新郎亲自为阿涅塞戴上了新娘和殉道成圣的冠冕。人们都相信,阿涅塞是在君士坦丁大帝时期(他的统治开始于公元 309 年)殉道的……

圣味增爵(St. Vincent)

1月22日

贵族出身的味增爵因其炽诚的信仰而愈显高贵。他是萨拉戈萨(Saragossa)主教巴莱利乌斯(Valerius)的助祭。主教的口才不如味增爵,所以他将布道的任务统统交给味增爵,自己则专事祷告和默想。达奇安(Dacian)[①]执政期间,他俩都被送到巴伦西亚(Valencia),被监禁在当地牢狱里。达奇安不给他俩吃喝,等到他认为这两人即将被活活饿死之际,才把他们传唤到自己跟前。但出乎意料,他看到他们不仅身体健康,而且神采奕奕。这下,达奇安发火了:"巴莱利乌斯,你这个以宗教之名公然违抗皇帝指令的贼臣逆子,还有什么要为自己申辩的吗?"巴莱利乌斯正温和地回答达奇安,一旁的味增爵打断他道:"尊敬的神父,不要悄声细语地跟这个人说话,听起来仿佛您害怕他似的!请清楚明白地大声宣讲吧!不然的话,圣洁的神父,如果您希望我代劳,我愿将我们共同的想法陈词于此。"巴莱利乌斯回答说:"我最亲爱的孩子,长久以来,我一直委任你为我的代言人:现在,我依然委托你为我们所坚持的信仰而辩护。"于是,味增爵转向达奇安说:"阁下所言均指望我等否认基督信仰。您须明了:于基督徒而言,弃绝对上主之敬拜乃为恶意亵渎之罪。"

达奇安被激怒了,他当即下令流放主教。对于眼前这个桀骜不驯的毛头小子,总督决定要拿他开刀,严惩不贷,以儆效尤。于是,味增爵被挂在刑架上遭受千刀万剐。当他从头到脚都体无完肤时,达奇安问道:"味增爵,现在告诉我,你的身体成啥样了?"味增爵微笑答道:"那是上帝对我祈祷的回应!"怒气冲冲的总督威胁味增爵说,若

① 达奇安为当时塔拉戈纳的总督。

再不屈服，就将被施以各种酷刑。味增爵高声喊道："我是有福之人！你越恐吓我，我越得安慰！来吧，你这可怜虫，使出最恶毒的招数，把你邪恶本性指使你所行的一切都使出来吧！你必将亲眼看见，上帝之臂膀将护佑我脱离你施于我的痛楚！"达奇安听后，怒吼着谩骂在场的行刑人，还对他们棍棒相加。味增爵对他说："你这是做什么，达奇安？你亲自为我向敌人们复仇吗？"这下，总督更被他气疯了。"你们这群没用的废物！"他向自己的手下叫骂道，"怎么回事？！你们不是每次都能顺利击垮那些通奸犯和弑父者，用酷刑逼他们说出一切吗？为什么你们设计的各种刑罚对这个味增爵失效了呢？"于是，行刑人又将铁爪深深地探进味增爵的胸肋，鲜血流遍了他的身体，断骨碎肋间的脏器也隐约可见。"可怜可怜你自己吧，味增爵！"达奇安说道，"你年轻英俊，现在还有机会免于更多折磨，还有机会重获自由并尽情享受你的青春岁月。"味增爵反驳道："你这魔鬼的恶舌！我未曾因这折磨而胆战，却是你那假惺惺的表演让我心惊！你越怒气冲天，我越喜乐满怀。我恳请你不要住手！希望你能竭尽所能地折磨我，直到最终成就我在上帝里面那全然的胜利。"说完这番话，味增爵被拖下原先的那副刑架，一个正在燃烧着的炉箅正等待着他。味增爵一边责备行刑人的动作太慢，一边自己快速走向下一个考验。味增爵心甘情愿地爬上了炉箅。火红的铁钩和铁刺扎进他的身体，鲜血滴在火焰中，一次又一次地灼烤着他那早已遍体鳞伤的身子。行刑人还嫌不过瘾，他们开始往味增爵的身上和火里撒盐。火焰发出"嗞嗞"的声音，像狂舞着的妖魔，跃进味增爵的伤口，啃啮炙烤着他。接着，他们又砍下味增爵的四肢，用长钩扎进他的腹腔，直到肠子流出。味增爵一直纹丝不动地静卧在那里，眼观天庭，虔心祈祷。

达奇安听了手下人的报告后吼道："什么？仍然没用？好吧，那就让他活着，我们就这样延长他的痛苦！把他关进漆黑的地牢！再用布满尖刺碎砾的大床伺候他。绑住他的脚，不许他动弹，也不准任何人给他安慰。等他死了之后，再来找我！”

他的手下们赶紧去执行这个残忍主子布置的任务。而味增爵，这位为基督英勇奋战的坚兵得到了天国之王的垂怜，此时，基督已将他的受难变成了荣耀。因为，就在一瞬间，地牢的阴暗被璀璨的光辉一洗而空；味增爵的受刑床忽然开满了芬芳的花朵；他脚踝上的镣铐自动脱落了；圣洁的天使们围绕在床边，吟诵着安慰之歌。味增爵起身在花床上踱步，情不自禁地和天使们一起歌唱着，那甜美的旋律和花朵及其无与伦比的芳香飘散到很远很远的地方。那些在地牢外监视味增爵的卫兵们亲历了这一幕，惊异之余都立即皈依了基督教。

得到报告后，达奇安心想：“这下我们还能对他做什么呢？”他对手下发号施令道：“我们被打败了！哼，现在把他从地牢带出来吧，再给他一张世上最柔软的大床。如果我们继续让他受刑，只会增添他作为殉道者的光荣。先让他享受一会儿，等他康复后再继续折磨他。”这样，味增爵就被挪到了柔软的大床上。可是，他在那上头躺了没几分钟就忽然咽气了。这事发生在大约公元 287 年，也就是戴克里先和马克西米安皇帝执政期间。

达奇安听到这个消息之后气得浑身发抖：“即便我不能在他活着的时候征服他，我也要在他死了之后继续惩罚他。只有这样才能平息我的怒火，才能为我赢得最终的胜利！”于是，在达奇安的安排下，味增爵被曝尸郊外，等着成为鸟兽们的饕餮大餐。然而，天使组成的护卫方阵立即出现在尸体周围，任何野兽都不敢走近。后来，又飞来一只乌鸦。乌鸦本是极贪吃的鸟儿，但这只乌鸦却大胆地攻击其他鸟类，甚至比它个头大许多的鸟它也敢于扇动着翅膀把它们统统赶走。狼出现时，乌鸦厉声尖叫着飞上去啄它，把狼也给赶跑了。之后，乌鸦扭头死盯着圣人的身体，仿佛正凝视着天使护卫尸体的这幕奇迹。

达奇安闻讯后说道："我相信，哪怕味增爵已经死去，我也永远无法击败他了。"不过，达奇安仍不死心，他下令给味增爵的尸体绑上巨石，然后投入大海，既然在陆地上野兽们吃不了味增爵的身体，至少海里的巨兽可以吞食他。水手们驶船出海，把味增爵的尸体抛出船舷。但是，这尸体在船员返回前就先于他们抵岸了。味增爵曾经向一些人显现过自己，这些人后来在海边发现了他的尸体并隆重地安葬了他……

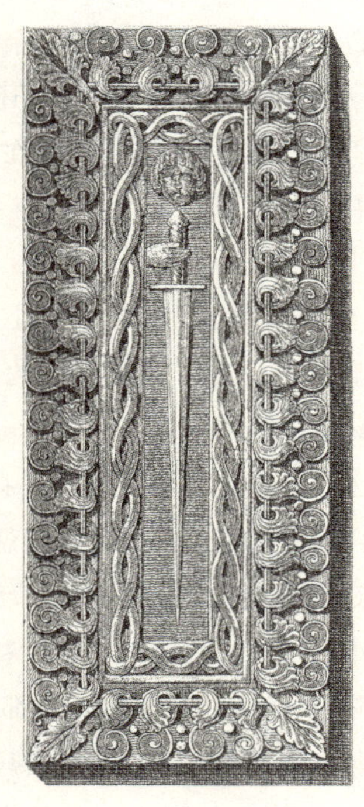

施舍者圣约翰(St. John the Almsgiver)

1月23日

约翰是亚历山大宗主教。一天晚上,他正沉浸于祈祷之中,忽见身边站着一位头戴橄榄冠冕的美丽女子[①]。见此异象,他大吃一惊,赶忙问那姑娘究竟何许人,她答道:“我乃怜悯。正是我带着上帝之子从天而降。娶我为妇吧,我将佑你昌盛。”约翰了解到橄榄冠冕象征慈悲之后,就开始对所有人都充满同情心。他被人们叫作“Eleymon”,意思是“施舍者”。他把穷人称作自己的“主人”,所以直到今日,医院里的神职人员还是这么称呼穷苦人。约翰召集自己的仆人们,对他们说:“你们在全城彻底搜查一下,列出我主人们的名字——一个也不能遗漏。”仆人们不明白他在说什么,他解释道:“就是那些穷人和乞丐——我告诉你们,他们是我们的主人,是我们的恩人,因为正是在他们的帮助下,我们才能进入天国。”

为了教导别人乐善好施,他常常讲述关于税吏彼得的故事:

从前,在君士坦丁堡,几个在阳光下取暖的穷人正在闲聊,他们谈论着那些施舍者们的德行。他们常常这样聚在一起,赞美善者,谴责恶人。那时,城里有个名叫彼得的税吏,他富有无比,又大权在握,但对穷人却毫无同情心,常常将他府邸前的乞讨者统统赶走。穷人若想得到他的施舍简直难于登天。大家在闲聊中谈起了彼得,其中一位问道:“如果我能从彼得那儿得到施舍,你们会给我什么奖赏呢?”于是,大家下了赌注,那个人就走到彼得的府邸,央求施舍。彼得正巧外出回家,看见有个穷鬼在自家门口乞讨,一时气急败坏,却

---

① 西方的文学艺术作品中,多用女子形象代表某种品德,娶之为妻象征着专注于此品德。

找不到石头，就顺手从仆人那里夺了一片面包朝乞丐扔去。得到面包后，这个乞丐赶快跑回去找自己的同伴们，向他们炫耀税吏给他的施舍。两天后，彼得忽然病得奄奄一息，他瞧见自己正站在审判台前。那里有一对巨大的天平秤。几个小黑人正将他平时所做一切恶行堆放在一侧的天平托盘上。在天平另一侧，几位身着白衣者正在哀哭，因为他们苦于找不到任何东西能放上天平。白衣者中的一位开口说话了："诚然，除了两天前他给基督[①]的那仅有的一片面包之外，没有其他任何东西了，而那片面包也不是出自他的本意。"他们只能把那一片面包放上天平托盘，这时，彼得看到这片面包竟然和天平那头所有的罪过一样重，天平立时恢复了平衡。白衣者对彼得说："你还必须再为这面包加上些别的东西，否则那些小黑人还是会把你给抓去。"话音刚落，彼得就忽然醒来，发现自己已恢复健康，他无比

---

① 福音书中记载，耶稣基督曾说过："当人子在他荣耀里，同着众天使降临的时候，要坐在他荣耀的宝座上。万民都要聚集在他面前。他要把他们分别出来，好像牧羊的分别绵羊山羊一般；把绵羊安置在右边，山羊在左边。于是，王要向那右边的说：'你们这蒙我父赐福的，可来承受那创世以来为你们所预备的国。因为我饿了，你们给我吃；渴了，你们给我喝；我作客旅，你们留我住；我赤身露体，你们给我穿；我病了，你们看顾我；我在监里，你们来看我。'义人就回答说：'主啊，我们什么时候见你饿了，给你吃，渴了，给你喝？什么时候见你作客旅，留你住，或是赤身露体，给你穿？又什么时候见你病了，或是在监里，来看你呢？'王要回答说：'我实在告诉你们：这些事你们既做在我这弟兄中一个最小的身上，就是作在我身上了。'王又要向那左边的说：'你们这被咒诅的人，离开我，进入那为魔鬼和他的使者所预备的永火里去！因为我饿了，你们不给我吃；渴了，你们不给我喝；我作客旅，你们不留我住；我赤身露体，你们不给我穿；我病了，我在监里，你们不来看顾我。'他们也要回答说：'主啊，我们什么时候见你饿了，或渴了，或作客旅，或赤身露体，或病了，或在监里，不伺候你呢？'王要回答说：'我实在告诉你们：这些事你们既不作在我这弟兄中一个最小的身上，就是不做在我身上了。'这些人要往永刑里去；那些义人要往永生里去。"见《马太福音》(25：31—46)。

兴奋地喊道："简直不可思议！如果我在愤怒中扔给乞丐的一小片面包就能给我带来这么大的好处，那我何不把全部家财都给穷人呢？"之后的某一天，穿着昂贵外袍的彼得正走在路上，一个在船难中劫后余生的人向他乞求遮身蔽体之物。彼得二话不说，当即脱下那件贵重的外袍，送给了他。哪知这人见外套值钱，转手就把它卖了。税吏办完了事，原路折返，看到他那件贵重的外袍正待出售。见此景象，他深感沮丧，自言自语道："我想让那穷人至少能记得我，但连这点都不是我应得的。"晚上，税吏睡着了，他见到一个比任何星辰都更明亮的人影。那人头戴十字架，身上正披着那件彼得施舍给穷人的长袍，并开口对彼得说："你还能认出这件长袍吗？"彼得认出了这位有着明亮身影的人，立即答道："是的，我主。"那人又对彼得说："自从你把它给我之后，我一直穿在身上。我很感激你的善心，因为当我寒冷受冻的时候，你给了我温暖。"彼得醒来后就开始为穷人们祝福，他宣布说："只要我主基督在，我要一直活着，直到我终于成为穷人中一员的那天！"他将自己所有的东西都给了穷人，还叫来他的公证人。"我想告诉你一个秘密，"他说，"但如果你不能保守秘密，我就会把你卖给异教徒！"彼得给那公证人十镑金子，说："快去圣城[①]买些你需要的东西，然后把我卖给那里的基督徒，再把卖我所得的银两给那些穷人。"公证人一再拒绝他的要求，但彼得坚持对他说："如果你不遵从我，我就把你卖给异教徒！"于是，公证人只能听话行事，给彼得穿上脏兮兮的破衣服，把他作为自己的奴隶卖给了一个银匠，换回三十块银元[②]，再把这些钱都分给了穷人。终于当上了奴隶的彼得，被当作最卑微的人，干尽了最卑贱的体力活。其他奴隶们常常打他，骂他是

---

① 圣城，指耶路撒冷。

② 三十块银元也是耶稣基督被犹大出卖的价格。

大笨蛋，但上帝时常向他显现，给他看那些他施舍给穷人们的衣物，以此安慰他。

与此同时，皇帝和君士坦丁堡的臣民们却都因彼得这样一位卓越人才的离去而哀叹不已。一天，彼得昔日的街坊邻居们从君士坦丁堡来到圣城，又正巧被彼得的主人请去做客。他们在席间交头接耳道："那个奴隶长得真像税吏彼得啊！"当他们靠近打量彼得之后，有人惊呼道："这个人就是彼得，真的是他！我要把他买回去！"彼得意识到出了乱子，就想赶紧逃离那地方。守门人既聋又哑，任何想要进出的人都必须给他打手势。但是彼得没做任何手势，他直接跟守门人说话，请他为自己开门。守门人竟立刻听到了他的吩咐，而且马上就开口说话，边回答彼得，边给他把大门打开了。之后，守门人跑回房内，告诉人们所发生的一切："那个烧饭做菜的奴隶逃跑了。不过，他一定是上帝的仆人，因为当他对我说'我吩咐你打开大门'时，从他嘴里喷出的火焰碰到了我的舌头和耳朵，在那一瞬间我就能听见声音，也能开口说话了！"惊诧万分的人们纷纷冲出房门，追赶彼得，但却再也无法找到他。由于这家人个个都曾对彼得这位圣人恶言相向，最终都难逃苦刑之罚。

圣约翰讲完税吏彼得的故事后，有个叫维塔利斯(Vitalis)的僧侣想试探一下圣约翰，看看他是否会听信谣言，于是，维塔利斯跑去市镇，拟了一份城中所有公共妓女的名单。然后，他逐一登门拜访这些妓女，对她们每一个人说："给我一个晚上的时间，但我们绝不行淫。"之后，他来到一个妓女家，找了个僻静的角落，整夜跪在地上，为那妓女祷告。第二天早上离开时，他叮嘱那女人不要把晚上发生的事情告诉任何人。一连几天后，有个妓女忍不住透露了消息，于是，正应了僧侣的祷告，她开始被魔鬼折磨。所有人都对这妓女说："上帝给了你应受的惩罚。你撒谎了。那个一无是处的僧侣明明是叫你和他行淫，根本没干其他好事！”

每天晚上，维塔利斯都对人们说：“我现在得出发了，有位女士正在等待我呢。”很多人都指责他的行为，但他回答说：“难道我不也和其他人一样有一副血肉之躯吗？或者上帝只对僧侣们动怒？僧侣们也是男人，和其他人一模一样啊！”那些人听后，说：“神父，那你干脆给自己娶个老婆吧，别再干修道这种行当，否则，流言蜚语是会害死人的！”维塔利斯听后佯装动怒地反驳道：“闭嘴！我可不想听你们胡说八道。让那些想要反对我的人自己撞墙去！上帝委派你们来做我的审判官吗？别来管我，忙你们的去吧！我会为自己的言行负责！”他尽可能大声地说出这些话，人们就传话给约翰，向他抱怨维塔利斯的言行，可是，上帝却坚固约翰的信心，使他无论如何都不相信人们对维塔利斯的指控。维塔利斯哀求上帝能在他离世后为他昭雪，也祈求上帝宽恕那些恶意中伤他的人，使他们免受惩罚。最终，他成功地使自己拜访过的很多妓女都皈依了基督，有几位女子甚至还进了修道院。

一天早晨，当维塔利斯离开一个妓女家时，遇到正要来找这女人寻欢作乐的一个主顾。那人迎面给了僧侣一拳，还骂骂咧咧道：“你这个没用的家伙！你什么时候才能改邪归正？”“你得相信我接下来说的话，”维塔利斯说，“你听着，我很快就会还你这迎头一击，而且不久之后就会满城尽知，人们还要飞奔传扬这事。”果真，很快，魔鬼就以摩尔人的样子扇了这人一耳光，还说道：“这是维塔利斯院长大人给你的耳光！”一掌之下，这人立即被恶鬼折磨得发疯，所有听到他嚎叫的人都奔跑传扬这事。然而，没过多久，这个人就悔改了，借着维塔利斯的祈祷，他终于从魔鬼的控制中挣脱出来。维塔利斯去世前，写下了如下忠告：“切勿急于论断！”他去世以后，那些女子将他所行的事迹公之于世，所有人都将荣耀归于上帝，圣约翰更是由衷地感叹道："如果我这辈子也能得到他当日所受的打击，那该有多好啊！"①

一个身着朝圣长袍的穷人来见约翰，祈求他的施舍。约翰叫来管家，说："给他六枚金币吧。"穷人拿了钱后就离开了。随后，这穷人换了件衣裳，再次跑到约翰面前求施舍。约翰又叫来管家，说："给他六枚金币吧。"管家把钱给了乞丐，等他离开后，管家对约翰说："神父，我照您吩咐的做了，不过，今天两次得了您施舍的是同一个人，他只是换了衣裳而已！"但是，约翰装作没意识到这欺骗行为。于是，那穷人再次换了衣裳，第三次跑来见圣约翰，祈求施舍。管家推搡了一下约翰，示意还是同一人。圣约翰回答说："快去，拿十二枚金币给他。这也许是主耶稣基督在试验我，看看在此人疲于索取前我是否会先厌于施舍！"

有个显赫贵族想动用教堂资产做商业投资，而宗主教约翰却想将这笔钱财分发给穷人，所以宗主教严词拒绝了他提出的要求。两人争得面红耳赤，最后不欢而散。傍晚时分，宗主教约翰叫来教堂主祭，差遣他捎口信给那贵族："我的主人，日头快落下了。"贵族听到这口信，双眼垂泪，赶到约翰处，祈求他的宽恕。②

一次，有个店主对圣约翰的侄子恶言相向。年轻人受不了这侮辱，跑去见约翰，向他诉苦。但是，约翰的话语无法安慰他受伤的心灵，于是，约翰继续说道："我儿，请你告诉我，为何有人竟敢反驳或回击你呢？相信我，孩子，我今天要去对那店主做件能惊动整个亚历山大城的事情来！"年轻人听约翰这么一说，以为叔叔会去教训那家伙，立刻转怒为喜了。约翰看见他的侄子喜形于色，便将他搂到怀里，亲

---

① 在基督教信仰中，蒙冤受辱是有福的，会得到天国的赏报。

② 《圣经》上说：生气却不要犯罪，不可含怒到日落。见《以弗所书》(4：26)。

吻之后，对他说："我儿啊，如果你真是谦卑之人的侄儿，你得时刻预备着遭受各色人等的辱骂和鞭打！真正的亲属关系不是靠血缘证明的，坚强的人格才是明证。"之后，约翰立即派人去找那店主，免除了他所有的租金和税收。所有听闻此事的人无不深受震动，他们这才明白约翰说要对店主做件能"惊动整个亚历山大城"的事情指的是什么。

宗主教约翰听说了一个习俗，在皇帝加冕时，石匠要取来四五块颜色不同的大理石，把石头放在新帝跟前，问他说："陛下想用何种石料或金属建造陵墓？"约翰也遵从了这一习俗，他下令修建自己的陵墓，但他坚持不准在自己去世前完工。他还下令说，今后他和祭司们主持圣事庆典时，都要有人上前来对他说："我的主人啊，您的陵墓尚未完工。让它完工吧：您不知道贼来的那个时辰。"①

约翰将所有东西都给了穷人，有个富人见他睡觉时用的是最简陋的铺盖，就赶紧买了一条很昂贵的被子送给他。但是，那个晚上，盖着这床被子的约翰却整夜无法合眼，因为他顾念着穷苦百姓，他的那些"主人们"。想想看吧，这床被子的价值能给三百个他的"主人们"带去温暖啊。整夜哀叹的约翰自言自语道："有多少人在忍饥挨饿，食不果腹；有多少人露宿街头，日晒雨淋；又有多少人在严寒中冻得簌簌发抖？你却丰衣足食，吃了一大盘鱼肉晚餐，带着你所有的罪孽，安卧在这张舒适的大床上，还竟然躺在一条价值三十银元的被子底下！哦，不！卑微的约翰绝不能躺在这床被子下睡觉！"于是，天一亮，约翰就卖了被子，把所得的银两都给了穷人。但是，那位富有的

---

① "贼来的时候"在《新约》中指代主耶稣基督再临的日子，那时所有信徒都会被提到空中与主相遇，这是普世基督徒盼望的时刻。约翰在此可能采用这个《新约》的比喻，来提醒自己主随时都会来临，故此需要时时警醒，预备好自己，不能懈怠。

朋友听说此事之后,又将那床被子买回来给了约翰,并叮嘱这次不能再卖,必须由他自己使用。约翰接受了馈赠,但他还是马上卖了被子,并用所得银两救济了穷人。那位富人听说约翰又卖了被子,随即又跑去买回被子给约翰,这次,他对约翰说:“我倒要瞧瞧,我们谁先在这你卖我买的过程中不胜其烦!”就这样,我们的圣人以一种愉快的方式不断收获着这位有钱朋友的财产。他告诉人们说,劫富济贫者不应有负罪感,因为这是一举两得的善行:穷人能得到生活必需品,而富人则因此而拯救了自己的灵魂。①

满有圣宠的约翰经常用圣谢拉皮翁(St. Serapion)的故事规劝人们多多行善。一次,谢拉皮翁刚把自己的斗篷给了一个穷人,又见到另一个挨冻的贫民。他只能奉献出自己的短祭袍,近乎半身裸露地坐在地上,手中拿着《福音书》。有个路人问他道:“神父,是谁夺了您的衣裳?”谢拉皮翁挥舞着手中的《福音书》,说:“就是这个。”后来,他看到又一个穷汉后,竟把《福音书》也给卖了,将卖书得来的钱施舍给了那穷汉。有人问他《福音书》到哪里去了,他回答说:“福音命令我们:‘变卖你们所有的给穷人。’我所有的就是这一本《福音书》,所以我按它所命令的,把它给卖了。”

有人来向圣约翰乞讨,圣约翰命人给他五便士,那人觉得给少了,就愤愤然地当面咒诅并侮辱圣人。约翰的仆人们正想冲上去揍那乞丐一顿,圣人却阻止了他们。“弟兄们,随他去吧,”他说,“让他咒诅我吧。看啊,我已是花甲之人,这些虚度的年岁都理应受基督之责,又有何权利因他辱骂我几句而勃然发怒呢?”于是,约翰取出自己的钱包,放在那乞丐面前,任由他从中拿取钱物。

---

① 通过行善而有利灵魂得救,这是天主教的教导。宗教改革后,新教普遍强调唯独信心有助于人的灵魂得救。

那时，在弥撒过程中，一旦福音宣读完毕，人们就会习惯性地离开教堂，聚在外头闲聊。有一次，读完福音后，宗主教也和人们一起离开教堂，和大家坐到了一起。所有人都感到惊讶，约翰就对他们说："我的孩子们，牧羊人得和他的羊群在一起①。要么你们自己回去，我就和你们一起进去，继续做弥撒，要么就坐在这里，我也和你们一起。"他一次次地这么做，直到最后，人们终于听从教导回到了圣堂。

有个年轻人带着一个修女私奔，教士们义愤填膺地把这事讲给圣约翰听，并建议宗主教将这人逐出教会，因为他使自己和那修女的灵魂都失丧了。约翰先让他们平静下来，然后对他们说："不能这么做，我的孩子们！让我告诉你们，你们自己也犯了两种罪。首先，你们没遵行上帝的诫命之一'不要论断人'；其次，你们并不知道他俩现在是否依然被罪捆绑而无悔改。"

约翰祷告的时候常常进入出神入化的境界，人们常听到他在祷告中和上帝争论："很好，我亲爱的主耶稣，那就让我们看看谁能做得更多：是你给我的更多，还是我把你的礼物分发出去的更多。"

临终之际，约翰高烧不退，他意识到归期将近，喃喃道："感谢你，上帝，你听了我的祷告，我是追寻你善良正义的那个可怜罪人，当我离世之时，我已身无分文，最后一厘我也给了穷人。"

他尊贵的身体下葬之时，那个墓穴发生了奇迹。那里本来葬有另两位教区主教，他们竟然挪动自己的尸身给约翰腾出地方，让他躺卧在他俩中间。

约翰去世前几天，有个女人来找他，说自己犯了可怕的罪行，不

---

① 教会的领袖和信徒之间的关系被《圣经》比喻成牧羊人和羊群。

敢向任何人认罪①。约翰请她至少把忏悔写在纸上,藏进信封后再给他,并许诺会为她祷告。女人同意了,她写下了忏悔信,小心翼翼地封好后交给了圣约翰。可是,没过几天,圣人就病逝了。女人得知圣人去世的消息,心想这下自己得颜面扫地了,因为她确信约翰会把她的忏悔信交给别人,现在那封信一定在其他人手上。于是,她跑去圣约翰的坟墓,在那里涕泪涟涟道:"哎哟,我这不幸的人哟!本以为我能免于受辱,这下我要在全世界前蒙羞了!"她哭得痛不欲生,乞求圣约翰显灵,把他存放那封忏悔信的地方指示给她。忽然,蒙福者约翰身着教宗圣袍,由左右两位主教陪伴着,从墓中冉冉而起。"你为何这般打搅我们?"他问那女人道,"你为何不让我和这两位圣人安息?你看,我们的圣袍都被你的眼泪弄湿了!"他取出那封依然封印严实的忏悔信,递给女人,说:"给,这是你的忏悔,打开它,读出声来。"女人依言而行,发现自己的罪行已得赦免,因为那上头写着这样一句话:"端赖我仆约翰,尔罪得赦。"女人衷心感谢上帝,而约翰也和那两位主教一起回到墓穴之中。约翰于主后605年归回主怀,也就是福卡斯皇帝(Phocas)执政期间。

① 天主教中,通过向代表上帝的神父认罪,灵魂的罪过可以得到赦免,这是告解圣事。

圣阿加塔(St. Agatha)

2月5日

阿加塔是卡塔尼亚(Catania)人[①],出身高贵且美貌绝伦,她自小就非常敬虔。西西里的罗马帝国行政长官昆蒂亚努斯(Quintianus)则是个出身低贱、好色的守财奴,也是个偶像崇拜者。这家伙决意要得到美丽的阿加塔:他自知出身不好,希望通过与贵族联姻而提高地位。他同时也是个好色之徒,贪恋阿加塔的美貌。他还觊觎阿加塔的财产,又因为这个行政长官是个偶像崇拜者,所以他想让阿加塔也向他的神祇献祭。

于是,昆蒂亚努斯下令将阿加塔带到自己跟前,死皮赖脸要娶她。哪知这姑娘却意志坚定,毫不动摇。昆蒂亚努斯把她交给一个名为阿弗罗狄西亚(Aphrodisia)的妓女,这女人有九个和她一样做妓女的"女儿"。他吩咐这些妓女在三十天内说服阿加塔改变主意。这些妓女相信阿加塔必定经不住她们的软硬兼施,一定会轻而易举地放弃她那些所谓的"美德"。她们一会儿许诺阿加塔幸福的未来,一会儿又不择手段地恐吓她。然而,阿加塔对她们说:"我的灵魂竖立于坚固的磐石之上,扎根于基督之中:你们的言辞如风,你们的许诺恰如稍纵即逝的雨点,你们的恐吓亦似无用之水!无论大雨如何倾盆而下,我的房屋依然根基牢固,永远不会倾颓!"[②]她边说边哭。每

---

① 卡塔尼亚为意大利西西里岛东岸。也有传说阿加塔生于西西里西北岸的巴勒莫,只是殉教于卡塔尼亚。

② 耶稣说过:"所以,凡听见我这话就去行的,好比一个聪明人,把房子盖在磐石上。雨淋,水冲,风吹,撞着那房子,房子总不倒塌,因为根基立在磐石上。凡听见我这话不去行的,好比一个无知的人,把房子盖在沙土上。雨淋,水冲,风吹,撞着那房子,房子就倒塌了,并且倒塌得很大。"见《马太福音》(7:24—27)。

日每夜，她都一边哭泣着，一边热切地向上帝祈祷，恳求上帝赐下胜利者的殉道冠冕。阿弗罗狄西亚见她不为所动，就告诉昆蒂亚努斯说："想让这个女孩回心转意、远离基督，简直比让顽石开口说话还难！"

昆蒂亚努斯再次下令将阿加塔带到自己跟前，他让阿加塔先谈谈自己的家世背景。她回答道："我出生于贵族之家，我们的家族十分显赫，所有亲戚都可为之作证。"昆蒂亚努斯说："既然你是贵族，为何偏偏要选择过奴隶的生活呢？"她回答说："基督的奴隶们是最高贵的人。"昆蒂亚努斯说："你自己选择吧：要么给我的神灵献祭，不然就得受折磨。"阿加塔回答说："希望你的生活和你的那些神灵们一样！希望你的妻子犹如维纳斯（Venus）第二，而你自己则成为又一个朱庇特（Jupiter）！"[①]昆蒂亚努斯听后扇了她一个耳光，并十分生气地说："管住你的舌头！你胆大包天，目无尊长！"阿加塔回答说："我很惊奇，一个有理性的人竟然会认为那些东西都是神灵！既然你不希望你的妻子像她们一样，为什么你认为她们是神灵？为什么你又认为我希望你拥有和那些神灵一样的生活是对你的冒犯？如果你那些神灵果真很好，那么我给你的希望是美好的祝福，但如果实际上你也意识到她们的肆意淫乱是何等的恶心，那么，你的想法和我这个基督徒就没什么差别。"昆蒂亚努斯厉声呵斥道："你给我住嘴！赶快献祭给我的神祇，不然的话，我马上把你折磨死！"阿加塔回答说："如果你让野兽来攻击我，它们一听到基督之名就会变得温驯无比；如果你想烧死我，天使们会从天上降下甘霖，将火焰尽数熄灭；如果你痛打我，

① 维纳斯是古代罗马神话故事中的女神，是爱神、美神，同时又是执掌生育与航海的女神，相对应于希腊神话的阿弗洛狄忒（Aphrodite）。朱庇特是古罗马神话中的众神之王，相对应于古希腊神话的宙斯。两位神祇都以追求感官享乐和不忠于配偶闻名，故童贞圣女阿加塔以此二神为譬，喻指昆蒂亚努斯的淫邪。

无论如何残忍地折磨我，圣灵都会庇佑我，而我也将耻笑你的所有恶行！”

由于阿加塔是在公共场合当众反抗昆蒂亚努斯的，所以昆蒂亚努斯不能立即置办她，而只好暂时将她关进监狱。阿加塔充满喜乐地，甚至是迈着胜利的步伐走进了监狱，好似被邀参加盛宴一般，边走边请求上帝继续看顾自己。

第二天，昆蒂亚努斯再次要求阿加塔回心转意：“赶紧否认基督，敬拜我的神祇！”阿加塔依然坚定自己的信念，于是，昆蒂亚努斯就把她绑在刑架上折磨她。阿加塔说：“在承受这些苦难的时候，我只感到无比快乐，就好似听闻喜讯，也好比旧友重逢，又仿佛得着无价之宝。未经打谷的麦子带着糠皮，这样的麦子怎能入仓？这道理于我也是一样，除非我的肉体经刽子手的鞭打，否则我的灵魂将无法荣膺殉道者的冠冕而进入天堂！”怒火冲天的昆蒂亚努斯命令手下蹂躏阿加塔的乳房，折磨了几个小时之后，他最终命令刽子手用钳拧下她的双乳。“乖戾、残忍、恶心的暴君！”阿加塔喊道，“你怎么能做出这种事情？难道你不觉得羞耻，从一个女人身上割下你母亲哺育你长大的东西？不过，没关系，我还有你无法伤害到的乳房，它们滋养着我的一切，我早已将它们献给了我的上帝。”昆蒂亚努斯命人重新把她关进了监狱，并不准医生为她疗伤，也不允许任何人给她饮食。

午夜时分，一个打着火把的男孩带着一位老人前来看望阿加塔。老人带来各种药物，对她说：“那个恶魔般的总督让你遭受了可怕的伤害，但是，你的回答却使他更为难受。他割下你的双乳，而他将为此懊悔终身！他们折磨你的时候，我也在那里，我那时就知道你的双乳能被治愈。”阿加塔对他说：“我从未使用药物治疗身体上的疾病，再说，现在若要我失去自己珍视多年的东西，那将是我的耻辱。”老人对她说：“你说的那东西是指妇女的贞洁？我的女儿，你不必担心这点,我和你一样也是基督徒啊。"阿加塔回答说:"我怎么会为此而担心呢? 您是个老人,而我的身子已遭暴徒残害,没人会对这样的身体产生欲望了。但是,我很感激您,先生,谢谢您那么关心我。"老人继续问道:"为什么你不允许我为你疗伤呢?"阿加塔回答说:"因为耶稣基督是我的主,他只要说一个字就能治愈我,让我康复如初。如果他愿意,他会立即让我的身体恢复。"老人微笑着说:"我正是他的使徒,也正是他差遣我来告诉你,你已经痊愈了。"

话音未落,使徒就消失不见了。圣阿加塔俯伏在地,感谢上帝的恩赐。她发现自己的伤口已完全愈合,双乳也奇迹般地恢复原状。牢房里光芒万丈,狱卒惊恐万状地四散逃跑,甚至无暇关上监狱的牢门。在押的犯人们都催促阿加塔赶紧逃跑,但她却说:"上帝不允许我逃跑,因为我逃走了,就会失去受难的冠冕,而那些狱卒也会大难临头,受到惩处。"

四天之后,昆蒂亚努斯又来威逼阿加塔敬拜他的神灵,并恐吓她说,如若不从,定当严惩。阿加塔回答他道:"你的威逼恐吓十分愚蠢,它们全都徒然无用,更糟糕的是,它们如此邪恶,甚至污染了这里的空气! 你这笨蛋,我怎么可能离弃那位治愈我的天国之主而来敬拜你的那些石头雕像呢?"

昆蒂亚努斯问道:"你刚才说谁治愈了你?"阿加塔回答:"是基督,上帝之子治愈了我。"昆蒂亚努斯吼道:"你竟然还敢说出这个名字! 这是我最痛恨的名字!"阿加塔说:"只要我活着,这名字就常在我心头,也常在我嘴上。""很好,"昆蒂亚努斯说,"我们走着瞧,看基督这次能不能治愈你!"他命人将炭火铺在地上,并在上头撒了碎瓦砾。阿加塔被他们扒光了衣服,然后被按倒在这张火床上来回推搡。

正当这群暴徒折磨着阿加塔的时候,突然发生了强烈的地震。宫殿在剧震中坍塌,昆蒂亚努斯的两个手下死于非命。许多人跑去见昆蒂亚努斯，指责他对阿加塔施以酷刑，因此招来天怒。

昆蒂亚努斯担心民众闹事，又害怕余震重演，所以赶紧将阿加塔送回监狱。回到牢房后，阿加塔又开始祈祷："主耶稣基督，你领我来到这个世界，自从孩提时代起，你就保护着我；你护佑我的身体免遭亵渎，也保守我的心灵远离尘世纷扰；你使我在患难中无所惧怕，又赐我力量战胜逆境。请怜悯我，现在就接受我的灵魂吧！"结束祷告后，她大声吁喊着，离开了人世。

这事发生在大约公元 253 年，皇帝德西乌斯(Decius)掌权时期。①

之后，信徒们用香膏涂抹阿加塔的尸体，将她安葬在一个石棺中。正在此时，一位身披绸缎的年轻男子在一百多位年轻人的陪伴下(这些人都是当地信徒从未见过的陌生人，他们一个个都年轻英俊，身披炫丽的白色外袍)走到尸体跟前，将一块大理石碑放在棺木上。那石碑上这样写道："一个圣洁而善良的灵魂安卧于此，她是上帝之荣耀，她救赎了自己的国家。"(换句话说，圣阿加塔是圣洁的灵魂，她舍己殉道荣耀上帝，并使自己的祖国免于异教徒的暴政。)这块神奇石碑的故事流传开来，甚至异教徒和犹太人也开始敬拜阿加塔的墓地。

而那个昆蒂亚努斯呢，他急匆匆地坐着马车跑去阿加塔家，想瞧瞧有没有什么东西可以霸占。但就在路上，拉车的两匹马忽然受惊发狂，一匹马掉头咬他，另一匹马则狠狠地踢他，最终一脚将他踹进了河里。人们再也没能找到他的尸体。

圣阿加塔离世后一年，卡塔尼亚城附近火山爆发，烈火与岩浆如

---

① 罗马皇帝德西乌斯，相传于公元 250 年下令全国向罗马神像献祭，这造成基督教的殉道高潮。

洪水般滚滚而下，山石熔化，土地焦裂。山上的村民成群结队地逃下山，他们跑进圣阿加塔的坟墓，扯下棺木上的纱盖，放在烈焰顷刻将至的路上，烈焰竟然立时熄灭。这个奇迹发生在圣阿加塔生日那天……①

① 正因为此，阿加塔被尊为西西里的主保圣人，保佑世人不受火山爆发、地震、雷击和大火等灾害。后来，她又被尊为乳母及铸钟工人的主保圣人。

圣朱利娅娜(St. Juliana)

2月16日

朱利娅娜被许配给了尼科美底亚(Nicomedia)的行政长官欧洛希奥思(Eulogius)。不过,这位姑娘决意不嫁给他,除非此人愿意接受基督信仰。于是,被扒光衣服的朱利娅娜被父亲狠狠揍了一顿后,送去见欧洛希奥思。“我最亲爱的朱利娅娜,”长官对她说,“你为何误会我呢?为什么万般拒绝我?”姑娘回答道:“如果你敬奉我的上帝,我就同意嫁给你。如若不然,你绝无可能成为我的丈夫。”“亲爱的,我不能这么做,”长官告诉她,“如果那样,皇帝会砍掉我的脑袋。”“既然你那么害怕一个必死的君王,”朱利娅娜驳斥道,“你又为何认定我不该惧怕一位永世长存的君主?随你所愿地行事吧,我永不会改变主意。”

于是,长官先是狠抽了她一顿,继而用她的头发把她吊了整整十二个小时,而且还用熔化的铅水浇在她脑门上。然而,朱利娅娜在这些刑罚下毫发无损,长官只得将她锁进了地牢。在地牢里,魔鬼假扮成天使的模样来见她。“朱利娅娜,”魔鬼说,“我是上帝的天使,他派我来告诉你,你必须向诸神献祭以保全性命、免受酷刑和惨死之灾。”听他说完后,朱利娅娜哭了。“哦,我的上主,我的上帝啊,”她祈祷道,“不要让我灭亡!请你指示我,这个给我如此恶毒建议的人究竟是谁!”这时,一个声音响起,告诉她要抓住面前那个人,并逼他坦白自己的身份。朱利娅娜赶紧一把拽住他,问他究竟是谁,那人只得告诉朱利娅娜自己是个恶鬼,而且是他的父亲差他来将朱利娅娜诱入歧途。朱利娅娜问道:“谁是你的父亲?”“魔鬼别西卜,”他回答说,“他派遣我们出来干尽坏事,如果基督徒们胜过了我们,回去后我们就会被他痛打。这次我被你打败后一定会付出惨痛代价!”恶鬼还承认了其他一些事情,比如当基督徒们在进行圣体圣事[①]、讲道和祷告时，这些基督徒就能够最有效地把他关押起来。朱利娅娜把恶鬼反绑起来，用捆绑她自己的铁链狠狠抽了他一顿，直到这恶鬼大声呼救："女主人，怜悯我吧！"

这时，长官命人将朱利娅娜带出地牢。她走出地牢时，恶鬼依然被铁链牵着，跟在她身后。"朱利娅娜！女主人！"恶鬼哀求着，"别再嘲弄我了，否则我以后就没法将人引入歧途了！基督徒不是应该满怀怜悯吗？但你却对我这般冷酷无情！"

朱利娅娜来到长官跟前，他下令将她绑在车轮上，直到压得她筋骨断折，骨髓迸流。不过，上帝派来一位天使击碎车轮并医治了朱利娅娜。所有见到这幕神迹的人都皈依了基督，并随即全部殉道。五百个男人和一百三十个女人当场被斩首。朱利娅娜则被投进盛满沸腾铅水的大缸，但那铅水一下子就变凉了，成了温度适宜的洗澡水。长官怒火填膺，他咒诅着自己崇拜的那些神灵，因为他们竟然无法惩罚一个如此藐视他们的年轻姑娘。于是，他只能命令将朱利娅娜斩首了事。朱利娅娜被带到了刑场，那个被她痛打过的恶鬼以年轻男人的形象在刑场上现身，他向众人大声嚎叫道："别同情她！这女人诽谤了你们的神灵，昨晚还痛揍了我一顿！快给她应得的惩罚！"朱利娅娜稍稍睁开眼睛，想看看谁在嚷嚷。那恶鬼的目光与她一对视，便立刻吓得魂飞魄散："救命啊！救命啊！她又要逮住我五花大绑啦！"说完，他就立即消失不见了。朱利娅娜被斩首后，那个长官在一次海难中与另外三十四人一起溺水而亡。他们的尸体被海水冲到岸边后，立刻被那些野兽和猛禽狼吞虎咽地吃光了。

---

① 圣体圣事，或圣餐礼。耶稣在最后的晚餐时，拿起饼来，祝谢了，擘开。递给门徒说："这是我的身体，为你们而舍弃的。你们应为纪念我而行此礼。"晚餐以后，耶稣同样拿起杯来，说："这杯是用我为你们流出的血而立的新约。"见《路加福音》(22：19—20)。基督教各派别都有此圣事，但解释稍有不同。

使徒圣马提亚（St. Mattias, Apostle）

2 月 24 日

马提亚是接替犹大充当使徒的那人，但在开始讲述他的故事之前，我们先要简短回顾一下犹大本人的生平。

根据一部被次经①认可的历史书记载，耶路撒冷城有个叫鲁本（Ruben）的人，有时候人们也叫他西门（Simon），他是但支派的人[照哲罗姆的说法，他是以萨迦（Issachar）支派的人]。鲁本娶了一个名叫赛博利亚（Cyborea）的女子。一天晚上，两人房事之后，赛博利亚在睡梦中胆战心惊地呻吟哭泣起来，对丈夫说："我梦见自己将要生下一个孩子，他是个邪恶败坏的家伙，我们全族都要因他而毁灭！""多么恐怖的梦啊！"鲁本叫道，"你千万别把这梦告诉任何人，肯定是恶魔蒙骗了你！""如果我果真生下一个男孩，"妻子提醒丈夫说，"那就是一个确证，说明刚才那梦是真实的启示，而不是恶魔的欺骗。"后来，他们的儿子降生了，不祥的预感笼罩着夫妻二人，面对这情形不知所措。他俩无法下得狠心去杀掉这个孩子，但也决定不能将他养大成人，因为那将给全族带来悲剧。于是，他们把孩子放在一只藤篮里，任由他漂浮海上。这个小弃婴被海浪带至一个名叫希加略（Scarioth）的岛屿[在那里，犹大得名为加略（Iscariot）]。岛上的王后正好多年无子，那天她正在海滩上散步，看到一个篮子在海水中翻

---

① 次经，是指几部存在于希腊文七十士译本但不存在于希伯来文《圣经》的著作，或称为旁经、后典或外典。一般认为，这些著作是犹太教抄经士在后期加入，或在翻译的过程里纳入正典的。但是也有几卷的亚兰文和希伯来文的抄本在死海古卷中被发现。次经不同于伪经，伪经的内容被正统神学认为是否定基督的救恩，或与《圣经》教义相违背，或令基督教信仰动摇；而次经只是未被纳为基督教认可为《旧约》正典的犹太教著作。

腾,就赶紧抓住并且打开了它。看见篮子里是一个俊美的男孩,王后长叹道:"啊,如果我也有个如此活泼漂亮的宝宝该多好!想到王位有人继承又是多么令人欣慰!"于是,她偷偷找人来哺育这个孩子,同时,自己装作怀孕的样子。在一个合宜的时机,她宣称自己生了个儿子,好消息立刻传遍了整个王国。国王和所有臣民都兴高采烈地为孩子的诞生而欢庆。这个孩子被当作王子养育,可是,不久之后,王后怀上了国王的孩子,生下一个男婴。两个孩子在一起成长,玩耍的时候,犹大总是以大欺小,凌侮国王的亲生儿子,弄得那可怜的小孩常常号啕大哭。王后对此忧心忡忡,尽管她一次次教训犹大,但每次挨打后,没过几分钟这孩子就又故态重演了。最终,纸包不住火,秘密泄露,人们都知道犹大根本不是王后的亲生儿子,是她外面拣来的一个弃婴。犹大知道真相后,感到异常羞耻,他偷偷摸摸尾随着国王的亲生儿子,那个他曾经以为是自己亲兄弟的人,企图谋杀他。谋杀未遂,阴谋暴露后,犹大害怕国王会因此判他死罪,就结交了几个正巧来进贡的外国使节,跟着他们逃到了耶路撒冷。在那里,他投靠了当时的统治者彼拉多(Pilate)①。由于臭味相投,彼拉多很快和犹大对上了眼,十分喜欢这个年轻人。后来,他索性让犹大做了自己宫廷的总理大臣,在那里享有无上权力。

一天,彼拉多在宫殿露台上看到一个果园,丰润悦目的果实一下子抓住了他的眼球和内心的贪欲。这个果园属于犹大的父亲鲁本,但鲁本和犹大并不知道彼此是父子关系,因为鲁本认为犹大早已葬身大洋。而另一方面,对自己生父究竟是谁,住在哪里,犹大则一无所知。彼拉多叫来犹大,对他说:"我太想要那些水果了,如果得不

---

① 彼拉多是统治犹太人的罗马总督,据《圣经》上说,耶稣就是由他下令被钉上十字架的。

到，我会死掉！”于是，犹大赶紧跑进去，撑杆跃入果园，用最快的速度摘了一些苹果。然而，他还是被忽然出现在果园里的鲁本逮了个正着。两人吵得面红耳赤，进而互相攻击，又索性厮打起来，两人都受了伤。最后，犹大用石头猛砸鲁本的脖颈，鲁本当场毙命。犹大带着那些苹果去见彼拉多，告诉他发生的一切。日落西山后，人们发现了鲁本的尸体，大家都误以为他属于正常死亡。彼拉多随即把鲁本的所有家财都划归犹大，还将赛博利亚，也就是鲁本的妻子，许配给了犹大。一天，犹大听到他的妻子长吁短叹，就问她原委。她回答道："哎哟，我是世上最不幸的女人！我亲手将自己的孩子弃于海浪之巅，亲眼见到自己的丈夫死于非命，如今，在这诸多悲哀和不幸中，彼拉多又将最难以承受的痛苦加诸我命，那就是：他逼我嫁给了你！”当赛博利亚把她弃婴的细节都告诉犹大后，犹大将这些故事和自己的经历一比照，立刻明白原来自己已弑父娶母。在母亲的提议下，悔恨交加的他来到主耶稣基督面前，祈求自己的弥天大罪得到赦免。（以上故事情节可见于次经历史。虽然这段故事可能不应作为史实被接受，而应作为传奇遭摒弃，但它究竟是否值得被重述，还当由各位读者看官自己判断。）

主耶稣收犹大做了自己的门徒，后来还挑选他成为使徒。耶稣很喜欢犹大，十分亲近他，将财务都交给这个日后要出卖自己的人。因为犹大掌管着门徒的财务，所以，他就有机会窃取人们给基督的奉献礼金。耶稣受难前，那瓶价值三百银币的香膏被马利亚倒在耶稣身上，而没被卖掉，犹大之所以因此大光其火，正是因为他可以偷窃卖香膏所得的银两。① 后来，他出卖主耶稣得到了三十块银元，由于

① 这段故事可参看《约翰福音》(12:1—8)，但《圣经》中并无记载说犹大想偷窃卖香膏所得的银两，但说过犹大是个贼，监守自盗。

一块银元等于十银币，所以正好等于他错过的那瓶香膏的价值。然而，在干了这些坏事后，犹大很快就后悔不迭，他归还了卖主的钱财后就上吊自尽了。他挂在那棵树上，肚腹崩裂，肠子流了一地。不过，从他嘴里并没吐出任何秽物，因为毕竟这张嘴曾亲吻过基督荣美的双唇，若要遭受此等污秽实在有违天理。而那副皮囊里的肠子倒是理应受罚，因为正是这一肚子坏水设计了卖主的阴谋，而发出叛徒卖主声音的喉咙也活该遭到被绳索勒紧的厄运。再来看看他为何被吊死在半空中，那是因为天界的天使们和地上的人类都痛恨他，于是，这个惹得人神共怒的家伙就被逐出了天使和人类统治的疆界，只能在半空中与恶魔为伍了。

在耶稣升天日和圣灵降临日之间的某天，门徒们济济一堂。这时，彼得意识到现在门徒已经少于十二人，而十二人是主耶稣当年亲自选定的要奔赴地极传扬三位一体信仰的人数。[①] 于是，彼得起身对众人说："弟兄们，我们必须再立一位弟兄代替犹大的位分，与我们同作耶稣复活的见证，因为主曾这样对我等说：'（你们）要在耶路撒冷、犹太全地，和撒马利亚，直到地极，作我的见证。'[②]由于我们每个人都必须见证本人所见到的事实，所以我们还必须选出一个常与我们同在的、见过我主奇迹也听过他教训的弟兄，叫他得这使徒的位分。"于是他们从七十二位门徒中选举了两人，其中一位是雅各的兄弟约瑟，就是因其圣洁生命而被叫做"犹士都"[③]的那人；另一位就是马提亚。这位马提亚，我们除了知道他后来被选立为使徒而得到赞誉之外，对他被按立为使徒以前的生平一无所知。众人齐声祷告道：

---

① 在此，三位一体信仰指基督教信仰。

② 《使徒行传》(1:8)。

③ 此处"犹士都"在英文中为"Just"。

“主啊，你知道万人的心，求你从这两个人中，指明你所拣选的是谁，叫他得这使徒的位分。这位分犹大已经丢弃，往自己的地方去了。”于是，众人摇签，摇出马提亚来，他就成为十二使徒之一了……

随即，使徒马提亚被派往犹太(Judea)，在那里，他热忱地传扬福音，在多次施行神迹后安详辞世。不过，在另一些手抄本中，我们看到他被钉十字架，头戴殉道者荣冠，魂归天国。据说，他被埋葬于罗马的桑塔·马利亚·马乔里教堂(the church of Santa Maria Maggiore)的斑岩墓穴中，忠贞的信徒们能在那里见到他的面容。

另一个存于特里尔(Trier)的传奇版本说①，马提亚属于犹大支派，父母是伯利恒城中的杰出人物。他早年就在法律和预言方面造诣深厚，而且远离轻浮无聊的各种消遣。年轻人容易受到的各种诱惑，都被他那成熟的人格一一攻克了。他热衷于操练修养和德性，潜心于积累学识和智慧，乐善好施，克己谦逊又坚毅无畏。他竭尽所能地传播福音，并且身体力行，言传身教。在犹太传教的时候，他治愈麻风病人，赶鬼驱魔，使瞎子看见，聋子听见，瘸腿行走，甚至让死人复活。后来，他被抓到大祭司那里，面对多项指控，他回答道：“我不想浪费时间反驳你们加诸我的各种指控——‘罪行’，你们这般称呼我所做的事情——作为一位基督徒，这些都不是罪行；那是最高的荣耀。”大祭司问他道：“如果再给你点时间重新考虑，你会让步吗？”马提亚答道：“上帝禁绝我在找到真理后又弃明投暗！”

马提亚博学超群，心灵纯洁，智慧绝伦，他总能帮助信徒解决《圣经》中的各种疑问，而且还是位有远见卓识的教会领袖和极具演讲禀赋的布道者。他在犹太布道的时候，奇迹频频发生，很多人由此皈依

---

① 不清楚这句话的具体所指。可能本书编撰者弗拉津的雅各没有看到过来自特里尔的有关马提亚的直接文本记录，而是根据一些二手材料而写的。

了基督教。但是,这也招致犹太人的嫉恨,人们把他抓获,送到法庭。两个指控他的假见证人率众用石头扔他。马提亚坚持说,这些扔向他的石头应该作为证据和他一起下葬。按照罗马习俗,在遭到石击的时候,马提亚被一斧砍下脑袋。手起斧落之际,马提亚举手向天,将灵魂交付给了上帝。这个传奇还说到他的尸体被人们从犹太带到罗马,之后又从罗马带去了特里尔。

还有一则传奇则说马提亚去了马其顿传教。在那里,人们给他一种毒饮,喝过的人都会失明。但是,马提亚求救于基督之名,一饮而尽后却平安无事。这种毒饮已经使二百五十人变成了瞎子,然而,马提亚一一按手为这些人祈祷,他们就都一个个复明了。可是,魔鬼变作孩子的样式出现在众人面前,蛊惑大家杀掉这个妄图结束当地宗教信仰的圣人。马提亚从他们眼皮底下溜走,他们找了他整整三天,却还是找不着他。后来,马提亚自己公开亮相,对众人说:“我在这里!”他们把他双手反绑在背后,脖颈套上绳索,在将他投入监狱前肆意凌辱他。恶魔们龇牙咧嘴地来进攻他,但他们无法得逞,因为刹那间,一道巨焰闪现,上帝将马提亚提至空中,解开他的锁链,一边说着甜蜜无比的安慰之言,一边为他打开了监狱的大门。马提亚逃离了监狱,之后继续开始传扬上帝的福音。仍然有些顽固不化的人拒绝听从他,马提亚就对他们说:“我必须警告你们,你们会活着下地狱!”说时迟那时快,大地裂开,吞噬了他们,而剩下的人都皈依了上帝。

圣朗吉努斯(St. Longinus)

3 月 15 日

朗吉努斯是一个百夫长,主耶稣被钉十字架的时候,他和其他士兵一起站在那里,还用长矛刺了主的肋旁。后来,看见耶稣死后的神迹,就是日头昏暗和大地震动,他就皈信了基督。不过,对他而言,最重要的原因是更个人化的:疾病或年龄的原因使他目盲,而当基督的血从他的矛滑落到他手上时,他沾了一点血在眼睛里,眼睛就明亮了。他立即离职并在卡帕多西亚(Kappadocia)的恺撒利亚(Caesarea)接受使徒们的信仰教导。接下来的二十八年,他过着修士的生活,并言传身教劝人皈依基督。最后,他被统治者逮捕,要求向偶像献祭。遭到拒绝后,他们拔了他的牙齿,割了他的舌头,但朗吉努斯并没有丧失说话的力量。他抓过一把斧头,把偶像砸得粉碎,喊道:"现在我们看看他们到底是不是神灵!"魔鬼从那些偶像身上逃了出来,钻进总督和他部下们的身体。他们都发了疯,像狗一样狂吠着倒在朗吉努斯脚边。"你们为什么住在那些偶像里面?"朗吉努斯喝问道。他们回答:"我们只能住在基督之名未被耳闻和十字架之形未被眼见之地!"那个总督癫狂万状,在狂吼乱叫中变成了瞎子。朗吉努斯告诉他说:"相信我,如果你不杀了我,你是不会被治愈的。一旦我死了,我就会为你祈祷,上帝会医治你的灵魂和肉体,你才能获得康复。"

于是,总督立即砍了朗吉努斯的脑袋,随后,他走到尸体边号啕哀哭。说时迟那时快,他的眼睛复明了,此后,他用余生做了许多善事。

圣本笃（St. Benedict）

3月21日

本笃生于努尔西亚（Nursia）省[①]，长大后被送至罗马学习人文学科。不过，年轻时他就放弃学业，决定去人迹罕至的地方过独居生活。有个深爱他的乳母一直跟随着他，二人来到一个名为恩费达（Enfide）的地方。一次，乳母失手将一个借来筛谷物的漏勺摔成了两半。本笃见她哭泣不止，就拾起那两半漏勺，祷告一番，漏勺随即合二为一，观之如新。

不久之后，本笃避开乳母，自己寻见一处山洞，便在那里隐居三年，除了一个叫罗曼努斯（Romanus）的僧侣，无人知其住所。善心的僧侣负责给本笃提供生活必需品。由于本笃的住处绝难抵达，罗曼努斯只能手脚并用地爬上去，把面包系在一根绳子上，再把绳子缒到洞口。他还将一枚铃铛系在绳子上，好让圣洁之人应声前来取食。不过，古老的仇敌魔鬼撒旦妒忌这仁慈之心和施舍之粮，就掷石击碎了铃铛。即便如此，罗曼努斯依然坚持不懈地照料我们的隐修士。后来，又有一位僧侣，那天他正在预备复活节主日晚餐，上帝向他显现，并说道："你在此为尔等预备佳肴，而我仆却在山崖洞中忍饿奄奄。"这位僧侣赶紧出发，寻搜良久才找到隐修士，说："来吧，让我们共进晚餐，今日是复活节。"本笃道："如果我蒙福见到您这样的来访者，那今日必定是复活节了。"（由于远离尘嚣，他本来并不知道那天是复活节主日）僧侣说："我向您保证，今天就是上主复活之日，所以，您不必守斋。这也是上主差遣我带食物给您的缘故。"谢饭祷告后，二人共进晚餐。

---

① 位于今意大利斯波莱托附近。

一天，有只黑鸟盘旋于本笃头顶，扇动着翅膀靠近这位隐修士的脸。本笃完全可以一把抓住它，但他只是划了个十字，那鸟便立刻离开了。

之后，魔鬼让本笃的脑海中浮现出一位曾经谋面的女士形象。这一形象盘亘心间，致使本笃渴求之情如熊熊火焰，几欲让步于此渴念，放弃隐修生涯。然而，上帝的恩泽终于临到他，本笃在瞬间恢复了自我意识。他扯下身上的衣服，赤身在荆棘灌木丛中翻滚不已，直至浑身上下伤痕累累。通过此种方式，他将灵魂之罪孽从肉身之伤口驱逐而出。自此往后，他战胜了本性中的软弱，也熄灭了一念欲火，从此再未受肉欲折磨。

本笃声名日隆，附近一所修道院的院长去世后，该修道院全体成员来见他，恳请他成为新任院长。他坚辞良久，强调自己不适合那种类型的共同体生活。然而，最终，他还是同意了。不过，当他坚持实行更严酷的修道院规制时，那些僧侣们开始怨声载道，甚至咒诅自己竟然推举这样一位拘泥形式且处处与他们作对的院长。在本笃的治理下，僧侣们变得毫无自由，甚至连过往早已成为习惯的些微放纵都不获许可。这位新任院长因整饬严厉而触犯众怒。一天夜晚，僧侣们在一杯葡萄酒里掺和了毒药，送给已经就寝的本笃。不过，就在本笃画十字那当儿，玻璃杯仿佛遭到石击一般，突然碎裂了。本笃意识到那杯酒里掺有剧毒，否则它一定不会经不住那个画十字的动作，于是，他起身平静地说："切望全能的上帝怜悯你们，弟兄们！难道我不曾一再告诉你们，我并不适合你们的生活方式吗？"

本笃回到旷野中的山洞，在那里，他行了诸多神迹，也因此更加声名远播，盼想与其为伍的民众蜂拥而至，以期共度隐修生活。因此，他创立了不下十二所修道院。有一所修道院，其中有一位僧侣难以长时间祈祷，总是在别人还在祷告的时候，就偷偷潜至他处寻求世俗乐趣。这所修道院的院长将此情况汇报给了本笃,他随即来到修道院观察,但见这僧侣在祷告中被一黑色小鬼拉住修道服的穗边,然后,就这么被一路拽出圣堂。本笃叫来院长和一个名叫莫鲁斯(Maurus)的僧侣,说:"你们看不到那个把他拖出圣堂的家伙吗?"他们异口同声地回答说看不到。本笃又说:"我们来祷告,只有这样你们才能看见他。"祷告完毕,莫鲁斯看到了那个小鬼,但院长依然一无所见。第二天,祷告之后,圣本笃看见这僧侣站在圣堂外,就用手中的权杖教训了他一顿,以此惩罚他的玩忽职守。从此往后,这位僧侣未曾懈怠于祈祷,因为圣人的权杖也着实击疼了魔鬼,他自此再不敢来搅扰僧侣的默想灵修。

这些修道院中有三所位于高山之巅。山顶上的僧侣们必须下山打水,路途遥远而艰辛,故此,他们祈求圣本笃允许他们将修道院搬至他处。一天夜晚,本笃在一位年轻僧侣的陪伴下,登上山巅。一番长祷之后,他在三处地方安置了三块石头做记号。第二天早晨,他回到修道院,僧侣们又开始恳求他允许他们搬离。他回答道:"我在三个地方安放了石头作为记号,你们去找到那三处地点,在那里掘地三尺。这样你们定能得到水源:上帝已经在那里为你们安置了泉水。"僧侣们出去找到了那些石头,只见那地竟已缓缓淌出水来。于是,他们在那里挖了个坑,水很快就注满那坑。时至今日,那泉水依然汩汩不息,甚至水势汹涌而成瀑布,飞流直下而至山脚。

一日,有人在用刀铲清理修道院周边的荆棘时,刀刃滑出了刀柄,一下落入深湖。那个人自责不已,圣人却把那刀柄也掷入湖中,但见那刀刃立刻浮上水面,自动和刀柄连接如故。

另有一次,有个名叫普拉西度(Placidus)的年轻僧侣外出取水,却不慎落入河中。水流湍急,他立刻被冲到了山脚下。圣人当时在自己的隐修室内,却在异象中看到了这幕,便赶紧叫来莫鲁斯,将所发生的事告诉他后，请他跑去解救那小伙子。得到圣人降福后，莫鲁斯赶忙上路。他奔跑在溪流上，却如履平地。看见那个普拉西度之后，莫鲁斯一把抓住他的头发，将他拽出水中。回到本笃身边后，莫鲁斯告诉圣人所发生的一切。圣人说，此奇迹之生成并非借由他本人的德行，乃是对莫鲁斯之谦卑躬行的赏赐。

有个叫弗洛伦蒂乌斯(Florentius)的神父十分嫉妒圣人，以致于将毒药抹在面包上，作为施舍给了圣人。圣人感激地接受了这份礼物，随之将它扔给一只由他经常亲自喂食的乌鸦，并说："以耶稣基督之名，带走这块面包，把它扔到无人能触及的地方。"那只乌鸦张开嘴，振翅飞翔，绕着面包飞了一圈，一边呱呱乱叫，仿佛在暗示圣人，虽然它很想遵命而行，但却难以办到。圣人一遍遍地命令它道："别害怕，快衔起它。按我吩咐你的去行，衔起面包。"最后，乌鸦终于衔起面包后飞走了，三天后，它又飞了回来，依然如往常一般，请圣人给它喂食谷物。这个弗洛伦蒂乌斯见自己的伎俩没有得逞，自己的诡计不能伤害这位大师的身体，就转念企图摧毁本笃那些门徒们的灵魂。他带着七个少女悄悄进了修道院花园，让她们在那里裸身尽情嬉戏，歌舞狂欢，以此激起僧侣们的情欲。圣人从自己的隐修室内窥见正发生的一切，他十分担心那些弟兄们抵抗不住诱惑。于是，他来到修道院，带领一些愿意追随他的弟兄们，准备择地另居。至于那个弗洛伦蒂乌斯，他站在阳台上看着本笃等人的离去，正幸灾乐祸间，忽然阳台倾颓，他则落地身亡。莫鲁斯追上圣人，兴高采烈地喊道："快回来啊！那个企图伤害您的人已经死啦！"圣人听闻此讯，不禁仰天长叹，不仅为自己仇敌之死而心存悲悯，更为了自己的一位追随者竟然如此快活地宣告一个人的死亡而感到哀伤。于是，他惩罚了莫鲁斯，然后继续上路。然而，虽然他另居他处，那个古老的仇敌撒旦却依然尾随而至。

当他抵达卡西诺山（Monte Cassino）时，他将那里的一所阿波罗神庙改作了施洗者圣约翰的小礼拜堂，更使当地百姓丢弃了原有的异教信仰，皈依了基督教。魔鬼忍无可忍，反复以各种难以想象的可怕形象威吓圣人。他双目喷火，怒不可遏地厉声叫道："本笃，本笃！（蒙福者，蒙福者！）"[①]圣人一言不发，他又继续吼道："马里迪科特，马里迪科特，不受福佑者！（受咒诅的，受咒诅的，不是蒙福的！）[②]你为何如此苦待我？"

有一天，弟兄们试图将一块巨石移进屋内使用，但却无论如何搬不动它。圣人恰巧路过，他给弟兄们降福后，他们就轻而易举地搬动了那块巨石——这证实了一点，正是魔鬼刚才坐在巨石上，所以石头才会寸步难移。之后，弟兄们准备开始建造教堂的围墙，这个古老的仇敌——魔鬼，又向圣人显现，并告诉他说，自己将亲临现场，观看弟兄们工作。于是，本笃马上捎口信给他们，说："弟兄们，你们要警醒，有个邪灵已经来到了你们中间！"口信还未传到，魔鬼就击毁了一堵墙，将一位初学僧侣活活砸死了。不过，圣人将那初学僧侣被压碎的尸身装进麻袋，祈祷使其复活，并差其回到修道院，重新建造院墙。

有位虔诚的平信徒每年前往觐见圣本笃。按规矩，他在途中养成了斋戒的习惯。一天，他正在每年一度的朝圣路上，遇见了另一位旅人。时辰渐晚，那陌生人主动提出要和他分享所带的干粮："来吧，我的朋友，让我们吃些东西，否则我们必将饿毙途中。"那人回答说，在自己的朝圣途中不可中断斋戒。陌生人沉默了片刻。不久之后，陌生人旧事重提，但依然得到相同的答复。时光流逝，二人又长途跋涉了许久后，都已筋疲力尽。此时，他们来到一处青翠可人的草地，

---

① 本笃，原文即"Benedicte"，其意为"蒙福者"。

② 马里迪科特，原文即"Maledicte"，其意为"受咒诅者"。

其间还有清泉流淌，绿树成荫。陌生人提议在此休息饮食。见美景如斯，我们的朝圣者就再也未能抵抗住食物的诱惑。当他们抵达目的地时，圣本笃对朝圣者说："古老的仇敌与你结伴而行，我的弟兄，他两次失败，但第三次却获胜了！"朝圣者羞愧难当，伏地认罪。

哥特国王托蒂拉(Totila)突发奇思，他想看看圣人是否能未卜先知，是否有灵视的恩赐。于是，他找来一个卫兵，让他穿上自己的衣袍，并差遣他威仪堂堂地去修道院找本笃。圣人一见到他，就说："我的孩子，脱下你的衣袍吧，你身上这袍子不是你的。"士兵即刻俯伏跪拜，为自己企图愚弄这样一位大能者而胆战惊惧。

人们带着一个被魔鬼附体的神职人员来找圣本笃，希望得到医治。赶出魔鬼后，圣人对这个神职人员说："你这次离开后，千万不得再吃肉食，也不可接受任何圣职。因为，若有一天你如此行，魔鬼将再度掌控你。"一段时间里，这人小心谨慎，不敢越雷池半步，但后来，见其他比之年轻的人都被授了圣职，他就为此愤愤不平。于是，他忘记圣人的忠告，也奉受了圣职。就在那时，早已离开他的魔鬼又控制了他，对他折磨不休，直至将他催逼至死。

有人差遣一男孩提两壶葡萄酒给圣人，但这孩子却只递送了其中一壶，把另一壶藏在了路边隐蔽处。圣人感激地接受了礼物，但正待那男孩离去，圣人提出了警告："我的孩子，你藏起的那壶酒，千万别喝它！你得小心翼翼地放倒它，就可以看到那里头有什么东西。"男孩脸红不已，赶紧离开修道院，回去一看究竟。当他放倒壶身的时候，只见一条致命毒蛇正逶迤而出。

一天晚上，圣人正在晚餐，当天在餐桌边为圣人点灯的僧侣侍者恰巧是一位政界名流的公子。这僧侣觉得自己出身显赫，做此等粗活实在有失身份，便寻思道："这人算什么？竟然要我在这里服侍他吃饭，还要像奴仆一样为他持灯侍立？凭什么我就得侍候他？"就在他动念的那一刹那，圣人开口了："敞开你的心扉，弟兄，请敞开心扉！你想说什么呢？"圣人又叫来其他人，让他们取走这位年轻僧侣手中的油灯，令他回房静坐。

在托蒂拉国王执政期间，有个叫加拉(Galla)的哥特人，是个持阿里乌信仰的异端。他狂热地仇恨教士们，常常杀害那些独自行路的僧侣。有一天，加拉难遏贪欲，抢劫了一户农舍，并残酷折磨户主。这可怜的农民不堪忍受，最后宣称自己已将性命和家财都交予圣本笃护佑。加拉闻言后住了手，这才使那农民逃得一命。加拉将这农民双手绑紧，令其走在自己的马前，带他前往那个为他保护财产和生命的本笃处。农民将加拉领到本笃的修道院。那时，圣人正在自己的隐修室外面静坐阅读。农民转向加拉，指着圣人说："看，这就是他——我跟你提到的那位僧侣。"加拉转视本笃，瞬间怒火中烧，黑暗的内心沸腾着怨怒与仇恨。他认定圣人企图劝他放弃异端信仰，便冲着圣人喊道："来吧，走过来吧！这农民把他的家财都交托给了你。好啊，可是他现在被抢走了一切，我倒要看看你能不能帮他夺回！"圣人将目光从书本挪至加拉，又转视那农民。当他的目光落在那农民身上时，奇迹发生了！捆绑他双手的皮带顿时迸裂，人手无论如何也不可能在这么短的时间内解开这样的捆锁。见到先前牢牢捆住的皮带瞬间解开，加拉惊骇莫名，立刻俯伏于圣本笃脚前，谦卑地低头认罪，恳求圣人赐予祷祝。圣人继续看着书，让他的弟兄们带加拉进圣堂领受福赐。加拉回来后，本笃警告他不准再行恶事。离开修道院时，加拉发誓说：圣人没动一根指头，轻轻一瞥便将农民释放，因着此等神奇之事，我将永不抢劫。

一次，坎帕尼亚(Campania)地区发生了严重的饥荒。食物短缺，家家户户都在为此担惊受怕，圣本笃修道院也不例外。修道院谷仓里颗粒无存，所有面包都快吃完，只剩下最后五片面包。圣人见弟兄们一个个愁容满面，便温和地责备他们过于怯懦，又为他们鼓劲道："你们为何如此忧愁满腹？诚然，今日所存无几，但明天你们将得到很多食物，多到你们根本无法吃完。"第二天，果然有很多麻袋放在圣本笃的隐修室门外，麻袋里装着沉甸甸的面粉。但是，大伙始终不知道，究竟是谁在上帝的促成下将这些面粉放在了那里。目睹此神迹后，弟兄们由衷称谢上帝之慷慨，并且学会了哪怕在极端恶劣的情况下都能心存盼望。

还有一个关于象皮肿患儿的故事：这个男孩的病情非常严重，发尽脱落，身体浮肿，食欲惊人，整日饕餮却依然不得餍足。不过，他父亲带他去见圣本笃后，他立即被圣人治愈了——看起来他似乎从未得病，父子俩都不住地感谢上帝。从此以后，这男孩过着幸福的生活，矢志不移地侍奉他人，直到安息主怀的那日。

有一天，圣人打发他的一些僧侣去某地建修道院，并告知他们说，某年某月某日他也会去那儿，指导他们该如何建造。在约定日期的前一个晚上，他出现在院长的梦境之中，也就是他所任命的那个在建修道院的院长。他将每个建造细节、结构布局等都向这位院长仔细交代。然而，僧侣们并不相信这个异象，他们依然等待着圣人亲临现场。最终，没能等到他的僧侣们只能跑回去见他，说："神父，我们一直等着您的驾临，按着您所允诺我们的日期，但您却始终没来。"本笃回答说："你们何出此言？难道我未曾向你们显现，并描述我的意愿于种种细节？你们现在快回去吧，按着我叮嘱你们的去行。"

离本笃修道院不远处住着两个贵族出身的修女，这两人都管不住自己的舌头，经常因鼓噪生事而惹动上级的怒气。这位上级忍无可忍地将情况汇报给了圣人，本笃于是给这两个修女下了最后通牒："要么勒紧你们的舌头，要么我就将你们逐出教外。"事实上，本笃并没有下令驱逐她俩，而只是想警告她们一下。然而，修女们依然我行我素,没几天后,两人就死了。人们把她俩埋葬在教堂里。在弥撒过程中,有一个固定环节是教堂执事的宣告:“让所有不属于神圣教会的人离开这个教堂。”[①]这两个修女过去的乳母也恰巧在这个教堂做弥撒,她还经常代表这两个修女在这里向上帝奉献财物。这回,当教堂执事宣告的时候,她亲眼看见两个修女从她们的坟墓里站了起来,并走出了教堂。人们把这桩奇事告诉了圣本笃,他就为这两个死去的修女献上祭品,又对其他神职人员说:“快去,把这祭品给她们献上,这样,逐出教会的命令才会终止。”这之后,当教堂执事宣告的时候,人们再也没见修女走出教堂了。

有个僧侣离开修道院回家见父母,但在离别前,他没有请圣本笃祝福。到家的那天,这个僧侣就死了。大地拒绝接受他的身体,第二次埋葬的时候依然如故。他的父母就跑来找圣本笃,问他是否能给他们的儿子降福。本笃拿起一块祝圣过的薄饼,对他们说:“把它放在你们儿子的身体上,第三次埋葬他吧。”他们照办了,这次,大地接受了他的尸体,再也没有拒绝。

又有个僧侣,他难以忍受修道院的生活,总是纠缠着我们的圣人,要求离去。本笃不胜其扰,终于允许他离院。这僧侣刚走出修道院就撞见一条龙,那龙正张开血盆大口要吞吃他。“快来人啊!快来人啊!”他喊道:“这龙要来吃我!”僧侣们闻讯赶来帮他,但他们根本没瞧见有龙。于是,他们就把这浑身打战的僧侣接回修道院。这回,他承诺将永远不再离开修道院。

一次,可怕的饥荒席卷全地,圣本笃把能找到的所有东西都施舍给了有需要的人。直到最后,除了一小瓶油,修道院里一无所有。这时,有个乞丐跑来乞讨,本笃就命令教堂的管理员将这最后一小瓶油

① 这是圣体圣事之前的一个环节。

给乞丐。管理员清楚无误地听到圣人的命令，但他决定拒绝服从，因为这样一来，弟兄们就没有油吃了。于是，本笃就将那瓶油扔出窗外，不让它留在修道院作为一个不服从的后果。这瓶油被扔出窗户后掉在几块大石头上，但玻璃却没有打破，一滴油也没洒出来。后来，圣人将它捡起来后交给了那个乞丐。那个曾经拒绝服从又缺少信心的管理员被罚干活，圣人自己则开始祷告。很快，一桶满满的油出现了，甚至，那油满得都溢出来流到了地上。

本笃从修道院下山去看望他的姐姐。晚餐的时候，姐姐请他在家休息一宿。本笃拒绝她的提议。姐姐当下就低头开始祈祷。当她完成祷告，抬起头来的时候，天空忽然雷电交加，继而暴雨如注。要知道，没几分钟前，天空中还是全无阴翳的。显然，是姐姐的泪雨搅得天庭纷乱，泪雨由此化作雷雨！这下子，圣人不可能挪步室外了。他悲伤地说："姐姐，但愿上帝赦免你，你这是干了什么啊？"她回答道："我求你留在家里，你不听我，所以我祷告上帝，他听了我的心意。现在，如果你能走，那就走回去吧！"之后，他俩整夜促膝谈心，彼此劝导，共塑灵性。

一天夜里，圣本笃正在床边祈祷，忽见一道亮光降临，那亮光璀璨无比，刹那间驱散了周围的黑暗。恰似在一道阳光的照射下，整个世界都澄明在他眼前。他见到了卡普阿(Capua)主教日耳曼努斯(Germanus)的灵魂被提至天国。后来他才知道，这位主教正是在那个时刻安息的。

圣人即将离世的那年，他向会众宣告了自己的死期。在此之前的六天，他命人打开自己的坟墓。之后不久，他就发起高烧，而且景况一日坏似一日。到了第六日，他让人将自己抬进小教堂，在那里为自己的死亡做最后的预备，进行终傅圣事。[1] 之后，他站起身来，两位弟兄搀扶着他羸弱的身体。他则举手向天，开口祈祷。就这样，他在祷告中咽了气。就在圣本笃离世归主的那天，有两位僧侣见到了同样的异象，当时他们一个在自己的隐修室里，另一个则在相当遥远的地方。他们都见到一条点缀着贵重布料，又有难以计数的明灯闪烁其间的辉煌大道。这条道路从圣本笃的隐修室冉冉升起，一路向东而去，直抵天庭。一位举止庄重、容光焕发的长者站在那里，询问他们是否知道眼前这条道路归属何人。当他们回答说不知道时，他告诉他们道："这是本笃的道路，他是上帝所爱的人，即将升至天国。"圣本笃被葬于施洗者约翰小礼拜堂，也就是早年被他从阿波罗神殿遗址改建而得的圣堂。他于公元518年左右离世，也就是老查士丁(Justin the Elder)执政期间。

① 终傅圣事为天主教圣洗、坚振、圣体、终傅、告解、神品、婚配七件圣事之一，十二世纪末起在西方天主教会使用。这圣事给予临终者属灵的帮助和安慰，以及完好的属灵健康。

埃及的圣马利亚(St. Mary of Egypt)

4 月 2 日

埃及的马利亚，也常被叫作罪人马利亚，在沙漠度过了四十七年艰苦节制的生活。她在大约公元 270 年，也就是革老丢(Claudius)统治时期进入沙漠。

有一位名叫索西莫(Zosimas)的老教士渡过约旦河，他遍历无垠的沙漠地带，期冀能在那里找到一位圣洁的神父。这时，他看到一个被晒得很黑的人，全身裸露，在烈日骄阳下奔跑。这就是埃及的马利亚。索西莫拔腿追赶马利亚，而马利亚则越跑越快。最后，马利亚对他说："圣索西莫，您为何追赶我呢？原谅我，我不能将脸转向您，因为我是女人，而且全身裸露。请把您的罩袍给我遮羞，这样我才能扭头看您。"索西莫很惊讶，因为听到有人喊他的名字。他把罩袍给了她，并伏地乞求她的祝福。"神父，"马利亚回答道，"应该是您更能给我祝福，因为您被授予圣职之尊荣。"这下，索西莫不仅意识到这个女人知道他的姓名，连他是位神父都了解。索西莫越发惊讶，更坚持请求马利亚赐福给自己。但是，马利亚说："赞美上帝，我们灵魂的救主！"当她张开双臂向天祈祷时，索西莫发现她的身体一度离地腾飞起来。这位老教士开始怀疑马利亚是一个假装祈祷的邪灵。这时，他听到马利亚说："愿上帝赦免您刚才的念头，因为您猜测我这个罪妇可能是个邪灵。"

索西莫以上主之名恳请马利亚把她的生平事迹告诉他。但马利亚回答说："赦免我，神父，如果我告诉您我是何种人，您一定会像见到毒蛇般惊恐万状地逃离。我的话语会亵渎您的耳朵，这里的空气也会被我肮脏的往事而污染。"但是索西莫坚持要求知道她的生平事迹。最后，马利亚答应告诉他："我生于埃及，十二岁时来到亚历山大。在那里,我做了整整十七年娼妓,从不拒绝任何想要和我行淫的人。可是,有一天,一些当地人要启程去耶路撒冷敬拜神圣的十字架。我请求船员也能带我同往。他们问我是否买了船票,我回答说:'哥们,我买不起船票,但我可以奉上我的身子。'于是,他们带我上船,并以我的身体为应得的报酬。

"当我抵达耶路撒冷的时候,我和其他人一起去教堂崇拜圣十字,当我快要进入教堂大门的时候,忽然仿佛被一股不可见的力量阻止,使我根本无法跨进教堂。一次又一次,我想跨过那门槛,但可耻的是,每次都非常突然地被弹了回来,而其他人都能自由无碍地进去。于是,我意识到,是我自己所犯下的巨大罪行阻碍了我。我开始捶胸顿足,号啕大哭,为自己深感悲哀。后来,我抬起头,看到万福马利亚就在我眼前。在决堤般的泪水中,我祈求她宽恕我的罪孽,允许我进入教堂崇拜圣十字,还许诺说,我一定会弃绝这个世界,从此过上圣洁的生活。祈祷完毕后,对万福童贞女之名的信仰激励着我。我再次尝试跨入教堂,这次,毫无阻碍地,我走了进去。

"崇拜完圣十字后,有人给了我三块银元,我用它们买了三片面包。我听到有个声音对我说:'如果你渡过约旦河,就能获得拯救。'所以,我渡过约旦河来到这片沙漠。在这里,整整四十七年的光阴,我从未勾搭过一个男人。我带来的那三片面包在那么多年后已坚硬如石,但在这四十七年中却着实喂饱了我。我的衣服也在很久以前破成了碎片。在头十七年的沙漠生活中,我的身体被情欲诱惑折磨。但现在,感谢上帝的恩典,我已经战胜了诱惑。这就是我要告诉您的所有故事,我求您为我祈祷。"

神父全身伏地,祷告上帝赐福于这位女子。"我还要请求您,"马利亚继续说，“在濯足节[1]（即复活节前的星期四）那日回到约旦河来，请为我带上一小块圣饼，我要在那里和您见面，从您手上接过圣体，因为自我来到此地之日，我尚未领受圣体。”

这位老神父回到了修道院。第二年，在濯足节即将到来的时候，他带了块圣饼，来到约旦河边。他看见马利亚站在对岸，见她画了一个十字，然后就从河上走了过来。老神父惊异地看着她，之后便十分谦恭地俯在她脚边。“别跪下！”马利亚说，“您身上带着上主的圣体啊，您难道不知道，现在您正因这神圣的尊荣而容光焕发呢！我恳求您，神父，明年请再来这里为我行圣事吧。”圣体圣事完毕之后，马利亚又在约旦河上画了一个十字，跨过河，回到渺无人烟的沙漠去了。

老索西莫回到他的修道院。第二年他又来到初次与马利亚相遇的地方。在那里，他发现马利亚已经去世了。他失声痛哭，却不敢碰她的身体。“我多么高兴，因为我可以埋葬这圣女的身体，”他自言自语道，“但我担心这会使她生气。”正当他不知所措之时，他发现马利亚脑袋附近的地上写着一行字：“索西莫，请埋葬马利亚卑微的身体。使她的尘土归于尘土，还请为之祈祷上主，在他的呼召下，使女马利亚于 4 月的第二天离世。”老神父这才意识到，马利亚肯定是在领了圣体并回到沙漠后很快离世的。他花了三十天才走完的这片沙漠，马利亚才用了一个小时，之后她就离世归主了。

索西莫试着给马利亚掘墓，但却没能成功。后来，他看见一只狮子温柔地走近他，就对它说：“这位圣女指点我在此埋葬她，但我老了，又没有铁铲，干不了这活。请为我挖一个坟墓吧，让我可以安葬

① 耶稣在受难之前，最后的晚餐之后，为门徒洗脚，以此表达服侍的态度，让门徒效法他的爱心。因此最后的晚餐那个礼拜四，被定为濯足节。该节与复活节平行，而复活节是每年春分之后首次月圆后的礼拜天。

她最圣洁的身体。”他刚说完，那头狮子就开始刨坑了，很快便挖了一个形状合宜的墓穴。完工后，狮子温驯如羊羔般地离去了。老神父也回到了他的修道院，继续赞美上帝。

圣乔治(St. George)

4月23日

乔治是卡帕多西亚人,[①]在罗马的军队中担任保民官。一天,他去利比亚(Libya)省的西尔沙(Silena)城。这座城附近有个大湖。这个大得像内陆海一般的湖泊里住着一条惹是生非的巨龙。[②] 城里的居民常揭竿而起,但每次都被巨龙打得落花流水。巨龙还常常会登上城墙,呼出毒气,使人窒息而死。为了平息它的怒气,城里的居民只能每天向它进贡两只绵羊,否则它就直接在城墙上放毒,使很多人死于非命。然而,终有一日,人们的绵羊越来越少,眼看快不够数目了,大家只好决定每天进贡给巨龙一头羊加一个人。人们抽签决定做牺牲的人选,不分男女,无一例外。时间一长,几乎所有年轻人都被巨龙吃掉了。有一天,不幸降临到国王的独生女儿身上。人们抓住她,要拿她去喂龙。老国王肝肠寸断,他哭喊道:"拿走我的金银财宝,取走我的半壁江山吧!求你们放过我的女儿,别让她惨死巨龙之口。"人们怒气冲天地将国王团团围住,抗议说:"陛下,难道不是你发布了这条命令吗?如今我们的儿女都死了,你却想使自己的女儿免于一死?如果你这次不牺牲自己的女儿,不干那件你逼着我们众人都干了的可怕之事,我们就活活烧死你和你全家!"听人们这么一说,

---

① 卡帕多西亚为《圣经》地名,新约时代罗马帝国一省,位于加拉太的东部、中亚细亚和黑海港之间,在现今土耳其的中心部分,是商队必经之地。

② 《牛津圣人词典》(*Oxford Dictionary of Saints*)的作者法默(Farmer)认为《金色传奇》使关于龙的故事广为流传。这种观点可能是正确的,但是,龙故事的源头肯定不在《金色传奇》,因为弗拉津的雅各是将当时的各种资料汇集后编撰了这本故事集,而不是自己凭空臆想出这些材料。然而,许多早先的版本都没有这个故事,比如艾尔弗里克的版本。关于龙故事的源头,有人认为龙代表异教或偶像崇拜,而在这个故事里,年轻女子则象征着卡帕多西亚省。

国王只能为女儿哀哭："我是何等悲哀啊！我最疼爱的心肝宝贝，你看我对你干了什么。我怎还有脸说话？我怎还有指望见到你身披婚纱的那日？"说完，他转向众民，又开口道："我恳求你们，恩赐我一周时间来预备，我要哀悼我的女儿。"这次，人们终于同意了他的请求，但是一周快结束的时候，他们又群情激奋地来找国王，向他声讨说："你怎么能独独为你的女儿而破坏你自己定下的规矩呢？我们都快被巨龙的毒气熏死啦！"国王眼见再也无力拯救女儿，便让她穿戴上王室礼服，老泪纵横地拥抱她道："哎哟，我最宝贝的心肝，我以为此生能见到王孙绕膝，却不想你竟要被一条巨龙吞食！哎哟，我最可爱的孩子，我本打算悉数邀请世间名流参加你的婚礼，我要以珍珠装点整座王宫，要让管乐齐鸣，大摆筵席，终日为你庆贺，却不料你竟要葬身巨龙之口！"亲吻女儿之后，国王送上最终的临别之言："哦，我的女儿，我多想先你而去，而非如今日这般失去你！"女儿跪在父亲脚边，请求父亲的临别祝福。国王在泪雨滂沱中祝福了她。女儿起身前往大湖。

这时，正巧圣乔治途经此地。他见这个姑娘哭个不停，便问起原委。"年轻的好人啊，"公主回答道，"赶紧策马加鞭离开这里，不然你也会如我一般厄运缠身，死于非命。"乔治对她说："别害怕，我的孩子，请告诉我，你在这里等待什么，其他人又在这里观望什么？"公主回答道："年轻的好人啊，我看出你有高贵的心灵，但你想和我一起同归于尽吗？赶紧逃离这里吧！"乔治对她说："你不告诉我事情的原委，我绝不离开这里。"于是，她就把事情的前因后果向乔治全盘托出。乔治听后，说："我的孩子，不要害怕，以基督之名，我会救你。"她回答道："你是位勇敢的骑士，但请不要与我同归于尽。我死足矣，你救不了我，反而会被我连累。"两人正说话间，那条巨龙忽然从湖中抬起头来。年轻姑娘吓得浑身颤抖，她哭喊道："天啊，你快逃啊，快逃啊！”然而，只见乔治跃上马背，并在胸前画了个十字武装自己，然后英勇地径直朝巨龙的方向策马而去。他挥舞起手中的长矛，将自己完全托付给上帝，一下击中那头怪兽的致命部位。巨龙应声倒地。此时，乔治呼喊公主道：“用你的腰带捆住龙的脖子！别害怕，孩子！”公主遵命而行，那头巨龙竟像条小狗一样乖乖地跟着她。她就这样把巨龙带回城里。哪知人们吓得往山上乱窜，纷纷哭喊着：“救命啊！我们都要完蛋啦！”圣乔治招手叫他们回来，说：“别害怕，上帝已经差我来拯救你们，摆脱这巨龙的暴政。只要你们每个人都相信基督并且受洗，我就会杀死这龙！”

于是，国王和所有臣民都接受了洗礼。圣乔治拔剑屠龙，并下令将龙拉出城外。人们用了八头公牛才将这怪兽拖出城外，搁在一大片平原上。那天，除却妇女儿童，尚有两万人受洗。国王在那里兴建了一座辉煌的大教堂，以此纪念圣母马利亚和圣乔治。教堂祭坛上至今仍流出那能治愈百病的天然泉水。国王还赏赐给圣乔治黄金万两，但这位圣人拒绝接受，并吩咐将这笔钱款救济穷人。之后，他又教给国王四条金科玉律：珍爱上帝的教会；敬重神职人员；参加弥撒的时候正心诚意；永远体恤照顾穷人。交代完这些后，圣乔治就与国王吻别了。不过，另外一些版本的记述有所不同。根据有些记载，当巨龙杀气腾腾地冲向公主，正要吞食她时，乔治手握十字架为武器，攻击并杀死了巨龙。

在戴克里先和马克西米安执政期间，总督达奇安残酷迫害基督徒。仅仅一月间就有一万七千人为主殉道。当然，也有很多基督徒屈服于各种残忍的逼迫手段，开始向偶像献祭。见此情况后，圣乔治悲痛欲绝。他舍弃家财，又将戎装束之高阁，换之以基督徒的装束。然后，他跑进人群，大声喊道：“异教徒的所有神灵都是魔鬼！天国是我们的上帝创造的！”总督生气地反驳道：“你怎敢称我们的神灵是魔鬼！告诉我，你从哪里来，名字叫什么？”乔治回答道：“我名叫乔治，来自卡帕多西亚的一个贵族世家。借着上帝的护佑，我征服了巴勒斯坦(Palestine)。不过，我还要舍弃一切，更自由地侍奉天国里的上帝。”总督见无法说服乔治，就命人将他扛上拉肢刑具，用铁钩扯去了他的手脚，还用烧红的铁烙插进他的两肋，皮肉烧焦后，内脏都流了出来。总督又让人在乔治的伤口上抹上盐巴。不过，当天晚上，上帝在一束强光中向乔治显现，温柔地安慰他。这极乐的异象和甘甜的话语使乔治浑然忘我，远离了肉体的苦楚。

达奇安发现自己用尽折磨的方式都无法使这个囚徒投降，于是，他招来一个术士，对他说：“这些基督徒竟然嘲笑我们的酷刑。他们一定用了什么妖术！竟敢完全藐视我们的神灵！”术士回答道：“如果我无法战胜他的妖术，你可以要我的脑袋。”于是，术士呼求其神之名，用了法术并在酒里拌上毒药给蒙福者乔治喝。但是，圣人在杯子上划了十字架后将酒一饮而尽，结果毫发无损。于是，术士又在酒里拌上更厉害的毒药，靠着画十字的神奇功效，乔治依旧安然无恙。见此情景，术士立即跪倒在圣人脚前，眼泪汪汪地乞求圣人宽恕，并央求成为基督徒(不久，总督因此砍了这个术士的脑袋)。第二天，达奇安把乔治绑在一架钉满双刃剑的轮盘上，但轮盘一下子四分五裂，乔治却未受损伤。恼羞成怒的总督又命人将乔治投进沸腾的铅水，乔治划了十字，在上帝的护佑下，他觉得那锅铅水就如同温度适宜的洗澡水一般。恐吓和折磨都无济于事，达奇安又改换招数，试着好言相劝，他对乔治说：“乔治啊，我的儿子，你看我们的神灵多么溺爱你。他们耐着性子忍受你的亵渎，如果你现在投奔他们，他们仍会宽恕你。来吧，我最亲爱的儿子，赶快接受我的建议：放弃你那些迷信念头，给我们的神灵献上祭物，就能从神灵和我这里得享尊荣，何乐而不为呢？”乔治微笑答道：“起初你为何不对我申明大义，反而用尽酷刑呢？好啊，我这就预备按你吩咐的去做。”听乔治这么一说，达奇安信以为真。他让传令官招聚众民，想让大伙看看这个一度顽固不化的家伙是如何屈服并最终向诸神献祭的。乔治走进献祭的神庙时，整座城市都张灯结彩，人们兴致勃勃地围观，喜气洋洋地准备庆祝这个重大胜利。然而，乔治没有献上祭物，而是双膝跪地，祈祷上帝摧毁这座神庙和其中所有的神像，使众民因上帝的荣耀而回心转意。说时迟那时快，火焰从天而降，将神庙、神像，连同那些异教祭司都烧成了灰烬，地也裂开，将余下的一切都吞噬了。

达奇安得悉乔治的所作所为后，令人将其带到跟前，他向乔治怒吼道：“你这邪恶的人！究竟使了什么妖术？为何犯下如此滔天大罪？”乔治回答说：“事情并非你所想象的那样，我的主人。和我一起去看看吧，我会再次献祭！”达奇安反驳说：“我知道你打什么坏主意！你想让大地也把我吞噬。是你让地裂开，吞了我的诸神！”乔治说：“可怜的家伙，告诉我吧，你的神灵自身难保，怎么还能救你呢？”这下可把总督气得发疯，他对自己的妻子亚历山德里亚（Alexandria）说：“我完蛋了！我要死了！我绝不能眼巴巴地看着这家伙占我便宜。”他妻子回答说：“你这个杀人不眨眼的暴君！难道我没有一直警告你别迫害基督徒吗？因为基督徒的上帝为他们征战。现在，我要告诉你：我也希望自己成为一名基督徒。”总督听得目瞪口呆，继而惊呼道：“不！我无法忍受！你竟也被他们引诱了？”他拽着自己妻子的头发将她吊了起来，又用鞭子狠抽她。亚历山德里亚正遭受毒打的时候，气息奄奄地开口问乔治道：“乔治，真实信仰的英雄，你认为我将来会怎样？我还没有在施洗的水中重生呢。”乔治回答道：“别怕，我的女儿，你的血将成为你的洗礼和冠冕。[①]”亚历山德里亚喃喃做了

---

① 殉道传统中，将殉道流血视为血的洗礼，以此满足受洗得救的教义。

一个祷告后就魂归天国了……

第二天，乔治在全城游街后被斩首示众。他祈祷上帝，希望在自己死后，若有任何人求助于他，都能得偿心愿。天国传来声音说，他的祈祷已蒙惠允。结束祈祷后，刽子手随即行刑，就这样，乔治终于得到了殉道冠冕。这事发生在戴克里先和马克西米安统治时期，他们的统治始于主历287年。至于达奇安，他在从刑场回宫的路上被天火烧死，他的随从们也和他一起葬送火海了……

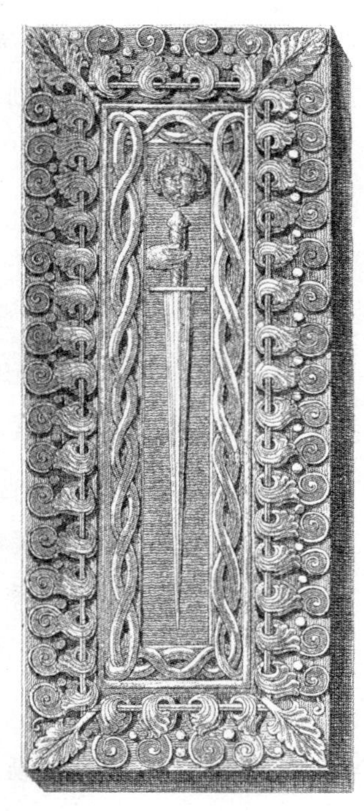

教宗圣玛策林(St. Marcellinus, Pope)

4 月 26 日

玛策林治理罗马教会九年零四个月。在戴克里先和马克西米安两位皇帝执政时期的教难中,他被抓捕,然后被强令献祭。一开始,他拒绝献祭,但后来,受不住各种酷刑威逼,他就在祭坛上放了两炷香,算是给异教神祇的祭品。这个举动让异教徒们欣喜若狂,同时更使虔信基督教的人们忧伤切齿。不过,虽然领袖软弱,但是众信徒却越发刚强壮胆,他们反而更加无视王公们的威胁恐吓。在这种情况下,信徒们成群结队地去找教宗,大家齐声谴责他的叛道行径。作为回应,玛策林请主教团对他进行审判。但是,人们不同意他的请求,对他说:"上帝不会让至高无上的教宗被任何尘世凡人审判!不行!你还是按照你的良知自行处置,但要向我们宣布你自己的裁决。"此时,教宗因自己曾经的软弱过犯而懊悔自责,于是,他决定逊位。然而,全体信众又重新将他选为教宗。那些异教皇帝们①听说此事后,再次抓捕了他。这次,教宗无论如何都不同意向偶像献祭。皇帝们勃然大怒,将教宗斩首后还掀起了更大规模的教难。仅仅一月间就有一万七千人被处死。玛策林被斩首前,他曾宣称不配为自己举行基督徒的葬礼,任何人若企图埋葬他,将会受到教会的绝罚。②所以,他死后三十五天内,没有人埋葬他的尸体。后来,使徒彼得向玛策林的后继者教宗玛策禄一世(Marcellus)显现,对他说:"玛策禄弟兄,你为何不归葬我呢?"玛策禄回答道:"您不是早就归葬了吗,我的主人?"使徒彼得说:"只要我看到玛策林没有归葬,我就认为是我自己

---

① 那个时期的罗马帝国实行两位皇帝同时在位的帝制。

② 绝罚,即开除教籍。

没被埋葬。”玛策禄说：“我的主，难道你不知道他已经正式咒诅那些胆敢安葬他的人吗？”彼得回答说：“《圣经》上不是记着说，自己降卑者将被高举吗？你必须将这段话记在心中。所以，现在就去吧，把他安葬在我身边。”玛策禄立即出发，照圣彼得的吩咐，落葬了玛策林。

圣帕特涅拉(St. Petronilla)[①]

5 月 31 日

圣玛策禄记载了帕特涅拉的生平故事。帕特涅拉是使徒彼得的女儿。很长一段时间内,她一直为高烧折磨。她容貌绝世,她的父亲却因此希望她高烧不退。一天,众使徒和彼得围桌而坐,一名为提多(Titus)的使徒问彼得道:“你医好了那么多病人,为何唯独你家帕特涅拉不见好转?”“我不医治她是成全她,”彼得说,“你以为我只是在为医治不了女儿找借口吗? 你看。”彼得说完,回头对自己的女儿说,“帕特涅拉,现在就起床招待客人吧!”话音刚落,帕特涅拉立即康复,起床给众使徒端茶送水。完事后,彼得又对女儿说:“现在回床去吧,帕特涅拉!”她照办了,很快又发起烧来。后来,彼得确信帕特涅拉已蒙上帝恩宠,功德圆满,就治愈了女儿的病。

一位叫弗拉库斯(Flaccus)的爵爷为帕特涅拉的美貌倾倒,找了个恰当的时机向她求婚。“您为何带大帮全副武装的士兵来拜访一位手无寸铁的姑娘?”帕特涅拉问道,“如果您想娶我为妻,三天后请让一些诚实的已婚妇人和贞洁的年轻女子上门提亲,我会跟她们去你家。”于是爵爷开始终日忙于筹备婚事,帕特涅拉则禁食祈祷,并领受了圣体,回到床上三天后就辞世了。

当爵爷察觉到自己被戏弄后,就转而追逐帕特涅拉的朋友福莉古拉(Felicula)。他告诉那位姑娘只有两种选择,要么嫁给他,要么向偶像献祭。福莉古拉拒绝后被抓进了监狱。她一个星期没有吃

---

① 关于这位圣女,我们除了知道她是早期的罗马殉道者外,其他生平一无所知。她并非使徒彼得的女儿,所以这个传奇记录完全是虚构的。虽然如此,她在罗马、法国和英国却有大量崇拜追随者。

喝，最后死于刑架，尸体则被扔进了阴沟。圣尼科麦德（St. Nicomedes）找到她的遗体，将之埋葬。弗拉库斯随即逮捕了尼科麦德，他也拒绝向偶像献祭。尼科麦德终被铅鞭活活抽死，尸体被扔进台伯河（Tiber）。后来，他的执事，一位名叫尤斯图斯（Justus）的人发现了他的遗体，为他举办了隆重庄严的葬礼。

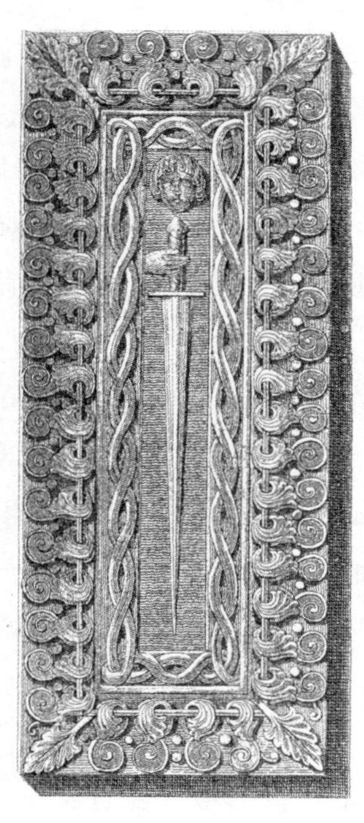

圣使徒巴拿巴(St. Barnabas)

6月11日

巴拿巴是一个出生于塞浦路斯的利未人。他位列主的七十二门徒之一[①]。《使徒行传》对他有多次记载,并给予他最热情的赞誉。这是因为他极其自律,行为端正,而且在面对上帝和对待邻舍时也是如此。

首先,[②]他对于自身与三种欲求(即理性欲求、欲情和愤情)之间的关系的处理是非常合理的。[③] 第一,他的理性欲求由于他所拥有的知识而得到了体现,正如我们在《使徒行传》第13章第1节中读到的:"安提阿教会中有几位先知和教师,就是巴拿巴和称呼尼结的西面……"第二,他的欲情没有受到世俗事物的羁绊;正因为如此,我们可以在《使徒行传》第4章第36至37节中读到,以巴拿巴为姓的约瑟将他所拥有的田地卖了,把价银拿来,放在使徒脚前,通过这件事

---

① 耶稣在福音书里,曾亲自派遣了七十(一说是七十二)个门徒四处传道,很可能这里的数字是指巴拿巴属于其中之一。

② 这段文字是某种中世纪写作风格的典型样式:将一整段文字细致地分成几个部分。有时候,就如这篇文章所显示的那样,好几段接续的文字都以同样的架构方式被组织起来。一旦誊录者将主要段落和次要段落的数码弄乱,或者数码本身出现错误,就会造成读者的阅读障碍。本文出现的问题就是这样造成的,比如,第一个次要段落没有标明数码。为了不让读者迷惑,我在此加入丢失的数字。在乔叟的《牧师的故事》(*Parson's Tale*)中也出现了这类写法。

③ 文中所提到的三种欲求(three appetites)是援引中世纪经院哲学的哲学家和神学家托马斯·阿奎那在其著作《神学大全》中的概念。理性欲求(rational appetite)指的是人的理智和意志;欲情(concupiscible appetite)指的是人对于对自己有利的事物的欲望,包括爱、恨、欲、喜忧和逃避;愤情(irascible appetite)指的是在寻求对自己有利的事物时,对于所遇到的困难表现出的愤慨和激励,比如说希望、失望、勇气、畏惧、愤怒和嫉妒。

情他教导我们，金钱是应该践踏在脚下的。第三，他的愤情由于他超于常人的正直而得以巩固，这就让他在面对磨难时备有勇气，在需要身体上的忍耐时备有坚持，在遭受逆境时备有决心。他敢于接受向安提阿人传道的艰难任务，就证明了这点。另外，在《使徒行传》第 9 章 26 至 27 节，我们读到保罗在皈依基督后来到耶路撒冷，所有人都对他避之唯恐不及，只有巴拿巴接待了他，又将他介绍给教会众人。在需要身体上的忍耐时，他备有坚持，因为他克制肉欲，常行斋戒。在《使徒行传》第 13 章第 2 节中记载着巴拿巴和其他信徒一起禁食的事迹："他们事奉主，并且禁食的时候……"《使徒行传》中还有这样的记录："我们同心定意拣选几个人，差他们同我们所亲爱的巴拿巴和保罗往你们那里去，这二人是为了我主耶稣基督的名不顾性命的。"[①]可见，在遭受逆境时，巴拿巴的确备有决心。

其次，他在面对上帝时行为端正，因为他顺服于上帝的主权、荣耀和美善。首先，他顺服于上帝的主权。他并非仅仅开展了传福音的工作，而是接受了上帝的全权委托，正如《使徒行传》第 13 章第 2 节写的那样："圣灵说：'要为我分派巴拿巴和扫罗，去作我召他们所作的工。'"其次，《使徒行传》第 14 章证明了他对上帝荣耀的顺服。在路司得城，人们敬拜他，想献祭给他，并称他为朱庇特[②]，因为他是长者，又称保罗为墨丘利(Mercury)[③]，因为他能言善辩又充满智慧。人们将本要献给宙斯的牲祭拿来献给他俩，巴拿巴和保罗当场撕裂衣服，跳进群众中间，喊着说："诸君，为什么作这事呢？我们也是人，

---

① 《使徒行传》(15:25—26)。

② 此处朱庇特是罗马神话中的神，罗马统治希腊后将宙斯(Zeus)之名改变成为朱庇特。宙斯为希腊神话中的主神，奥林匹斯山的最高统治者。

③ 墨丘利是赫耳墨斯(Hermes)的罗马名字，赫尔墨斯是希腊奥林匹斯十二主神之一，宙斯与迈亚的儿子。他也是宙斯的传旨者和信使，是雄辩之神。

性情和你们一样。我们传福音给你们，是叫你们离弃这些虚妄，归向永活的上帝……”[①]再次，他顺服于上帝的美善。在《使徒行传》第15章中，有些皈信了基督教的犹太人试图限制上帝的恩典，使上帝的美善大大缩水。他们宣称未受割礼者无法得到全然的恩典，但事实上，正是上帝的恩典使我们得到救赎，而不是靠着施行割礼之类的律法而得救。于是，保罗和巴拿巴严词反驳，宣告上帝恩典的美善已经自足。他俩还就这个问题与其他使徒商议，并说服了众使徒，写信给教会，驳斥这些犹太人的异端邪说。

最后，巴拿巴与邻居们相处和睦。在牧养自己的羊群时[②]，他言传身教地树立好榜样。首先，他通过言辞教诲众人，毫无懈怠地传扬福音，我们看到《使徒行传》第15章35节这样描述说："保罗和巴拿巴仍住在安提阿，和许多别人一同教训人，传主的道。"安提阿有许多人皈信了基督，这也是巴拿巴辛勤传道所结出的果实，正是在安提阿，人们首次称呼门徒们为"基督徒"[③]。其次，他身体力行地教导信徒，因为他的生活犹如一面圣洁之镜。他是圣洁的楷模。他在一切所行之事中，显明自己是个充满勇气和活力的人，既敬虔又不乏行动力。他那正直的秉性有目共睹，圣灵的恩典丰盛地显明在他身上。无论是虔敬信仰还是其他优秀品质，巴拿巴都显得卓尔不群。《使徒行传》第11章证明了他的这些禀赋：他们差遣巴拿巴去安提阿；"他（巴拿巴）到了那里，看见神所赐的恩，就欢喜，劝勉众人，立定心志，恒久靠主。这巴拿巴原是个好人，被圣灵充满，大有信心"。[④] 再次，他通过两个途径完成善功，以此牧养羊群。有两种不同的善功，其一

---

① 参见《使徒行传》(14:11－15)。

② 羊群指信徒。

③ "门徒称为基督徒是从安提阿起首。"见《使徒行传》(11:26)。

④ 《使徒行传》(11:22－24)。

为怜悯之善功，也即俗世的善功；另一个为灵性之善功。前者包括帮困济贫，后者乃为恕罪宥愆。巴拿巴在耶路撒冷施舍钱物给弟兄们就属于第一种善功。《使徒行传》上记载着革老丢执政时期的一次大饥荒，正如亚迦布(Agabus)预言的那样，于是“门徒定意照各人的力量捐钱，送去供给住在犹太的弟兄。他们就这样行，把捐项托巴拿巴和扫罗送到众长老们那里”①。

就灵性上的怜悯善功而言，巴拿巴饶恕了别号“马可”的约翰，因为这个门徒在传教过程中开了小差，离开了巴拿巴和保罗，但他很快回来为自己的行为忏悔。巴拿巴就原谅了他，并且恢复他门徒的身份，而保罗却拒绝再次接受这个人，由此在保罗和巴拿巴之间出现分歧。不过，在这件事上，虽然他们意见不一，但二者行事的理由和目的都值得称赞。保罗拒绝接受约翰，因为他对于端正操行有着很高的要求，正如《使徒行传》15 章 38 节所言：“因为别号马可的约翰从前离开过他们，不和他们同去做工作，所以保罗认为不应带他同去，担心他的坏榜样会给别人带去负面影响。”②当然，保罗和巴拿巴之间的分歧并未影响两人的关系：这一切都是由圣灵引导的，因为只有在他们彼此分开后才能给更多人传讲福音。后来发生的事情正证明了这点。

巴拿巴在以哥念(Iconium)城的时候，他的侄子，也就是那个叫作约翰·马可的人，见到了异象。有个熠熠生辉的人影对他说话：“约翰，你要坚定，因为不久之后你的名字将不再是约翰，而是‘伟大者’。”约翰就将这事说给巴拿巴听，巴拿巴回答说：“千万别把你见到的异象告诉任何人。昨晚上主也对我显现，并对我说：‘巴拿巴，你要

---

① 《使徒行传》(11：28—30)。

② 这里的引文与《圣经》原文并不完全一致。

坚定，因为你即将获得永恒的冠冕，因为你要离开众民，为我舍命。”保罗和巴拿巴在安提阿传道之后，一个天使也向保罗显现，对他说：“赶紧去耶路撒冷，你的弟兄们正在那里等待你。”于是，巴拿巴回塞浦路斯探望他的父母，而保罗则前往耶路撒冷，这正验证了圣灵的话语，在圣灵的引导下，他俩开始分头传道。当保罗把那位天使对他说的话告诉巴拿巴时，巴拿巴回答说：“这事就这么成了。我将赴塞浦路斯，在那里走向生命的终点，现在就是我俩诀别的时刻。”他悲泣着跪在保罗的脚边，保罗亦被感动，对他说：“不要哭泣，这是上主的旨意。昨晚上主也对我显现，他说：‘不要阻止巴拿巴去塞浦路斯，因为他将在那里带领很多人走向光明，并最终在那地殉道。’”

之后，巴拿巴和约翰一起去了塞浦路斯。他随身带着《马太福音》，遇到患病的人，他就将福音书放在病人头顶，借着上帝的力量，他治愈了很多人。当巴拿巴和约翰要离开塞浦路斯时，遇到了以吕马(Elymas)，就是那个曾因保罗而眼瞎过一阵的术士。以吕马和他们作对，不许他们进入帕福斯(Paphos)。之后的一天，巴拿巴看到男人女人们都光着身子疯跑，庆祝异教的节日。他怒不可遏地诅咒这些人的神庙，刹那间，神庙的一角就坍塌下来，压死了大批异教徒。最后，巴拿巴到了萨拉米斯(Salamis)，术士以吕马就在那里煽动群众，反对巴拿巴。犹太人抓住了巴拿巴，狠狠揍了他几顿后，把他拖到地方官那里，等候最后裁决。不过，一个叫优西比乌(Eusebius)的人已经抵达萨拉米斯。这人是尼禄的亲戚，是个掌有实权的显贵。当地人就开始担心这个尤西比乌斯会把巴拿巴给放跑了。所以，人们在巴拿巴脖子上套上绞索，把他拉到城门外，在那里活活烧死了他。然而，这些不信教的犹太人还不满意，他们把巴拿巴的骨头装进一个铅匣，再将匣子扔进了大海。到了晚上，巴拿巴的门徒约翰和两个朋友一起打捞起圣人的遗骨，并将之安葬在一个秘密墓穴里。据席博特（Sigbert）的记载，圣人的遗骨一直被藏在那里。直到公元500年，也就是芝诺（Zeno）皇帝和哲拉修教宗（Gelasius）时期[①]，巴拿巴自己向人们透露了墓穴所在地之后，遗骨才终于被发现。但是，真福多洛休斯（Dorotheus）却说："巴拿巴先是在罗马传道，后来成为米兰主教。"

① 弗拉维·芝诺（Flavius Zeno，约425—491年），在位时间约为公元474—491年；教宗哲拉修（Pope Gelasius）则是自492年至496年11月21日去世为止在位的教宗。二者在位时间并不一致，《金色传奇》原书恐有误。

圣基里科斯(St. Quiricus)和他的母亲尤利塔(Julitta)

6月16日

尤利塔是以哥念城(Iconium)最高贵的女子,她的儿子名叫基里科斯。为了躲避对基督徒的迫害,尤利塔带着三岁的儿子基里科斯逃到奇里乞亚(Cilicia)的塔尔苏斯(Tarsus)。在那里,她和怀抱中的孩子一起被抓,并被带去见总督亚历山德罗(Alexander)。她的两个使女见她被捕,赶紧离开她们母子自谋生路去了。当尤利塔拒绝向异教神灵献祭时,总督一边夺过基里科斯,一边下令用生皮鞭抽打尤利塔。看到母亲被打,基里科斯开始哀哭,还发出悲伤的喊叫声。总督把孩子抱在自己膝上,亲吻着,爱抚着,希望他能安静下来。但是这孩子回头看着自己的母亲,躲着总督的亲吻。小孩子似乎非常愤怒地扭着头,用指甲在总督脸上乱抓,发出的喊叫声又仿佛回应着他母亲的声音,似乎在一个劲地宣称:"我,我也是个基督徒!"挣扎到最后,他索性在总督肩上咬了一口。总督被疼痛激怒了,他把孩子扔到法庭的台阶上,基里科斯顿时脑浆四溅。尤利塔看到自己的孩子先她而去,就充满喜乐地为孩子能回到天国而感谢上帝。总督下令继续鞭打尤利塔,然后再把她扔进沥青里,折磨到最后才将她砍头。

在另一个传说中,基里科斯不仅藐视暴君的软硬兼施,还大声宣称自己是一位基督教徒。(事实上,他只是一个基本不能说话的稚童,但圣灵在他里面开口。)当总督问他究竟是谁教他说这些话时,孩子回答道:"先生,您的愚蠢令我惊叹!您看,我多么年幼,您却问这样一个不到三岁的孩子,是谁给了他这来自天国的智慧?"当基里科斯被鞭打时,他一直呼喊着:"我是个基督徒!"每次他说出这几个字后,他都获得新的力量去面对考验。

皇帝下令将这对母子碎尸万段,并将尸块撒向风中,这样基督徒就无法埋葬他们了。但是，天使们找齐了尸块，基督徒们又在夜间埋葬了他们。在君士坦丁大帝时期，平安重归教会后，这两位殉道者的坟墓被尤利塔那两位幸存下来且为全城人尊敬的使女发现。基里科斯和尤利塔于主后 230 年左右在亚历山德拉担任总督期间殉教。

圣亚历克西斯(St. Alexis)

7 月 17 日

亚历克西斯是尤菲米亚努斯(Euphemianus)的儿子。这个尤菲米亚努斯是罗马最高贵的贵族,也是宫廷中的元老级人物。他有三千家奴,每个都身披绫罗,腰束金带。位居高位的尤菲米亚努斯极有同情心,他每天都在家中摆设三桌酒席款待穷人、孤儿、寡妇和朝圣者。① 他甚至亲自照料这些嘉宾们,使他们个个能衣来伸手、饭来张口。出于对上帝的敬畏,他自己总是等到最后才和虔诚人一起用餐。他的妻子名叫阿格蕾伊(Aglae),和丈夫有着相同信仰的她也是个十分敬虔的人。多年来,他们一直无儿无女。直到有一天,上帝答应了他们的祈求,终于赐给他们一个儿子。从此往后,夫妻二人就开始过贞洁的生活。

他们的孩子接受了人文教育,在各哲学学科取得了非常优异的成绩。成年后,父母为其选择了一位来自皇室的年轻姑娘,让他俩尽快成婚。然而,婚礼当晚,众人散去后,亚历克西斯和他的新娘坐在婚床上时,这位虔诚的年轻人开始指教他的配偶如何敬畏上帝,并鼓励她坚守童贞。之后,新郎给新娘一枚金戒指,还有一个他一直戴在身上的腰带搭扣上,并对新娘说:"只要上帝喜悦,就好好留着这些,愿上帝与我俩同在!"吩咐完这些后,他带上一些财产独自去了海边。从那里,他悄悄地扬帆远航,先到了老底嘉(Laodicea)②,然后又去了

---

① 摆设三桌饭菜款待四种类型的穷人显得有些奇怪,但原文的确是这么说的。可能原文写的数字是 *iiij*,之后被误读成了"三",类似的数字错误很常见;或者穷人就是被分作了这三种不同类型,而这三种类型又显然是不够的。

② 老底嘉,叙利亚最大海港拉塔基亚的古名。

叙利亚的一座叫埃德萨(Edessa)的城市[①]。在那座城市里，保存着一块亚麻布，布面上留有我们的主耶稣基督留下的容貌。抵达埃德萨后，他将自己携带的财产都分给了穷人，自己则穿上破衣烂衫，和其他乞丐一起坐在圣母马利亚教堂的门廊里乞讨。至于乞讨得来的那些施舍，他只取绝对必要的部分留给自己，剩下的全部送给其他穷人。

亚历克西斯的不辞而别使他的父亲悲痛欲绝，他差遣家仆踏遍世界的每个角落去寻找自己的儿子。家仆中有几个到了埃德萨。亚历克西斯一眼就认出他们，但他们却根本不晓得眼前的乞丐就是小主人。这些家仆给每个乞丐分发了施舍，亚历克西斯接受施舍后就感谢上帝，说："上帝啊，我称谢你，因为你使我从我自己的仆人手中得到了施舍。"家仆回到家后，向主人报告说，他们实在无能为力，哪里都无法找到他的儿子。自从分别那日起，亚历克西斯的母亲就在卧室地板上铺了一块麻布。她躺在这块麻布上度过了一个又一个泪水涟涟的不眠之夜，终日哀叹说："如果我的儿子不回来，我就一直在这里哀悼他！"亚历克西斯的年轻妻子对她的婆婆说："如果我无法等到亲爱的丈夫，我就在这里像只孤独的斑鸠般，与您一同哀悼。"

转眼十七年过去了，亚历克西斯就在埃德萨这个教堂的门廊里服侍了上帝十七年。一天，教堂里童贞马利亚的圣像开口向教堂看守人说话："让那个圣人进来，因为他已经配得上天国，他的祈祷犹如袅袅青烟，蒙神悦纳，故上帝之灵已经降在他身上。"但是，教堂看守人不知道马利亚指的那个圣人究竟是谁，于是，童贞马利亚再次对他说："他就是坐在教堂外面门廊里的那个人。"看守人急忙出去把亚历克西斯带进教堂。人们都知道了这事，众人就开始尊崇亚历克西斯。

---

① 埃德萨，现位于土耳其境内的尚勒乌尔法。

为了躲避这尘世的声望，亚历克西斯离开埃德萨，回到了老底嘉，打算从那里扬帆前往奇里乞亚的塔尔苏斯（Tarsus）①。不过，上帝另有打算，亚历克西斯的船被风吹进了罗马港。当他回想所发生的一切时，亚历克西斯自言自语道："我得回去住到我父亲家中，谁也无法认出我来，而那样我也不会给旁人增加负担。"于是，他躺下等待自己的父亲。不久，尤菲米亚努斯在随从的前呼后拥下从皇宫回家，亚历克西斯就喊他道："上帝的仆人，我是从国外来的朝圣者。带我回您家吧，让我吃您餐桌上的残羹碎渣就行，上帝会因此赐福于您。"尤菲米亚努斯听他这么一说，又念及爱子，便下令带这位朝圣者回家。他不仅在自己的房子里分出一个单间给亚历克西斯居住，还让他共享自己餐桌上的食物，并将一位家仆指派给他使唤。

亚历克西斯不仅不懈祷告，还通过禁食和守夜克己修身。仆人们经常拿他开玩笑，但他却以英雄般的忍耐力承受了一切。就这样，他在自己父亲的寓所生活了十七年，并未被任何人识破。十七年后，他得到上帝的启示，知道自己大限将近。于是，他要来纸笔，详细记录了自己一生的事迹。一个礼拜天上午，弥撒过后，圣殿里传来天国的声音："到我这里来吧，你们这些劳苦负重担的人，我将更新你们。"在场的所有人均胆战心惊地俯伏于地，天上又传来了声音："去寻找那位圣人吧，他会为罗马祈祷！"人们环顾四周，却根本不见有人，那声音再次响起："去尤菲米亚努斯家里找这个圣人。"可是，当人们询问尤菲米亚努斯的时候，他也丈二和尚摸不着头脑。于是，亚尔迦丢（Arcadius）和洪诺留（Honorius）两位皇帝偕同教宗英诺森（Innocent）来到尤菲米亚努斯家里。亚历克西斯的那位仆人跑去见尤菲米亚努斯，对他说："主人，他们要找的那个圣人会不会就是我家收留

---

① 塔尔苏斯，现为土耳其南部城市。

的那个朝圣者客人呢？那人确实宽容无比，而且神圣至极。”尤菲米亚努斯立即跑去那朝圣者的房间，发现他已经离世。但见他躺卧在那里，面容如天使般熠熠生辉。尤菲米亚努斯见他手中有一张纸，便试图拿来看看，却怎么也拿不下来。于是，他跑去告诉皇帝和教宗。皇帝和教宗便径直来到朝圣者躺卧的房间，皇帝们说：“罪人如我等，治理着整个帝国，此人乃为圣者，在此牧养监管着全世界的信徒。圣人，请把您手中的纸条给我们看看，我们想知道那上头写着什么。”这个死去的人立时将手松开，教宗取过纸条，当着尤菲米亚努斯和一大群在场者的面宣读了纸上的话语。尤菲米亚努斯听后，顿时悲痛难忍地昏厥在地。苏醒之后，他撕裂自己的外袍，拼命拔自己的灰白头发和胡须，还用手抓脸。他扑倒在儿子的尸体上哭喊道：“天啊，我的儿子！你为何让我如此悲伤，为何让我多年来被难以计数的痛苦和忧伤折磨？我是何等悲伤！你本应是我这个年老者的拐棍，如今却见你躺在停尸架上，无法对我说一言一语！我的余生还怎能寻到任何安慰？”

亚历克西斯的母亲听闻此事后，像冲破猎网的母狮，踉跄而来。她撕裂衣裳，披头散发地举目向天。人们挡住她，没让她进屋看她儿子神圣的身体。她哭喊道：“你们这些人啊，快让我进去，让我看看我的儿子吧，让我看到我灵魂的安慰，看到我亲自哺育的宝贝儿子！”她进屋，一头扑倒在儿子身上，哭道：“天啊，我的儿子，我眼中的光明，你为何如此做？为何如此残酷地对待我们？你看见你那可怜的父母的眼泪，但你仍然无动于衷，你仍然不让我们知道你就是我们的儿子。你自己的仆人们对你恶言相加，而你却宽容一切。”她一次次扑倒在儿子身上，一会儿张开手臂拥抱他，一会儿又爱抚和亲吻他那天使般的脸颊。“和我一同哀哭吧！”她继续哭喊道，“他在我们自己的房子里生活了整整十七年，而我却不知道他是谁！我根本不知道他就是我的独生子！我日以继夜地以泪洗面，又怎能流尽我心中的创痛呢？”

亚历克西斯的遗孀身披丧服，也来到他面前抽泣道：“哎哟，我如今孑然一身，成了寡妇，没有任何指望，也没一点儿安慰！如今，我的明镜已碎，我的盼望长逝！如今，铸成此恨，绵绵无期！”她的言语催人泪下，在场者无不伤感悲痛。

教宗和两位皇帝将圣人的身体放在一张华丽的灵床上，并护送他来到市中心。他们宣布说，全城人一直苦苦寻觅的圣人已经找到。很快，所有人都跑来朝见圣人。那些生病的人触碰到这最神圣的身体后就立即恢复了健康；盲人重见光明；被鬼附者获得新生；所有受苦受难者，无论他们的缺陷是什么，只要碰到他神圣的身体就得康复。正帮着教宗抬灵床的两位皇帝目睹这些奇迹后，也巴望自己能被它圣化。为了让灵床顺利通行，他俩还下令在街上遍撒金银，以此转移众人的注意力，使围堵的人群前去抢钱。但是，金钱的魅力竟不足以吸引众人，相反，越来越多的人聚集起来，争先恐后地伸手触摸圣人的身体。历尽千辛万苦之后，灵床才终于抵达殉道者圣卜尼法斯(St. Boniface)教堂。在那里，人们花了一周时间不停赞颂上帝，还用金子、宝石和许多珍贵的石料建造了一座纪念堂，将这神圣的身体安置其中。从此之后，纪念堂里一直散发出非常香甜的气味，所有人都以为那里燃着香薰。圣亚历克西斯逝于主历 398 年 7 月 17 日。

圣玛格丽特(St. Margaret)

7月20日

玛格丽特是安提阿(Antioch)市民西奥多西厄斯(Theodosius)的女儿。西奥多西厄斯是异教徒的首领。很小的时候,玛格丽特就被交给乳母养育,懂事后她就接受了洗礼,由此引起她父亲的恼恨。十五岁时,有一天,她和另外一些年轻姑娘正在寻找乳母家的羊,总督奥利布里乌斯(Olybrius)偏巧经过此地,他对美丽的玛格丽特一见钟情,疯狂地陷入了爱河。于是便令手下人跟着这位姑娘,他叮嘱说:"快去把她抓到手,如果她是自由民,我就娶她做老婆;若是个奴隶,我也要让她当我的小老婆。"就这样,玛格丽特被带到他面前,他仔细询问姑娘的姓名、家庭和信仰。她回答说自己名叫玛格丽特,贵族出身,并且是个基督徒。总督说:"'贵族'和'玛格丽特'都与你极为相称:你显然很高贵,而且的确是美丽的珍珠(珍珠的拉丁文为"margarita")!不过,基督徒却与你不相称!一个如此美丽高贵的姑娘怎可去敬拜一个被钉死在十字架上的神呢?"玛格丽特问道:"你怎么知道基督是被钉死在十字架上的?"总督回答说:"从基督徒们的书上读到的。"玛格丽特说:"你既然已经读到基督的受难和他的荣耀,为何你只信其一而不信其二呢?"玛格丽特继续向他解释基督在十字架上受死是自愿为世人赎罪,而如今他已经活在永世之中。然而,这番话激怒了总督,他命人将玛格丽特投入地牢。

第二天,奥利布里乌斯传讯玛格丽特,对她说:"你这个傻姑娘,真是可惜了这张漂亮脸蛋!赶紧敬拜我们的神灵吧,唯有这样,你才能高枕无忧。"玛格丽特回答道:"我敬拜那大地为之震颤、海洋为之澎湃、众兽为之惊叹的上帝!"总督对她说:"如果你不听命于我,我就把你的身体撕成碎片!"玛格丽特说:"基督为我舍命,我也愿为基督舍命，除此别无所求！”

奥利布里乌斯下令将玛格丽特放在刑架上，残酷地对她棍棒相加，又用铁梳来回翻耙她的身体，直到皮开肉绽，筋骨毕露，鲜血如世上最纯净的泉水般汩汩流出。所有见此惨状的人都泣不成声，人们说：“哦，玛格丽特，我们都怜悯你！你的身体如此惨烈地被撕碎！因你的不信，你已失去了何等美丽的容貌！不过，你尚有机会：赶紧遵从这些神灵吧，只有这样你才能存活下去！”玛格丽特高声呼喊道：“你们这些恶魔的走狗！还不快离我远去！这肉体的折磨正是灵魂的拯救！”她又对奥利布里乌斯说：“你这无耻的犬类！凶残的狮子！你有权掌控肉身，但我的灵魂却专属基督！”奥利布里乌斯受不了眼前那流成小河一般的鲜血，只能用斗篷遮住自己的脸。他命人把玛格丽特从刑架上放下后送回监狱。那个小小的牢房里顿时奇迹般地流光溢彩。玛格丽特躺下之后，就开始祈祷上帝，她想看见那个与她征战的仇敌。一条骇人的巨龙立时现身，它正向玛格丽特冲来，想要吞噬她。玛格丽特画了个十字，它就消失不见了。根据另一个记载，巨龙已经将玛格丽特的脑袋咬在嘴中，它的长舌绕着她的腿脚，把她吞进了肚皮，正当玛格丽特要被它消化时，她以十字手势武装自己。巨龙受不了她画的十字，龙身当即爆裂，圣处女则安然无恙。不过，这则巨龙吞噬圣女、而后龙身爆裂的故事只是一则没有任何历史价值的传说而已。

魔鬼继续绞尽脑汁地欺骗玛格丽特。这回，它变作一个男人的样子。玛格丽特一见到他就立刻跪地祷告；当她再次站起身时，魔鬼走上前来，握住她的手说：“为你已做的一切，你应该知足，现在，快离开我吧。”但是玛格丽特抓住了他的头发，将他撂倒在地，并用右脚狠狠踩住他的脖颈，说：“躺在那里，你这骄傲的恶魔，乖乖趴在一个女人脚下吧！”魔鬼哭求道：“哦，蒙福者玛格丽特，我认输了。如果一个年轻男子打败我，我不会介意；但现今我竟然被一个年轻姑娘打败！更何况，你的父母都是我的盟友，这让我这张老脸往哪儿搁！”

于是，玛格丽特命他说出到此地的原委，原来魔鬼是想来骗她服从总督的命令。玛格丽特又让魔鬼告诉她，为什么他用尽诡计引诱基督徒。他的回答是，他生来仇恨那些有德性的人。尽管他经常被这些有德性的人回绝，但他依然备受欲望的折磨，那邪恶的欲望就是要将这些有德性的人引入歧途。他带着苦毒嫉妒别人的幸福，因为他已经永远失去了这份幸福，所以就竭尽全力也要剥夺别人的幸福。他还告诉玛格丽特说，所罗门王曾经将无数的恶魔关进一个瓶子。所罗门王死后，那些恶魔让瓶子发出火焰，人们误以为瓶中藏有珍稀宝贝，便砸开了瓶子。恶魔们蜂拥而出，充满了整个天空。魔鬼想继续津津乐道①，但玛格丽特听够了这些，她抬起右脚，对魔鬼说：“滚吧，混蛋！”魔鬼顿时无影无踪了。

战胜了这个罪魁后，玛格丽特自信能够彻底打败魔鬼手下那些小喽啰们。第二天，人们又聚在一起，围观玛格丽特在法官面前的受审。她再次拒绝向偶像献祭后，又遭毒打，刽子手们还用火把烤焦了她那已经血肉模糊的身体。在场所有人都惊讶万分：这个年轻姑娘竟能忍受此等剧痛。法官将她五花大绑后扔进一缸水中，妄想通过变换折磨的方式让她难以承受。不过，就在那一刻发生了地震，随即，所有人都看见这年轻姑娘并未受伤。五千人立即接受了信仰，并随即为了基督之名而被判死刑。奥利布里乌斯担心剩下的人也都因此皈依基督教，便迅速下达指令，将玛格丽特枭首示众。玛格丽特请求给她一些时间祷告，她热忱地为自己和那些逼迫她的人祈祷，也为那些将来会记得她并求助于她的人祈祷，还为那些在难产中呼求她

① 对于自己的故事如此喋喋不休，这是过度关注自己的表现，魔鬼就是如此。

的妇人祈祷，求上帝赐给她们健康的孩子。这时，一个声音从天而降，向她保证说，她的所有祈求都已蒙惠允。于是，她起身对刽子手说："兄弟，举起你的刀剑吧！"刽子手一刀砍下了她的头颅，玛格丽特就这样成就了她的殉道冠冕。她的生平传记说她于 7 月 20 日殉道，但另有一些记载则说她死于 7 月 13 日……

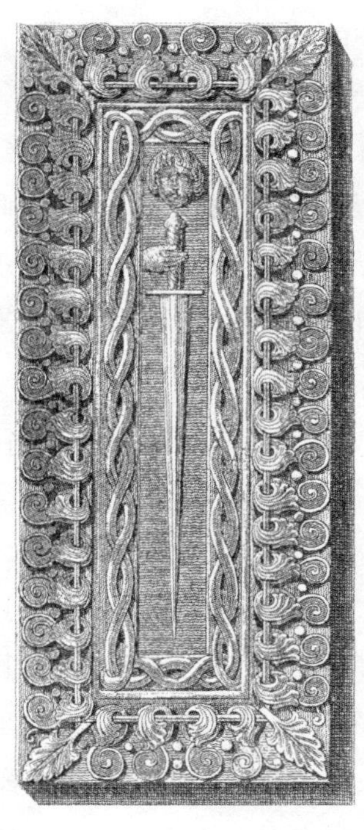

圣抹大拉的马利亚(St. Mary Magdalene)

7 月 22 日

抹大拉的马利亚的名字源于她和抹大拉(Magdalum)城的关联。她的父母都是王室后裔,其父名为塞勒斯(Syrus),其母名为尤卡丽娅(Eucharia)。她和自己的兄弟拉撒路(Lazarus)及姐姐马大(Martha)共有抹大拉城。这座城是离伯大尼(Bethany)的格尼撒勒(Genezareth)两英里外的一座防御城,也属于大耶路撒冷(Jerusalem)城的管辖范围。父母去世后,他们三个分了遗产,马利亚分得抹大拉(她的名字中也因此有抹大拉),拉撒路得到父母在耶路撒冷的财产,而伯大尼则归马大所有。抹大拉的马利亚沉溺于肉体的欢娱,拉撒路投身行伍,只有精明能干的马大积极地照料弟妹的产业。除此之外,马大还关心自家护卫、仆役和许多穷苦人的需要。不过,在基督升天后,他们三人都变卖了所有家产,将一切收入献给了使徒们。

抹大拉的马利亚非常富有。享乐是财富的好友,所以,她不仅因其美貌和富有闻名,而且还以放荡荒淫而声名狼藉。人们甚至很快忘记了她的真实姓名,而只管她叫“罪人”。然而,基督在各地布道的时候,上帝的旨意临到马利亚,她赶到那个患大麻风病的西门家,因为她听说基督会在那里。由于她自知是个罪人,所以不敢堂而皇之地和其他正派人在一起,只能犹犹豫豫地坐在基督脚边,以泪水为基督洗脚,又用长发将之抹干,还用珍贵的香膏涂抹它们(由于此地日晒强烈,当地人经常洗浴并用香膏抹身)。当时,法利赛人西门心想,如果耶稣果真是个先知,他就不会允许一个有罪的女人触碰自己。主耶稣指责他自以为是,并赦免了马利亚的所有罪行。正是这个罪人抹大拉,得到了上主无比丰盛的祝福和爱情。耶稣为她赶出了七个恶鬼,燃起她对上帝的炽热爱火,使她成为耶稣自己最亲密的伙伴之一，还时常做客她家，让她为自己预备行装，并在诸多场合充满爱意地为其辩护。当法利赛人说她不洁净、她姐姐马大指责她懒惰、犹大责怪她浪费时，耶稣都一一为之申辩。当耶稣见到马大为去世的兄弟拉撒路流泪哭泣，他也曾情不自禁地流泪悲伤。出于对她[①]的爱，耶稣使已经死去四天的拉撒路复活，医治折磨了马大七年的血漏症，又使马大良善的使女马提拉(Martilla)说出以下甜美荣耀的话语："生养你的人有福啦！"根据安布罗斯的记载，那个患血漏症的女人的确是马大，而说这句话的人正是马大的使女马提拉："我认为，正是她(抹大拉的马利亚)用泪水清洗上主的双脚，用头发擦干了它们，并用香膏涂抹它们；正是她认真悔罪后得蒙宽赦，是她坐在上主脚边聆听教导而得到了最好的福分，是她用香油膏抹上主的头，是她侍立在上主受难的十字架边，并用事先预备的香膏涂抹他的尸身；当众门徒都离开墓室后，也正是她不愿离去；当耶稣升天之际，她最先得到上主的显明，因此也位列门徒之首。"

耶稣受难并升天后十四年，也就是司提反(Stephen)被犹太人杀害、其余门徒被赶出犹太境内后很久，门徒们分散前往外邦人居住的地区，传扬上主的福音。那时，位列耶稣七十二位门徒之一的蒙福者马克西米努斯(Maximinus)正和使徒们在一起，于是通过他的努力，抹大拉的马利亚赢得了圣彼得的信任。门徒们分头外出传道，抹大拉的马利亚偕同蒙福者马克西米努斯、她的兄弟拉撒路、姐姐马大、马大的使女马提拉和那个生来目盲后被耶稣治愈的蒙福者哥顿努斯(Gedonius)[②]以及其他许多基督徒们一起上路。他们登上了非基督徒的船，由于无人驾驶，这船在海上自行漂浮，所有人都险些丧命。

① 指抹大拉的马利亚。

② 参见《约翰福音》(9)。

然而，出于上帝的意愿，一行人抵达了马赛(Marseilles)。当地人并不接纳他们，于是，他们只能暂居在当地神庙的门廊下。蒙福者抹大拉的马利亚看到人们成群结队地来到神庙向偶像献祭，她站起身来，神色泰然、言辞审慎地规劝众人弃绝偶像崇拜，并专心致志地向大家讲解基督的福音。在场所有人都被她的美貌、口才和说话时的气度所折服。毫无疑问，她的双唇曾如此满怀挚爱地、温柔地亲吻过上主的双足，当然能比旁人散发出更多上帝言词的芳香。

后来，治理当地的一位王子带着他的妻子来此供奉神灵，祈求得子。抹大拉的马利亚向他传福音，并劝说他不要祭拜偶像。几天后，她在异象中向王子的妻子显现，对她说："你们如此富裕，为何却让上帝忠实的仆人们饥寒交迫而死呢？"抹大拉的马利亚还警告她说，如果不劝服其夫善待信徒，将招致全能上帝的烈怒。但是，这个妇人胆战心惊，不敢将此异象告诉其夫。第二天晚上，抹大拉的马利亚再次在异象中向她显现，并带给她与同一天相同的信息，但是，这妇人依然没有禀报其夫。第三次，在一个死寂的夜晚，抹大拉的马利亚同时向夫妇二人显现，她难遏义怒，冲天的怒气仿佛点燃了整个宫殿。"还睡觉吗，暴君？"她说，"你这撒旦之子，还在和你的毒蛇妻子一起睡觉吗？她拒绝传话给你，而你，十字架基督的仇敌，你怎能终日尝尽佳肴美馔而让上帝的神圣子民们饿殍遍野呢？你怎能整夜躺在这绫罗绸缎上而眼睁睁地看着他们颠沛流离、无家可归呢？不，不！你这恶棍，你难逃其咎！你原知本应出手相救，却坐视不管，逍遥安乐，你必难逃惩处！"说完这些话，她就消失不见了。妻子醒来后吓得喘不过气来，还浑身打战；她的丈夫也庶几近之。妻子说："我的主人啊，你也和我做了相同的梦吗？"丈夫回答说："是的，我简直不敢相信，真是吓死我了。我们接下来该怎么办呢？"他的妻子说："还是依照她说的去做吧，不然我们会招来她说的那个神的愤怒。"于是，他们给基督徒们分发房屋住所，并看顾他们的各种需要。

一天，正当抹大拉的马利亚在布道的时候，王子问她道："你能够为你所传讲的这个信仰辩护吗？"抹大拉的马利亚回答说："我随时预备为之辩护！我的信仰每天都更坚固，因为治理着罗马教会的我的主人彼得所行的奇迹和他的讲道每天都激励着我。"于是，王子和他的妻子向她宣布说："我们已经准备好了，如果你能让你所传扬的这位上帝赐给我们一个儿子，我们愿意听从你所有吩咐。"抹大拉的马利亚向她们做出了保证。于是，她祈求上主恩准王子夫妇的愿望，赐给他们一个儿子。上主听了她的祷告，王子的妻子怀上了孩子。此事之后，王子很想去罗马见彼得，因为他想知道抹大拉的马利亚所传扬的基督是否真实。他的妻子不愿意被他留在家中，说："什么？你打算一个人去，不带上我？不，绝不同意！如果你去，我也去；如果你回来，我也跟你回来。你待在哪儿，我也一起在哪儿！"她的丈夫说："夫人啊，这万万使不得。如今你有孕在身，海上风波不定，险况频频。你这样做太冒险了。还是留在家中，照顾好这里的事情吧。"可是，她坚持心意，用尽了那些女性的心计，又跪在丈夫脚边泪流成河，最终得到了丈夫的许可。临行前，马利亚在他们肩头放上了十字架，以此阻止那上古的仇敌在旅程中伤害他们。他们在船舱中做了充足的储备，将剩余的财物都交给抹大拉的马利亚保管，然后便扬帆启程了。

仅仅一天一夜后，他们就遭遇了海上飓风。滔天巨浪重重地砸向他们的航船，船上的人都担忧自己即将丧命。王子的那位孕妇夫人更是心惊胆战，因为她的身体状况比众人更柔弱。突然间，产前剧痛死死地攫住了她，挣扎片刻后，这个可怜的女人产下一子后死了。婴孩吧唧着小嘴遍寻母亲的乳房，还发出这世间最令人怜惜的哭喊。啊呀！这是何等苦涩的讽刺！孩子存活了，同时他却成了母亲的谋杀者。而他也必将不久于世,因为没人能哺育他,没人能留住他的小命!此时此刻,我们的朝圣者看着他死去的妻子和哭闹着求乳的幼子将欲何为?事实上,这位王子已悲痛欲绝,他自言自语着:“倒霉的人儿啊,你该怎么办?你一直想要个儿子,没想到现在同时失去了他们母子!”与此同时,水手们喊道:“快把甲板上的尸体扔下去,否则我们会与她同归于尽。只要这尸体还在船上,风暴就不会停止!”他们抬起尸体,准备将之扔进大海。朝圣者恳求他们说:“别这样!请别这样!你们纵然不同情我和这位母亲,至少也可怜可怜这孩子,你们看他哭得多伤心。给我一点儿时间,也许她只是因产痛而暂时昏迷——也许她还会苏醒过来。”这时,不远处出现了山峦起伏的海岸线。王子心想,与其把死去的妻子和孩子扔进海里让海怪吞食,还不如将其葬于岸边。他给了水手们一些钱财,央求他们答应靠岸暂停。苦口婆心地求了半天,他们才终于答应。可是,靠岸后,他发现那里的土地非常坚硬,根本无法掘出墓穴,所以他只好在山边找了个能挡风遮雨的地方,把自己的外袍铺在地上,然后将尸体放置其上,再把婴孩放在母亲胸前。他涕泪涟涟地沉思着:“哦,抹大拉的马利亚,你的到来毁灭了我。我为何听从你的建议,踏上这次旅途?我这倒霉的家伙!这难道就是你成全我的祷告——我妻得以怀孕的先决条件竟是要她难产而死?而我子出生的目的就是为了随即死去,因为竟然无人能哺育他长大。是啊,这就是你的祈祷带来的一切!我将此生交托你手,如今我要交托自己于你的上帝之手。如果他确有大能,让他纪念我妻的灵魂,并应允你的祷告,怜悯我的儿子,留他活命!”然后,他将外袍包裹亡妻和孩子后,就匆匆回到了船上。

到了罗马后,彼得前来见他,看到他肩头的十字架,就询问他何许人并来自何方。他将事情原原本本地告诉了彼得,彼得说:“平安与你同在!你能来到这里非常好,你所接受的建议非常好。如果你的妻子在沉睡，而孩子和她一同休息着，那么别太悲伤，因为上帝有能力赠送礼物给他喜欢的人，也能收回礼物，还能保留这些礼物，最终使你转悲为喜。”说完这些，彼得领着他去耶路撒冷，带他看基督讲道和行神迹以及受难和升天的地方。之后的两年里，彼得将正确的信仰生活教授给他。完成学习后，彼得的这个门徒又启程回家。在归程中，再次出于上帝的意愿，船途径他当年离妻别子的海岸。他又买通了船员，央求他们在那地稍作停留。

抹大拉的马利亚没给那小婴孩带来任何坏处，如今他不仅存活下来，还经常跑去海边，像同龄的孩子那样玩卵石。船越驶越近，朝圣者看到有个孩子在岸边玩石头，他简直不能相信自己的眼睛。他从船上纵身跃下，但那孩子从未见过人类，吓得转头就跑回去，躲进他所熟悉的母亲的怀抱，把自己藏在长袍下面。尾随而至的朝圣者想知道这两年究竟发生了什么。他掀开那件长袍，看见这个漂亮的孩子正在吮吸母亲的乳头。他将孩子搂在怀里，喊道：“哦，蒙福者抹大拉的马利亚，如果我的妻子能从死里复活后和我一起回家，那我将有多么幸福，这一切又将变得多么完美！我知道，我的确知道而且毫无疑虑地相信，正是你给了我这个孩子，也正是你在这块岩石上哺育了他两年，借着你的祷告，你也一定能使这孩子的母亲死而复生。”他刚说完，他的妻子就又有了呼吸。仿佛从睡梦中醒来，她说：“蒙福者抹大拉的马利亚啊，你的德性何其伟大，你的荣耀何等辉煌！当我遭受产难，你竟有如接生婆般地服侍我，又仿佛王家使女般地体贴我的一切所需。”听妻子这么一说，朝圣者惊喜地问道：“我最亲爱的妻子，你果真还活着吗？”“当然活着，”她回答道，“我刚从你去过的朝圣地回来。蒙福者彼得带着你在耶路撒冷，领你看基督受难、死亡、埋葬和其他所有圣地时，抹大拉的马利亚也作为我的向导，领着我和你一起。我见到的一切，我都牢牢记着呢。”接着，她开始描述自己见过的所有地方,那些基督受难和行神迹的地方,每个细节都完全属实。失而复得的妻儿令朝圣者喜不自胜,他们一起上了船,很快就回到了马赛。进城后,他们看见抹大拉的马利亚正和她的门徒们一起传扬福音。夫妻二人涕泪纵横地跪倒在她脚前,告诉她发生的事情,并由马克西米努斯之手接受了神圣的洗礼。随后,基督徒们摧毁了马赛城里的所有偶像,为基督建了教堂,并一致推选蒙福者拉撒路为该城主教。在此之后,神圣眷顾又引导他们来到艾克斯城(Aix)。在那里,人们看到门徒们所行的神迹便纷纷改信基督,蒙福者马克西米努斯则被祝圣成为艾克斯城的主教。

这时,蒙福者抹大拉的马利亚决定一心一意地投身于天国的默想,于是,她退避到天使为其预备的一处荒凉旷野里,在那里隐姓埋名了整整三十年。旷野里没有水源且寸草不生,显而易见,我们的救赎者不是用人间的食物而是用天国的甜点养育她。每天七次,她被天使提到空中,欣赏天堂里荣耀的圣乐合唱。一天又一天,这精纯的天国食粮令她饱足,所以当她被带回到旷野的洞穴时,就根本无须再吃人间的食物了。

有个想过隐居生活的神父为自己搭建了一个小屋,那小屋离马利亚居住的山洞只有十二弗隆①远。一天,上帝开了这神父的眼,让他亲眼看见天使们是如何一边歌唱着称颂上帝的赞美诗,一边降临到蒙福者马利亚住的地方。这个神父很想知道自己所见的异象是否真实,便向造物主祈祷,之后便鼓起勇气来到马利亚住的洞穴。但是,当他离那洞穴还有一石远的地方时,他的双腿再也挪动不得,被恐惧攫住的他连气都喘不过来。如果他转身往回走,他的双腿双脚就能行动如常,但每次当他试图靠近洞穴时,他的身体就立刻瘫痪,

---

① 弗隆:长度单位,1弗隆相当于201米或1/8英里。

大脑也马上麻木，根本无法挪移一寸。于是，这个圣人明白了其中的原委：眼前的这个山洞一定隐藏着凡人不能企及的天国奥秘。他呼唤着救主的名字，大声喊道："住在洞里的，我以上主之名命令你，如果你是人类或任何有理性的生物，请你现在就回答我，告诉我你究竟是谁！"他一连重复了三遍后，蒙福者抹大拉的马利亚回答说："走近点，你才能知道你渴望了解的一切。"神父颤颤巍巍地举步向前，这时，又听到她说："你记得福音书中关于马利亚的故事吗？就是那个臭名昭著的罪人马利亚，那个以眼泪为救主洗脚、以头发擦干救主双脚、最后得到赦免的罪人马利亚。"神父回答说："我当然记得。圣教会承认这个故事的真实性已有三十多年了。"她对他说："我就是那个女人，三十年来我一直隐居在这里，世上没人知道我在哪里。正像你昨天见到的景象，每天我都会被天使提到空中，一天七次在天空中用肉耳聆听天国圣乐，享受天国之主为我预备的喜乐。如今，上主已经启示我，因我即将离世，所以我请求你回去见马克西米努斯，并一定将这个讯息捎给他：明年在上主复活之日晨祷之时，请马克西米努斯独自走进他的教堂，他将在那里看到我，众天使将围绕侍奉我。"

神父以为自己定是听到了天使的声音，因他不能见到任何人。他赶紧跑回去找马克西米努斯并告诉他发生的一切。圣马克西米努斯喜不自胜，并衷心感谢救主恩典。复活节那天，在指定的时间，他独自走进教堂，看见抹大拉的马利亚站在天使唱诗班中间。抹大拉的马利亚被提到离地面数英尺高的地方，在众天使的簇拥下，举起双臂向上帝祈祷。马克西米努斯正踌躇不敢向前，只见她转过身来，对他说："走近点，神父。请不要离开您的女儿！"于是，他走向马利亚。我们能在马克西米努斯的记述中读到，因为三十年来每天见到天使，圣马利亚的面容比阳光更辉煌，凡人根本无法直视。马克西米努斯召来所有神职人员，包括先前提到的那位神父。在从主教手中领受圣体的时候，抹大拉的马利亚泪如雨下。随后，她五体投地卧倒在祭坛前，并立即将自己最圣洁的灵魂交给了上主。她去世后，一股奇香在教堂里缭绕了七天七夜，所有在场的人都闻到这香气。马克西米努斯为这最圣洁的身体举行了葬礼，用芬芳的香料膏抹她，并下令自己死后要和她葬于一处。

赫各西普斯（Hegesippus）或其他人的记载（包括约瑟夫斯）都基本同意以上故事的真实性。赫各西普斯在一篇论及抹大拉的马利亚的文章里说，在上主升天之后，抹大拉的马利亚内心燃起对上主的熊熊爱火，她厌弃尘世，不愿再注目凡间俗子。在抵达艾克斯城之后，她即隐居于沙漠，在那里不为人知地生活了三十年。他也宣称，抹大拉的马利亚在沙漠里每天七次被天使提至空中。不过，他补充说，那个神父在抹大拉的马利亚的隐居室里找到了她，她还向他请求一些蔽体之物，而神父给了她一件外袍。她穿上后就和神父一起去了教堂。在教堂里，领受圣体之后，她便在祭坛前举手祈祷，随后安然而逝……

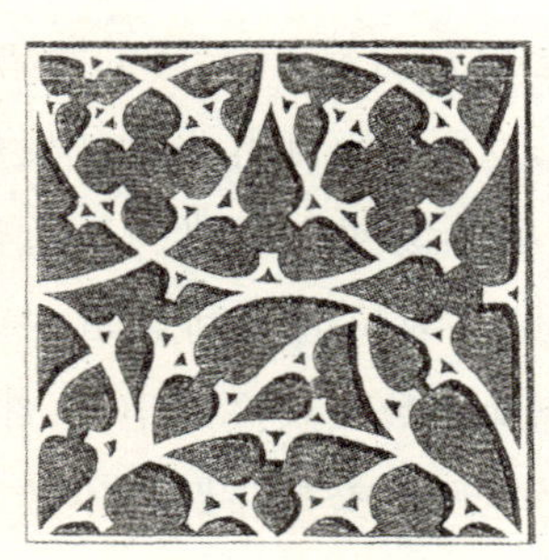

圣克里斯托福(St. Christopher)

7 月 21 日

克里斯托福原名为雷普罗比斯(Reprobus),受洗后改名为克里斯托福,是“为基督传扬信息者”的意思。他的一生从四个方面显扬了基督的荣耀:其一,他肩头留有当日背负基督过河的印记;其二,自律并降卑其肉身;其三,全心全意敬拜上帝;其四,认罪并传扬基督福音。

克里斯托福是迦南人(Cannanite),身材高大魁梧(他身高超过十二英尺),长相丑陋。在他的生平记录中,我们知道他在迦南国王家里当差的时候忽然萌发了一个念头,他想找到全世界最伟大的王公,并跟从服侍他。于是,他跑去找一个大有能力的国王,人们都认为这个国王就是当时全世界最伟大的王公。当这个国王见到克里斯托福时,不仅热情款待他,还使其成为宫廷侍臣。一天,有个游方艺人来为国王献歌,在歌中经常唱到恶魔。由于这国王是个基督徒,所以每次听到恶魔的名字,他都会在自己的前额上画个十字。克里斯托福观察到这个举动后心存疑惑,很想知道这个动作有什么含义。于是,他询问国王,但却遭到拒绝。克里斯托福宣布道:“如果你不告诉我,我就不再留在你身边了!”国王被迫回答他说:“每次我听到有人说出恶魔的名字,我就会用这个动作来保护自己,因为担心会被他战胜和伤害。”克里斯托福回答说:“如果你害怕被恶魔伤害,那就说明恶魔比你更伟大而有力;否则你不会有此恐慌。我的希望算是落空了。我以为自己已经找到了世间最伟大最有能力的王公。现在,我得告辞了!我要去寻找恶魔,让他成为我的主人,我要服侍他!”

于是,克里斯托福离开了国王去寻找恶魔。他在沙漠中遇到一大群士兵,其中有个长得极其英俊但非常凶狠的士兵走到他跟前,问他要去哪里。克里斯托福回答说:“我要找我主恶魔,想让他作我的主人。”这士兵对他说:“我就是他,就是你正在找寻的恶魔。”克里斯托福兴高采烈地拜恶魔为主人,决定永远服侍他。

他们一起上路,直到一天他们看见路边矗立着一个十字架。恶魔一看到这个十字架就立刻吓得屁滚尿流。他领着克里斯托福绕开十字架,从最荒凉的沙漠兜远路走。克里斯托福感到莫名其妙,他问恶魔为何吓成这样,而且还舍近求远,离开大路,千辛万苦地在沙漠里绕行。但是,恶魔拒绝回答他。克里斯托福说:“除非你告诉我真相,否则我立刻就离你而去。”恶魔被迫回答说:“有个叫基督的被钉死在十字架上的人,我只要一见到他的那个十字架,就会心惊胆战地落荒而逃。”克里斯托福回答说:“如果你害怕基督的十字架,那就说明他比你更伟大而有力。我的希望算是落空了。我仍然没能找到世上最伟大的王公!现在,我得告辞了!我得离开你去寻找基督!”

克里斯托福离开恶魔后就终日打听在何处能找到基督。最后,他遇到一位隐修士。隐修士告诉他基督的福音,并详细指导他如何过信仰基督的生活。他对克里斯托福说:“你想服侍的这位国王需要得到你各种顺服的行动。其一,你必须经常斋戒禁食。”克里斯托福回答说:“让他要求我做其他事情吧,斋戒禁食我可做不到!”隐修士继续说:“其二,你还得千辛万苦地向他不懈祷告。”克里斯托福说:“我不明白祷告是什么意思,所以我也无法用这种方式服侍他!”隐修士问他说:“那你知道那条可怕的大河吗?很多人在渡河的时候被淹死在那里。”克里斯托福回答说:“我知道那条河。”隐修士说:“你身材高大又孔武有力,如果你去住在河边为那些旅人摆渡,就会讨你想服侍的那位基督国王的喜欢——我希望他会在那里向你显现。”克里斯托福回答说:“好的!那是我能够去做的服侍工作,我会坚定不移地侍奉他。”

于是，克里斯托福来到河边，在那里为自己搭建了一个小屋住下。他用一根长棍做手杖，使自己能在河水中走得稳当。每日每夜，那些寻求他帮助的行旅们，都被他背过河去。很多天后，有一次，他正在自己的小屋里休息，忽然听到一个孩子在叫他："克里斯托福，出来背我过河！"他起身出去一看，什么人都没有，于是他又回到房间，却再次听到同样的声音在呼唤他。他再一次跑出屋外，还是没见到任何人影。第三次，他听到声音跑出屋外后，见到河边站着一个孩子。孩子请求克里斯托福带他过河。克里斯托福就把他扛在肩上，手里抓了那根长棍，走进了大河。可是，河水暴涨，变得越来越湍急，而他肩上的孩子则重如千钧。克里斯托福越往前走，河水就涨得更高，孩子也是更沉沉地压住他的肩膀，直到近乎无法承受的地步。克里斯托福几乎陷入绝境，他害怕自己会沉没河中。不过，经过一番卓绝努力，他最终抵达了彼岸。他把孩子从肩头放下，对他说："我的孩子，你让我身陷险境！我背着你，仿佛全世界的重量都在肩头，重得不能再重了！"孩子回答说："克里斯托福，你不必惊讶。你不仅背负着全世界的重量，连创造这个世界的人也在你肩上！因为我就是你的国王基督，就是你在此地为之工作的基督。你将你的杖插到你屋边的土里，明天你就能见到它发芽并结出果实，你就能知道我所说的都是真的。"说完这话，孩子就马上消失不见了。克里斯托福就把他的手杖插到地里，第二天起床后，他发现手杖果真长出了叶子和果实，就像一棵棕榈树那样。

这事之后，克里斯托福启程前往吕西亚(Lycia)境内的萨摩斯(Samos)。由于不懂当地语言，他就祈祷上帝使他能听懂当地人的话。地方长官见他如痴如醉地祷告，以为他是个疯子，便不再理他。上帝答应克里斯托福的祈求之后，他遮住自己的脸，跑去基督徒殉道的地方，对那些正在受难的基督徒说话，鼓励他们坚定对上帝的信念。有个长官因此扇了他一个耳光。克里斯托福揭开头巾，对那长官说："倘若我不是基督徒，我一定立即回敬，给你点颜色看看！"说完，他将自己的手杖插进泥土，祈求上帝让它长出新叶，使众人皈依基督。这手杖便立刻长出了叶子，当时就有八千人皈信。

国王听说此事后派了两百个士兵去逮捕克里斯托福，但士兵们看见克里斯托福正在祷告，便不敢惊扰他。于是，国王又派了两百个士兵，但他们看见克里斯托福在祷告后，就立即加入了祷告者的行列。祷告完毕后，克里斯托福起身问他们说："你们在找谁？"士兵们见到了他的脸，就告诉他说："国王派我们来绑你回去见他。"克里斯托福说："如果我不服从，无论是否被你们绑缚，你们都休想带我走！"士兵们回答道："如果你不想和我们一起去，那就赶紧离开这里，到任何你想去的地方，我们只要回禀国王说找不到你就成了。"克里斯托福说："不行，你们不能那么做，我跟你们去。"

克里斯托福先成功地使这些士兵们皈依了基督教，接着，他让士兵们反绑住自己的双手，被捆缚着来到国王面前。国王一见到他就吓得魂不附体，竟然从王位上摔了下来。他的侍从们帮他重新站起来后，他问克里斯托福姓名、从哪里来。克里斯托福回答他道："洗礼之前，人们都叫我雷普罗比斯，不过，现在我的名字是克里斯托福。""那是你给自己取的愚蠢名字，"国王说，"想不到你竟然跟着那个被钉死的基督取名字！他自身难保，还怎么救你？你这一无是处的迦南人，为何不献祭给我们的神灵呢？"克里斯托福对他说："你的名字达格努斯(Dagnus)倒是取得很贴切，因为你就是这世界的死人，是恶魔的帮凶，你的神灵们都是人手造的偶像！"①国王反唇相讥："你肯

① "Dagnus"一词，我们不知道这个名字的原初含义是什么，所以也无法确定此句中的文字游戏是什么意思。

定是由野兽抚养长大的，你嘴里吐出最荒唐野蛮的话语，真是闻所未闻。不过，只要你答应现在献祭，我就立即高官厚禄地大大犒赏你；如若不然，你将被活活折磨，直到死去。”克里斯托福拒绝献祭，国王把他关押起来，而那些去逮捕克里斯托福并已经皈依基督的士兵们则都被他砍头正法。国王身边有两个美丽的年轻女人，国王许诺如果她俩能诱惑克里斯托福犯罪，他将重金奖赏她俩。克里斯托福一看到她俩就开始专心祷告，但是，两个姑娘不停地爱抚亲吻他。于是他站起来对她俩说：“你们想要什么呢？你们为什么会被带来这里？”两个姑娘被他脸上的荣光震慑住了，回答说：“哦，上帝的圣人，怜悯我们吧！帮助我们相信你所传扬的那个上帝！”国王听闻此事后，命人将两个姑娘带到自己跟前。“你们竟然也被诱惑了！”他说，“我以神灵们发誓，除非你们献祭，否则你俩都得死，痛苦地被折磨死！”她们回答道：“如果你要我们献祭，那就先清场，让所有人都到神庙里去。”国王照办了。两个姑娘走进神庙后，解开身上的腰带绕在偶像们的脖颈上，然后将它们都拽到地上。一时间，偶像都成了碎片。她们向人群呼喊道：“去找你们的医生们啊，让他们来看看能否医治你们的神灵！”国王一声令下，将阿奎利娜(Aquilina)吊了起来，又在她脚上拴上重重的大石头，就这样折断了她的双腿。当她魂归天国的时候，她的姐妹尼西亚(Nicaea)被投进火堆，但她却在火里安然无恙。国王马上命人将她砍头了事。

处决了两个姑娘后，克里斯托福被带到国王面前，一上来便被铁棍暴打一通。然后，国王给他戴上烧热的铁头盔，又把他绑在一张铁凳上，凳子下燃起大火，还不断有人往火焰上添加柏油。可是，尽管那铁凳如蜡融化，克里斯托福却毫发未损。随后，国王又把克里斯托福绑在一根柱子上，命令四百弓箭手把他当作活靶子。可是，他们的箭都在半空停住，一支都没能射中目标。国王却以为自己的弓箭手们已经射杀了克里斯托福，他走向克里斯托福想嘲弄他一番，没想到空中悬着的一支箭忽然坠落下来，转了个方向径直朝他飞来，一下子就刺瞎了他的眼睛。克里斯托福对他说："暴君，明天我会死去，到时你用我的血抹在眼睛上，就会重见光明了。"国王下令将克里斯托福砍头处死，圣人在祈祷之后被处决。国王将他的血涂在眼睛上，说："以上帝和圣克里斯托福之名！"他立即恢复了视力。这件事后，国王也皈依了基督，他下令说，若有人亵渎上帝或圣克里斯托福将定斩不饶……

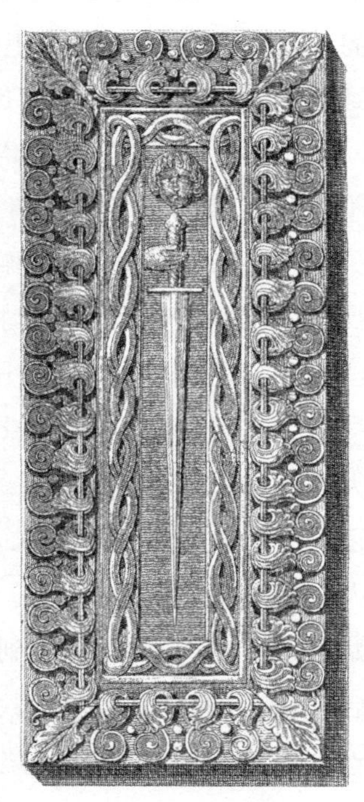

以弗所(Ephesus)的七个沉睡者

7月27日

七个沉睡者都是以弗所人。德西乌斯皇帝到以弗所迫害基督徒的时候,命人在市中心造了神庙,全城人都得和他一起在那儿敬拜偶像。德西乌斯还下令逮捕所有基督徒,如果谁不愿意献祭,就要被处死。于是,城中人人自危,朋友互相背叛,父子也反目成仇。

城里有七个基督徒,分别叫马克西姆努斯(Maximianus)、马勒古(Malchus)、马尔西亚努斯(Marcianus)、狄奥尼修斯(Dionysius)、约翰尼斯(Johannes)、谢拉皮翁(Serapion)和君士坦丁努斯(Constantinus),以弗所城发生的一切让他们忧心忡忡。虽然他们都在宫廷里位居高官,但因为拒绝向偶像献祭,所以一个个都躲在自己家里,终日禁食祷告。有人告发他们之后,他们就都被带到了德西乌斯皇帝跟前。毫无疑问,他们七个都被证明是基督徒。不过,正好那时候皇帝有事要离开以弗所,就允许再给他们一点儿时间,等他回来之后再办理此事。他们七人被皇帝放走后,不约而同地都将财产分给了穷人,并一致同意逃进赛琳山(Celion)躲藏。就这样,他们在山里藏了段时间,每天都由其中一人乔装打扮成乞丐,进城为大家觅食。

德西乌斯回到以弗所后,立即下令传讯七人,想让他们给异教神祇献祭。那天,正轮到马勒古进城乞讨。他听说皇帝为七人的失踪而龙颜大怒,便惊恐万分地跑回山里找同伴们。另外六人听到这个消息后也很害怕。马勒古将带回来的面包放在众人面前,因为他们需要足够的力量和勇气面对即将到来的考验。七人围坐一起,一边吃着面包,一边垂泪哀叹。这时,上帝美好的旨意忽然临到他们,七个人就都睡着了。

第二天,德西乌斯派人搜寻这七个逃亡的基督徒,但他们却一无所获。德西乌斯恼羞成怒，后悔当初不该放走这七个年轻人。后来，人们传言说，这七个人把财产都分给了穷人，现在躲进赛琳山，坚定持守他们的信仰。于是，德西乌斯抓来他们的父母，威胁他们说，如果不透露儿子的行踪就处死他们。父母们重复着皇帝早就知道的故事，还连声抱怨儿子们把他们的家产都分给了穷人。德西乌斯正不知该如何处置这七个逆子贰臣，上帝却使他脑袋里蹦出一个主意：用石头封住洞口，把他们活活饿死在山洞里。这个主意很快就被付诸实施。当时有两位基督徒特奥多鲁斯（Theodorus）和鲁菲努斯（Rufinus），将七人殉道的事写了下来，并小心翼翼地将这份记录藏进了石缝。

过了三百七十二年后，德西乌斯和他的同辈人早就死光了，在西奥多西厄斯皇帝统治的第十三个年头，帝国掀起了一场规模巨大的异端运动。这些异端信徒否认人死可以复生。基督徒皇帝西奥多西厄斯为此深感悲哀。他看到自己子民的信仰正如即将毁于蚁穴的千里之堤，就把自己关进皇宫里的一间密室，终日身穿苦衣①，以泪洗面。见此情景后，上帝心生怜悯，为了安慰这些备受折磨的灵魂，为了坚定他们对死而复生的希望，他决定显明自己丰富的爱和怜悯，就让七个殉道者从沉睡中醒来。上帝还促使一个以弗所市民萌生了要在赛琳山造房子的念头。当泥水匠砸开山洞门的时候，圣人们醒来，彼此问候，以为他们才睡了一晚上。之后，他们回忆起前一天得到的坏消息，就问那天进城乞讨的马勒古，德西乌斯究竟决定如何处置他们。马勒古回答说："正如我之前告诉你们的那样，人们一直在搜捕我们，他们要让我们给偶像献祭。皇帝正是这么打算的。"玛克西姆努斯说："上帝知道，我们绝不像那些异教偶像献祭！"他又说了些激

① 苦衣，又称刚毛衬衫，是一种由粗布和头发制成的衣服，古代苦修者所穿。

励同伴们的话，之后就让马勒古再去城里买更多面包，并打听一下皇帝的确切命令。

于是，马勒古带上五个银币走出山洞。① 他看到洞口堆着许多大石头，感到纳闷，但由于他心里装着其他事情，便也没太在意。之后，当他小心谨慎地来到城门口时，他惊讶地发现，城门上竟然矗立着一个十字架。他赶忙跑到邻近的另一个城门去看，那里也矗立着一个十字架。他绕着城墙跑了一圈，发现所有城门上都矗立着十字架。马勒古迷惑不已地在胸前画了个十架，回到最初那个城门口，恍然如在梦中。随后，他鼓起勇气，以斗篷遮脸，走进城去，径直走向一个面包铺。人们都在公开谈论基督，听得他目瞪口呆。"这怎么可能?"他自言自语道，"昨天根本没人胆敢说起基督之名，今天好像所有人都成了基督徒？我相信这地方压根儿就不是以弗所。所有建筑都和以弗所不同。这一定是另一座城市，是我从没到过的一座城市。"于是，他问路人这是哪里，人们毫不犹豫地回答他这里是以弗所。马勒古以为自己神志不清，于是决定还是先回到他的同伴那里去。回山洞之前，他走进面包店，掏出钱币付账的时候，店员们直勾勾地看着这些钱币，惊讶万状。他们轻声交换意见，说眼前这年轻男子一定是无意间撞到古代的宝藏了。马勒古见他们交头接耳的样子，以为他们正要抓他去见皇帝，慌乱间，他乞求店员留下钱币和面包，放他离开。但他们拉住他，问道："你从哪里来？你一定发现了古代的宝藏。快把这秘密告诉我们，只要你让我们成为你的合伙人，我们就为你保守秘密！不然的话，我们就让大家都知道你的秘密。"马勒古吓得说不出话来。他们见他一言不发，就用绳索套着他的脖子，把他拖到市中心。有个年轻人找到了宝藏的消息很快在全城闹得沸

① 此处指古罗马帝国使用的银币第纳里(denarii)。

沸扬扬。以弗所的全体市民把市中心堵得水泄不通,层层围观的人群都好奇地打量着马勒古,而他却竭尽全力为自己辩白,说他根本没发现任何宝藏。被围堵在人群中间的马勒古环顾四周,竟然没有一张熟悉的面孔;他想看看有没有自己认识的亲戚(他当然认为他们还都活着),却一无所获。他只能呆呆地站在那里,像个傻瓜一样被众人围观。

这时,主教圣马丁和总督安提帕特(Antipater,他正好刚抵达以弗所)听说了此事,就命令市民带着年轻人和他的钱币去见他们,但不许市民们多惹麻烦。马勒古见人们拉他去教堂,还以为要被带去见皇帝呢。主教和总督仔细研究那些钱币,看出它们的确是古董,便惊讶地问马勒古是从哪里发现这些神秘宝藏的。马勒古回答说他从没发现过什么宝藏,这些银钱来自他父母的钱包。主教和总督又问他从何而来,他回答说:“我从这里来,就是这座城市——如果它的名字的确是以弗所。”总督说:“那叫你父母到这儿来为你作证吧。”可是,当马勒古说出自己父母的名字后,在场无人听说过这些名字。人们当即指控他捏造事实。总督说:“你让我们如何相信你呢?你说这是你父母的钱币,但钱币上的印字却表明这是三百七十七年前的货币。这些钱币在德西乌斯统治元年开始通行,如今已经没有这样的货币了。你的父母怎可能活得那么长久,而你看起来却还如此年轻?你真想用这一派胡言来愚弄以弗所的市议员和元老们吗?既然如此,我必须将你移交帝国当局,直到你说出真相,告诉众人,你究竟发现了什么。”

马勒古双膝跪地,恳求道:“先生们,以上帝之名,请回答我的问题,我也会推心置腹地把一切都告诉你们。那个德西乌斯皇帝,就是在此城市的皇帝,他现在在哪里?”主教回答说:“我的孩子,现在世上没有叫德西乌斯的皇帝。很久很久以前倒是有这样一个皇帝。”“我的主人，这就让我迷惑不已，”马勒古说，“现在没人相信我。但请跟我来，我要带你们去看赛琳山上的那些人，他们都是我的同伴。你们可以相信他们。因为，我只知道，我们为逃脱德西乌斯皇帝的迫害而到了山上，而昨天我还亲眼见到过德西乌斯。那时他正走进这座城市——如果这城市真是以弗所！”

主教深思一阵后对总督说：“这一定是个神迹。上帝要通过这个年轻人给我们启示。”于是，他们急忙启程，跟随这年轻人上山，还有一大群人也跟着他们。马勒古第一个走进山洞见自己的同伴，主教紧随其后，并发现了特奥多鲁斯和鲁菲努斯藏在石缝中那卷以银封口的档案记录。他叫来所有人，大声宣读了档案里记录的故事，在场无人不为之惊叹。他们看到圣人们都端坐在山洞里，每位圣人的脸庞都犹如一朵盛开的玫瑰。人们俯伏赞美上帝，主教和长官立即捎信给西奥多西厄斯皇帝，请他尽快来此地看看上帝所行的奇迹。听到消息后，西奥多西厄斯立即从每晚躺卧的地板上起身，脱去麻布衣裳后，就边赞美上帝，边从君士坦丁堡赶往以弗所。人们都来见皇帝，并和他一起爬上那个山洞。圣人们一见到皇帝，脸庞就如阳光般透亮。皇帝走进洞穴，向他们磕头后起身，泪流满面地一一拥抱他们。他说：“如今见到你们，仿佛看到上主使拉撒路死而复生！”圣马克西姆努斯对他说：“相信我们，上帝是因你的缘故而让我们在末世复活来临前先活过来，因为他要坚定你的信仰，让你知道世上确有死而复生之事。我们的确是从死里复活的。我们活着，如同胎儿活在母亲的子宫之中，无灾无难、无忧无虑地熟睡着。”说完这话，他们在众目睽睽之下，躺到地上。顺服于上帝的旨意，他们交托了自己的灵魂，又沉睡了。

皇帝起身走到他们跟前，默默垂泪。他俯身亲吻他们后，就下令用金子打造棺材安葬他们。然而，当天夜里，他们就向皇帝显现，告诉他说，他们之前在山洞里躺到现在，又在那里被唤醒，所以，应该把他们放回那地方，等待上帝再次使他们复活。于是，皇帝吩咐在那地饰以镀金的石块，所有宣告相信死人复活的主教都被赦免。

不过，圣人们沉睡了三百七十二年的这个说法确可质疑，因为他们从死里复活的事情发生在公元448年。德西乌斯的统治结束于公元252年，而他的统治期只有一年零三个月。所以，事实上，他们只沉睡了一百九十六年。①

① 此处，雅各正确指出了他所使用的记录中存在的错误。还有一处明显前后不一致的地方：此处说他们总共沉睡了三百七十二年，但前文中地方长官却说钱币已有三百七十七年历史。这里可能是由于沉睡者得到这些钱币时它们已经不是簇新的了，但更大的可能性是，在某次誊抄过程中，抄写员犯了个错误，在头一个数字前加上了一个“v”。

圣多明我(St. Dominic)

8月4日

多明我是宣道会(the Order of Preachers)[1]的创始人,他生于西班牙欧兹玛(Osma)教区的加拉略加村(Calaruega)。其父名为菲利克斯(Felix),其母名为约翰娜(Johanna)。在他出生前,他的母亲梦见自己怀上了一条小狗,这小狗的嘴里含着闪亮的火炬,出生后它用火炬点亮了整个世界。后来,在多明我受洗的时候,当一位妇人将他从洗礼盘中举起时,看见这个孩子额头上有一枚熠熠生辉的星星,它几乎照亮了整个宇宙。

在那还需要乳母照顾的孩提时代,多明我就经常在夜间被人从床上抱起,然后被放在地上睡觉。到了接受教育的年龄,他被送往帕兰提亚(Palentia),在那里他一直学习着自制的功课,十年间坚持不尝一滴葡萄酒。当一场可怕的饥荒席卷整座城市时,他毅然卖掉了自己的家具和书本,用得来的钱救济灾民。他声名远播,欧兹玛主教任命他为供职于教堂的教士。不久之后,由于人们公认他的生活是完美的典范,教士们就推选他为修道院的副院长。多明我不舍昼夜地学习和祈祷,锲而不舍地恳求上帝赐恩,使他能够为了邻人的得救而全然献身。他专心学习《教父讲道集》(*Discourses of the Fathers*),由此在各种德性上日臻完美。

有一回,他和主教一同去图卢兹(Toulouse),发现当地教牧已经受到异端侵蚀而日渐堕落。多明我教训他要回归正道,终于使这位教牧成为日后丰盛收获的一个好兆头。

在《蒙特福特伯爵事迹》(*Deeds of the Count of Montfort*)一书

---

① 即多明我会。

中记述了这么一件事:一天,多明我在与异端辩驳之后,将自己最重要的论点整理成集,并把它交给了一个异端信徒,好让他仔细研读。当晚,这些异端信徒在火炉边聚会。那人将多明我的论集拿出来给大家看。他们决定做一个实验,将这本论集扔进火里,如果它烧着了,那么他们的信仰(也就是异端信仰)将被证明是正确的;如若不然,他们则听从罗马教会的训导。于是,他们就把论集扔进了火炉。过了一会儿,这本论集自己跳出了火炉且丝毫未损。这群人看得瞠目结舌,但他们中有一个最顽固的家伙,他站起来说:"再扔一次。我们需要再试验一下,以确保准确无误。"于是,他们又第二次将这本论集扔进火炉。论集再次完好无损地从火焰中跳了出来。可是,那个多疑的家伙又说:"我们应该做第三次试验。这样我们就能完全确信而不留任何疑虑了。"于是,他们第三次将论集扔进火炉。和前两次一样,它又一次完好地从火焰里跳了出来。可是,这些异端信徒们顽固不化,他们坚持不相信眼前发生的一切,还互相发誓,严禁将先前发生的事情透露出去。不过,在他们当中有一个士兵,他比较偏向我们的正道。后来,他把这些奇事宣扬了出去。这事发生在蒙雷阿勒(Montréal),据说在方若(Fanjeaux)也发生过类似的事情。[①] 奇迹发生时,那里的人们正在与异端进行严肃的论战。

欧兹玛主教去世后,圣多明我的许多同伴们都回家去了,但圣人决定和其他几个人留下来,他们要坚定地反击异端,传扬上帝的真道。与真理为敌的异端们嘲笑他,唾弃他,向他扔泥巴和各种秽物,还把稻草扎在他背上取笑他。他们甚至威胁要干掉他,但他毫无畏惧地回答说:"殉道者的荣耀非我应得,我实在还配不上这样的死法。"之后,当途经异端们伏击他的地方时,他非但无所惧怕,还兴致

---

① 蒙雷阿勒和方若都在今法国。

勃勃地引吭高歌。这样一来，那些异端们反倒丈二和尚摸不着头脑，他们问多明我说："你不害怕死亡吗？"多明我回答说："一点儿不怕。相反，我乞求你们别挥舞几拳一下子干掉我。你们可以一点点儿慢慢来，先一个接一个地砍掉我的四肢，把你们砍下来那一块块的皮肉给我看看，然后再挖出我的眼睛，在我半死不活的时候让我残缺不全的身体在血污中打滚——或者，你们也可以选择你们喜欢的任何其他方式折磨我。"

有一回，多明我遇到一个非常贫穷的人。为了能生活下去，这人加入了异端组织。于是，多明我决定将自己卖身为奴，用所得的钱款帮助这人渡过难关。但是上帝施以怜悯，用其他方法救了那个穷人。

又有一回，一个女人跑去向多明我哭诉，因为她的兄弟被撒拉逊人关押，而她无力解救他。多明我对此万分同情，他又想卖身赎回这个女人的兄弟。然而，上帝不允许他这么做，因为上帝能预见这位圣人的未来，有更重要的任务等待他完成，那就是：拯救无数失丧的灵魂。

有一次，多明我寓居图卢兹。他住的地方有一些误入歧途的妇女，异端们虔敬的假象迷惑了她们，使她们偏离正道。于是，多明我和他的同伴们在整个四旬斋期①吃面包和冷水守斋，晚上也坚持守夜，实在需要睡觉的时候，也只是在木板上躺一会儿。通过这种方式，他使这些妇女们重新认识了真理。

这事后不久，多明我准备组建一个宗教团体，该团体的使命是在全世界范围内广泛传扬福音，坚固大公信仰而使其免受异端攻击。

---

① 四旬斋(Lent)，是基督教的大斋期，指复活节前的四十天为纪念耶稣在荒野禁食。

在欧兹玛主教去世直到拉特兰会议(The Lateran Council)[①]召开的那十年间,他一直住在图卢兹。之后,他和图卢兹主教福尔克(Fulk)启程前往罗马,加入总理事会(the general council)。他请求教宗英诺森[②]认可由他组建的这个名为“宣道会”的宗教团体。一开始,教宗对此不置可否。一天晚上,教宗梦见拉特兰大教堂即将倾颓,正当他惊恐万分之际,只见圣多明我从远处跑来,用肩膀顶住了这个庞然大物。醒来后,教宗意识到这个异象的重要意义,就欣然答应了这位圣人的请求,并建议他先回修道院选定已获批准的会规,然后再回罗马接受正式批函。于是,多明我回到修道院,将教宗的吩咐传达给了弟兄们。当时,他们总共有十六人。在圣灵的引导下,他们一致选择了圣奥古斯丁会规(the Rule of St. Augustine)[③],因为圣奥古斯丁这位圣人是伟大的学者和传道者,他们决定步其后尘,继续传教使命。不仅如此,他们还在圣奥古斯丁会规的基础上增加了一些更严厉的规定,以期坚守不懈。但是,就在这时,教宗英诺森去世了,洪诺留(Honorius)[④]继任为罗马教宗。所以,在主后 1216 年,教宗洪诺留正式批准了圣多明我会的成立。

---

① 拉特兰会议,指在罗马拉特兰宫召开的历次基督教大会,中世纪时期最著名的五次拉特兰会议分别召开于 1123、1139、1179、1215 和 1512 年。由于多明我会成立于 1215 年,故可推知此处拉特兰会议或指 1215 年拉特兰会议。

② 教宗英诺森,此处应指教宗英诺森三世(Pope Innocent III),其在世时间为 1160 年或 1161 年至 1216 年 7 月 16 日。

③ 圣奥古斯丁会规,又译作圣奥斯定会规或圣斯丁会规。圣奥古斯丁曾经写信给一个女修道院,阐述修道生活的主要规则,这封信连同他发表的两篇关于修道生活的讲道词,构成一般所谓圣奥古斯丁会规。许多男女修会都遵奉这份会规。

④ 教宗洪诺留,此处应指教宗洪诺留三世(Honorius III),其在世时间为 1148 年至 1227 年 3 月 18 日。

一次，多明我在圣彼得教堂为多明我会的壮大而祷告上帝。他在异象中见到了荣美庄严的使徒彼得和保罗，他们正缓缓向他走来。彼得递给他一根杖，而保罗给他一本书，他俩对他说："继续前行传扬福音吧，因为那是上帝指派给你的任务。"之后，他突然看见他的孩子们[①]分散在全地，两两相伴地走遍了整个世界，将上帝的话语传扬给万民。于是，他返回图卢兹，将弟兄们差遣到西班牙、巴黎和博洛尼亚(Bologna)。最后，他自己又回到了罗马。

早在宣道会成立之前，有个僧侣就见到过圣母的异象。在异象中，圣母双膝跪地，双手合十，正在为人类向她的儿子祷告。好几次，基督都拒绝听从其母，但圣母不改初衷，坚持祈祷，直到最后，基督说："母亲，我还能够，或者还应该为他们多做些什么呢？我已将主教和先知差遣给他们，但他们不思悔改。我又自己到世界上去寻找他们，也差遣了我的门徒，但他们把我们都杀了。我又差遣了我的殉道者、坚信者和学者们，但他们内心刚硬，不听奉劝。但是，我不能拒绝您的任何请求，所以，我会继续差遣我的传道者到世上去教化和洁净他们。如果他们依然偏行己路，我就只能在烈怒中亲自前往！"

与此同时，另一位僧侣也得到了相似的异象。当时，西多会(the Cistercian Order)[②]的十二位修道院院长被差遣去图卢兹抵制异端。在这个异象中，正如在上述异象中那样，耶稣回答了他母亲的祷告。

---

① 此处指多明我会的弟兄们。

② 西多会，又译西都会、西妥修会，为天主教隐修会。它起源于1098年的一位本笃会修士对当时纪律松弛的修道院生活的反动。他特意到远离城市的法国勃艮第地区第戎附近的西多旷野创建一座纪律极其严格的修道院。在基本精神上，西多会仍然采用本笃会规，以崇拜、读经及默想作为修道院生活的核心。但它强调修士为成年信徒，厌恶世俗生活，同时修道院要远离世俗城镇，每一位修士都要从事手工劳动，追求一种奋发克己的生活。因会服为白色，又称白衣修士。

圣母听后，回答说："亲爱的儿子，请不要按着他们的罪孽报应他们，按你丰富的恩典和怜悯宽恕他们！"基督赞同圣母的请求，他回答说："听了您的祈祷，我决定再怜悯他们一次：我会再次差遣我的传道者去劝化教导他们，如果他们依然我行我素，那就定不宽饶。"

有个小兄弟会[①]的修士，很多年来他都是圣方济各的同伴。他常常将以下故事讲给宣道会的弟兄们听：当圣多明我在罗马劝说教宗认可他的修会时，有天晚上他在异象中见到了基督。基督正升向高空，手中挥舞的三柄长矛气势如虹地指向大地。基督的母亲赶紧跑来，问他打算做什么。"这个世界被三种罪恶包围，"他对圣母说，"骄傲、淫欲和贪婪。所以，我要用这三支长矛摧毁它们。"圣母跪地祈求说："我最亲爱的儿子，怜悯世人吧，让正义的审判与宽容的慈爱并行！"基督回答道："您没见这些人对我做了什么坏事吗？"马利亚说："不要发火，我的孩子，请稍等片刻。因为我有位衷心的仆人，他将不知疲惫地遍游全地，得胜之后会将全地归于你的统治。我会再赐给他一个仆人，一个忠心耿耿为他效忠的人。"基督回答道："很好。您平息了我的怒火，我将应允您的请求。但是，我很想知道，您将选择谁去完成如此重要的任务。"圣母随即将圣多明我引荐给基督。"这确实是位强壮而勇武的士兵，"基督说，"他定会完成您交给他的任务。"接着，圣母又将圣方济各带到基督面前，基督同样热切地赞美了这位仆人。在此异象中，多明我细细打量了他的这位新同伴。第二天，多明我在教堂里遇到了圣方济各，虽然从未谋面，但不用介绍，昨夜的异象使他一下子认出了对方。多明我跑向方济各，张开双臂抱住他，满怀深情地亲吻他，说："你就是我的同伴，你会与我并肩同

---

① 小兄弟会，即方济各会，因方济各提倡过清贫生活，其间修士都互称为"小兄弟"，故得名。

行。让我们携手战斗，没有任何敌人能战胜我们！”多明我将昨夜所见异象原原本本地告诉了方济各。从那时起，他们就在主里同心合意，并且制订了一条规矩，他们的后继者必须永远坚守这份友情。①

有一个从奥普拉(Apuila)来到多明我修道院的见习修士受了一些知交故友的影响，动摇了立志修道的决心，打算还俗回家，还坚决要求修道院将他的俗家衣裳尽数归还。蒙福者多明我听说此事后立即跪地祈祷。之后，当修道院的弟兄们为这位见习修士脱下修士袍并给他穿上俗家衣裳时，他忽然开始惊叫：“我要被烤焦了！我浑身都在被火灼烧！”弟兄们赶紧为他脱下衣裳，他才恢复如初。于是，他又穿上见习修士服，回到修道院继续修道。

一天晚上，多明我在博洛尼亚。夜深后，他的同伴已经入睡，有个信徒忽然被邪魔搅扰。这人的师父，也就是雷内尔(Reyner)修士，听说自己的俗家弟子发生了意外，就赶忙跑去告诉蒙福者多明我。圣人吩咐弟兄们将这人抬进教堂，让他平躺在祭坛前。这人受邪魔控制，十个弟兄才终于摆平了他。蒙福者多明我对邪魔说：“无耻之徒，现在我命令你告诉我，你为何如此折磨上帝的一个造物！告诉我你是为何又是如何进到他身体里去的！”那邪魔回答说：“我折磨他，那是他应得的报应。昨天修道院院长还没离开的时候他就在镇上喝酒，喝的时候也没在胸前画十字。所以，我就化身蚊蚋，钻进了他的身体——其实，是他连酒带我一起喝进了肚子。”邪魔的话证实了这个平信徒兄弟犯下的罪过。正在此时，晨祷的钟声响起，邪魔一听到钟声便从那弟兄身体里开口说话道：“够啦！我不能在此久留，这些

---

① 在这里，很有意思的一点是，多明我会的作家雅各能够如此平等地看待多明我和方济各，虽然这个关于异象的故事是由小兄弟会的修士讲述的。这两个差会(多明我会和小兄弟会)的关系基本上很好，当然这是官方说法。

戴头巾的家伙们出来了。”[①]于是，蒙福者多明我祷告之后，邪魔就被驱除了。

又有一次在图卢兹地区，多明我捧着许多书渡河。由于没有装书的口袋，所有书都落入水中。三天后，一位渔夫在河里撒网捞鱼时以为自己这下捕到了大鱼，却不知捞上来的正是多明我的那些书本。它们一册册完好无损，就像是经过了精心打点、放在书箱里那样。

一天深夜，多明我来到一所修道院，那里的弟兄们已经上床睡觉了。为了不叨扰他们，多明我做了一个祈祷，于是，尽管大门紧闭，但他和他的同伴们仍能进入修道院。还有一个关于多明我的类似故事，说的是他在一位西多会平信徒的帮助下与异教徒斗争。有个晚上，他们来到一处已经关门谢客的教堂前。蒙福者多明我同样做了一个祷告，说时迟那时快，他们就发现自己已经进入了教堂。于是，多明我和同伴们在这个教堂里彻夜祈祷。

在一段长途跋涉的旅行后，多明我在投宿之前先跑去一处泉水边解渴，以防在别人家过多饮水而招致主人的不满。

有个深受肉欲之苦的学者在某一斋期跑去博洛尼亚的修道院望弥撒。正巧当天是蒙福者多明我主持弥撒。在行奉献礼（offertory）的时候，学者走上前去，虔敬地亲吻多明我的手。就在那时，学者闻到圣人手上散发出的绝世芳香，是他这辈子从未闻到过的最甜美的香味。自此，他的贪淫欲火奇迹般地冷却下来。事实上，这个学者先前十分虚荣淫荡，但这事之后却变得万分贞节。啊，如果圣人身体所散发的气味就能如此神奇地除尽灵魂的污秽，那么圣人身体的纯洁坚贞将会产生多么伟大的功效啊！

当时有个神父，他目睹了多明我和修道院弟兄们的传教热情，便

---

① 戴头巾的家伙，指戴着修道士头巾的修士们。

自忖道:如果能得到一本传教用的《新约》,我就加入多明我会。他正这么想着,有个年轻人出现在他面前,竟向他兜售一本《新约》。这神父欣喜万分,当即买下此书。可是,虽然得到了印证,但他却依然心存疑虑。于是,他祷告一番,又在书的封面上画了个十字,然后打开书,《使徒行传》中上帝对彼得说过的一行话率先跃入他的眼帘:"起来,不要犹豫,下去加入他们,因为是我差遣了他们。"于是,神父立即行动,加入了多明我会。

在图卢兹,有位学识卓越、声誉正隆的神学大师。一天黎明时分,他正在准备当天的讲稿,却感到昏昏欲睡,于是就蜷在椅子里打了会儿瞌睡。他见到一个异象,有七颗星星来到他面前。正当他为此惊异之时,那七颗星星忽然变成许多星星,璀璨星空顿时照亮了整个世界。醒来后,这位大师感到十分困惑,因为他不明白异象的含义。后来,他去神学院给学生上课。那天,圣多明我和他的六个修道院弟兄们也来到那个神学院,他们穿着一样的修士服,谦卑恭敬地告诉这位大师说,他们想一起听课。这样一来,神学大师回忆起他见到的那个异象,毫无疑问,他知道那七颗星星正是眼前的这七位修士。

奥尔良的圣阿尼阿努斯(Anianus)学院院长雷吉纳尔德(Reginald)大师曾经在巴黎讲授过五年教会法。多明我在罗马的时候,这位大师正和奥尔良主教一起造访罗马。此人一直想放弃俗务,转而一心传教,却不知该从何做起。他将自己的这个心愿告诉给一位红衣主教,并从主教那里得知了多明我修会成立之事。于是,雷吉纳尔德传召多明我。一见之下,他就决定要加入多明我修会。可是,决定之后,他忽然发起可怕的高烧,所有人都以为他这次难逃一劫。但圣多明我却坚持祷告,祈求多明我修会的特别主保圣母马利亚拯救雷吉纳尔德的生命,哪怕仅仅赐予短暂的生命。雷吉纳尔德立即醒来,他躺在床上等着死亡降临。这时,他非常清晰地看到那位慈悲圣母在两位美貌绝伦的侍女陪伴之下向他走来。圣母温柔地微笑着，对他说："你向我要求任何东西，我都会给你。"正当雷吉纳尔德为要祈求得到什么而犯愁之时，两位侍女建议他一无所求，但将自己整个儿地交托于慈悲圣母手中。他依言而行。于是，圣母伸出童贞之手，用随身携带的疗伤之膏涂抹他的耳、鼻、嘴、手、脚和腰部。每涂一个部位，她都会说相应的祝福。在涂抹腰部的时候，她说："愿你常有贞洁的腰带为你束腰。"在涂抹双脚的时候，她说："我膏抹你的脚是为了预备它行走前头那传扬平安福音的道路。"她又补充说："三天后，我会给你一种膏油，你可以用它来保持身体的健康。"之后，她拿出修士服，对雷吉纳尔德说："你看，这就是你修会的修士服。"与此同时，多明我正在祈祷，他也见到了同样的异象。第二天，圣多明我去看望雷吉纳尔德，发现他已经恢复了健康。多明我向雷吉纳尔德重述了异象，并采纳了圣母展示给他们看的那种修士服（因为在此之前，多明我会的弟兄们都穿着破旧的白色修士服）。第三天，圣母再次显现，膏抹雷吉纳尔德的身体，结果雷吉纳尔德不仅高烧退去，而且连同那激情的火焰也在他里面永远熄灭了。正如他后来承认的那样，从此以后，他再也没被任何一丁点儿欲望搅扰过。据医院骑士团（the Order of Hospitallers）的一位僧侣说，他在圣多明我面前亲眼见到了这第二个异象，当时看得他目瞪口呆。这事之后，雷吉纳尔德被差派到了博洛尼亚。他在那里尽力尽心尽意地布道，多明我修会的人数因此持续增长。之后，他又被差遣到了巴黎，并在那里寿终归天。

有个年轻人，他是佛萨诺瓦（Fossa Nova）的红衣主教斯德望（Stephen）的侄儿。一次，他冒冒失失连人带马地摔进了路边的沟渠，被人拉出时已经断气。人们把他的尸体带到多明我面前，圣人通过祈祷使之复活。

有个被修士们雇佣的建筑师在圣西斯笃教堂（the church of St.

Sixtus)的地窖里干活，天花板坍塌下来，把他压死了。然而，圣多明我让人将他的尸体带到自己跟前。凭着圣人的斡旋，他立即起死回生，健康如初。

一天，在罗马的多明我会修道院里，四十多位弟兄只剩下一丁点儿面包。蒙福者多明我命令他们将仅剩的那些面包放在桌上，然后再分发给众人。正当他们感恩地吃着自己的那些面包碎屑时，两个年轻人走进餐厅。这两人模样和穿戴都相似，衣袍的口袋里塞满了面包。他们静静地将这些面包放在上帝之仆多明我面前的主桌上，然后便一下子消失不见了。众人既不知他们从何而来，也不晓得他们往何处去了。圣多明我向围桌而坐的弟兄们做了个手势后，说："现在，我的兄弟们，吃吧！"

一次，多明我正走在路上，忽然暴雨倾盆。他画了一个十字，于是雨水就从他和他的旅伴们身边流下，仿佛那个十字在他们头顶撑起了雨篷一般。他们周围都涨起大水，唯独他们却没被一滴雨水淋着。

又有一次，在图卢兹地区，他搭船渡河，船夫向他索要一钱银子。圣人告诉船夫说，自己是基督的门徒，身边并没有金银钱钞，但他向船夫保证说，今日船夫所做的将会使他得到天国的永生。船夫扯着多明我的外袍说："要么把你的外袍给我，要么付我工钱！"于是，这位神的仆人就举目向天，静静地祈祷了一会儿，之后他低头看见地上有一钱银子。这毫无疑问是出自上帝的旨意。他对船夫说："看吧，弟兄，这就是给你的渡船钱。取走你的钱，让我平平安安地离开吧。"

一次，圣人在途中遇到另一位僧侣，他素知那人无比敬虔，只可惜那人说着多明我听不懂的外国话。两人无法用语言进行灵性思想的交流，这使多明我深感遗憾。多明我请求上帝使他们能听懂对方的语言。他的祈祷得蒙悦纳，在三天的共同旅行中，他们竟然完全能听懂彼此的语言。

还有一回，有个邪魔缠身的人被带到多明我跟前。多明我先将他的祭带①在自己的脖子上戴了一下，然后将它绕在这人脖子上，同时吩咐那些邪魔不要再折磨这个人。邪魔因此在这人体内饱受折磨，他们哭喊道："让我们离开吧！你为什么如此这般地折磨我们？"圣人对他们说："我不让你们离开，除非你们找来某人担保你们绝不再进入这人体内。"邪魔说："谁能为我们做这事呢？"圣人回答说："就是那些神圣的殉道者们，他们的身体躺卧在这座教堂里！"邪魔们又哭喊道："我们不能啊。我们不配得到他们的帮助。"多明我反驳道："你们最好照我说的去做，否则我不会释放你们免受折磨的。"邪魔们只好答应说，他们会尽力去做。很快，他们便向圣人报告说："我们成功啦！虽然我们不配得到他们的帮助，但是神圣的殉道者们已经答应为我们担保了。"多明我要求他们给出一个印证，邪魔们说："你可以去看看存放这些殉道者头颅的棺材，你会发现这棺材已经颠倒过来。"多明我跑去一看，果真如同他们说的那样。

有一天，多明我正在布道，几个被异端引入歧途的妇女跪倒在他脚下，哭喊道："上帝的仆人啊，请帮助我们！如果你今天所说的这些都是真理，我们就知道我们的灵魂之眼已经被邪灵弄瞎许久。"多明我对她们说："你们要坚强，等一会儿你们就能见到你们这么多年来跟随的那个主子了。"果然，她们马上见到一只奇丑无比的猫从她们中间蹦出。这只猫体形仿佛大狗，巨目圆睁，一条又大又长的舌头血淋淋地垂到肚脐上，短短的小尾巴直挺挺地竖着。身体一扭一扭的时候，那令人作呕的部位就尽显无遗，臭烘烘的让人难以忍受。这怪物绕着女人们昂首阔步了一阵，最后抓着教堂的钟绳爬进了钟楼。

① 祭带是神父礼服上的一部分。

它虽然消失不见,但留下的恶臭却让在场众人无不掩鼻。这些女人们向上帝衷心感恩,她们立刻一起皈依了天主教信仰。

一次,多明我在图卢兹审判了一批异端,最终,这些人被判处火刑。然而,在即将行刑的时候,多明我看到这些异端中有一个名叫雷蒙(Raymond)的人,便对行刑人说:"救下那个人,不要把他和其他人一起烧死。"之后,他转而亲切地对雷蒙说:"我的孩子,我知道有一天你将会变成一位好人,一位圣徒,虽然那天还很遥远。"于是,雷蒙被释放了,但他依然在异端之罪中害人虐己长达二十年。直至终有一天,他知罪悔改并被多明我修会接纳,余年形迹皆堪为楷模,终以圣徒之尊而逝。

多明我和他的弟兄们在西班牙的时候,有条奇形怪状的巨龙在异象中向他显现:它正张着血盆大口要吞噬多明我身边的弟兄们。圣人立即明白了这异象的含义,并叮嘱弟兄们竭力抵抗恶魔的搅扰。但是,之后不久,除了亚当弟兄和其他两位平信徒,所有人都离弃了他。多明我问其中一位留下的弟兄是否也想离他而去,那人坚定地回答说:"神父,上帝禁止我有此等愚昧之念,我怎可颠倒主次而弃首顾足呢?"多明我听后便开始祷告,一会儿工夫后,借着祷告的大能,那些离他而去的弟兄们就都一个个地回来了。

在罗马的圣西斯笃女修道院(the convent of St. Sixtus),多明我被圣灵充满。他召集弟兄们进入座堂会议厅①,向他们宣布说,他们中有四人即将死去,其中两人乃是肉体死亡,其余两人乃是灵魂失丧。不久以后,两个弟兄气绝归天,另两个则还俗离开了修道院。

多明我在博洛尼亚的时候,他的弟兄们正迫切盼望一个名叫康

---

① 座堂会议厅(Chapter House),指一个修会中所有成员聚会的场所。

拉德大师(Master Conrad)的德国人加入修会。在圣母升天日[①]前的守夜祷告会上，多明我和来自卡萨玛里亚(Casa Mariae)的西多会修道院院长促膝长谈。他对这位院长说："我要告诉您一个从未示人的秘密，我尚在世的日子，请您别将此秘密告诉任何人：在我的一生中，上帝未曾拒绝过我的任何请求，每次都是有求必应。"西多会修道院院长认为自己可能会先于多明我归天，但圣人却预言说，院长归西的日子将比他自己晚好几年(后来事实证明果如其言)。于是，院长说："神父，既然如此，您请求上帝让康拉德大师也加入您的修会吧。您的弟兄们何等盼望他的到来啊！"然而，多明我回答说："我的好弟兄，这可并非易事！"当天晚祷过后，当修道院其他人都回房睡觉之后，多明我却依然如往常一样，在教堂里彻夜祈祷。第二天早上，弟兄们聚集在晨祷室，当领唱者开始吟诵圣诗"晨星已经升起"时，康拉德大师忽然出现了。这位神学大师已经决定使自己成为一颗闪耀的新星。他五体投地地跪拜在蒙福者多明我脚前，祈求圣人赐他以多明我会的修士服。在他的一再坚持下，圣人接纳了他的请求。之后，康拉德即成为该院最敬虔的修士之一，同时也是最受欢迎的老师。在他临终那日，他合上了眼睛，弟兄们以为他已经归天，哪知他忽然又张开双眼，环顾身边的弟兄们，开口说道："上帝与你们同在。"当弟兄们回答"也与你的灵魂同在"后，他又说："愿敬虔的灵魂在上帝的慈爱中得享平安。"言毕安然而逝。

---

① 圣母升天日是庆祝圣母马利亚升上天堂的节日，日期为每年 8 月 15 日。以弗所大公会议上肯定了耶稣是真天主又是真人，也宣认马利亚为天主之母的信理。此后，圣母敬礼便在各地蓬勃发展起来。至教宗本笃十四世，宣布马利亚升天为可靠意见。1950 年颁定信条："童贞马利亚灵魂肉身蒙召升到天国的荣耀。"罗马天主教、东正教及圣公会亦同时相信这条信条。在很多天主教传统的国家，圣母升天节是国家公共假日。

除了炽热的同情与怜悯之心，神的仆人多明我常年心思安宁，其人静如秋水。正似一张快乐的脸能将一颗喜悦的心展露无遗，人们也能从他气定神闲的举止中感受到他内心的平安。白天，他循规蹈矩，严守会训，在弟兄们中间，温柔谦恭无出其右者；夜间，他警醒持守，祈祷不殆，亦无其他弟兄可与之比肩。白天，他鞠躬尽瘁服侍邻人；夜间，他奉献己身侍奉上帝。他的双眼犹如泪泉。弥撒中高举圣体之时，他常全神贯注以至极乐境界，仿佛正注目于耶稣的肉身那样。正因如此，他一般无法和余众共同听完弥撒。对他而言，在教堂里彻夜祈祷是家常便饭，所以他近乎没有固定睡觉的地方。一旦困倦袭来，他不得不休息片刻的时候，便会将头枕在祭坛或一些石块上打个小盹。每天晚上，他会用铁链鞭打自己三次，以此作为惩罚：一为己罪，二为世人之罪，三为炼狱中受苦灵魂之罪。[①]

多明我曾一度被选立为库塞昂斯(Couserans)[②]主教，但他断然拒绝接受此职，宣称宁可去死也绝不同意这类委任。[③] 当他暂居卡尔卡松(Carcassonne)教区时，人们问及为何他不情愿多点时间住在图卢兹，而图卢兹才是他自己的教区，多明我回答说："因为我发现在图卢兹有很多人为我歌功颂德。然而在这里，卡尔卡松，情况恰恰相反：每个人都和我作对！"人们又问他说，哪本书他研习最勤，他的回答是："爱之书。"

---

① 在人类文化中，自我鞭打是一种常见的自虐行为。在许多宗教里，自我鞭笞被视为一种对自己罪恶的忏悔。此处多明我所行自我鞭笞是中世纪天主教教会中盛行的一种忏悔方式。后来多数鞭打忏悔都已经被改为较温和的形式，具有仪式性的功效。

② 库塞昂斯，位于法国西南部阿列日省，靠近图卢兹。

③ 多明我的确两度拒绝就任主教圣职。雅各在此记载的是他第一次拒绝就任的事，但之后让人觉得较有讽刺意味的是，多明我最终还是接受了委任，即便他勉强为之是毫无疑问的事实。

有一天晚上,圣多明我在博洛尼亚的教堂里祈祷,魔鬼乔装打扮成一位弟兄的模样来找他。圣多明我果真以为这是修道院的一位弟兄,就示意他和其他人一起回房睡觉。但这魔鬼一副嘲弄人的嘴脸,站在那里点头回敬他。圣人想知道是谁藐视他的命令,便点亮一盏烛灯,凑近那人的脸打量。多明我马上认出眼前的家伙就是魔鬼。他厉声谴责魔鬼。魔鬼也立即反击,怪罪他不该大声嚷嚷,破坏修道院保持安静的规章。然而,圣多明我坚持自己作为修会领袖有说话的权柄,继而又要求魔鬼说出他是如何在唱诗席上引诱修士们的。魔鬼回答说:"我让他们迟到早退!"多明我带魔鬼走进卧室区,问他是如何在此地引诱弟兄们的。魔鬼回答说:"我让他们贪睡迟起,以致耽搁误事,有时还让他们心存秽念。"之后,多明我带魔鬼进了餐厅,问他是如何在此地引诱弟兄们的。魔鬼在餐桌上头上蹿下跳,重复着同样的话,说:"多了,少了,多了,少了!"圣多明我问魔鬼这话究竟是什么意思,魔鬼说:"我引诱一些修士吃多于他们应吃的食物,这样他们就犯了饕餮罪①。另一些修士,我引诱他们吃少于他们所需的食物,这样他们就过于虚弱而无力坚守教规了。"多明我又把魔鬼带进会客室,问他是如何在此地引诱弟兄们的。魔鬼拼命鼓动自己的舌头,发出许多令人费解的奇怪声音。圣多明我又问他原委,魔鬼回答说:"这里完全是我的地盘!当你那些弟兄们聚在这里交谈的时候,我每次都能确保他们所有人一起开口说话。我让他们一个个以自我为中心地废话连篇,这样就根本无暇顾及别人的言谈。"最后,圣人带魔鬼走进了座堂会议厅,但刚到门口,魔鬼就走不进去了,他哭喊道:"我永远都走不进此厅,因为这是个可憎的地方,这儿是我的地狱!我在这里失去我在其他地方得到的一切!当我引诱一个弟兄因

---

① 饕餮贪食被视为罪的基本形式之一。

疏忽而犯罪，他立刻来到这个该死的地方，向众人承认自己的罪行，于是就得到赦免。就在这里，他们互相劝诫，彼此认罪；就在这里，他们谴责自己，他们受到鞭笞，他们罪蒙宽宥。所以啊，我在别处得到的一切快乐，在这里丧失殆尽，怎能不哀哭切齿呢！"说完这些话，魔鬼消失不见了。

在尘世的天路历程即将走向终点之际，圣多明我在博洛尼亚身患重病。躯体之死在一个异象中向他启示，他见到一个美丽的青年正在召唤着他："来吧，我所爱的人，来享受你的喜乐，来吧！"于是，多明我将自己在博洛尼亚的十二位弟兄招聚起来，虽然没有遗产分发，但他不能将他们如孤儿般遗弃。他将自己的遗嘱交给他们。"我有三条命令传于尔等，作为我的儿子和继承人，你们要永远保守这三条命令，它们分别是：慈悲为怀，谦恭俭让，安贫乐道！"他尤其强调定要禁止任何弟兄将世俗财产带进修会，并降下他和万能上帝的咒诅，若有人胆敢用尘世富贵利禄玷污修会，此人必将承受咒诅。弟兄们因即将失去多明我而痛哭流涕，而多明我却温柔地安慰他们道："我的孩子们，不要因我的肉身即将离去而烦恼。我向你们保证：我死后给你们的帮助会大大超过我在世的时候！"说完，他便溘然长逝，安息主怀于公元1221年。

圣西奥多拉(St. Theodora)

9月11日

美丽的西奥多拉生于贵族之家，成年后，也就是在芝诺(Zeno)皇帝统治期间，她嫁给了亚历山大城一位富有而敬畏神的人。但是，魔鬼十分嫉恨西奥多拉的圣洁，就煽动起另一个有钱人的情欲，使他夜以继日地给西奥多拉写情书，疯狂地给她送礼物。一句话，为了得到西奥多拉，这人竭尽所能，倾其所有。西奥多拉不仅不理会他的情书，也拒收礼物，但他依然不知疲惫地骚扰她，直到西奥多拉精疲力竭。最终，这人找来一个巫婆，让巫婆去催促西奥多拉，请西奥多拉无论如何要尽快可怜可怜他这个被爱折磨着的男人，求她满足他那焦灼难忍的欲望。西奥多拉拒绝了巫婆的游说，因为她坚决不允许自己在那位全能的上帝面前犯下此等大罪。然而，巫婆又接着说道："是的，上帝在白天可以体察万物，但夕阳西下、夜幕降临之后，人们再做什么，上帝就统统看不见了。"这位年轻妇人半信半疑地问巫婆道："你说的是真的吗？""当然是真的。"巫婆回答道。年轻妇人听信了巫婆的担保，就请巫婆转告那男子，让他日暮时分前往自己的住处，并答应自己将和他同床共枕。巫婆传话给那男子后，他兴高采烈地在约定的时间来找西奥多拉，和她云雨一番便乘兴而归。不久，西奥多拉猛然醒悟，她伤心莫名，扇着自己的耳光，撕心裂肺地叫道："啊，我这个人！啊，我这个人！我使自己的灵魂堕落，我毁了自己的德性之美啊！"

丈夫回家后，立即发现自己的妻子已深陷绝望之中。他对发生的事情一无所知，只是尝试着安慰妻子，但妻子拒绝一切慰藉。翌日清晨，西奥多拉跑去女修道院，询问修道院院长说，是否上帝看不见她在傍晚时分至天黑以后所犯下的大罪。"任何事情都无法向上帝隐瞒,”院长回答说,“无论何时何地发生的任何事情都逃不过上帝的法眼。他洞察一切。”西奥多拉痛哭流涕道:“请给我一本《圣经》,让我找到能指引我的经文。”她打开书后,就看到这么一句话:“我所要写下的,都已写下。”于是,西奥多拉回家,等到有一天丈夫外出,她就自己剪了头发,穿上男人的衣服,匆匆赶往一个离家八英里远的修道院。她要求与僧侣们一起生活,僧侣们同意了她的请求。当被问及姓名时,她告诉僧侣们自己名叫西奥多①。僧侣们交给她的一切任务,她都谦卑躬行,她的勤奋自律赢得了大家的一致称赞。

一晃好几年过去了,修道院院长让这位“西奥多兄弟”牵牛②到城市里买点油回来。西奥多拉离家出走的这些年头,她的丈夫悲痛欲绝。他一直担心妻子跟别人私奔了,直到一天,有位天使告诉他说:“明天早上起来后,你到一个叫彼得保罗殉道街的地方去,第一个见到你的女人就是你妻子。”第二天一早,西奥多拉牵着牛经过那地,她一眼看到并认出了自己的丈夫,就自言自语道:“哦,我的好丈夫,为了补赎我对你犯下的罪过,我干着多么繁重的体力活!”当她走到丈夫面前时,西奥多拉问候他道:“先生,上帝赐您喜乐!”但是,丈夫完全没认出她来,他仍然站在原地等啊等,等了足足一整天也没见到妻子。他以为自己上当受骗了,便只得黯然离去。但是,第二天,他听到一个声音对他说:“昨天那个问候你的人就是你的妻子。”

西奥多拉的圣洁受到上帝极大的祝福,所以她行了许多奇迹。

---

① 西奥多拉(Theodora)是西奥多(Theodore)的阴性名词,系女性专用,西奥多是男性名字。

② 在拉丁文的文本中,西奥多拉是牵着牛出发的,但后来见到丈夫时却是“和骆驼在一起”,在此,译者做了修改。令人感到惊奇的是,一个如此明显的错误(可能是由于各种母本在合并时出现的问题,也可能出于誊抄者的疏忽大意)竟然在众多版本中反复出现。

比如，她救下一个被野兽撕裂的人，借着祷告使他死而复生。尔后，她又捕猎了那只野兽，在她的咒诅下，野兽立即倒地而亡。魔鬼终于无法忍受她的圣洁，跳出来控告她说："你这个娼妓，一个卖淫的女人！你抛弃自己的丈夫跑来这里嘲弄我，我一定要使出所有可怕的伎俩向你宣战，如果我不能让你否认那个被钉死在十字架上的上帝，我就不是魔鬼！"西奥多拉画了个十字，魔鬼立刻消失得无影无踪。

一次，西奥多拉赶着骆驼从城市回修道院，半路在一家小旅馆过夜。晚上，有个姑娘跑到她跟前，对她说："和我睡觉吧！"西奥多拉拒绝了她，这姑娘就跑去和另一个住店的客人睡觉。之后，姑娘怀上了孩子，人们问她谁是这孩子的父亲时，她竟然回答说："就是那个叫西奥多的僧侣与我同床。"孩子出生后，人们把这个私生子送进了修道院。院长训斥了苦苦求饶的西奥多拉，但他依然让西奥多拉背起孩子，把她俩逐出了修道院。此后七年，西奥多拉就住在修道院外，用野兽的乳汁哺育这个孩子。魔鬼被西奥多拉无止境的忍耐折磨得气急败坏，他假扮作西奥多拉的丈夫，对她说："我的夫人，你在这里干什么呢？看啊，我望眼欲穿，衣带渐宽，思念令我心哀体衰，如今我已气若游丝，而你却从未给我半点儿安慰！来吧，我亲爱的人儿，即便你和其他男人私奔，我仍愿宽恕你！"西奥多拉以为那真是自己的丈夫，就对他说："我再也不能回到你身边了，因为那个骑士约翰的儿子和我同床共眠，所以我必须为自己对你所做的一切赎罪。"之后，当西奥多拉开始祷告时，那男人忽然消失不见了，于是，她知道那一定是魔鬼。

有一次，魔鬼决定吓唬西奥多拉，让她魂不附体。于是，魔鬼以恐怖野兽的样子向西奥多拉现形，还有一个人驱赶着这群野兽，一边嘶叫着："吃掉这个妓女！"但是，西奥多拉一祷告，他们就马上消失了。还有一次，一大队士兵和他们的王子一起经过此地，士兵们都膜拜这位王子，并命令西奥多拉说："跪下，敬拜我们的王子！"但是，西奥多拉回答说："我只敬拜我主上帝！"王子听手下传话说这修士不肯敬拜自己，就下令把她带到跟前，吩咐手下将她痛打一顿。西奥多拉被打得奄奄一息时，这帮人一下子都消失了。又有一次，她看到地上有一大堆金子，但她画了个十字后赶紧离开那地，把自己交托给上帝。另有一次，她见到一个正提着各种食物的男人，那人对她说："这是鞭打你的那位王子叫我带来给你吃的，因为他当时并不知道自己做了什么。"但是，西奥多拉又画了十字，那人也就立刻不见了。

七年就这么过去了，修道院院长确证了西奥多拉是存心忍耐，就决定与之言归于好，将她和那男孩一起接回了修道院。在那里又度过了两年堪为楷模的生活之后，西奥多拉将那男孩带进自己的房间，关上门。修道院院长听说这事后，就立即让修士们去仔细探听她到底和男孩说些什么。西奥多拉紧紧拥抱着这个孩子，热烈地亲吻他："我最亲爱的儿子，我归期将近。我将把你托付给上帝。你要把上帝当作自己的父亲和援助者。最亲爱的孩子，一定要坚持斋戒和祷告，并要挚爱你的弟兄们，忠贞地服侍他们。"说完这些话，她合上了眼，幸福地安息主怀了。那是公元470年左右发生的事。那个男孩看着她离世，泪雨滂沱。

就在她离世的当晚，修道院院长看到了一个盛大婚宴的异象：所有级别的天使、先知、殉道者和圣徒济济一堂。站在他们中间的是一位孤独的妇人，她头上顶着无法用言语形容的神圣光环。她走到婚礼举行的地方，坐在新娘的席位上。宾客都簇拥着她，呼喊她的名字。之后，有一个声音说道："这就是僧侣西奥多，那个你们将得子之罪误归于她的人。七年来，她因玷污了丈夫的床榻而遭受严惩。"院长醒来后赶紧和他的僧侣们一起跑去西奥多拉的房间，发现她已撒手人寰。处理后事的时候，他们才发现她竟然是个女人。院长派人去找来那女孩的父亲，也就是诽谤西奥多拉的那个女孩的父亲，对他说："你女儿的'丈夫'死了！"这人掀开她的衣服，亲眼看到所谓的"西奥多"其实是个女人。

所有听闻此事的人皆大吃一惊。上帝的天使对院长说："快点起来！骑上马进城去接你要遇见的那个人，然后再把他一起带回来。"院长赶紧出发，途中遇见一个人正急匆匆朝着他跑来。院长询问那人的去向，他说："我妻子去世了，我得赶快去看她。"于是，院长请他上马，带他来到西奥多拉安息的地方。他们一起为西奥多拉的死而哀哭，为她的美德扬声称颂，最后为她举行了葬礼。自此之后，西奥多拉的丈夫就住在西奥多拉生前居住的小房间里，直到他自己安息主怀的那日。那男孩追随他养母的脚踪，也度过高尚的一生。值得一提的是，原来那位修道院院长去世后，他就毫无争议地获选，接任修道院院长之职。

圣尤斯塔斯（St. Eustace）

9 月 20 日

尤斯塔斯原先名叫普拉西度（Placidus），是罗马皇帝图拉真的将军。虽然那时他是个偶像崇拜者，但与他的异教徒妻子一样，他俩都乐善好施。两人膝下育有二子。正如所有高爵厚禄者那样，普拉西度尽可能给孩子们提供最好的成长环境。

普拉西度不知懈怠地施舍钱物给穷人，因此，他得到了上帝的奖赏。上帝的恩惠引领他走向认识真理的路途。一天，他外出打猎，遇上鹿群。普拉西度注意到一头非常特别的牡鹿，是鹿群中个头最大也最英俊的一头。这头牡鹿孑然独立，离开鹿群跑进了密林深处。其他人都忙着追赶鹿群，只有普拉西度想要抓住那头孤独的牡鹿，便迎头追赶它。普拉西度追啊追。牡鹿跑到了山顶的岩石上，停了下来。普拉西度悄悄靠近它，心里盘算着逮到它的办法。可是，当他走到近处打量它时，发现牡鹿的两个鹿角中间竟然出现了神圣十字架。十字架熠熠生辉，比阳光还耀眼炫目，上面还出现了耶稣基督的形象。如同上帝通过毛驴的口向先知巴兰说话一般[①]，基督通过牡鹿的口对普拉西度说道："普拉西度，你为什么要害我？正是因为你的缘故，我才化身为这头动物，向你显现。因为我是基督，你所崇拜的对象，虽然你先前并不知道。你的奉献施舍都已高升到我天国的座前，所以我化作你正在追猎的这头牡鹿来寻你。事实上，我是要来捕获你，要亲自来赢取你。"（还有一些作者认为是出现在牡鹿鹿角中间

---

① 巴兰是《民数记》中的一个先知。摩押国王巴勒召巴兰去咒诅以色列人，但巴兰依神的命令祝福以色列人。后来，巴兰因为贪心，计诱以色列人与摩押人联合，跪拜偶像，违背上帝的命令，从而自取灭亡。上帝曾在半路上阻止他行恶，并让巴兰骑坐的驴开口说话。相关内容可参看《民数记》(22—23)。

的基督形象说了以上这些话。）普拉西度听了基督的话后，立即吓得魂不附体，坠马落地，一个时辰后才恢复了知觉。醒来后，他缓缓站起身，对牡鹿说："请把你的意思解释给我听，我才能相信你。"耶稣说："普拉西度，我是创造天地和白昼、黑夜的基督。正是我确立了四季和年岁，也是我揣土造人，并为拯救这世上的肉身受造之躯而被钉而死，埋葬后三天复活。"

听了这些话，普拉西度再次仆倒在地。他说："上帝，我相信正是您创造了万物，并拯救我等在迷途中失丧的人！"上帝对他说："如果你真心相信，那么就去找罗马主教，让他为你施洗吧。"普拉西度问道："上帝，您希望我把这些告诉我的妻子和孩子们，也让他们一起获得信仰吗？"上帝回答道："告诉他们吧，这样，他们也能被宝血洗干净了。然后，普拉西度，你明天再回到这里，我会再次向你显现，将我为你存留的一切统统告诉你。"

普拉西度回到家，睡觉前，他把当天发生的事都告诉了妻子。哪知妻子听完就惊叹道："我昨天晚上也见到他啦！他对我说：'明天，你丈夫、儿子和你自己都要归向我。'现在，我知道那是耶稣基督！"于是，他俩立即出发，在午夜时分找到罗马主教。主教欣喜异常，赶紧给他们施了洗礼，给普拉西度起名为尤斯塔斯，给他妻子起名为特奥皮斯（Theopistis），两个儿子分别名阿加皮图（Agapitus）和特奥皮图（Theopistus）。

第二天一早，尤斯塔斯照样去打猎。到了靠近他记得的那处圣地时，他就借口让手下去找新的路径而打发大伙分散前进。之后，他来到之前站立的那处地方，再次看到了相同的异象，便俯伏在地，说："上帝，我祈求您，如您所许诺的那样，向您的仆人显现。"上帝回答说："尤斯塔斯，你是多么蒙福啊，你已经得到了自我恩典而出的洁净之水。现在，你已经战胜了魔鬼。你踩踏了那个将你引入歧途的家伙。如今，你的信德将展现无遗。不过，因你弃绝了魔鬼，他必将向你发起残忍的攻击。因此，你将为了那顶得胜冠冕而遭受祸害。你必将先从这个虚空世界的高位摔至谷底，忍受莫大的艰难，方可在圣神的荣耀中被高举。所以，不要灰心，也不要回首恋恋于往昔的名望，因为通过试炼，你将成为又一个约伯①。当你卑微之时，我必将恢复你过往的荣耀。好吧，现在告诉我：你是否愿意接受这些试炼？"尤斯塔斯回答说："上帝，如果一切必将如此，请让试炼现在到来，但请惠赐我们力量，帮助我们忍受灾难！"上帝对他说："鼓起勇气来。我的恩典足以保守你们的灵魂。"说完这些，上帝升天而去，尤斯塔斯则回家将发生的一切告诉了妻子。

几天后，一场致命的瘟疫夺取了他仆人们的生命。很快，他所有的牛马也都突然死于非命。又有一群强盗，知道了他所遭遇的不幸，就趁火打劫，半夜闯进他的房子，把能用手搬走的所有东西都拿走了，还把金银首饰洗劫一空。不过，尤斯塔斯不仅毫无怨言，而且还称颂上帝。他带着妻儿，身无分文地连夜离开了那里。因为担心被当地人嘲笑，他们去了埃及。尤斯塔斯所有的家财就此毁于一旦。皇帝和所有元老都无法找到他，只能为失去了这样一位万民称颂的将领而不胜哀愁。

尤斯塔斯和家人在逃亡路上遇到了大海。他们在那里找来一条船，就登船扬帆渡海。尤斯塔斯的妻子美貌绝伦，船长见到她后，便魂不守舍。快到岸的时候，船长要尤斯塔斯交出渡船费，但他们根本没钱支付。于是，船长就要求把这美貌的妇人留下作为补偿，想将尤

---

① 约伯是上帝的忠实仆人，以虔诚和忍耐著称。魔鬼和上帝打赌，以各种灾难考验他对上帝的信心。家破人亡、穷困潦倒、疾病缠身的约伯却在贫困中依然敬畏上帝，最终得到了上帝的祝福。可参看《约伯记》。

斯塔斯的妻子占为己有。尤斯塔斯断然拒绝他的提议。可是，船长已经定意要霸占他的妻子，见他坚决不从，就给自己的船员们做手势，让他们把尤斯塔斯扔下船去。尤斯塔斯无可奈何，最后只能悲戚地将妻子留在船上，自己带着两个儿子下了船。他泪水纵横地对孩子们说："啊，我可怜的孩子们！你们的母亲要留给一个蛮夫了！"

之后，他们来到一条溪水边，溪水正四下涨溢。尤斯塔斯不敢贸然带着两个孩子一起过河，就先将一个孩子留在岸边，自己带着另一个先渡河。到了河对岸，他赶紧放下孩子，转身回去接另一个。可是，他刚走到水中央，一匹野狼就跳出来叼走刚渡河的那个孩子，转身窜进了密林。尤斯塔斯来不及为孩子的失丧而难过，就急着继续去接另一个孩子。可是，忽然，又有一头狮子跑了出来，一把抓住小孩子，连拖带拉地把孩子衔走了。尤斯塔斯根本没指望救自己的孩子，因为他当时刚走到溪水中央。他站在原地，痛不欲生地哭泣，撕扯自己的头发。如果不是那神圣眷顾保守着他，他早就在水中自戕了。

那时，有一群牧羊人见到了正拖着孩子的狮子。他们和猎犬一起追赶那头狮子。出于上天的旨意，狮子丢下毫发未损的孩子，自己逃走了。在另一处地方，有些农场工人看见正叼着另一个孩子的野狼，他们也追赶它，一番争斗后，从狼口里夺下了孩子。又正巧，这些牧羊人和农场工人是同村人，他们把这两个孩子带回家，在那里照料他俩。不过，尤斯塔斯对此一无所知。他边走边哀叹着自己的命运："哎呀，我这个人啊！仅仅在昨天，我还枝繁叶茂如那绿洲中的大树，今日我就如凋敝的枯木，一无所有！哎呀，哎呀！我曾经对着千军万马挥斥方遒，如今孺子尚幼，却无力佑护！上帝啊，我记得您对我说，我所受的试炼如同约伯，但眼下的情景使我相信，我的苦难比约伯更重。他被夺取了所有，但至少还有灰烬之地可供他安坐，而如今，那么一块方寸之地对我而言竟都成了奢望！约伯至少还有他的朋友去分担他的不幸，而陪伴我的却是那些撕裂我儿的野兽！约伯至少还有他的妻子，而我却被迫离开了爱妻。上帝啊，请结束我的这些磨难试炼，也请在我的口中设防，免得我说出恶意的言语，而被逐离你的眼目！"尤斯塔斯自言自语地说着这些话，涕泪涟涟地继续赶路。他来到一处村庄。在那里，他靠耕种当地人的田地谋生，度过了十五个漫长的春秋。其实，他的儿子们离他不远，就在邻村长大，但两个孩子都不知道彼此就是对方的兄弟。同时，上帝也慈心看护着尤斯塔斯的妻子：那个船长没能得逞，因为那件事之后他很快暴毙，根本没有染指这美妇的机会。

在此期间，罗马受外敌侵犯，皇帝自然想起了常胜将军普拉西度，但因为遍寻不到，皇帝只能为自己的蹙迫之境而愁眉不展。皇帝派出士兵，搜遍世界的旮旮旯旯，还许诺重金高爵，犒赏找到普拉西度的人。有两个先前服侍过普拉西度的人，来到了他现在居住的村庄。普拉西度正在田间劳作，当他远远望见这两人向他走来时，他一下子就从军服上认出他们。回想起自己曾经享有的高官厚禄，他不禁沮丧哀叹："上帝啊，那两个曾经侍奉我的人来了，我从没想过还会见到他俩！请您惠允我，让我也有一天能再次见到我的妻子！我知道，我的儿子们已经失丧，因为他们被野兽吞食。"这时，有个声音对他说："坚持信心，尤斯塔斯，过往的尊荣很快就会复归于你，你的妻儿们也将完璧归赵。"

普拉西度和那两个士兵见了面，但那两人却完全没认出他。他们和他打招呼，询问他是否知道一个名叫普拉西度的外国人，还说这个普拉西度有一个妻子和两个儿子。尤斯塔斯回答说他并不知道有此人。但是，他请两人去他家小坐，他们就接受了邀请。尤斯塔斯伺候他们洗净手足，他回想起过往的生活，禁不住悲从中来，哽咽无语。

于是，他只能暂且退出屋外，抹去泪痕之后再回来服侍他俩。可就在他出去这当儿，两个士兵心里在犯嘀咕，其中一个说："怎么这人看着那么像我们正在寻找的那人。""我也这么觉得，简直太像了！"另一个同意前者的猜测，"让我们再凑近了仔细打量打量。我们的将军头上有道疤痕，是在战场上留下的。如果这人也有那么道疤痕，就无疑是我们要找的人啦！"尤斯塔斯回来后，他俩仔细一打量，发现那人头上果真有道疤痕。他俩立刻明白，这就是他们苦苦寻觅的那个普拉西度。他们高兴地纵身跃起，搂住普拉西度，询问关于他妻子和孩子的情况。尤斯塔斯告诉他们孩子们已经死去，而妻子也被人抓去。消息不胫而走，街坊邻居都跑来看热闹，好像这里是戏剧舞台，士兵们就把这位昔日将军英勇无敌、荣耀无上的往事讲给众人听。

之后，士兵们把皇帝的命令传达给了尤斯塔斯。他们为他穿上最贵重的衣服，经过十五天跋涉，三人一起回到了罗马。皇帝听说尤斯塔斯来了，就跑出城外迎接他。一见到尤斯塔斯，皇帝就紧紧搂住他。尤斯塔斯把这十几年发生的事讲给大伙听，之后就赶紧跑去军事要塞，重振往昔的威仪。不过，数兵点将后，他发现与强大的敌军相比，自己部队的人数少得可怜。于是，他下令在所有城乡招募士兵。正巧他那两个儿子所在的村庄也需要派出两名士兵，当地人认为只有这两个年轻人最适合这项任命。村民达成一致，送两人去见最高指挥官。尤斯塔斯非常喜欢这两个强健又正直的年轻人，便委以重任，让他们在自己的后勤部队里供职。在后来的战役中，尤斯塔斯力克强敌。打了大胜仗后，他让全体士兵就地休息三天。事正凑巧，尤斯塔斯的妻子原来就住在那里，她还经营着一家小客栈。如上帝所愿，两个年轻人这下子住进了他们母亲的客栈。当然，他们并不知道她的身份。一天中午，两个年轻人坐在太阳底下，闲聊着自己孩提时代的故事。他们的母亲坐在不远处，饶有兴味地听着他们的故事。“我记得我小时候，”年长一点的对年幼的那个说道，“我父亲是军队的大将军，我母亲美貌出众。他们有两个儿子，就是我和我的弟弟。我弟弟也是非常漂亮的孩子。有一天，父母带着我俩离家，在一个地方坐船。我们上岸的时候，不知道为什么，妈妈却留在了那艘船上。我父亲边哭边把我们两个带走。之后我们就来到一条河边：他把我留在岸边，先送我弟弟过河。当他转身来接我的时候，一匹狼跑出来把我弟弟抢走了。他还没赶到我这儿，树后面又窜出一头狮子，一口把我衔在嘴里，就这么带我进了森林。不过，有些牧羊人从狮口救了我的性命，带我回家后将我抚养长大。就是你也知道的那间房子，我后来的家。至于我的父亲和弟弟，我对之后发生的事情就一无所知了。”弟弟听到这些后，失声痛哭起来：“哦，上帝啊！从你刚才说的故事来看，我就是你的弟弟！将我抚养成人的那些人常常对我说相同的故事：‘我们把你从狼口救下！’”说完，他俩紧紧相拥，互致亲吻，喜泪纵横。

他们的母亲从头至尾听了那个故事，她仔细思索个中细节，不禁疑心这两个青年是自己的儿子。于是，第二天，她跑去见那将军，对他说：“先生，求你把我带回故土。我是罗马人，这里是异乡。”说话间，她看见了对方头上的那道伤疤，认出他就是自己的丈夫。她一时情难自已，俯伏在他脚边，叫道：“先生，我恳求你快点将你往昔的生活经历告诉我！因为我猜想你是普拉西度，皇帝军队的将军，你又名尤斯塔斯！因为这个普拉西度皈依了耶稣基督，所以必须承受各样考验。我是他的妻子！我在海上与他诀别，但我被拯救，因此未受任何亵渎。我们还有两个儿子，阿加皮图和特奥皮图！”尤斯塔斯边听边仔细打量着她，终于认出了自己的妻子。他喜极而泣，搂住妻子，扬声赞美那位安慰受苦者的上帝。

他妻子问他道：“先生，我们的儿子们在哪里？”“他们被野兽抢走了。”他告诉妻子,并向她解释了失去孩子们的全过程。“让我们感谢上帝!”她说,“他已经祝福我俩,让我们再次相聚,现在,我想他要让我们享受重见儿子们的天伦之乐了!”尤斯塔斯说:“可是我已经告诉你,他们被野兽吃了!”妻子回答说:“昨天,我坐在花园里,听到两个年轻人在交流自己儿时的故事,所以我相信他俩就是我们的儿子!你快去问问他们,亲自证实这个事实!”尤斯塔斯叫来两个年轻人,听到他们的童年往事后,他立刻明白,他们一定是自己失而复得的儿子。父母二人张开双臂,搂着儿子们的脖颈,热泪盈眶地一次次吻着他们。全军都喜出望外,之前因战胜敌人而获得的快乐气氛,因为这场幸福的家庭团聚又骤然升温,锦上添花。

尤斯塔斯回到罗马后,图拉真皇帝已经死了,继任者是比图拉真更罪恶深重的哈德良(Hadrian)皇帝。为了庆祝尤斯塔斯的胜利以及他们全家的团聚,哈德良以皇家仪式恭迎他们,并举行了盛大的宴会。第二天,这个信奉异教的皇帝去那些供奉偶像的神庙,为战胜敌人而向异教神祇献祭。尤斯塔斯拒绝为胜利和团圆献祭,哈德良就命令他好自掂量。尤斯塔斯对他说:“基督是我的上帝。我只为他献祭!”皇帝怒火中烧,把尤斯塔斯和他的妻儿一起捆至斗兽场,将他们和一头凶残的狮子关在一起。狮子向他们一家跑去,但它很快垂下脑袋,一副谦卑恭顺的样子,很温驯地转身走了。接着,皇帝在一个大铜牛下燃起熊熊烈火,命令把尤斯塔斯一家关进铜牛,活活烧死。这四位圣人先做了祈祷,将自己交给上帝,之后,他们爬进铜牛,把灵魂交托给了上帝。

三天后,在皇帝的亲自监督下,他们被挪出了铜牛。尸体完好无损:烈焰既没有烤着哪怕一根头发,也没有伤着身体的任何部位。基督徒们将他们的尸体埋葬在一个空穴中,之后在那里建起了一座圣堂。他们的殉道日是在11月1日(也有记录说是在9月20日),当时是自公元 120 年左右开始执政的哈德良皇帝统治时期。

圣哲罗姆(St. Jerome)

9月30日

哲罗姆是贵族优西比乌(Eusebius)的儿子，出生于达尔马提亚(Dalmatia)和潘诺尼亚(Pannonia)边境上的斯特立登(Stridon)。年轻时，哲罗姆赴罗马接受了系统的拉丁文、希腊文和希伯来文教育。他的语法老师是著名的多纳图(Donatus)，演讲修辞学老师则是维多利努斯(Vietorinus)。除此之外，他还日以继夜地学习《圣经》，并从中汲取了大量养料，以备日后运用。

从他给艾弗托希(Eustochius)的信中，我们得知他曾一度迷恋西塞罗①和柏拉图②，日夜研读他们的作品。当时，他觉得《圣经》中那些未经雕琢的朴素文字让人不悦。一次，在大斋节③期间，他忽然发起高烧，浑身冰冷，只有胸膛里的心跳还能让人知道他一息尚存。人们为他准备好葬礼，就将他送到审判官那里。审判官问他认为自己是何种人，哲罗姆不假思索地宣称自己是基督徒。审判官说："你撒谎。你是西塞罗的追随者，而不是基督的门徒，因为你的财宝在哪里，你的心就在哪里！"哲罗姆无言以对。审判官立即下令鞭打哲罗姆，吓得他大声求饶："可怜可怜我吧，可怜可怜我吧！"所有在场者都

---

① 西塞罗(前106—前43年)，古罗马著名政治家、演说家、雄辩家、法学家和哲学家。

② 柏拉图(前427—前347年)，古希腊哲学家，也是全部西方哲学乃至整个西方文化最伟大的哲学家和思想家之一，他和他的老师苏格拉底、他的学生亚里士多德并称为古希腊三大哲学家。

③ 大斋期，即四旬斋期，是基督宗教教会年历的一个节期。由大斋首日(圣灰星期三/涂灰日)开始至复活节前日止，一共四十天(不计六个主日)。天主教徒以斋戒、施舍、克苦等方式补赎自己的罪恶，准备庆祝耶稣基督的由死刑复活的"逾越奥迹"。

恳求审判官饶恕这位年轻人，哲罗姆也发誓说："上主啊，从今往后，如果我再阅读那些世俗渎神的书籍，您就真的弃我不顾吧！"审判官听他这么一说，也就赦免了他。哲罗姆的病立时康复。泪眼朦胧中，他发现自己的肩上布满了可怕的淤青，原来，那都是在审判时所受的鞭伤。从此，哲罗姆如饥似渴地大量阅读基督教灵修作品，那股子认真劲儿较之以往阅读异教文学更专注，更充满着信念。

三十九岁那年，哲罗姆被授予天主教会枢机主教职位。当教宗李巴尼乌斯(Libanius)去世时，很多人都认为哲罗姆应该继位，因为只有他配得上教宗的宝座。但也有一些教士和僧侣对哲罗姆怀恨在心，并密谋让他垮台，事实上，他们曾因为一些不端行为而遭到哲罗姆的指责，所以一直怀恨在心。据约翰·巴莱斯(John Beleth)的记载，有一次，这些僧侣偷偷把女人的衣服放进哲罗姆的房间，企图制造一桩丑闻。果如他们所愿，哲罗姆起床后，像往常一样准备去做晨祷。他穿上了敌人们处心积虑为他准备的女人衣服，还以为那是他自己的衣裳，就这么披着女人衣服跑去了教堂。这下正中他的敌人们的下怀，他们就是想让大家误以为他和女人同居一室。看到哲罗姆穿戴的衣裳后，教堂里群情激愤。当哲罗姆意识到问题的严重性时，他只能躲开这些近乎疯狂的信众，一路逃到君士坦丁堡，和那里的主教纳西昂的格里高利(Gregory of Nazianzus)生活在一起。格里高利教导了他一些关于《圣经》的道理，之后，哲罗姆就开始隐居沙漠。在写给艾弗托希的一封信里，哲罗姆向这位友人详细诉说了自己因耶稣基督的缘故而在沙漠里所承受的一切磨难，他说："我住在沙漠里，那无边无际、被太阳炙烤着的荒地，那僧侣们苦行的可怕居所。多少次，我梦见自己住在罗马城里，享受着何等奢侈的生活！醒来时，我却依然蜷缩在粗布衣服里，腿脚肿痛难忍。我浑身脏透，又被日头晒得像个埃塞俄比亚人。我日以继夜地哭泣哀叹。夜晚昏昏欲睡时,我用自己那早已骨瘦如柴的身子碾磨地板,以此折磨自己,不让自己睡着。至于我的饮食,已是无可埋怨:在沙漠僧侣中,哪怕是病人也只能喝冷水,吃任何烹煮过的东西都被认为是罪恶的放纵。我唯一的伴侣是蝎子和野兽,但我依然常常以为自己被成群的年轻女子围绕着。不仅如此,我虽然身体冰冷、血肉干枯,却竟依然情欲旺盛!所以,我日夜哭泣,挣扎着以全周斋戒的方式来降服叛逆的肉体。多少个白天和黑夜,对我而言已然全无分别。我不停捶打自己的胸膛,直到上主再次赐我内心的平安。有时候,我甚至十分害怕自己那间隐修密室,因为那里头充满了我的各种邪念妄想。我常常对自己愤怒不已,所以我决定独自承受这些苦难。就这样,我走进更荒远的沙漠地带。上主作证,当我这么做之后,当我哭泣忏悔很久之后,我终于发现现今的自己经常被成群的天使环绕。"

历经四年荒漠忏悔生活之后,哲罗姆回到伯利恒。他一如既往地在那里度过了余生,仿佛上主喂养的一头温驯动物。他重读自己的藏书,每天斋戒到深夜,身边围聚着许多跟随他过圣洁生活的门徒。他花了四十五年零六个月翻译《圣经》,并守了终身童贞——至少传说中是这样的。不过,在给巴马修斯(Pammachius)的一封信中,哲罗姆如此说道:"我高声颂赞童贞之身,虽然我已不再拥有此福祉。"

最终,哲罗姆操劳过度,只能虚弱地卧床休息。他在床上方的横梁上挂了根绳子,每天只有通过拉着那根绳子才能从床上坐起来,完成他的修道义务。一天,夜幕降临,哲罗姆正与大伙一起坐着聆听圣道，一只狮子跟跄着走进了修道院。[①] 其他僧侣们一见到狮子就吓得魂飞魄散，一个个狼狈逃窜，只有哲罗姆上前问候狮子，仿佛它是修道院的一位嘉宾。狮子给哲罗姆看自己受伤的脚，哲罗姆叫来那些僧侣，让他们把这头野兽的脚洗干净，然后找出它的伤口究竟在哪里。僧侣们遵命而行，发现狮子的肉掌上布满了荆棘刺。于是，僧侣们小心翼翼地拔掉了刺儿，狮子很快恢复了健康。不仅如此，这头狮子还像家养的宠物一般驯服，与僧侣们和睦地朝夕相处。后来，哲罗姆意识到，上主为他们送来这头野兽并不是单纯为了让弟兄们为它看病，而是要让狮子也为僧侣们干点活儿。于是，哲罗姆就遵照大伙的意见，给狮子安排了一项特殊任务。那时候，僧侣们养着一头驴，他们用驴为大家从森林里驮运柴火。狮子的特殊任务就是领着这头驴子去牧场并照看它吃草。当狮子被委任以这项保护驴子的任务后，它立即成了驴子忠实的伴侣，像尽忠职守的牧羊人一般，每天陪伴它来到草地。驴子吃草时，它就站在一边保护着它。当然，为了确保驴子能完成每天的工作，狮子也必须准点领着驴子赶回修道院干活。一天，当驴子在牧场吃草时，狮子沉沉睡去。此时，正巧有几个驼队的商人路过那里，就用巧计带走了驴子。狮子一觉醒来，发现不见了它的同伴，就咆哮着四处寻找它。最后，无功而返的狮子回到了修道院门口。它羞愧得无地自容，不敢如往常一般走进修道院。僧侣们发现狮子比平时回来晚了，而且不见了驴子，就认为它一定是耐不住饥饿，终于吃掉了驴子。于是，他们不再给它当天的口粮。“你去吃可怜的小驴为你剩下的食物吧，”他们对它说道，“填饱你那贪婪

---

① 这个故事导致哲罗姆的象征标志就是一只狮子。但是，狮子和这个故事其实都属于圣格拉西莫（Gerasimus），只是因为他们名字相似，所以人们将狮子的故事误归于哲罗姆了。

的肚皮!”但是,僧侣们其实并不确信狮子真的干了这么一桩见不得人的事情,于是,他们跑去牧场寻找蛛丝马迹。没有找到任何证据的僧侣们只能将此事汇报给了哲罗姆。哲罗姆吩咐他们让狮子去干驴子的活儿,每天驮运那些砍下来的柴火。于是,狮子兢兢业业地履行着驴子以前的职责,直到有一天完工后,它跑去草地,在那里四下狂奔,想要明白那天它的同伴究竟出了什么事。正在那时,它忽然看见远处有一些商人,牵着他们运货的骆驼,走在这个商队最前头的竟然就是它朝思暮想的驴子。(在这个地区,人们经常用骆驼进行长途运输,并在驼队最前面拴一头驴子让它带路。)狮子一下子就认出了驴子,它发出震耳欲聋的怒吼,冲向商人们。那群商人吓得四散逃窜。接着,狮子依然怒吼着,用尾巴狠狠抽打着地面,将受了惊吓的驼队一路赶回了修道院。僧侣们见此,赶紧通报了哲罗姆,哲罗姆吩咐他们道:“为我们的客人们洗脚,亲爱的兄弟们。再为他们预备好食物,然后静待上主的旨意。”这时,狮子像它犯错之前那样在修道院里自在地跑来跑去,还依次趴到每一位僧侣面前,摇着它的尾巴,仿佛在为自己不曾犯过的错误乞求宽恕。已经预见未来之事的哲罗姆对僧侣们说:“去吧,弟兄们,为我们的客人们准备一下。”话音未落,就有人进来报信说有几位客人正在门口,想见修道院院长。哲罗姆出去见了客人,正是那几位商人。他一出现在他们面前,商人们立刻俯身下拜,乞求哲罗姆宽恕他们的偷窃罪行。哲罗姆仁慈地把他们扶起来,叮嘱他们今后不得贪恋别人的东西。商人们请求哲罗姆接受他们运送的油料的一半,希望由此得到他的祝福。再三推辞后,哲罗姆最终接受了他们的馈赠。商人还保证说,今后每年他们都会向僧侣们捐赠相同数量的油,并且会指示后人遵循此例。

我们知道，早期教会没有固定的圣事[①]，每个到教堂去的人就按自己的喜好选择吟唱的圣咏。按约翰·巴莱斯的说法，西奥多西厄斯皇帝请达玛苏(Damasus)教宗委派一位博学之士规整教堂圣事。达玛苏知道哲罗姆精通拉丁文、希腊文和希伯来文，而且还是各个知识领域的专家，就将此任务交给了他。哲罗姆于是将圣咏集分成日间圣咏[②]部分以及为每日圣咏安排的合适的夜祷。根据席博特(Sigbert)的记载，哲罗姆还规定在每首圣诗之后都要吟唱《赞美天父歌》。之后，他又指定整年的礼拜仪式中都必须吟唱使徒书信和福音书。除了反复吟咏的祷文，其他一切与礼拜仪式相关的内容也必须符合规范的程序。这套来自伯利恒的礼拜仪式程序赢得了教宗和枢机主教们的一致认可，并被要求在任何时候都须在教堂执行。这事之后，哲罗姆在耶稣曾经躺卧过的地方为自己修了一个坟墓，九十八岁零六个月的时候，他安卧于此……

① 圣事，基督教传达神圣恩典的仪式。罗马天主教会、东正教、东方正统教会、东方亚述教会、信义会、圣公会成员，以及卫理会教徒认为圣事不仅仅是象征记号，而是上帝使用这些被正确执行的圣事作为对忠实信徒传播恩典的工具。西方传统定义圣事为传递内在精神恩典的外在标记。

② 圣咏，此处指天主教弥撒的弥撒曲。

圣雷米(St. Remy)

10 月 1 日

传说中,雷米就是那位使克洛维(Clovis)国王①和整个法兰克王国皈依基督教的圣人。这位国王的妻子克洛蒂尔达(Clothilda)笃信基督教,她竭力规劝丈夫皈依,却屡屡失败。有一年,她生了个儿子,很想立即给儿子施洗,但国王坚决不同意。克洛蒂尔达不依不饶,最后终于赢得了国王的许可,给儿子施行了洗礼。可是洗礼刚结束,这个婴儿就夭折了。"现在事实明摆着,"国王对他的妻子说,"如果基督不能使一个可能为信仰而获得巨大荣耀的孩子存活下来,那么他压根儿就是个没用的神灵。"王后回答道:"恰恰相反,这正让我明白上帝对我有何等之爱,因为我知道这个孩子,我身子里结出的第一颗果实,已经归于上帝。他已经赐给儿子一个永恒的国度——那个国度远远强过你的王国。"不久之后,王后又怀孕生了个儿子。和头一次一样,在说服国王之后,她立即给这个孩子施行了洗礼。可是,这个孩子在洗礼后也得了重病,当时没人相信他还能活下去。国王对他的妻子说:"说实话,如果你的这个神不能让奉他之名受洗的人活下来,那他实在是个没用的神。如果你生一千个儿子,每一个儿子都受洗,最后他们都会死光!"然而,这个孩子不久就康复了,还最终在他父亲去世之后继承了王位。虔诚的克洛蒂尔达继续规劝他的丈夫

---

① 克洛维,法兰克国王(466—511)。他发动了针对罗马人与其他蛮族的战争,不断获胜而扩充版图。克洛维从其妻子处了解了基督教。在公元 496 年的一次战争中,他在将要战败之时,因呼求耶稣基督而反败为胜。故此率兵在兰斯大教堂受洗,接受正统基督教。这是日耳曼蛮族中最早归信正统基督教的民族,代表了西欧文明以"日耳曼—拉丁—基督教"作为文明基质的开端。

皈信基督，但每次都遭到拒绝……①

当克洛维最终成为基督徒时，他希望向莱茵教会捐赠土地。他对圣雷米说，在他午睡期间，雷米所能走到的地方都将归教会所有。雷米得到这个允诺后就出发了。半路上，雷米走过一个磨坊。磨坊主气愤地追了上去，警告雷米不要动他的财产。“我的朋友，”雷米对他说，“这事没什么大不了的，我们可以共享这个磨坊。”磨坊主拒绝了他的请求，说时迟那时快，磨坊的水车开始倒转。磨坊主赶紧呼喊圣雷米：“上帝的仆人，赶紧回来吧，我们可以平摊这个磨坊！”雷米回答说：“不行，这个磨坊既不属于我，也不归你！”立时，大地裂开，吞噬了整个磨坊。

雷米预见了一场饥荒，于是，他就在粮仓囤积了大量谷子，但是有些当地的醉鬼对这位老人的精心预备不屑一顾，竟然放火烧了粮仓。听说这事后，雷米赶到了现场。夜凉如水，加之他已年过半百，雷米就在火边取暖。他很平静地说：“有火总是好的。但是，你们这些放火之徒，还有你们的子孙，都要受到惩罚。这里的男人将受疝气的折磨，女人要得甲状腺病。”他的诅咒不久就兑现了。这诅咒一直奏效，直到有一天，查理大帝驱散了他们的后裔。

在此必须提及另一桩事。一月有一个节日是庆祝雷米幸福的归天之日，而十月的节日则代表着他神圣身体的转存之日。他死后，人们把他的尸体放在停尸架上运往圣提摩太和阿波利纳里(Apollinaris)教堂，但是，来到圣克里斯托福教堂的时候，尸体忽然变得非常沉重，甚至根本再无法挪动一步。最后，抬尸体的人只能转而祷告，

---

① 这句话省略了关于克洛维最终皈依基督教的记载。该记载被归于圣雷米的另一个节日，也就是在主显节之后的那个节庆日。在此书中对此并无记载。

他们祈求上帝让他们知道，上帝是否希望他们将这位圣人的尸体埋葬在已有千余圣人安息的圣克里斯托福教堂。祷告完毕，尸体能轻而易举地被搬动了。最终，人们在圣克里斯托福教堂举行了隆重的葬礼，让圣人安息此地。从此之后，那地方就发生了许多奇迹。后来，教堂扩建，人们在圣坛后建了地下墓室，打算存放圣骨。然而，当人们准备为雷米搬家时，发现他的尸体又有千钧之重。于是，教士们准备通宵祷告，但祷告到半夜时分，他们就统统沉沉地睡着了。第二天一早，也就是十月一日早上，他们发现圣雷米棺材已经被天使挪到新墓室里去了。很多年之后，在这一奇迹的周年纪念日时，他的圣骨被转移到一个精致的银盒里，然后埋进了一个更美的墓穴。他于公元 490 年左右归天……

圣方济各(St. Francis)

10月4日

方济各是至高神的仆人和朋友。他出生于意大利阿西西城(Assisi),长大后做了商人。二十岁之前,他不无放浪之迹,后来上帝以病痛之灾管教了他。不久之后,他就开始了新生活,而且还被赐予先知的能力。有一天,来自佩鲁贾(Perugian)的敌人俘虏了方济各和他的友人,并把他们囚禁在可怕的城堡地牢中。在那里,其他人都哀叹着自己的厄运,只有方济各显得兴高采烈。朋友们都觉得他精神错乱,他却回答说:"我告诉你们,我有充足的理由高兴;在我离开这个世界前,我将作为一个圣人在全世界受到敬拜。"

又有一次,他去罗马朝圣。在那里,他脱下自己的衣裳披在乞丐的破烂衣服上,然后自己坐在圣彼得教堂门口那群乞丐当中,和他们一样狼吞虎咽地吃那些乞讨来的残羹冷炙。亲朋故友若见到他行这样的事,自会尴尬万分地阻止他,但如果没人拦着他,方济各就会时常如此做。

魔鬼想引诱他远离上帝,就让他在幻觉中看见阿西西的一位驼背妇人的形象,并威吓他说,如果不放弃他那种愚蠢的生活方式,就会变得和这位妇人一样身形扭曲、丑陋不堪。但是,上帝帮助方济各坚定信心。他听到上帝对他说:"方济各,你要弃乐就苦。若你真愿意认识我,那你就必须鄙弃你自己。"之后,有一天,方济各遇到一个麻风病人。过去他若遇到麻风病人都避之唯恐不及,但这次,他想到上帝对他说的话,就跑到麻风病人跟前吻了他。突然间,那个病人的麻风消失了。于是,方济各赶紧跑到阿西西的麻风村,满怀爱意地亲吻麻风病人们的手,还给了他们很多施舍。

一天,他去圣达米昂(St. Damian)教堂祷告,基督显现并对他说："方济各，快去修理我的房屋，你看啊，它正在坍塌，即将成为废墟。"从那一刻起，方济各的灵魂变得越来越温柔，对受难基督的同情之爱刺透了他的心灵。他开始不知疲惫地重建教会：他变卖了所有家产并打算用这些钱捐助一位神父，但那位神父因为担心方济各的父母怀恨而拒绝了他的好意。方济各把钱都扔在地上，以此表明他视钱财如粪土。父亲得知方济各的所作所为后，就把他抓回家，将他五花大绑。方济各把钱如数交还给父亲，甚至父母给他买的衣服也都悉数归还。之后，他就这么赤身裸体地以长发为衣衫，彻底投入了上帝的怀抱。我们这位上帝的仆人还为自己争取到了一位养父的帮助，因为他的亲生父亲成天诅咒他，所以他希望这位养父能给予他更多祝福以抵消前者的诅咒。

一个冬日，方济各正在祷告时被他的兄弟撞见，他看见方济各身着破布单衣在寒风中瑟瑟发抖。这位兄弟就对一个朋友说："告诉方济各，把他那件只值一文小钱的破衣服卖给你！"方济各听到这话后立即回答说："我当然必须卖了它，但是要卖给我的上帝。"

又有一天，方济各知道了当年耶稣差遣门徒出去传道时说的话，他就立即决定分毫不差地履行耶稣的吩咐。他脱了鞋子，穿上一件廉价外袍，连皮带都没有束，只是简单地用一根绳子在腰上扎了一下就出发了。在一个大雪纷飞的冬日，他在森林里遇到一伙土匪。他们问他究竟是谁，他回答说，他是"上帝的使者"。土匪抓住他，把他扔在雪地里，奚落他道："好吧，上帝的使者，你这个乡巴佬，你就乖乖躺在这儿吧！"

当时有很多人，无论出生显贵或地位卑贱，也无论是教士还是平信徒，都弃绝了世俗飨宴而跟随方济各的脚踪。这位圣人教导他们《圣经》中倡导的完美生活，也就是崇尚贫穷的操守，践履神圣单纯的生活。他还根据福音原则为自己和他的门徒创制了一套修行的戒规，这套规定被教宗英诺森批准。自此之后，方济各以更大的热忱走遍村村寨寨，传播上帝福音的种子。

有一位修士，虽然外表看起来非常诚实，但行为却十分古怪。他严格遵行沉默原则，连做告解[①]的时候都一言不发，仅仅点头或摇头示意。他的同伴们都称许并尊他为圣人，但我们的圣人方济各见此情景后却说："弟兄们，千万别这样！别让我听见你们称许这样一个魔鬼般装腔作势的家伙！你们应要求他一周告解一到两次，如果他不开口告解，说明那就是魔鬼的工作——是网罗，是欺骗，是伪善者！"于是，那些弟兄们就要求这古怪的人做告解，但他把手指放在嘴唇上，摇摇头，示意任何时候他都不会去做告解。不久之后，如同那些喜欢反顾自己呕吐秽物的犬类一般，他离开修道院，回归尘世，在那里结束了自己罪恶的一生。

有一次在旅途中，由于疲劳过度，我们这位神的仆人无法继续前行，只能靠驴代步。他的同伴，阿西西的修士莱昂纳德(Leonard)也和方济各一样疲倦。他心想："此人的双亲并不如我的父母那么有社会地位。"正想着，圣人方济各就从驴背上下来对这位修士说："我骑驴而你走路是不对的，因为你的家庭出身比我好。"莱昂纳德羞愧难当，立时俯伏在方济各脚下，请求圣人的宽恕。

一天，他在路上看到一位贵族妇女正气喘吁吁地向他跑来，便纳闷地问这妇女有何需要。她回答说："神父，请为我祈祷。我曾起誓要过圣洁的生活，但我的丈夫总不让我达成心愿。他尽一切所能，阻挠我侍奉基督。""回家去吧，我的女儿，"方济各对她说，"很快你就会得到基督的安慰。以全能上帝和我的名告诉你的丈夫，他蒙恩得救

---

① 告解是天主教的一种仪式。信徒在神职人员面前忏悔以求得上帝的宽恕，并得到神职人员的信仰辅导。

的时候已经到了:赏赐即将到来。”这妇女将信息转达给她的丈夫,他立即发生了转变,并保证从此过贞洁的生活。

方济各在沙漠中遇到一个干渴得奄奄待毙的农夫,他凭着祷告使干涸的土地冒出了一泓清泉。

有一次,被圣灵激励的方济各向一位修士,也是他的一个亲密同伴透露了以下秘密:“如今世上有一位上帝的仆人,上帝将因为这个人的缘故,当他在世期间不让饥荒蔓延人间。”毫无疑问,他的预言实现了。可是,当方济各离世之后,一切都彻底变了。他在去世后显现给先前那位同伴,对他说:“如今,该发生的都发生了——我在世时上帝不允许发生在世间的饥荒来了。”

复活节那天,戈雷奇奥(Greccio)修道院的修士们用白色桌布和玻璃杯布置他们的餐桌,比平常布置得更精美。圣人方济各见了之后,转身离开了餐厅,找来一顶帽子,那是留宿于修道院的一个乞丐的帽子。他把这顶帽子戴在头上,拿了根棍子走出修道院,在大门边站着。当修士们开始用餐时,他就在门口喊他们,乞求他们看在上帝的份上,施舍一点吃的,给他这个得了重病的可怜的朝圣者。于是,他们把他请进了修道院。他进去后就躺在地上,把他们给他的菜肴倒进柴灰中。修士们看到他的举动,一个个丈二和尚摸不着头脑。他就对他们说:“我见到桌子上布置的这些摆设就知道这不是为沿街乞讨的穷人们所预备的。”

方济各非常热爱自己和别人的贫穷,他将此称为“贫穷女士”。当他见到有人比自己贫穷时,他就心生嫉妒,担心自己被别人胜过。一天,他见到一个贫穷的人,就对他的同伴说:“此人足以令我们羞愧难当:较之他的贫穷,我们的贫困实为小巫见大巫。对我们而言,这无疑是个严厉的批评。我不需要任何财富,只要我的‘贫穷女士’。但是,你看——她在此人身上更显荣耀!”

一回，有个穷人路过，方济各被他深深打动。此时，他的同伴对他说："这个人也许现在很穷，但也许他所向往的富有是世人难及的。"这位圣人回答同伴道："赶紧脱下你的外套给他，并跪在他面前承认你的罪过。"这位修士立即遵命而行了。

有一天，他遇见三位长相和服饰相似的妇人，她们向他问安道："欢迎你来见贫穷女士！"然后，她们就在一道闪光中消失不见了，之后再也未曾出现。

这位圣人有一次去阿雷佐(Arezzo)，那里正爆发内战，当他来到城郊时，他看到恶鬼们正幸灾乐祸地在那里跳舞。他叫来一位名叫西尔韦斯特(Silvester)的同伴，吩咐他说："你去城门口，以全能上帝之名让那群恶鬼离开这个城市。"西尔维斯特跑去城门，高声大喊道："我以上帝之名，并以方济各神父的命令，令你们这些恶鬼统统离开这里！"不久之后，阿雷佐就和平无事了。

当这个西尔维斯特还是个平信徒的时候，他梦见方济各的嘴里有一个金色的十字架：十字架的顶端伸向天国，张开的两臂则从这端到那端，抱拥着整个世界。西尔维斯特深受震撼，自觉懊悔，于是他弃绝了世界，忠诚地效法这位圣人的生活。

有一天，方济各正沉浸在祷告中，魔鬼三次叫了他的名字。圣人回应之后，魔鬼对他说道："如果一个人能够悔过，那么世上无人不能得到上帝的赦免；但是，如果这个人因忏悔过于严厉而至死，那么他将罪不可赦。"借着上帝的启示，我们这位上帝的仆人立即明白这是魔鬼企图欺骗他。魔鬼意识到自己的企图败露之后，他马上改变策略，用难以遏制的肉欲诱惑方济各。当欲火在他身上燃起之时，这位圣人赶忙脱掉衣服，用一根打结的绳子鞭挞自己，一边喃喃自语道："好吧，驴兄弟，现在让我教训教训你！你正需要一顿狠抽呢！"诱惑并未被降服，方济各走出房间，赤身躺在雪地上。他做了七个雪球，把它们依次放在面前的雪地上，说："看吧，这个大的是你的老婆，这四个是你老婆生下的二男二女，另外两个是你的男仆和女仆。赶紧把衣服给他们披上吧，否则他们就要冻死了。但如果你觉得要照顾那么多人太过分，那就独独侍奉你的上帝吧！"①刹那间，魔鬼落荒而逃，我们的圣人回到他的隐修室，继续赞美上帝。

有一次，方济各受圣克罗切(Santa Croce)枢机主教利奥(Leo)的邀请去他家做客。一天晚上，恶鬼们造访他，并对他拳脚相加。方济各叫来他的同伴，告诉他发生的一切后向他解释说："这群恶鬼是我们上帝的代理人，上帝差遣他们来惩罚我们的越轨行为。我现在无法想起自己有何过错未向上帝忏悔，但它们都已因着他的怜悯而被赦免。不过，也许他同意这些代理人来突袭我，皆因我现今是一位掌权者的座上嘉宾，这也许会引起我那些贫穷的小弟兄们的不良猜想，他们会怀疑我正享受着奢侈的生活！"于是，天一亮，他就起床离开了那里。

又有一次，当他在祷告的时候，他听到一大帮恶鬼在修道院屋顶上跑来跑去，嘈杂喧嚣。他起身走出房屋，在胸前画了一个十字，说："以全能上帝之名，你们这些恶魔，尽你们一切所能对付我的肉体吧，把最坏的把戏使出来吧！我愿意承受一切，因为我的肉体是我最大的敌人，如果你们在我肉体上发泄你们的怨怒，对我而言无疑是帮了我一个大忙，帮我向我的仇敌报了大仇。"恶鬼们听他这么一说，就慌慌张张地逃走了。

圣人的一位好友在出神入定时看到天国的许多宝座，其中有一

---

① 方济各做雪人，是象征性地警告自己，如果结婚，那么家庭和孩子，以及繁杂的家事都会缠累自己，无法专心侍奉上帝，以此断绝结婚的欲念和身体的情欲。

个享有特别的尊荣，比其他任何宝座都更有荣耀。他正疑惑这璀璨无比的宝座是为何人预备时，他听到一个声音说："这一宝座原来属于一位堕落的王子，如今它正等待着谦卑的方济各。"这位修士结束祷告后就跑去问圣人方济各："神父，您究竟是如何看待自己的？"方济各回答道："我认为自己是最大的罪人。"当下，圣灵就在这位修士心里说话了："你看，你见到的异象是何等可信。谦卑能将那些卑微者高举到宝座上，而骄傲者则永远失去这宝座了。"

在一个异象中，这位神的仆人见到被钉十字架的圣翼天使撒拉弗[①]。这位大天使将自己在十字架上的伤痕印刻在方济各身上，这样一来，方济各看起来也像是被钉过十字架。他的手、脚和肋下都出现了钉十字架的受伤标记，但方济各一直尽力隐藏这些圣伤[②]，不让别人发现。只有为数极少的几个人在他身前见过这圣伤，和他去世之后见到这圣伤的人相比，简直是微不足道。

许多奇迹都证明方济各身上的这些记号的确就是圣伤，在这里我们仅仅举他去世后发生的两个奇迹为例。在阿普利亚（Apulia）有一个名叫罗热（Roger）的人，他站在方济各的画像前心里觉得十分疑惑。他不知道圣方济各被赐予圣伤的神迹是否属实，心下怀疑那仅仅是一个虔诚的幻想，或压根儿就是方济各那帮修士弟兄们在故意行骗。正反复思忖间，他忽然听到一个声音，仿佛弓弦上射出弩箭一般，立时他的左手感到一阵刺痛，但手套上却没有任何洞眼。当他取下手套后，他发现手掌上有一个很深的伤口，正如被箭所伤。伤口火辣辣的痛，疼得他阵阵昏眩。就在那时，他开始为自己起初的怀疑而

---

① 撒拉弗，基督教中级别最高的天使。

② 圣伤，按基督教说法，圣伤是出现在某些圣徒身上，与耶稣身上钉子留下的伤痕相似的标记。

懊悔，并宣称自己完全相信圣方济各的圣伤。两天后，他通过方济各的圣伤祈求圣人的帮助，手上的伤口立时得到愈合。

第二个奇迹发生在卡斯蒂利亚(Castile)王国。[①] 有天晚上，一个专心礼敬圣方济各的人在去晚祷的途中遇到了杀手，杀手误认为他就是要被暗杀的那人，于是就袭击了他。他伤势严重，奄奄待毙地躺在路边，丧心病狂的杀手又拔剑刺进他的喉咙。由于刺得太深，杀手一时无法将剑拔出，就留下剑走了。人们惊叫着从四面八方跑来，大家都以为这个人死了，一时间哭声震天。但到了午夜时分，当修道院的晨祷钟声响起时，这个人的妻子高声喊道："先生，您快起来，要晨祷了，钟声在呼唤您呢！"说时迟那时快，这个人举起手来，仿佛是在做手势，要人们帮助他拔去喉咙里的剑。所有人都惊讶地看着发生的一切：那柄剑从他喉咙里飞了出来，仿佛被一个拳击手拔出来，并狠狠地扔到了远处。很快，这个人就完全康复了，他站起身说："蒙恩者方济各来到我身边，将他的圣伤按在我的伤口上，圣伤的甘甜芬芳立时消除了我的疼痛，伤口也随即神奇地合拢！圣人正欲离去，我打手势请他为我拔出那柄剑，否则我无法说话。他一把抓住那剑柄，用力拔出后就把它掷了出去；之后他用自己的圣伤轻轻掠过我喉咙上的伤口，我就立时痊愈了。"

当时的两位伟大人物，圣多明我和圣方济各，有一次正巧都在罗马做奥斯蒂亚(Ostia)主教的座上嘉宾。这位主教就是后来的教宗。主教问他们道："我们为何没选拔你们两位的修会里的弟兄们成为主教和教长呢？他们言传身教，各个方面都远远超过了其他修士啊。"该由谁来回答这个问题呢？两位圣人讨论了很久。最后，谦卑的方济各甘于人后，多明我只能听从他，首先回答了这个问题。他说："我

---

① 卡斯蒂利亚王国(1035—1837)是古代西班牙北部的一个王国。

的主人，但愿我的弟兄们认识到，他们已经被高举；对我而言，我并不允许他们获得更高的尊荣。”然后，方济各回答道：“我的主人，我的弟兄们被叫作‘微不足道的人’，那就是为了谨防他们立志成为更‘伟大’的人。”

蒙福者方济各如鸽子般单纯，他规劝所有生灵都爱它们的造物主[①]；他向小鸟儿传道，小鸟儿就听他传道；小鸟儿还让他抚摸它们，没有他的允许，它们也绝不飞走。有一次，他正在传道，几只燕子叽叽喳喳叫个不停，他一声令下，它们立即缄默不言。在博俊古拉(Portiuncula)，有一只知了总在他灵修室边的无花果树枝上唱个不停。我们的圣人伸出手，叫它道：“知了姐妹，到我这里来。”知了立即顺服地跳到他的手上。“知了姐妹，继续唱歌吧，”方济各说，“用你的歌声赞美上帝吧！”知了马上继续歌唱，直到方济各让它离开时，它才飞走。

方济各不愿去碰灯笼、蜡烛或其他灯具，以防有损它们的光亮。他常常格外敬重地走过石头，因为他尊重圣彼得，而彼得这一名字的含义即为“石头”。他会将路上的小虫子捡起，放到路边，以防它们被行人踩死。在冬季，他把蜂蜜和优质葡萄酒放在屋外款待蜜蜂，因为他不愿这些小生灵在严寒中饿死。他将所有生灵叫作他的“弟兄们”。当他仰望太阳、月亮和星星时，对造物主之爱的无法表达的极度喜乐就会充满他的心灵。他也会叮嘱所有被造物去爱他们的造物主。他拒绝接受僧侣剃度，并为此解释说：“我希望我的跳蚤兄弟能在我的脑袋上分一杯羹。”

有一次，一个贪恋世俗的平信徒在圣赛维林(St. Severinus)教

① 方济各对于动物的热爱，以及向生灵传道的激情，让他成为动物和自然环境的主保圣人。

堂遇到这位正在祷告的神仆。在神圣的启示中,他看到圣方济各被两柄闪闪发光的长剑钉住,那两柄剑构成十字架的形状,一柄从头到脚地笔直地竖着,另一柄则在左右手之间横过他的胸膛。虽然他之前从未见过方济各,但凭着这个记号,他立即认出了这位圣人。见到这一启示后,这个平信徒感到无比自责,终于决定进入修会,并最终在圣洁的生活中结束了自己的生命。

由于经常流泪哭泣,方济各的视力越来越弱,当人们劝他停止哭泣时,他说:"一个人的视力是来自于圣爱的永恒之光,也就是我和苍蝇弟兄们共同分享的永恒之光。"但他的弟兄们仍然坚持催促他进行眼科手术。手术即将开始时,大夫拿起被火烤炙的小铁棍。这时,我们的圣人开口说道:"火兄弟,请对我仁慈些,对我客气些,我已经祈祷创造你的上帝,因我的缘故而变得温度适宜。"说完这些话,他在铁棍前画了个十字。铁棍深深地插进了他柔软的身体,从耳朵到眉毛,炙烤着他,但是他说自己丝毫没感到疼痛。

一天,我们的神仆在圣乌尔班(St. Urban)隐修道院时忽然得了重病,他觉得自己虚弱不堪,就想要一杯葡萄酒喝。但是,那里根本没有葡萄酒,他只得到了一杯水。他对着这杯水画了个十字,水立即变成了上好的葡萄酒。贫穷的偏远之地,无法提供食物和生活用品,但靠着一位圣德之人的虔诚纯洁之心而如愿以偿。喝了那酒之后,方济各很快就完全恢复了健康。

与别人对他的称颂相比,方济各反而更乐意听到对他的辱骂。当人们高声颂扬他是位伟大的圣徒时,他再三请求一位修士弟兄在他面前不断辱骂他。那位兄弟只能违背心愿,骂他是个乡巴佬、强盗、傻瓜和废物。方济各听得十分高兴。"上帝祝福你!"他说道,"你说的都完全属实,这些正是我应该听到的关于自己的评价。"

与有些喜欢发号施令的人相比,我们这位神仆更乐意服从他人。

因此，他放弃了自己作为修会领导的职位，另为修会找来一位督管，自己则完全服从于这位督管的领导。他也保证在旅途中服从于他的那些弟兄伴侣们，并且从未食言。

他的一位弟兄违反了规定，但后来很快忏悔了。不过，为了杀鸡儆猴，圣人把这弟兄的兜风帽扔进了火里。一个小时候后，他才将帽子取出来还给它的主人。兜风帽从火苗中被取出时，竟然丝毫未有烤着的痕迹。

方济各路过威尼斯的湿地，正好遇到一大群鸟儿在那里歌唱，他于是对同伴说："我的鸟儿姐妹们正在称颂它们的创造者呢。让我们也和她们一起，向我们的上帝献上赞美吧！"当他们走到鸟儿当中时，它们并未飞走，不过，它们叽叽喳喳的歌唱声非常响亮，方济各和他的同伴们都无法听见彼此的歌声。"鸟儿姐妹，"方济各大声说道，"请你们停一下，让我们也有机会补偿我们的亏欠，我们要赞美上帝。"话音刚落，鸟儿们就安静下来。后来，修士们结束了歌颂，方济各就允许鸟儿继续唱歌，于是，它们就像之前那样又开始齐声高歌了。

有位骑士热情地邀请方济各到他家做客，并力邀方济各与他共进晚餐。方济各回答说："弟兄，请接受我的建议：赶快承认你曾犯下的罪过，因为很快你就不能再在人世间用餐了。"骑士立即遵行，为他的家人做了必要的预备后就接受了告解圣事。当大伙儿坐到餐桌前打算用餐时，这位骑士就咽了气。

一天，方济各遇到一大群鸟儿，他向它们问好，仿佛鸟儿也拥有理性一般。"我的鸟儿弟兄们，"他说，"你们真应该好好歌唱赞美你们的创造者。他用羽毛装点你们，赐予你们能够飞翔的翅膀，还有那干净新鲜的空气，并指点你们的生活起居，让你们衣食无忧。"鸟儿们一个个都向着他伸长了脖子，还抖开翅膀，全神贯注地张嘴看着他。

方济各走到它们中间，如同往常那样，他用自己的外袍轻轻摩挲它们。没有一只鸟儿飞离，直到他允许它们离开，鸟儿才一起飞走了。

有一回，他在亚维阿农(Alvianum)城堡传道时，由于屋外正在筑巢的燕子喧闹得厉害，人们听不见他讲道的声音。他对燕子们说:"燕子姐妹们，现在是我说话的时候。你们已经说够了。请安静些，等我把上帝的话语讲完吧。"它们立即遵命而行，不再说话。

这位圣人曾途径阿普利亚。他看到路边有个很大的钱包，而且都快被钱胀破了。他的同伴看到这个钱包后，就想把钱包里的钱都施舍给穷人，但方济各却没有听从他。他说:"我的儿子，拿别人的东西是不对的。"但是他的同伴坚持己见。于是，方济各祷告了一会儿，告诉同伴可以捡起钱包。然而，这时的钱包里装的已经不再是钱，而是一条蛇。这位修士看到蛇后异常害怕，但他又想遵命行事，所以还是拿起了那个钱包。说时迟那时快，那条大蛇从钱包里蹿了出来。圣方济各说:"对神的仆人们而言，金钱是非常可怕的魔鬼，就是会给人致命一口的毒蛇。"

有位修士深受罪恶诱惑，他心想，如果他能够得到神父亲手写的东西，那么他就能免于这些诱惑了。但是他又不能把所思所想告诉方济各。有一天，我们的圣人对这位修士说:"把我的纸笔拿来，我的儿子。我想写点赞美上帝的文字。"写完后，他把所写的东西交给这个修士，说:"拿着这个，小心保存它，直到我离世的那天。"刹那间，所有诱惑都离开了修士。后来，当我们的圣人卧病在床时，这位修士心想:"我们的神父快死了。如果之后我能得到他的外袍那该是个多大的祝福啊。"不久之后，圣方济各喊他的名字，并对他说:"我现在将我的外袍遗赠给你。我死后，你是它的合法拥有者。"

方济各住在伦巴第的亚历山德里亚(Alessandria)。有位富有的主人来到方济各的住处，请求他告诉自己如何遵守福音书上的教导。

这位富人还提出条件说,他提供给方济各的所有食物,方济各都不能拒绝。方济各被这位主人的敬虔之心打动,就同意了他的请求。于是,这位主人就忙着准备了一只昂贵的鸡做晚餐。正用餐时,一个并不信仰上帝的人跑来乞求:"因上帝之爱,请施舍吧!"方济各听到了上帝的圣名就把一条鸡腿给了这个人。但穷鬼并未吃鸡腿。第二天,当方济各在众人面前布道时,穷人把鸡腿拿出来示众,并说:"你们看啊,这就是那修士吃的食物——是的,就是你们敬重的那位圣人! 昨晚他给了我这条鸡腿!"但是,所有人当时看见的都不是鸡腿,而是一条鱼。所以,大家都嘲笑他,认为这家伙一定神志不清。乞丐意识到发生的一切后,他羞愧难当,恳求大家的宽恕。就在他恢复清醒的那刻,那条鱼又重新变回了鸡腿。

一次,方济各坐在桌边聆听修士诵经,正念到童贞马利亚和基督善守贫德之事。方济各忽然从座上站起,哭得泣不成声。泪雨滂沱中,他卧倒在地,将先前落在地上的面包屑吃得精光。

方济各一直认定,最高敬礼必须由神职人员做,因为只有他们才被赋予了执行圣体圣事的权柄。由此,他经常说:"如果我同时见到一位从天而降的圣人和一位贫穷弱小的神职人员,我会立即跑去亲吻后者的双手,而对圣人说:'请等等我,圣洛伦索(Saint Laurence)!这个人的双手触摸过生命之道,它们拥有远高于人类的能力。'"①

在方济各的一生中,他行过很多著名的神迹。在他那里,面包医治了很多病人,他变水为酒,病人尝了一口即恢复健康。还有许多其他神迹……

临终前,虽然他已因长年患病而虚弱不堪,但他还是赤身裸体地

① 圣人不一定是神职人员,此处强调方济各认定圣事必须由神职人员主持进行。"这个人的双手"是指神职人员的双手。

躺在光溜溜的地板上,让所有弟兄前来,依次按手为他们祝福。祝福完毕后,像主耶稣在最后的晚餐中做的那样,他给每人一片面包。按照习惯,他又邀请所有生灵齐来颂赞上帝,其中甚至包括死亡这个灵物。所有人都那么惧怕和厌恨死亡!他却愉快地去会见死亡,像对一位姗姗来迟的嘉宾那样问候她道:"我的死亡姐妹,欢迎你啊!"之后,他弥留了最后一个小时,终于安息主怀……

一万一千位童贞女

10 月 21 日

以下记载了一万一千位殉道童贞女的光荣故事。

在不列颠曾住着一位基督徒国王，名叫诺特(Nothus)，或者也可以叫作莫鲁斯(Maurus)。他有个女儿，名叫厄休拉(Ursula)。[①] 厄休拉集非凡的德行、智慧与美貌于一身，很快就在各地声名鹊起。盎格鲁(Anglia)的国王颇有权势，已经征服了许多国家。他风闻厄休拉的名声后，就声称唯有为自己的儿子娶到厄休拉，此生才算幸福完满。他的儿子当然也满心巴望着这段美妙姻缘。于是，他们派遣使臣去见厄休拉的父亲。使臣带去丰厚的聘礼和慷慨的许诺，但也附加了严厉的威吓：如果他们两手空空地回国见主子，那么诺特和他的王国就会完蛋。诺特陛下实在是进退两难：首先，他觉得把自己虔信基督教的女儿嫁到一个信奉偶像的异教国度极为不妥；其次，他十分清楚，女儿绝无可能答应这门婚事；再次，诺特忧心忡忡，担心异教国王会对他们实施野蛮报复。女儿厄休拉却没有那么多担忧，她被上帝激励着，说服父亲同意这门婚事，但提出了如下条件：求婚者必须为她精心挑选十位童女作她的陪嫁女，而且也得为她和这十位童女分别再配备一千童女；还得预备一支舰队供她使用；另外，必须给她

---

① 法默在《牛津圣人词典》中说，厄休拉的生平故事最终成形于《金色传奇》。不过，更可能的情况是，作者雅各只提供了这些故事的素材而并未对其加以修改。这个完全编造出来的故事在后世不断被艺术加工和演绎，其中最著名的恐怕是布鲁日的梅姆林的故事连环画和威尼斯的卡帕西奥(Carpaccio)的作品。厄休拉和她的同伴们可能殉道于公元400年左右。有人认为，由于“十一位童女殉道者”中的“M”被误认为是“milia”，也就是“成千上万”的缩写，但事实上那应该是“殉道者”(Martyrs)的缩写。故此，原本“十一位童女殉道者”被误作为“一万一千童贞女”。一处无名坟地的发现也支持这种推测。

三年时间让她完成自己许下的童贞誓言,而她的未婚夫也必须接受洗礼,并在三年内进行信仰方面的学习。厄休拉之所以提出这些要求是经过缜密考虑的:她希望这些难以满足的条件能使求婚者知难而退;当然,如果事非所愿,那么她也至少可以赢得足够时间,并利用这段时间将自己和所有童女献身给上帝。后来,那位年轻人不仅心甘情愿地接受了所有条件,还迫使他父亲也同意了厄休拉的要求。儿子接受洗礼之后,他命令部下们以最快的速度完成厄休拉提出的一切条件。与此同时,厄休拉的父亲也下达了指令,预备了很多士兵,随程帮助并保护他的宝贝女儿。

童女们从四面八方涌来,还有许多人争先恐后从各地跑来一睹盛况。很多主教也来加入童女们的朝圣之旅,其中有巴塞尔(Basle)主教潘塔鲁斯(Pantalus)。他带领她们远赴罗马,并与她们一起殉教;还有西西里(Sicily)的王后圣吉拉希娜(St. Gerasina),她嫁给了一个禽兽不如的男人,却成功地使他变得温驯如羊羔。吉拉希娜是马立休斯(Maurisius)主教和圣厄休拉的母亲达里娅(Daria)的姐姐。厄休拉的父亲曾给这位大姨子写信,告诉她关于厄休拉的秘密计划。吉拉希娜看到信后就被上帝大大激励,她立即决定离开由她儿子掌权的国家,带着四个女儿芭比拉(Babilla)、朱利娅娜(Juliana)、维多利亚(Victoria)和奥雷娅(Aurea)以及她的小儿子阿德里安(Adrian)启程远赴不列颠。这最小的儿子因为爱自己的姐姐们,所以坚持要加入朝圣队伍。在吉拉希娜王后的号召下,来自各地的许多童女济济一堂。之后,在王后的领导下,她们又一起走向殉道的终点。厄休拉的所有要求都得到了满足,童女、舰队和其他装备都整装待发后,王后向她的战友们公布了秘密,所有人无一例外地宣誓效忠于这次壮丽的远征。接下来,她们开始忙着做各种预备。有时候,人们以为她们在准备战事,因为她们常常进行模拟格斗;她们还操练各种技能以防万一。有时候,姑娘们从清晨一直训练到中午,有时候还要连续坚持到天黑。那些王公贵族们也蜂拥而至,目睹此景后,感慨万千,赞叹不已,无不心悦诚服。

厄休拉使所有童女皈信基督教后,有一天,她们借着适宜的风力启程,抵达了特拉(Tyella)的加利克(Gallic)港,从那里又继续远航去科隆。在那座城里,有一位天使向厄休拉显现,告诉她说,以后她们所有人都要重回科隆,人人都将在这里获得殉道者的冠冕。在天使的指示下,她们启程前往罗马,途中在巴泽尔(Basil)城留下舰船,然后继续徒步前往罗马。她们的到来使教宗西里亚库斯(Cyriacus)非常高兴(他原本属于不列颠血统,所以这些童女中有不少是他的亲戚),他和所有神职人员一起热情款待了童女们。当天晚上,教宗也得到上帝的启示,说他即将获得殉道者的荣冠。不过,他没有对任何人说起这事。在那些日子里,他为众多尚未受洗的童女施洗。

西里亚库斯,这位彼得之后第十九任教宗,如今已在任一年零十一周。他看到时机已经成熟,就招聚了国王和朝臣们宣布他的计划。当着众人的面,他自请离职,打算放弃一切特权。① 几乎所有人都因之提出抗议,特别是那几个红衣主教,他们认定西里亚库斯放弃教宗的荣耀而去跟随一帮愚蠢的妇人肯定是因为神经错乱。西里亚库斯拒绝了他们的要求,他任命一位名叫阿曼杜斯(Ametos)的敬虔者接替自己做教宗。他一意孤行地辞离圣职,从此,他在教宗名单上被除名。从那时起,圣洁的童女们失去了来自罗马教会的所有支持和保护。

---

① 关于西里亚库斯的这段故事以及他后面的生平故事显然纯属虚构。历史上只有1294年圣塞勒斯丁五世(Celestine)教宗主动辞职。多数评论者相信他就是但丁提到的那个罪人[《神曲·地狱》(3:58—60)],"这个被天堂拒绝的胆小鬼"只能被遗弃在地狱的门廊里。

罗马军队里有两个极坏的指挥官,一个叫马克西姆斯(Maximus),另一个叫阿弗利加努斯(Africanus)。他们看到童女人数众多,且还有许多人正慕名云集,就十分担心基督教信仰会因此广泛传播。他们调查到童女们行进的路线后,就支使探子报信给他们的亲戚,也就是匈奴人的头领朱利叶斯(Julius)。他们请朱利叶斯领兵讨伐童女的队伍,请他在她们到达科隆后就把她们斩尽杀绝,因为她们都是基督徒。西里亚库斯和这群高贵的童女们按时离开罗马,跟随他的还有一位红衣主教味增爵(Vincent)和一位叫詹姆斯(James)的大主教,后者离开不列颠到安提阿,在那里当了七年大主教。詹姆斯当初是去罗马觐见教宗的,童女们抵达罗马时他已经离开,但他为了能共享远征和殉难的盛举,便立即返回了罗马。跟随西里亚库斯的还有马立休斯和苏庇西乌斯(Sulpicius)。前者是莱维加纳(Levicana)城的主教,也是芭比拉、朱利娅娜和弗拉琉斯(Follarius)的叔叔;后者是拉韦纳(Ravenna)的主教。他们当时都在罗马,也都参加了童女们的征程。

厄休拉原来的未婚夫埃塞琉斯(Ethereus)原先留在不列颠,他受到天使的指示,按着上帝的要求敦促自己的母亲皈依了基督教。埃塞琉斯的父亲早已皈依,但在受洗的当年就去世了,他儿子接替父亲统治这个王国。如今,童女们和上述主教们一起从罗马返回,上帝激励埃塞琉斯去找自己的未婚妻,并将和她一起在科隆荣膺殉道华冠。按上帝的要求,他为自己的母亲施行了洗礼,然后,带着母亲、小妹妹弗洛伦丝(Florence)(她已经是一位基督徒了)和克雷孟(Clement)主教一起去见童女们。希腊主教马尔库洛斯(Marculus)和他的侄女康斯坦蒂亚(Constantia),也就是君斯坦丁堡国王多洛休斯(Dorotheus)的女儿也一起去了。(康斯坦蒂亚已经许配给了一位王子,但婚礼前他就死了,于是她发愿为上帝守童贞。)他们见到了一个异象，催促他们前往罗马。在那里，他们加入了童女们的殉道之旅。

于是，所有童女和上面提到的那些主教都回到了科隆。那座城市已经被匈奴人包围。这伙野蛮人一看见他们就狂吼着冲了过去。仿佛狼入羊群，刀光剑影中他们屠杀了所有人，直到最后逼近厄休拉。她的绝世美貌使野蛮人的首领神魂颠倒，他企图安慰她不要为童女之死而悲伤，还许诺娶她为妻。厄休拉轻蔑地回绝了他。被藐视的匈奴首领拉弓上箭，厄休拉被一箭穿心，终于成就了殉道的荣耀。①

她们中有一个名叫寇朵拉(Cordula)的童女，那晚因恐惧死亡而躲在船上。但是，第二天，她还是选择了勇敢受戮，也因此赢得了殉道者的冠冕。不过，由于她没有和其他童女一起受难，所以她未被列入童女们殉道的节日而得到庆贺。直到很久之后，她向一位隐修士显灵，把自己的殉道节日指点给这位隐修士，也就是其他童女受难之后的那一天。这些童女殉道的时间是公元238年……

① 1155年，在科隆发现数量惊人的骸骨，人们推断厄休拉及万名童女殉道实有其事，而此地就是她们一同被匈奴人杀戮的地方。

圣伊丽莎白(St. Elizabeth)

11 月 19 日

伊丽莎白是匈牙利国王出类拔萃的女儿。不过，与这尊贵的出身相比，她那敬虔的基督教信仰则使她更为高贵。除了世袭的贵族头衔，她所行的各种神迹和圣事更增添了其姓氏的尊荣。她出生之日，万能的创造者就将其置于芸芸众生之上。然而，从小集万千娇宠于一身的她，自幼童起，便主动弃绝那些孩提时代的欢娱，甚至将这些孩子气的欢娱转为对上帝的侍奉。很多特质在其早年便异常丰满地表现出来，比如，那不同寻常的纯真，那坚定而温柔地立志献给上帝的挚爱。童年时代，她就习惯于躬履善行，摒弃闲趣，遁离俗荣，并历练自己对上帝的尊崇情谊。五岁那年，她长时间地在教堂祈祷，以至于朋友和侍女们都难以将她拉走。她的仆役和年轻玩伴们都注意到，在游戏过程中，如果有谁朝圣堂方向走去，伊丽莎白一定会为了得到进入圣堂的机会而尾随其后。在圣堂里，她要么跪地祈祷，要么索性五体投地，而且，虽然那时候她还不识字，但她会将一本圣诗集放在自己跟前，好让其他人以为她正在潜心诵诗，而不再干扰她。她也会躺在地上玩游戏，和其他女孩子比较身量，但这也仅仅为了表达她对上帝的敬礼。她在玩兜圈圈或其他游戏时，都心存盼望于上帝。当她在游戏中获胜或从其他途径获得些收入的时候，小伊丽莎白就将其中的十分之一奉献给那些和她同龄的穷苦女孩，鼓励她们按时向上帝和万福马利亚祷告。

随着年龄的增长，伊丽莎白越发敬虔。她选择圣母马利亚，即上帝之母，成为她的主保圣人和代祈者，①她还选择使徒约翰做自己的

① 主保圣人：即守护圣人，指某人、某团体或某项活动的庇护圣人或者天使。

贞洁守护者。一次，圣坛上放了一些小纸条，每张纸条上都写着不同使徒的名字，女孩子们轮流随机地抽取其中一张。伊丽莎白的祷告得到应允，每次轮到她的时候，她总抽到圣约翰的名字，而且一连三次如此。伊丽莎白无比敬奉圣约翰，任何借着约翰之名的祈求，她都不会拒绝。为了警惕俗世荣誉的巨大诱惑，她每天都操练自己去回避她的福祉。例如，她在某项比赛中获胜，她就会停下来说："我不想再继续了，我要把剩余的给上帝。"当她的女朋友们邀请她共舞时，她总是只跳一圈，然后就说："一圈足矣，让我们把剩下的献给上帝吧。"通过这种方式，她使周围的女孩子们都不从时俗之流。伊丽莎白也厌恶奢华的服饰，她的穿着素来简朴而端庄。

每天，伊丽莎白都规定自己有固定数目的祈祷，如果某天她特别忙碌而无法在女仆催她上床睡觉前完成所有祷告，她就会守夜，和她天国中的伴侣①共度良宵，直到她实现自己的誓言。每逢斋戒日，伊丽莎白总是严守圣约，无论有何借口，她都不会允许在弥撒结束前把脱卸式袖口戴上。同样，她也不允许自己在周日中午前佩戴手套。她这样做是为了表达对主日②的尊敬，也是为了满足自己的宗教敬虔之心。不仅如此，她还立下誓约，将自己置于这些规章制度的束缚管辖之下，以防有人劝她背离初衷。她严守圣训，在阅读《圣经》和奉献圣事的时候，她总是会脱下袖口，摘下项链和头上戴着的各种首饰，把这些都放在地上。

伊丽莎白度过了她童真无玷、洁身自好的少女时光后，被迫出嫁。她这么做当然是遵循其父的旨意，但是，结果她却在基督里大获

---

① 天国中的伴侣是指基督。

② 主日指星期日，也即礼拜天，表示纪念唯一救赎主基督耶稣复活的日子。

丰收。因其谨守信仰、躬行十诫，她得到了上帝的奖赏。虽然违背己愿，伊丽莎白同意与丈夫同房，但她之所以这么做，并不是为了满足任何肉体的需要，而是出于对父亲的尊重以及为了养育那些虔诚侍主的孩子。[①] 因此，即便她受婚姻之床榻的法律束缚，但她绝未成为肉体欢愉的奴隶。她曾对自己的告解神父康拉德立下重誓，说如果自己比丈夫长寿，那就会在余生践履禁欲生活。

伊丽莎白就这样嫁给了和她门当户对而又蒙上帝悦纳的图林根伯爵（the landgrave of Thuringia）[②]。这样一来，她就能引领无数灵魂归向上帝之爱，也能照亮那些无知者的心灵。虽然境遇不同，但伊丽莎白仍然矢志不移地追求自己的灵性抱负。她对上帝的热忱奉献和谦卑恭顺，对自己的克己功夫和极度苦行，以及对穷人的慷慨无私和矜怜悲悯，都明明白白地记在以下这些故事中了。

伊丽莎白经常赶在侍女们抵达之前就到教堂，因为她十分热忱于祈祷之事。通过秘密的祈祷，她渴望上帝能赐给她特殊的恩典。她也经常晚上起床祷告，虽然她丈夫常劝她不可待己太苛，需要给身体休息的时间。她曾叮嘱一个最亲近的女侍，一旦她的女主人睡过了头，她就应该用力拉女主人的脚，把她叫醒。一次，这女侍以为摸到了女主人的脚，却没想到那是伯爵先生的脚。伯爵吓得跳了起来，不过，当他弄明白发生的事情后，便处之泰然，装作什么都没有发生。为了让自己献给上帝的祭物更丰盛，伊丽莎白常在祈祷时泪雨滂沱，当然，那是充满喜悦的眼泪，没有任何不合宜的表达：她的确是因人

---

① 伊丽莎白在为了侍奉上帝而生育孩子之事上的顺服妥协可视为一种明智的接受，是她在现实状况中对依然保守童贞之不可能性的一种妥协的接受。但是，许多童贞殉道者在此事上的反应明显不同。

② 这里的“landgrave”是欧洲一些国家相当于英国“earl”的贵族封号，也差不多就是“count”（伯爵）这样的封号。

世的各种忧患而落泪，但这忧患却又借着祷告带给她喜乐，当喜乐满怀时，她也就显得益发美丽。

她无比谦卑，因着对上帝的爱情，她从未拒绝一项任务，哪怕再卑微的任务，她都愿意满怀热忱地去完成，并甘之如饴。一回，她偶遇一位残疾人，这人肮脏邋遢，臭不可闻，但伊丽莎白却将他一把搂在怀里，为他打理脏乱的头发，洗净脸庞，看得身边的女侍们哈哈大笑。在祈祷日，她总是光着脚，披着简朴的羊毛外套，跟在队伍后面，到了一个教堂就跟那些穷苦女子坐在一处听讲布道文，仿佛她就是出身低贱、生活贫苦女子中的一员。在孩子出世后的圣事中[①]，她也没有像其他太太们那样，穿金戴银地参加仪式，而是跟随童贞马利亚的脚踪，怀里抱着婴儿，谦卑地将之放上祭坛，又献上绵羊和蜡烛。她在这一切的行为中表达自己对俗世奢华的鄙薄，以及她在各样所行的事情上效法无玷圣母马利亚的意愿。回家后，她将穿到教堂的那些衣服都施舍给了穷人。还有一个能充分说明伊丽莎白行事谦卑的例子。虽然她有着近乎至高无上的地位，但却自愿降卑服从于一个叫康拉德大师的神父。这神父是名修士，但却以其广博的学问和火热的信仰闻名一时。在持守婚姻责任的前提下，伊丽莎白得到丈夫的同意，对康拉德大师的教诲无条件顺服。她总是满心敬虔和喜乐地按照康拉德神父的吩咐行事。她的目的就是要学习救赎主基督，那位"谦卑以至于死"者的榜样，赢取顺服的美德。有一回，康拉德大师请伊丽莎白去听自己讲道，她正要出门时，迈森侯爵夫人（the margravine of Meissen）[②]忽然不期而至。这样一来，伊丽莎白就没

---

① 此处指婴儿出生后的洗礼仪式。

② "Margravine"是指"margrave"的夫人，"magrave"差不多相当于侯爵的封号。

能赶去听道。康拉德大师将此视作公然抗命，并拒绝接受伊丽莎白的忏悔。他让伊丽莎白换上受鞭刑的衣服，狠狠抽了她一顿，同时遭殃的还有伊丽莎白的一些侍女，她们也因这次过犯受罚。

伊丽莎白以身践履最严厉的禁欲苦行生活，守夜、惩处和各种斋戒使她形销骨立。她常常不和丈夫共眠，而将整夜的时光花在祈祷灵修上，在隐秘中与天国之父亲密契合。有时候，丈夫要求她赶紧睡觉，她才不得不中止祈祷，但她也只是躺卧在地上的垫席上。只要丈夫不在家，她就通宵不眠，整夜与她天国中的配偶耶稣畅谈。她还定期让侍女们进入自己的卧房鞭打她，以此补偿救赎主曾经为她忍受的鞭伤①，也为了抵御种种肉身诱惑。

论到饮食，伊丽莎白表现得异常节制。虽然她和丈夫的餐桌上摆满各式佳肴，她却仅仅偶尔吃一片面包。康拉德大师严禁伊丽莎白食用她丈夫为她预留的食物，她也就非常严格地遵守这个规定。当其他人在尽享口腹美食之乐时，她和她的侍女们只吃一点儿非常粗劣的果腹之物。她坐在餐桌边，常常只是在和食物玩耍。你看她慢条斯理地用刀叉切着盘中的食物，似乎是在用餐的样子，但其实只是为了让客人不觉得自己是个狂热的信徒，通过这种方式礼遇嘉宾，使大家能够一起自在地用餐。一次，她和丈夫长途跋涉后都精疲力竭，有人用不诚实的手段弄到一些食物给他们。伊丽莎白没有碰这些东西，她跑去和自己的侍女们一起，把又黑又硬的面包蘸着温水，静静地咽下。事实上，平时，她和那些也立志效法这种生活方式的侍女们所得到的贵族日常供给也仅仅是能维持生活而已。伊丽莎白经常拒绝那些精致可口的奢华美食，却喜欢普通百姓吃的家常小菜。所有这一切都得到了她丈夫的理解，他毫无怨言地接受了这些，并宣

---

① 此处指耶稣基督在十字架受刑之前所受的鞭打之刑。

称，如果不是因为担心给自己的家族惹麻烦，他也会同样乐于此行。

虽然伊丽莎白享有最高贵的血统，但她一心冀求的，莫过于贫穷之德。唯有如此，她才能对那位曾经贫苦的基督有所补益，同时也能借此抵御世俗世界对她的侵占。当她单独和侍女们在一起时，伊丽莎白经常衣衫褴褛，脸蒙破纱，她说："这就是我真的变穷后的样子。"虽然她总是苛刻地束缚自己的食欲，但对于穷人却异常慷慨，从未让他们中任何一个忍饥挨饿。她如此善待穷人，以致大伙都称她为"穷人之母"。

她不知疲惫地奉行七项怜悯之事，一心想要赢得永恒王国的冠冕，与那些被拣选者同列圣父右手边，蒙其恩赏。她给穷苦的无衣者披上衣物，给路边冻毙的赤贫者和朝圣者裹尸埋葬之物，又为那些即将接受洗礼的孩子预备长袍。她常常亲自将这些孩子提出受洗圣池，亲手为他们缝制衣裳，因为，作为他们的教母，她确实有能力帮助他们。有一次，她将一件十分漂亮的裙子送给一个贫穷的女子。哪知道，这女子接受这件非凡华美的礼物后，竟然因为过度喜悦而晕倒在地，大家都以为她死了。想到自己的礼物竟然因为过于贵重而夺去了一条生命，伊丽莎白心如刀绞。她赶紧为这女子祷告，后者很快站了起来，健康如初。伊丽莎白经常和她的侍女们坐在一处，纺纱织布，亲手编织衣物，这不仅是为了收割自己诚实劳动的果实，也是为了树立一个真实的谦卑克己的榜样，让更多人能效仿，通过自己的辛勤劳动奉献于上帝的宝座。

她常给饥者餐食。一次，她的伯爵丈夫去腓特烈皇帝（Emperor Frederick）的朝廷办事。在克雷莫纳（Cremona），她把丈夫借存在谷仓里一整年的粮食都积聚起来，又招聚了远近四方的穷人，供给他们每日所需的饮食。因为那时当地饥荒甚重，饿殍遍野。虽然后来粮食明显不够分发，但是，奇迹发生了，仅有的粮食竟然提供了充足的供给。她也常常在手头缺钱的时候变卖自己的首饰，以此施舍穷人；或者让她的侍女们把东西赠给穷人。

她也给渴者饮品。一次，她给穷人们分啤酒喝，虽然每人都倒了满满一大杯，但她却发现自己的大罐啤酒依然盈满如初。

她还为朝圣者和乞丐们提供住处。在山脚下，也就是她的城堡下方，她为这些人搭建了一所大宅子。虽然上下坡爬起来很累人，但她每天都会去那里看护病人，为他们提供所有生活必需品，并鼓励和教导大家要在苦难中恒心忍耐。虽然那地方臭气熏天，难以忍受，尤其是在夏天，但是，因为对上帝的爱，她坚持去看顾每位病患，无论他们的伤口何等恶臭难闻，她都从自己头上摘下面纱，为患者抹去血渍，又用油膏涂抹伤口，亲手护理他们。所有这些，她的侍女们连看都不敢看。在同一栋房子里，伊丽莎白还要喂饱穷人的孩子。人们见她在每件小事上都倾尽爱心，待所有穷人如同家人，便亲切地唤她作“母亲”。不管她什么时候来到这房子里，他们都前呼后拥地跟着她，仿佛他们真的都是她的孩子，簇拥在她跟前，竞相博得她的关注。有一次，她弄了一些玻璃制的小壶、小圈和各种玩意儿，想给孩子们玩，就把这些东西都包在自己的斗篷里。但在上山路上，斗篷散开，所有东西都落下了悬崖，奇怪的是，竟然没有一件破损。

人们的病痛唤起她无限矜怜之情，所以总按时去寻找这些病人的住处探访。无论路途多么遥远，跋涉多么艰辛，她都毫不在意。当她走进这些穷人们狭窄的小屋时，仿佛她生来就是他们忠实的老朋友，给他们带去言辞的安慰和各种生活必需品。人们将以下五种不同德性功绩都归给了伊丽莎白：探访病患、长途跋涉、满怀怜悯、安慰之言和慷慨施舍。

她还乐于在穷人的葬礼上给予帮助，总是敬虔地加入其中，为死者亲手缝制殓服。有一次甚至将自己戴着的亚麻大面纱撕开给一个乞丐当裹尸布用。每次丧事中,她总是恭敬地立在墓穴边,参加下葬仪式。

在所有这一切事上,伊丽莎白的丈夫应饱受赞誉。虽然日理万机,但他仍热心于侍奉上帝,只是因为无法亲自参与很多工作,便给妻子极大的自由,让她可以随心所愿地去做那些能荣耀上帝的事情。因为这样一来,也能使他的灵魂得救。但伊丽莎白并不满足于此。她期待着丈夫能用武力去捍卫信仰。为了正义的目标,她劝说丈夫去圣地征战。[①] 也就是在那里,我们这位忠诚的王子和真诚的基督徒,因其不可动摇的信仰及对上帝全身心的侍奉而闻名于世的伯爵,战死沙场,将灵魂交托给了上帝,也因此成就了善功,荣膺宝冠。

丈夫去世后,伊丽莎白迎来了她的寡居生活。她满怀热情地下决心,一定要严守鳏寡者节制禁欲的美德,谨遵十诫操守,躬行七项怜悯之事,活出基督徒生命的丰盛。但是,她丈夫的噩耗还没来得及在图林根传开,有一位旧臣就指控伊丽莎白是个挥霍无度的妇人,并可耻地将她赶出了这个地方。不过,这也使得她不同寻常的谦卑完全彰显,而且,她长久以来渴望的贫苦生活终于如愿以偿了。

夜幕降临,伊丽莎白来到一家小客栈,向上帝做了感恩祷告后,她就躺在一个猪圈的角落里睡觉。第二天一早,她去小兄弟会[②]那里,求他们为其所受之试炼吟唱感恩赞美诗。第三天,她带着自己的孩子,被安排到一个宿敌家中寄居。这对夫妇给她一间最小的房间睡觉,而且十分粗暴地对待她,最后,她只得又离开了那里。临走之前,她只能对着空落落的四壁说再见:“如果这儿的主人能对我好一

---

① 指十字军东征耶路撒冷的“圣战”,这些战事被当代教科书普遍抹黑,实则在其时代并非如此不堪,当然也绝非白璧无瑕。

② 即方济各会。

点,我现在会多么高兴地和他们道别啊。”伊丽莎白只好回到那家客栈的猪圈里,把她的孩子们分送到不同地方托人照管。有一次,伊丽莎白走在小径上,因为泥泞难行,她只能从一块石头踩到另一块石头上,艰难前行。正在那时,她看见迎面过来一位老年妇人,正是以前受过伊丽莎白多次恩惠的人,她也踩着石头,一步步前行。但这老妇人没有为她的恩人让路,而是让伊丽莎白摔进了右手边最浑浊黏稠的泥浆里。但是,伊丽莎白从泥潭里站起来的时候,脸上依然带着微笑,她甚至微笑着擦去衣服上的泥浆。

伊丽莎白的姨妈是女修道院院长,她很同情伊丽莎白目前极端贫困的处境,就带她去见伊丽莎白的叔叔,也就是班伯格(Bamberg)的主教大人。这位主教大人似乎彬彬有礼地接待了伊丽莎白,并以上宾之礼款待她,还一再请她在自己家多住些日子。事实上,他企图将伊丽莎白嫁掉。当伊丽莎白的侍女们得知主教的这个阴谋时,这些和女主人一样已立誓独身的女子们,一个个心如刀割,泪如雨下。她们把这个消息告诉了伊丽莎白。她平静地安慰侍女们道:“我坚信上帝。因为爱他,我立誓永远克己自制,禁欲独身。他会坚固我的信心。他会阻止所有暴力,也会破坏这些男人们的伎俩。如果我的叔叔真打算逼我出嫁,那么我会竭尽全力反抗他,与他抗辩。一旦无路可走,我就割下自己的鼻子,看哪个男人还敢娶这样一个丑八怪!”之后,在主教的命令下,伊丽莎白被关进了一座城堡,一直等到结婚的那天才会被放出。她在那里涕泪涟涟地祈求上帝保住自己的贞洁。上帝应允了她的祈求,因为正在那时,她丈夫的骨殖从海外运回,主教允许把她释放出来,让她去迎接丈夫的遗物,按仪轨恭敬追思。迎接伯爵遗物的场面庄严而隆重,主教和伊丽莎白都走在的迎接队伍里。伊丽莎白接过遗骨时,早已痛彻肺腑,泪盈双颊。她举目向天,哽咽道:“上帝啊,我感谢你,因你怜悯我的可悲处境,亲自安慰我。

你允许我领回丈夫的尸骨和遗物，也是你所爱的那人的遗骨。上帝啊，你知道，我深爱着这个人，就如同他深爱着你一样；但是，因为对你的爱，我禁绝自己与他共处，却一意奉劝他去你的圣地，为你征战。如今，我多么盼望能够依然与他生活在一起，哪怕我们是一无所有的乞丐，需要遍行全地，终日乞讨……可是，上帝啊，如果要违逆你的旨意，哪怕用我头上的一根头发就能让他回来，让他死而复生，我都绝不会如此去行。上帝啊，我把他和我自己都完完全全地交托在你丰盛的慈爱中。"伊丽莎白深知，那些四处传扬福音者和将悲哀转为荣耀者，将会在天国得到莫大的赏赐。她不愿意放弃得到这丰盛奖赏的机会，所以，她选择了简朴艰辛的修女生活。

自从丈夫死后，她就一直过着独身生活，继续践履着无条件的顺服，更自愿持守安贫的美德。她希望自己也能像托钵僧那样，挨家挨户地乞讨，但康拉德大师没允许她这么做。她衣衫褴褛：那件灰色的斗篷被补长了，外衣的袖子完全是由各种不同颜色的补丁缝制的。当她的父亲，也就是匈牙利国王，听说女儿正过着如此可怕的生活，便赶紧差遣使节前去劝说女儿，希望她回国和父亲一起生活。当见到裹着破衣烂衫的伊丽莎白谦卑地坐在那里纺线时，使节惊诧莫名地喊道："天底下哪有国王的女儿穿这等破烂衣服的，而且还织羊毛，真是闻所未闻！"他坚持要带伊丽莎白和他一起回国，但伊丽莎白拒绝了，她宁可与穷人一起贫寒度日，也不愿在富人家尽享荣华。唯独这样，她才能全心全意地投身于上帝的怀抱，没有东西能拦阻她的全然奉献。她央求上帝点燃她对尘世万物的鄙薄之情，甚至包括天性中对孩子们的母性之爱；她也祈求上帝使她能毅然无视一切冒犯。她听见上帝回答了她的祈祷："你的祷告已蒙应允。"她就对自己的侍女们说："上帝听了我的言语，因为我视尘世万物为渣滓。我给予自己孩子们的关爱，并不超过给邻人们的。而且，我也不在乎任何恶言辱骂。除了上帝，我已一无所爱。”

即便这样，康拉德大师还是经常让伊丽莎白干各种无人愿干的可恼之事，他也经常剥夺伊丽莎白与她喜欢亲近的那些人互相做伴的机会。他甚至赶跑了伊丽莎白最忠实的两位侍女，她们和伊丽莎白从小一起长大，这次分离显然使双方都倍感心酸。这位圣人如此做是为了破除伊丽莎白的希望，让她能将自己所有的爱情都专注于上帝，而且，这样一来，也没有侍女能使她去回想往昔的光辉岁月了。在所有这些事上，伊丽莎白表现出斩钉截铁的顺服和永不言弃的忍耐，因为借着忍耐，她才能使自己的灵魂获胜；因着顺服，她方可荣膺胜利的桂冠。她经常说：“如果因上帝的缘故，我能对这个终有一死的凡人满心敬畏，那我对天堂审判者的敬畏该有何其大啊！所以，我选择绝对服从于这个穷困潦倒的人，我的康拉德大师，而不是找一个什么大主教，这样我就能使自己完全隔绝于任何俗世的慰藉了。”

有一次，在几位修女的多次邀请下，伊丽莎白去修道院探访她们，但她没有得到康拉德大师的同意，所以，之后她被狠狠抽了一顿，以至于三周后身上依然伤痕累累。但她安慰自己和侍女们道：“当河水涨溢，岸边的野草就被泛滥的洪水压弯了腰，但当洪水退去，它们就又会昂首挺胸起来。所以，在我们即将经历的患难面前，我们应该谦卑垂首；渡过患难之后，我们就可以在灵性的喜悦中向着上帝仰脸升腾。”

她如此谦卑，甚至不允许她的侍女们称她为“我的夫人”，而是坚持让她们用更熟悉的称呼（也就是一般称呼下人的方式）。她亲自清洗锅碗瓢盆，如果她的侍女们要来阻止她，她就差她们去干其他活。她经常说：“如果我能找到一种更低贱卑微的生活，我会选择那样的生活。”

为了和马利亚一样得着“那上好的福分”①,伊丽莎白勤于默祷。在祷告中,她得到特殊的恩赐:祷告时热泪盈眶,经常看到天国的异象,对他人之爱不断被点燃。有时候,她显得特别喜乐,在迷醉的祷告中喜泪纵横,脸庞上挂满的泪珠仿佛水晶喷泉。悲哀和狂喜仿佛时常同时降临,因那点点泪痕竟从未破坏她脸上快乐的表情。她说起那些在哭泣时把自己弄得十分丑陋的人:“这些人简直是要用自己的哭丧相把上帝给吓跑!他们应该给上帝带去欢乐,所以,他们的脸上需要常带微笑。”

在祈祷和默观的时候,伊丽莎白常常得到天国的异象。在四旬斋期的某一天,她坐在教堂里,双眼紧紧盯着圣坛,仿佛见到了上帝的圣容一般。她端坐良久,被这神圣的启示安慰更新着。回家之后,她感到非常虚弱,就坐在一位侍女腿上休息。正在此时,透过窗户,她举目望见了天国的景象,刹那间,喜乐绽放在她脸上,使她熠熠生辉。出人意料地,她放声欢笑起来。过了一会儿,天国福乐的异象消失了,她突然开始呜咽。又过了一会儿,她再次睁开双眼,又重获先前的幸福,但合上双眼后,却再次泪如泉涌。就这样,异象的恩典一直持续到晚祷时分。在此期间,伊丽莎白一言不发,最后她打破沉默道:“是的,上帝,你希望与我同在,我也企盼与你同在,我渴望我们永不分离!”侍女们后来问她究竟在异象中看到了什么,伊丽莎白经不住她们的一再恳求,当然也是为了上帝的荣耀并能使得侍女们得着教诲,她就开口说道:“我看到天开了,耶稣慈爱万分地向着我俯身,他脸上荣耀无比。当我见到他的时候,难以形容的喜乐淹没了我,而

---

① 关于这句话的《圣经》背景可以查看《路加福音》(10:42)。马大和马利亚是姐妹,马大忙里忙外,马利亚则安静听耶稣讲道,耶稣称赞马利亚得到了那上好的分,是更有福气的。在本段故事中所要强调的是,伊丽莎白如同当年的马利亚,用心祈祷。

当他离开我的时候，可怕的失落感就占据我。于是，他怜悯我，重新示我以他荣耀光辉的脸庞，飨我以无限的喜乐，并对我说：‘如果你希望我与你同在，我就不离去。’你们听到我先前说的那句话，就是对耶稣的回答。”侍女们又催问她在圣坛那里看到了什么，她回答说：“也许我不能把在那里所见的情景告诉你们。但是我确实喜乐满怀，看见了上帝所有的奇迹。”

在伊丽莎白祈祷的时候，她的脸庞常常熠熠生辉，目光如阳光般具有穿透力。她的祷告又时常如此火热地点燃了其他人对上帝的爱情。有一次，她看到一个穿着入时的年轻男子，就叫住他，并对他说：“看起来你生活得非常放纵。事实上，你真正需要做的事情当是好好侍奉你的创造者。你要我为你向上帝代祷吗？”那男子回答说：“是的，我全心全意乞求你的代祷。”于是，伊丽莎白开始为他祷告，也让他自己一起祷告，不过，很快那年轻人就叫了起来：“够了，夫人，请停下！”但伊丽莎白却更强有力地祷告起来，那年轻人的叫声也越来越绝望。“停下！”他喊着，“我不行了，我在火上烤着！”的确，他浑身滚烫，汗如雨下，身体痉挛，像疯子一样挥舞着手臂。一些过路人想要让他安静下来，却发现他的衣服早已被汗水浸透，身体烫得无法触碰。他不停地嘶喊着：“我在火上！快被烤焦啦！”然而，伊丽莎白的祷告一停下，这种灼烧的感觉也就随即消失。年轻人恢复知觉后，得到了上帝的恩典，他加入了小兄弟会。事实上，他所经历的烈火酷热乃是伊丽莎白祷告带来的热焰，这热忱的祈求甚至在他这样一个不冷不热的年轻人心里燃起了熊熊烈火。只是长久沉溺于肉体享乐的他当时还没预备好这份灵性的祝福，所以根本不知道究竟发生了什么。

伊丽莎白已经功德圆满，但她仍然不允许自己在追求马利亚式的静思默想时，忘记那些马大式的繁重工作。[①]她所行的七项怜悯事功在前文均有交代，自从做了修女之后，她依然如往昔一样，乐善好施。她用自己的嫁妆换了两千马克。其中一部分施舍给了穷人，用剩下的钱在马堡(Marburg)建了很大规模的医院。结果呢，所有人都认为她挥霍无度，大家都说她疯了；又因为她总是微笑着接受所有的辱骂，人们又刻薄地挖苦她，说她这么快就忘记自己的丈夫，谴责她竟然过着如此兴高采烈的生活。医院完工后，伊丽莎白就全身心地投身于此，她给穷人们洗澡，抱他们上床睡觉，为他们盖好被子。她曾快乐地对侍女们说："我们能够为上帝洗澡，让他有地方安卧，我们有多大的福分啊！"[②]她如此谦卑地服侍着病人们，比如，她照顾一个浑身长满疥疮的独眼孩子。一天晚上，她抱着孩子上了七次厕所，每次都快乐地清洗被他弄脏了的地方。又有一个被麻风病折磨得全身变形的女人，伊丽莎白经常为她洗澡，抱她上床，喂她药品，给她剪指甲，甚至跪在地上为她解鞋带。伊丽莎白劝说病人们要认罪并领圣体，有个老妇人坚决不肯，伊丽莎白就抽打了她一顿，老妇人才同意让步。

不照顾病人的时候，伊丽莎白就替一家修道院纺羊毛，并将所得的报酬分给穷人。长时间的贫困生活之后，当她从自己的嫁妆得到了五百马克，时随即又把这些钱施舍给了穷人。她让穷人排成一行，挨个儿分发每位应得的份额，如果有人想多拿一次而占了别人的位置，这个人就得剪掉自己的头发。有个叫拉德贡德(Radegund)的女孩，长着一头漂亮的长发，她很以自己的长发为荣。一次，她要去看

---

① 参见《路加福音》(10)。

② 在福音书中，耶稣教导门徒说，如果将这些扶贫救济的善事做在一个最微小的人身上，就是做在基督身上，在永生中受到福报。

望自己生病住院的姐姐,正巧路过伊丽莎白布施的地方。人们把她当作罪犯一般带去见蒙福者伊丽莎白。尽管女孩又哭又闹,伊丽莎白还是下令立即剪去了她的头发。有人出面证明她只是碰巧路过,因此是无辜者,但伊丽莎白回答说:"至少以后她去跳舞的时候,就不能炫耀她的头发了,这也能教会她不应该沉浸在此等轻浮的快乐中!"之后,蒙福者伊丽莎白问那女孩是否曾经考虑要过宗教生活,她回答说如果不是因为对头发过度自豪,她早就想这么做了。伊丽莎白对她说:"你失去你的头发让我感到非常幸福,这幸福感甚至超过了我自己的儿子当上皇帝。"于是,无甚耽搁,拉德贡德当了修女,之后她就和伊丽莎白一起在医院里服侍病人,度过了堪为楷模的一生。

有一回,一个穷妇人生下一女婴,圣伊丽莎白为这女婴施洗,还给她取了名字,也叫伊丽莎白。她为那位母亲提供一切所需,甚至截下自己侍女衣服上的袖子让那母亲包裹婴孩,还把自己的鞋子也送给她。可是,三周后,那女人扔下这孩子,和丈夫一起偷偷地逃跑了。伊丽莎白听说此事后,就立即开始祈祷。于是,这对夫妇便寸步难行,无法前进,后来不得不回来乞求伊丽莎白的宽恕。伊丽莎白狠狠地训斥了他们的忘恩负义,之后把孩子交还给他们照料,还提供物资以确保他们生活所需的一切。

日子近了,上帝决定召回他心爱的伊丽莎白,不再让她继续在尘世之狱里受苦,也要因她在世时坚定摒弃世俗王国而犒赏她,在天使的国度中赐她永恒的居所。基督向她显现,说:"来吧,我所爱的,到我为你准备的永恒家园来吧!"于是,伊丽莎白发起烧来,她躺在床上,将头转向墙壁,站在她身边的人听到她唱着最甜美的旋律。一位侍女问她在唱什么,伊丽莎白对她说:"有只小鸟坐在我和墙壁中间,唱得十分动听,我也就跟着一起唱了。"整个患病期间,伊丽莎白一直被喜乐充满,而且不住祷告。临终前一天,她对侍女说:"魔鬼来找你的时候，你会怎么做?”过了一会儿，她大声喊了三次:“快滚!”仿佛正在驱赶魔鬼。之后，她说:“差不多该是午夜时分，就是基督选择降临于世的时辰，是他躺卧在马槽里的时刻。”弥留之际，她又说:“现在，那时刻终于来了，全能的上帝召唤他的良友们共享天国婚宴的时刻到了!”过了一会儿，她就安然辞世了。这是主后1231年……

圣切奇利亚(St. Cecilia)

11 月 22 日

著名的童贞圣女切奇利亚出身罗马贵族家庭，幼年即接受基督信仰。她内心常存基督的福音并不舍昼夜地祷告，请求上帝保守自己的童贞。成年后，她被许配给了一个名叫瓦莱里安(Valerian)的年轻人。父母为其择定出嫁的良辰吉日，到了婚礼当天，切奇利亚在她的织金外袍里贴肉穿上了苦衣。管风琴奏响婚礼圣乐时，她在心中向上帝歌唱："主啊，不要让我蒙羞，请保守我的心灵和身体不受玷污。"她还一度禁食了两三天，借着祈祷将自己的担忧都交托给了上帝。婚礼当夜，宾客散尽，只剩下她和新郎在新房里。她对新郎说："我最亲爱的、最钟爱的朋友，我有个秘密要向你坦白，但你必须庄严发誓，你得严守秘密。"瓦莱里安发誓说，无论如何都将永不泄密。于是，切奇利亚对他说："我有一个情人，他是上帝的天使，他每天常备不懈地看守着我的身体。如果他看见你心里存着不纯净的念头来碰我的身子，他就会当场击杀你，你将失去宝贵的如花生命。但是，如果他知道你对我的爱情是纯洁的，他就会如爱我一般爱着你，而且还会向你显明他的荣耀。"出于上帝的旨意，瓦莱里安回答道："如果你想让我相信你，你得让我看到这个天使，而且，如果能让我确信他的确是个天使，我会听从他的一切吩咐。但是，如果我发现你是爱着另一个男人，我定会拔出宝剑，将你们一起杀死！"切奇利亚说："如果你相信真实的上帝而且保证接受洗礼，你就能够见到我的天使。你走阿庇安(Appian)大道，到离城三里远的地方，会见到一个穷人，你要对他说：'切奇利亚让我来找你，你能带我去见一位叫乌尔班的老圣人吗？我有个秘密要告诉他。'你见到他后，把我告诉你的秘密说给他听。他会洁净你，然后你必须回来，就会看见那个天使。"

瓦莱里安立即起程，按照切奇利亚的指点，他找到了躲藏在圣徒墓地里的圣人乌尔班。他将切奇利亚所说的一切告诉了他。只见圣人乌尔班举手向天，眼中噙着泪水，祷告道："主耶稣基督，所有贞洁教导的作者，你播撒在切奇利亚心里的种子已经结出果实，现在到了收割的时候！主耶稣基督，我们的好牧人，你的使女切奇利亚如勤劳的蜜蜂般服侍你！她的夫婿犹如一头怒狮，她却使丈夫像温驯的绵羊般来到你跟前。"话音未落，忽然出现了一个身披雪白外袍的老人，手里拿着一本写满金句的书。瓦莱里安看到他后，吓得魂不附体，瘫软在地。老人将他扶起，打开书念道："一神，一信，一洗。[①] 万物之神，万灵之父，超越一切之上，又内蕴万物及我等之中。"念完这些后，老人问瓦莱里安："你相信刚才念的这些话吗？还心存怀疑吗？"瓦莱里安说："天底下再没有比这更伟大的真理了！"老人突然消失不见了。圣乌尔班给瓦莱里安施洗后，瓦莱里安回到家中，一眼就看见切奇利亚在房间里和一个天使说话。天使手中拿着两个用玫瑰和百合花编织的花冠，其中一个给了切奇利亚，另一个给瓦莱里安，天使说："用无染的心灵和纯洁的肉身看守这些花冠，因为这是我从上帝的乐园里带来给你们的，它们永远不会凋零，也不会失去芬芳。它们只能被热爱贞操的人看到。至于你，瓦莱里安，因为你从善如流，接受了信仰，所以你可以提出任何一个愿望，不管你求什么，都会实现。"瓦莱里安回答说："我这辈子最爱我的弟弟，没什么比他更亲的人了。因此，我希望他也能和我一样知道真理。"天使说："上帝会答应你的请求，你们会一起戴着受难的棕榈冠冕见到上帝。"

正在此时，瓦莱里安的兄弟蒂布尔奇乌斯(Tiburtius)走进房间，

---

① 指确立只有一位神，唯独信仰这一位神，并且只接受一次洗礼。可参阅《以弗所书》(4:5)。

他闻到扑面而来的香气，就说："真奇怪，现在这季节竟然有玫瑰和百合的香味。即便我手捧花束，也不至于散发出如此迷人的天国芳香！告诉你们，我觉得精神焕发，似乎突然变了个人儿似的！"瓦莱里安对他说："我们头上戴着你无法看见的冠冕，这冠冕洁白如雪，芬芳如花。我们刚才为你祈祷，所以你能够闻到它的芳香；如果现在你就相信基督，你也能见到它们。"蒂布尔奇乌斯说："我现在身临梦境吗？瓦莱里安，你所说的一切是真的吗？"瓦莱里安回答说："在此之前，我们一直生活在梦中。但是现在，我们已经认定了真理！"蒂布尔奇乌斯问道："你们是怎么知道这个真理的呢？""上帝的天使告诉我们的，"瓦莱里安告诉他说，"一旦你弃绝偶像崇拜，且被洁净之后，你就能见到他了。"接着，切奇利亚向他证明那些偶像既不能说话，也无知觉，她论证得非常清晰。蒂布尔奇乌斯听后，说："只有蠢驴才会不相信你刚才说的话。"切奇利亚亲吻他，说："今天，我要认你做我的兄弟。上帝之爱使你的哥哥成为我的丈夫，现在，你否认了那些偶像，所以你就成了我的兄弟。好吧，和瓦莱里安一起去吧，你被洁净之后就能见到天使们的面容了。"蒂布尔奇乌斯问瓦莱里安说："哥哥，请求你告诉我，你要带我去哪里？"瓦莱里安回答说："去找乌尔班主教。"蒂布尔奇乌斯说："你是说那个一次次被判死刑，至今仍然在逃被通缉的乌尔班吗？如果他被逮到，就会被活活烧死，而我们将和他一起被烈焰消化！难道我们为了寻找藏在天上的一个神灵，就必须被世上这地狱般的烈火吞噬吗！"切奇利亚对他说："如果此生是我们唯一的生命，那我们理应为丧失生命而忧惧。然而，我们还有另一个更好的生命，上帝之子告诉我们，那是永远不会失丧的生命。万物皆为天父之子所造，他所造万物中又有从父而出的圣灵，由此活出生命。这位上帝之子来到世间，以话语和神迹显明那另外一个生命给我们。"蒂布尔奇乌斯反对说："你明明说只有一位上帝，怎么现在又变成三位了呢?"切奇利亚回答说:"打个比方说,人类的知识是由三种独立的能力组成的,它们是理智、记忆和理解力。同样,在一个神圣存在中也有三个位格。"接着,她一一告诉蒂布尔奇乌斯上帝之子的经世和他的受难,并解释这受难背后的各种含义。"上帝之子被缚,乃是为了人类能摆脱罪之捆绑。我们那蒙福的救世主备受咒诅,乃是为了我们这些该受咒诅的人得到祝福。他允许自己被嘲弄,乃是为了人类能免于恶魔的嘲弄。他允许那荆棘冠冕戴在他头上,乃是为了拯救我们,不让天谴落到我们头上。他喝下苦胆酒,乃是为了用他甜美的宽容治愈我们的痼疾。他被鞭打,乃是为了遮掩人类第一对父母[①]的赤裸之羞。他被高悬在树上,乃是为了洗去人类从树而始的原罪。[②]"听完这些,蒂布尔奇乌斯对他的兄弟说:"怜悯我吧!带我去那个圣人那里,我要被他洁净。"于是,他被带去见乌尔班,被洁净后,他立即就见到了上帝的天使们,并马上得到了他祷求的一切。

瓦莱里安和蒂布尔奇乌斯一起大行施舍,为那些被总督阿尔马奇乌斯(Almachius)迫害致死的圣徒们举办合宜的葬礼。阿尔马奇乌斯传讯兄弟俩,想知道他们为什么埋葬那些该死的罪犯。蒂布尔奇乌斯回答说:"因为我们正是那些被你叫作'该死者'的仆役。他们拒斥那些似是而非的东西,因为他们能见到似非而是者。"总督问:"你说的那是什么东西呢?"蒂布尔奇乌斯回答说:"世界上所有的东西都是似是而非者,这些东西都会将人引向灭绝。那些无法看见却的确存在的,乃是正义者得到的生命和邪恶者遭受的惩罚。"总督说:

---

① 人类的第一对父母指亚当和夏娃。

② "他被高悬在树上",这里的"树"指十字架;"人类从树而始的原罪",该树指伊甸园内的分别善恶之树,《圣经》记载,始祖亚当、夏娃因为违背上帝命令,吃了这树的果子,因此致死之罪代代遗传。

“在我看来,你在胡说八道!”于是,他又命人把瓦莱里安带到跟前,对他说:“你兄弟神志不清,也许你能给我个合理的回答。你们显然是被骗上当了:你们竟然弃绝一切享乐,而去拼死追求与享乐为敌的一切。”瓦莱里安回答说,冬天的时候,他看见有些游手好闲的懒汉嘲笑在庄稼地里干活的人,但到了夏天,收获季节来临的时候,农夫们得到了收成,这时,原本被认为愚蠢的人在欢庆丰收,而当时被看作聪明的人却开始后悔不迭。“同样,”瓦莱里安继续说道,“我们如今也正遭受艰难羞辱,但我们将在未来赢得荣耀和永恒的奖赏。相反,你们这些人现在尽享转瞬而逝的浮华,到头来却只能在永远的悲伤中哀哭。”总督反驳道:“你是说,我们这些大有能力的主子们会遭受永恒的悲哀,而你,你这个最最低贱的贱人将会得到无止境的福乐?”瓦莱里安回答道:“你才不是什么主子呢,你只是个无关紧要的小人而已,你生于母腹又很快归于尘土,在终审之日,上帝查明你干的坏事,一定比我们大家所干的总和还多。”总督厉声叫道:“我们为什么在这儿白费口舌?快给神灵献上祭酒,然后给我滚蛋!”圣人们回答说:“我们每天给真正的神献祭。”总督问道:“他叫什么名字?”瓦莱里安告诉他说:“即便你长着翅膀会飞,你也永远不会知道他的名字!”“这么说,朱庇特是这个神的名字?”总督再问。瓦莱里安反唇相讥道:“朱庇特,是谋杀者和通奸者的名字。”阿尔马奇乌斯冷笑道:“这么说来,全世界都错了,只有你和你兄弟知道这个真正的神!”瓦莱里安回答说:“我们不是唯一知道的人。有不计其数的人接受了这个神圣信条。”之后,两位圣人被移交给马克西姆斯看管,他循循善诱地对他们说:“高贵的罗马青春之花!最亲爱的弟兄们!你们为何如赴宴般地急于自蹈死地呢?”瓦莱里安对他说:“如果你保证相信,你就能见到,我们死去之后,我们的灵魂将有何等荣耀。”马克西姆斯说:“如果事情真像你们说的那样发生,倘若我再不信你们所尊崇的独一真神,我愿被雷劈死。"之后，马克西姆斯和他全家人，甚至所有刽子手都皈依了基督，乌尔班则秘密前往他们的住地，为他们施洗。

黑夜将近，黎明来到，切奇利亚赶到马克西姆斯家，大声喊道："起来吧，基督的精兵！结束黑暗的工作，穿上光明的盔甲吧！"之后，这对兄弟被总督带到城外四英里处，暴君要他们在朱庇特神像前献祭。拒绝献祭后，两人都被枭首示众。在场的马克西姆斯发誓说，兄弟二人殉道之时，他看见熠熠发光的天使们，弟兄二人的灵魂从他们的身体中缓缓而出，仿佛贞女步出婚房一般。天使们怀抱他们，飞回天国。

阿尔马奇乌斯听说马克西姆斯也成了一个基督徒，就命人用铅鞭将他活活抽死。圣切奇利亚把他埋葬在瓦莱里安和蒂布尔奇乌斯身边。阿尔马奇乌斯开始扣押两兄弟的财产。他又叫来瓦莱里安的妻子切奇利亚，命令她给偶像献祭，否则就要杀了她。逮捕切奇利亚的那些人都声泪俱下地劝她赶紧献祭，因为他们一想到这个如此可爱的贵族年轻女子将自愿赴死，便忍不住悲从中来。然而，切奇利亚对他们说："尊敬的先生们，我并非将要丧失我的青春，而是要做一次交换。我乃以尘土换金银，以陋室换广厦，以肮脏小径换恢宏殿宇，何乐不为！若有人要用他的金银换你的铜铁，难道你不会欣然接受？无论我们给上帝何物，他都会千百倍地偿还我们！你们相信我说的这些吗？"他们回答说："如果基督有你这样一个使女，我们相信他一定就是真神。"于是，切奇利亚叫来乌尔班主教，四百多人同时受洗。

阿尔马奇乌斯第二次传讯切奇利亚，审问她道："你到底是谁？"切奇利亚回答说："我是自由民，生于贵族之家。"阿尔马奇乌斯说："我是问你的信仰。"切奇利亚对他说："那就是你问得不对，你的问题模棱两可。"阿尔马奇乌斯急吼吼地问："谁支使你给我这么个厚颜无耻的回答？""我凭清醒的良知和无伪的信心说话。"她回答道。阿尔马奇乌斯继续问她："你难道不知道我有多大的权力吗？"切奇利亚反驳说："你的权力只是个气球，一戳就破，实际上是一无所有。"阿尔马奇乌斯听后暴怒："你竟敢一而再再而三地攻击我！"切奇利亚否认道："不是这样，我只是说出真相，你却抱怨这是攻击。要么指出我哪里说的不对，要么就承认是你错了。我们相信上帝圣名的人是不会否认真理的，而且，好死远胜于赖活。"阿尔马奇乌斯说："你说话的样子为什么这么傲慢？""你听到的不是傲慢，"切奇利亚对他说，"而是我不可动摇的决心。""你这个可怜的女孩，"他说，"你难道不知道我有绝对的生杀大权？我能轻而易举地让人活也叫人死！"切奇利亚回答说："现在，我有证据证明你是个骗子了：大家都知道你可以夺取活人的生命，但你无法让死人复活。所以，你只是死亡的主宰者，却不是生命的王。"阿尔马奇乌斯顽固不化："你这愚不可及的可怜虫，赶紧弃暗投明，给神灵们献祭！"切奇利亚驳斥道："你的眼睛一定是出了问题。那些被你叫作神灵的东西，在我们眼中不过是一些石块。你还是自己伸手摸摸它们吧，既然你的眼睛看不见那是什么，就让你的手教会你真相！"

阿尔马奇乌斯怒发冲冠，命人将切奇利亚绑回家中，将她扔进盛满沸水的大锅一天一夜。然而，切奇利亚躺在那里，仿佛正在炎热夏天里享受着凉爽的洗浴，连出汗的迹象都没有。阿尔马奇乌斯听说消息后，又下令将她斩首。刽子手往她脖颈上砍了三刀，仍然没能将她的头砍下。因为当时有法律规定，受刑者不能被砍三刀以上，所以他就提着血淋淋的屠刀，留下半死不活的切奇利亚走了。切奇利亚又存活了三天，在那三天里，她把自己所有的家产都分发给了穷人，又嘱咐这些已经皈依了基督的人去找乌尔班主教。她对主教说："我祷告上帝，求他再多给我三天时间。这样我就有时间让这些灵魂归附于你的圣洁，也能请求你为我的房子祝圣，使之成为一座教堂。"

圣乌尔班将她和已故的主教们埋葬在一起，然后按照她的遗嘱，将她的房子祝圣为教堂。切奇利亚在亚历山大皇帝[①](Alexander)执政时期殉道，时间大约在公元223年。不过，另有一些记载说，她死于马可·奥勒留(Marcus Aurelius)时期，也就是公元220年左右。[②]

① 指在公元222—235年执政的塞维鲁·亚历山大皇帝。

② 马可·奥勒留执政期为公元161—180年，原文疑误。

圣克雷孟(St. Clement)

11 月 23 日

主教克雷孟出身于罗马贵族世家。其父名为弗斯提尼阿努斯(Faustinianus)，母名马西迪亚娜(Macidiana)，他还有两位兄弟，弗斯提努斯(Faustinus)和弗斯都斯(Faustus)。其母马西迪亚娜美貌出众，克雷孟的叔叔对她觊觎良久，甚至每天目不转睛地盯着她看。马西迪亚娜未曾让他抱有一丝希望，但她也没有将这事儿告诉自己的丈夫，担心两兄弟会因此不和。马西迪亚娜认为自己一直住在家中定会越发点燃小叔子的不伦之情，所以打算出国一段时间，希望由此让他淡忘自己。为了得到丈夫的同意，她想了个法子，谎称自己做了一个梦，她对丈夫说："我做了个梦，梦里有人向我走来，告诉我说，要带上我的双胞胎弗斯提努斯和弗斯都斯，立即离开这座城市，直到他命令我们回来。因为如果不那么做的话，我和两个孩子都会死去。"

丈夫听后非常焦虑，就打发一大批仆人，让他们跟着自己的妻子和两个孩子一起去雅典。她可以一直住在那里，而孩子们也能在那里受教育。(克雷孟是他们最小的孩子，当时只有五岁，所以就留下来和父亲在一起)于是，马西迪亚娜和她的孩子们启程远航，然而，一天晚上，船触礁沉没，她和孩子们被海水冲散，被波浪带上一座岩石岛屿。她料想孩子们一定已命丧大海，便欲投海自尽，但是，悲痛欲绝中尚存一念，希望见到两个孩子的尸身。可是，死不见尸，活不见人，两处茫茫皆不见。这位绝望的母亲哀号着撕咬自己的双手，拒绝接受任何安慰。一些当地妇人跑来，试图现身说法，以自己的不幸遭遇安慰她，但这也没能奏效。有一个妇人告诉她说，她的丈夫曾经是个水手，很年轻的时候就葬身大海，但她非常爱自己的丈夫，所以就一直拒绝再婚。马西迪亚娜听后稍感宽慰，后来，她就和这位妇人生活在一起，每天做些手工活养活自己。然而，由于之前双手被咬，伤势过重，她不久就完全失去了知觉和行动力，再也无法干那些手工活，而那位和她生活在一起的妇人也突然因瘫痪而卧床不起。于是，马西迪亚娜只能外出乞讨，靠仅有的一点儿施舍勉强度日。

母子三人离家一年之后，弗斯提尼阿努斯派人捎消息到雅典，希望知道自己妻儿住在何处，生活状况如何。但是，信使们去而无返。于是，他又派出第二批信使。这群人回来报告他说，他的家人已经踪迹难觅。弗斯提尼阿努斯于是把最小的儿子克雷孟留在家里由家庭教师照管，自己亲自登船去寻找妻儿。然而，他再也没有回来。

克雷孟因此成了孤儿。二十年来，他无法找到父母和哥哥们的任何蛛丝马迹。他投身于人文研究，成为一名卓越的哲学家。不过，他最感兴趣且孜孜追求的乃是要证明灵魂之永生。为了这个终极目标，他时常和哲学家们一起探讨，当找到灵魂不死之证据时，他每每喜乐无比；但有时候结论却是灵魂会死，那时他就郁郁寡欢。终于有一天，圣巴拿巴(St. Barnabas)来到罗马，传讲基督信仰。那些哲学家们将巴拿巴视作疯子和傻瓜，极尽嘲讽愚弄之能事。之后，一个先前与大伙一起嘲笑巴拿巴的哲学家(根据有些当事人的说法，这个人就是克雷孟)向巴拿巴提了一个问题，试图用这个问题再次愚弄他一下，他问道："蚊蚋小虫为何有六腿六翅，而庞然大物者如大象，却无翅而仅有四足?"巴拿巴回答说："你这个傻瓜！如果你问这个问题的目的是为了学习真理的话，我能轻而易举回答你。然而，你们这些对宇宙创造者都一无所知的人，我回答你们这个关于被造物的问题，岂不显得荒唐无比？你们不知道创造者是谁，当然无可避免地对他的创造物也一无所知。"这番话语直指哲学家克雷孟的心灵，他从巴拿巴那里了解了基督信仰后，就赶紧奔赴犹太，去寻找圣彼得。彼得将基督信仰全部教授给他,也将灵魂不死的确凿证据告诉了他。

也是在那个时候,魔法师西蒙(Simon the Magician)的徒弟阿圭拉(Aquila)和尼塞达斯(Nicetas)看穿了自己师父玩弄的鬼把戏,就离开他而跟从圣彼得,成了彼得的门徒。

彼得向克雷孟询问他的家庭情况,克雷孟将自己父母兄弟的情况如实告诉了彼得,并补充说,他相信母亲和哥哥们葬身大海,而父亲大概也如其他人所说,死于悲伤或海难。彼得听了克雷孟的故事后,悲伤地哭泣了。

有一天,彼得和他的门徒们去安坦浊斯(Antandros),偶然途经一座岛屿,离克雷孟母亲马西迪亚娜住的地方才六英里远。这座岛上矗立着不少巨大而闪闪发光的柱子。彼得和同伴们正在夸赞这些柱子,这时走来一个乞讨的妇人。彼得指责她不该靠乞讨过活,因为那是不劳而获。这个妇人就解释说:"先生,它们看上去还像一双手,但是我曾经狠狠地咬过它们,所以它们现在已经毫无知觉了。我多么希望当时就自沉大海,结束这悲惨的一生!"彼得诘问道:"你说什么?难道你不知道那些夺走自己生命的人将受严惩?"她答道:"哦,但愿我能确定人死后灵魂还能活着!如果能在死后见到我那死去的孩子们,哪怕仅仅一个小时,我都会非常乐意地杀死自己!"彼得问她原委,这个妇人就把事情的前因后果都告诉了他。彼得于是对她说:"有个年轻人和我们在一起,他的名字叫克雷孟。他曾经告诉过我关于他母亲和哥哥们的故事,和你刚才说的一模一样。"对马西迪亚娜而言,这个消息实在太刺激了,她听后当场昏倒在地。渐渐苏醒后,她含泪对彼得说:"我就是这个年轻人的母亲!"她跪在彼得脚边,恳求他能尽快带自己去见她的儿子。彼得提醒她说:"见到他的时候你可不能马上把这秘密告诉他,等我们扬帆启程离开这个岛屿的时候再说。"她答应了彼得的要求,于是,彼得带她来到了那条船上,克雷孟正等在那儿。他看到彼得牵着一个女人的手便笑了起来。第一眼见到克雷孟,马西迪亚娜就无法自持,她投进儿子的怀抱,落吻如雨。克雷孟以为这是个精神失常的女人,赶紧把她推到一边,气愤地向彼得表露自己的厌恶之情。彼得说:“你这是在做什么,克雷孟,我的孩子?不要拒绝你的亲生母亲!”听了彼得的话,克雷孟哭了起来,他跪在地上,凑近看这妇人,渐渐认出了自己的母亲。之后,在彼得的命令下,他们又跑去接回了那个和马西迪亚娜生活在一起的女人,彼得立即治愈了她的瘫症。马西迪亚娜问起克雷孟的父亲,他回答说:“父亲出去找你了,然后就再也没有回来。”听到这个坏消息,她仅仅叹息了一声,因为与儿子的意外重逢已经额外补偿了她的种种不幸遭遇。

发生这一切的时候,尼塞达斯和阿圭拉并不在场,他们回来的时候,看见有个女人和彼得在一起,就询问这女人的情况。“她是我的母亲!”克雷孟回答他们说,“在我的主人彼得的帮助下,上帝把她还给我了。”彼得将事情的原委全盘托出后,尼塞达斯和阿圭拉惊喜地蹦了起来:“伟大的上帝!刚才听到的一切究竟是事实还是梦境?”彼得担保说:“我们现在非常清醒。这就是事实。”两个年轻人一边疑惑地擦着自己的眼睛,一边惊呼:“我们是弗斯提努斯和弗斯都斯!我们就是母亲认为我们已经沉海死去的双胞胎弟兄!”他们跑上去搂住母亲,热烈地亲吻着她。马西迪亚娜问:“这到底是怎么回事?”彼得重复道:“他们就是你的儿子弗斯提努斯和弗斯都斯,就是你在海里丢失的那两个儿子。”马西迪亚娜听后再次喜不自禁地晕倒在地。醒来后,她说:“我亲爱的儿子们,快告诉我们你们是如何逃离鬼门关的?”他们回答道:“那艘船下沉时,我们两个抓到了一块木头,直到海盗们发现了我俩,把我们带上他们的船。他们给我们另外取了名字,之后又把我们卖给一位值得尊敬的寡妇尤斯蒂娜(Justina)。她视我们如同己出，给我们提供最好的人文教育。我们学习了哲学，追随一个和我们一起学习的名叫西蒙·玛古斯(Simon Magus)的人。不过，后来我们意识到他只不过是个江湖骗子，所以就立即离开了他。通过扎霍伊斯(Zacheus)的介绍，我们成了彼得的门徒。”

第二天，彼得带着克雷孟、阿圭拉和尼塞达斯三个兄弟隐退到郊外，专心祈祷。然而，一个老人跑来和他们搭讪。这人虽然衣着鄙陋，但神情举止高贵，他说：“弟兄们，我怜悯你们。我认为虽然你们十分虔诚，但你们犯了大错。因为根本没有上帝，你们的这种敬拜毫无意义，世上也没什么所谓的神圣天意。一切都受偶然性掌控，日月星辰影响着你们的生辰。我已经毫无疑义地证实了这点，因为我有着无与伦比的天文学知识。所以，别再自欺欺人了：无论你们是否祷告，你们的命运已被星辰规定。”

说话间，克雷孟仔细打量着这位老人，他忽然意识到自己曾经在哪里见过这老人。彼得命令三个弟兄与这老人展开论辩，最终，通过清晰的理性论证，他们成功地证明了神圣天意的存在。在这个论辩过程中，出于尊敬，他们都尊称这老人为“父亲”，直到阿圭拉忽然反对道：“为什么我们称他为‘父亲’？我们不是接受了一条戒律，就是不能称这世上的任何一个人为‘父亲’吗？”于是，他转身对老人说：“父亲，如果我反对我的弟兄们叫你父亲，请你不要生气，因为我们接受了一条诫命，就是不能以这个名字称呼任何人。”听到阿圭拉这么说，在场的每个人，包括彼得和这位老人都笑了起来。阿圭拉迷惑不解，克雷孟告诉他说：“因为你在做你告诫我们所不能做的事情——你刚才也叫他‘父亲’了！”阿圭拉辩解道：“如果我刚才那样做了，是因为我完全没意识到。”无论如何，他们关于神圣天意的论辩结束了，老人继续陈明自己的观点，说：“我的确也相信有一种神圣天意，但我的良心却阻止我的这一信仰。我了解自己和妻子的星象，结果，星辰所预见的一切都丝毫不差地应验了。如果我告诉你我妻子诞生那日的星体状况,你就能看到,它们是多么精确地决定了她日后的生活轨迹。她诞生那天,火星和金星位居正中,下弦月正在火星宫位和土星边缘。这种构造决定了女人日后会犯通奸罪,她们将爱上自己的仆役,然后旅居海外,并最终淹死水中。而这一切都发生了。她爱上了自己的一个仆人,担心事情败露,她就和那人一起私奔,后来在海上不知所终。事实上,我的兄弟告诉我说,我妻子一开始爱上的人是他,但遭到拒绝后,她就转而寻找自己的仆人以满足其淫欲。但是,她不应该为自己的行为受到谴责,因为这完全由星辰控制。"之后,他将妻子曾经做过的那个梦以及她如何带着孩子们在去雅典的船上遇难而死的往事告诉了他们。他的儿子们早已听出了端倪,他们很想立即投入父亲的怀抱,告诉他真实发生的一切,但彼得阻止了他们:"保持安静,听我说。"他转向老人,对他说道:"如果今日我让你的妻子重新与你见面,就如当日她嫁给你时那般贞洁无染,还有你那三个儿子一起,你是否会认为占星术是一派胡言呢?"老人回答道:"你无法做到你所说的这些,唯有星辰预定的一切才会发生。""好吧,"彼得回答说,"这就是你的儿子克雷孟,而这两位是你的双生子弗斯提努斯和弗斯都斯。"老人一下子四肢瘫软地倒在地上,他的儿子们冲上前去拥抱他。老人恢复知觉后,听儿子们诉说了曾经发生的一切。他的妻子也来了,她哭着喊道:"我的丈夫,我的主人,他在哪里?"她像发狂般不断呼喊着自己的丈夫,直到老人跑上前来,喜不自禁地泪流满面,将她搂在怀里。

正在此时,有人来通报消息说,西蒙·玛古斯的宾客阿皮奥(Apio)和安比奥(Ambio)正在等着见面,这两人曾经是弗斯提尼阿努斯的朋友。弗斯提尼阿努斯听到这个消息后非常高兴,赶忙跑出去迎接他们。他刚离开,第二个信使就跑了进来,说恺撒的一个使者刚抵达安提阿，此行的目的是要搜寻所有术士和巫师，将他们判处死刑。西蒙·玛古斯担心背弃他的那两个小子，也就是弗斯提尼阿努斯的两个儿子会告发他，就施加法术，使弗斯提尼阿努斯有了一张和他长得一样的脸，企图让大家都认为那个人不是弗斯提尼阿努斯，而是西蒙·玛古斯。这样一来，弗斯提尼阿努斯就会被绳之以法，而西蒙自己则可以逃之夭夭。当弗斯提尼阿努斯回来见彼得和他的儿子们时，两个儿子都吓了一大跳，因为面前的这个人说话声音像是自己父亲，但那张脸却是西蒙的。只有彼得能看清楚他真实的长相。弗斯提尼阿努斯的妻儿边跑着躲开，边咒骂着眼前这个人。彼得叫住他们，说："你们为什么辱骂自己的父亲？为什么逃离他？"他们告诉彼得说因为眼前这个人是术士西蒙。（事实上，西蒙调制了一种软膏，把它涂在弗斯提尼阿努斯的脸上后，他自己的长相就通过这种魔法复制给了弗斯提尼阿努斯。）弗斯提尼阿努斯忧心如焚，他悲叹道："我多么不幸啊，刚刚和妻儿团聚，现在却无法和他们共同欢庆！"他的妻儿也痛苦万分，他们扯着自己的头发，痛哭流涕。

这时，西蒙·玛古斯在安提阿不遗余力地诽谤彼得，称他为凶残的巫师和杀人犯。人们受他的煽动，燃起对彼得的仇恨，甚至对他咬牙切齿，恨不得群起撕裂他。于是，彼得对弗斯提尼阿努斯说："因为你现在长得像西蒙，请到安提阿去，在众民面前为我申辩。你可以假装自己是西蒙，说收回之前对彼得的那些控告。之后，我会亲自到安提阿，帮你解除脸上的魔法面具，让人们看到你的真实面容。"在这里，蒙福者彼得命令弗斯提尼阿努斯撒谎并不可信，因为上帝并不喜悦人类说谎。这个故事记载于克雷孟的《传教志》(*Itinerarium*)，那一定是一部伪经，许多细节并不可信。从另一方面来看，如果仔细推究彼得说的这些话，也可以认为他并不是叫弗斯提尼阿努斯说自己就是西蒙·玛古斯，而是要让民众看到自己的那张假脸，然后仿佛他就是西蒙，对民众说话，收回西蒙曾经蛊惑大家的那些谗言。当弗斯提尼阿努斯自称西蒙时，并不意味着他真的就是西蒙，而是从外表看是西蒙。所以，当他说“我，西蒙”的时候，应该这样理解：“我，从外表看是西蒙的那个人。”每个人都认为他是西蒙，只有从这个意义上来看，他才是西蒙。于是，克雷孟的父亲弗斯提尼阿努斯启程前往安提阿，召集众人后，他说：“我，西蒙，要宣告一件事。我承认，之前有关彼得的所有言论都是假的。他不仅不是一个骗子和巫师，而且还是上帝差来拯救世界的。因此，如果我再说任何反对他的话，我就当如骗子和巫师那样被放逐！现在，我正苦修补赎，因为我承认我曾经诽谤了他。我还要警告诸位，一定要信从彼得，否则，你们连同你们的城市都要灭亡。”

当弗斯提尼阿努斯实施了彼得的所有安排并顺利赢得当地人心后，彼得到了安提阿。他通过祷告除去了弗斯提尼阿努斯脸上的魔咒，使他完全恢复了自己的面容。安提阿的居民热烈恭迎圣徒，还将他封为主教。西蒙听到这个消息后，赶紧回到安提阿，召唤民众聚会。他对人们说：“我很震惊，我已经把你们需要的生活准则都告诉了你们，也告诫你们警惕彼得和他的谎言，你们竟然不仅仍然听从他的教导，甚至还选他当你们的主教。”这时，群情激奋，大伙喊道：“我们知道你是个彻头彻尾的坏蛋！几天前你对我们说，你为错怪彼得而深感愧疚，现在你又企图来毁了我们所有人，你想毁了你自己和我们！”人们都跑上前揍他，没花多少工夫，他就被灰溜溜地赶出了安提阿。（这段故事也见诸克雷孟的自传。）

之后，彼得启程前往罗马。他知道自己即将殉道，所以就祝圣克雷孟，让他继任主教职位。彼得去世后，克雷孟显示了卓越的预见力。他预料到后世教宗可能会遵循彼得的先例而在教会中指命自己的继任者，这样一来就有可能改变上帝的圣所为世袭制的属地。因此，他先让李诺思（Linus），然后又请克莱图斯（Cletus）在他之前继任教宗之职。继他们之后，克雷孟获选为教宗。在管理教会的过程中，他那杰出的美德使其不仅在整个基督教世界享有盛誉，也赢得了犹太人和外邦人的欢迎。他存有各省贫穷人的名单，他要让任何一位已经接受了洗礼的人不再沦落到街头乞讨的悲惨处境。

图密善（Domitian）皇帝的侄女多米蒂拉（Domitilla）发愿成为修女，正是由克雷孟为她行了领圣纱礼。克雷孟还使皇帝的朋友西昔尼乌斯（Sisinnius）之妻西奥多拉也皈依了圣教。西奥多拉在入教后决定余生恪守贞洁。有一天，她的丈夫醋意正隆，就悄悄地跟着她去了教堂，想看看妻子为何频繁出入教堂。当时，圣克雷孟正在祈祷，人们回应“阿门”的时候，西昔尼乌斯忽然变得又聋又瞎，他赶紧呼喊自己的仆人：“快来啊，带我离开这里，快带我离开这里！”可是，他的仆人带着他在教堂里乱转，无论如何也找不到出口。西奥多拉看到他们在那里绕圈子，但因为不想让丈夫认出她，一开始她还是回避了。过了一阵子，她上前询问事情的原委，仆人回答道：“我们的主人想打探不允许他知道的事情，所以他被击打，变得又聋又瞎。”①西奥多拉立即祷告，恳求上帝让丈夫找到离开教堂的大门，并叮嘱仆人们说：“现在，你们带着主人回家去吧。”他们离去后，她把发生的事情告诉了圣克雷孟。在西奥多拉的请求下，圣人立即去见她的丈夫，只见他圆睁双眼，却一无所见。于是，克雷孟为他祷告，他的视力和听力就马上恢复了正常。然而，当西昔尼乌斯看到克雷孟和自己的妻子站在一起的时候，他就大发脾气，认为自己是中了克雷孟的邪术，所以命令仆人抓住克雷孟：“他用魔法使我眼瞎，然后就偷偷来看我的

① 早期教会的部分圣事是不许可非信徒观礼的，因为认为这些圣事极其神圣。

老婆！”他让手下人把克雷孟捆绑起来，再将他拖走。但是，虽然包括西昔尼乌斯在内的人都以为他们捆住了克雷孟和他的随从们，并把他们都拖了出去，但事实上，他们只是把绳子绕住了一些柱子和石头。克雷孟对西昔尼乌斯说：“如果你能把石头当作上帝崇拜，你这样拖着它们倒很值得。”西昔尼乌斯仍然以为克雷孟被绑着，就对他说：“我应该杀了你！”克雷孟没理他，只在离开时让西奥多拉不住祷告，直到上帝亲自来见她的丈夫。她祷告的时候，使徒彼得向她显现，说：“因为你的缘故，你的丈夫将会得救，正如我弟兄保罗的教导那样，‘不信的丈夫就因着妻子成为圣洁’。”①说完这些话，彼得就消失不见了。就在那时候，西昔尼乌斯叫来自己的妻子，恳求她为自己祷告并请克雷孟回来。克雷孟回来后，将信仰的真道指点给西昔尼乌斯，并为他和三百一十三位家人受洗。

通过西昔尼乌斯，涅尔瓦(Nerva)皇帝的众多朋友以及皇室贵族成员都接受了信仰。结果，掌管异教寺庙的官员就花钱雇佣人手，煽动乌合之众以武力反对圣克雷孟。这座城市的都督马迈尔提努斯(Mamertinus)受不了民众骚乱，就找来克雷孟，并亮出自己的想法，以此警告他。但是，克雷孟回答说：“我希望您能听听我的理由。如果一群狗攻击我们，它们狂吠着威胁要将我们撕成碎片，它们无法改变一个事实，即我们是理性的存在，而它们是非理性的犬类。由无知者制造的骚乱并无任何合理性和真理可言。”

马迈尔提努斯于是写信把克雷孟的事情告诉图拉真皇帝，皇帝在回复中命令克雷孟要么向异教神献祭，要么被流放到黑海边的不毛之地，也就是临近科尔索涅斯(Chersonesus)的荒漠。都督流泪对克雷孟说：“希望你虔心敬拜的那位上帝能给你帮助！”他给了克雷孟

---

① 《哥林多前书》(7:14)。

船只和一切所需的物品，许多神职人员和平信徒也跟着克雷孟被一起流放。

流放途中，克雷孟来到一座小岛，有两千多名被处以刑罚的基督徒在此开采大理石。一见到圣克雷孟，这些人就向他哭诉。克雷孟安慰他们道："我自己一无长处，全凭耶稣差遣我来此，与你们共得殉道冠冕。"人们告诉克雷孟，他们每天都需要从六英里外的地方扛水回来，克雷孟说："让我们一起祷告，求我们的主耶稣基督就在此地为他的跟随者们启示泉源和水流。在西奈的旷野，他曾使击打的磐石出水，充足地供应他的子民，今天，也求他惠允我们以水源，让我们能称谢他的至善。"祷告之后，克雷孟左右环顾，他看到一只绵羊抬起了右脚，仿佛正在指点方向。克雷孟意识到这就是耶稣本人，而在场的人中唯有他能见到耶稣，所以他赶紧走向绵羊指向的方位。"在这里！"他呼唤同伴们，"以圣父、圣子和圣灵之名，在这里开挖！"可是，由于其他人无法看见绵羊，也不知道该从何处开始挖掘，克雷孟就在绵羊抬起的那条腿下用小棍子轻轻击打了一下。一条溪流立即喷涌而出，并很快涨溢成一条大河。圣克雷孟唱道："有一道河，过河的分汊使神的城欢喜！"①这个奇迹立刻在当地传开了，人们蜂拥而至，一天，克雷孟为超过五百人一起受洗。后来，基督徒们拆毁了当地所有的异教庙宇，仅仅一年时间内，就建造了七十五座教堂。

三年后，于公元106年开始执政的图拉真皇帝听闻了此事，他派遣一位将军去那里重建异教秩序。这位将军来到当地后，发现基督徒人数众多且都早已预备为信仰而慷慨赴死，他只能退避众人，而选择单独惩罚他们的领袖。他在克雷孟的脖子上拴了锚，把他投进大海，心想这样基督徒们就不能把克雷孟当神来崇拜了。之后，大群忠

---

① 参见《诗篇》(46:4)。

实的信徒聚集到海岸边，克雷孟的两个门徒科尔内留斯(Cornelius)和弗布斯(Phoebus)让大家一同祷告，祈求上帝将这位殉道圣徒的遗体启示给众人。很快，海水倒退了三英里，在场所有人都走在海底的沙子上，直到他们看见一座大理石的小型圣殿。上帝早已预备了这座圣殿，在圣殿里的棺木中，躺着圣徒克雷孟和那个锚[①]……

① 锚也是基督教信仰的代表符号之一。

圣凯瑟琳(St. Catherine)

11月25日

科斯杜斯(Costus)国王的女儿凯瑟琳几乎受过所有人文学科的高等教育。她十八岁那年，马克森提乌斯(Maxentius)皇帝发布政令，全民须向偶像献祭，违者一律处死。有一天，她正在父王的宫殿里，家仆正围绕着她，她忽然听到屋外人声喧嚣，还有动物哀号的声音。凯瑟琳赶紧打发仆人出去一探究竟。得知事情原委后，她带了几个仆人，手里拿着十字架跑去"一睹盛况"。

在广场上，她看到许多基督徒因害怕死亡而投降，很多人向偶像献了牲祭。这场景使凯瑟琳大感震惊，她急忙壮胆跑去见皇帝。"皇帝陛下，"她对皇帝说，"你的显赫地位及我的理智都对我说，我需要尊崇你这样一位帝王。不过，只有当你认识宇宙的创造者并且放弃偶像崇拜后，我才会真的尊敬你。"然后，她站在异教神庙门口，用尽各种演绎的、比喻的、隐喻的、逻辑的和超验的论证方法，向皇帝证明宇宙万物是全能的上帝创造的。接着，她又用日常生活语言对皇帝说："我视你为聪明人，故此才向你进言；请告诉我，为什么你浪费时间，集合了那么多民众去敬拜愚蠢的偶像？你喜欢这工匠手造的神庙，仰慕那些很快将如尘土般飞逝的装饰。你应当为天空、大地、海洋及其中的一切而发出惊叹；为天宇、太阳、月亮和星辰的绚丽装饰而高声赞美；它们为我们日夜不息地劳作，你应该为此而满心敬仰；在世界之始，它们就从东向西，不断运行，昼夜不息，无止无休。想想这些吧，请你再躬身自问，究竟谁比它们更有力量？当他惠赐你这些知识，并让你认识他时，你就会发现，世上无人能与他媲美。敬拜他，荣耀他吧，因为他就是万神之神、万主之主！"凯瑟琳将上帝之子道成肉身的无上智慧告诉皇帝，听得皇帝目瞪口呆，无言以答。过了好久，他才回过神来，说道："这位年轻女士，请让我完成本次献祭之后再与你对话。"说完，他派人把凯瑟琳带去皇宫并对她严加看管。其实，这位皇帝不仅为凯瑟琳的学识所震撼，也为其美貌所倾倒，因为凯瑟琳有着人见人爱的绝世容貌。

皇帝献祭结束，回到宫中，对凯瑟琳说："我虽然领略了你雄辩的口才，也欣赏你的博学多识，但上回因我忙于献祭而没有完全理解你所说的东西。现在，让我们重新开始吧。首先，告诉我你的家世。"凯瑟琳回答道："《圣经》上说，不要谈论自己，既不要夸耀也别贬损，只有愚蠢的人才因虚荣而这么做。不过，我会把自己的门第告诉你，不是因为骄傲，而是出自谦卑。我的名字叫凯瑟琳，是科斯杜斯国王唯一的女儿。虽然我出身高贵，也受过良好的人文教育，但我弃绝万物，唯藏己身于天主荫下。你所崇拜的诸神其实根本无法帮助你和天底下的任何人。我是何等同情那些敬拜偶像的可怜虫们啊！他们在急难中呼求偶像的时候，偶像根本不在那里；身处险境时，偶像不能给予他们帮助；危难时刻，偶像更不能保护他们。"皇帝听后说："照你这么说，当是'举世皆醉你独醒'了！但是，根本没有两三个以上的见证人能支持你的说法，就算你是个天使，甚至拥有来自天国的力量，也没人会相信你——更何况你根本就是个无足轻重的黄毛丫头！"凯瑟琳回答道："皇帝陛下，我请求你不要将自己的理智被愤怒所吞噬。明智者的灵魂中绝无此等毁灭性激情的一席之地。诚如古诗所云：'当你的理智掌控你，你将为王；听任你的身体摆布，则必将为奴。'"皇帝说："我知道，你就是要引经据典地用那些该死的诡辩网罗我。"皇帝意识到自己不是聪明非凡的凯瑟琳的对手，就秘密写信给当时最有名望的学者和演说家，命令他们立即到亚历山大的官邸来，并许诺一旦击败这个善辩的年轻女子就会大大嘉奖他们。于是，五十位来自帝国各省的博学之士齐聚亚历山大利亚，这些人几乎通晓人类知识的方方面面。他们不知道自己为什么被大老远地召唤来，马克森提乌斯回答了他们的疑惑："此地有位智慧超群的女子。她驳倒了所有聪明人，声称我们的神灵都是魔鬼！如果你们能战胜她，你们将带回一切尊荣。"其中一位博士气愤地回答道："皇帝大人为了和一个小姑娘的区区争辩，就把我们这一大群顶尖学者从各地招来，也实在太不合情理了吧！我们那些最微不足道的学生就完全可以轻而易举地击败她！"皇帝回答说："我当然也可以动用武力使她献祭，或者将她活活折磨死，但我想还是让你们与她论辩，把她驳倒更好。""快把她带来见我们，"学者们嚷道，"她会知道自己有多么鲁莽无知，因为她从来没见过真正有学识的人。"

凯瑟琳知道前途艰险，就将自己完全交于上帝手中。一个天使来见凯瑟琳，激励她要坚定不移。天使告诉她说，她不仅不会被对手击败，而且还将使那些博学之士也皈依基督教，并走上殉教的荣耀之路。凯瑟琳被带到了众多演说者面前。"这算什么正义呢？"她问皇帝道，"你找来五十位学者对付一个姑娘，如果他们能击败我，你还许诺给他们丰盛的赏赐，可你却同时逼我应战，没有任何奖赏的希望。不过，我并无他求，我的赏赐是主耶稣基督，他是所有战斗者们的希望和冠冕。"

辩论开始了。博士们首先否认上帝能够成为活生生的人，否认上帝能够为人类赎罪，凯瑟琳却告诉他们，即便是异教徒都已经预言了这点。因为柏拉图将上帝描绘成"被残害的球体"[①]，而西比尔(Sibyl)[②]也说："被吊死在高树上的上帝多快乐！"这位年轻姑娘以博

---

① 译自拉丁文"nam Plato adstruit Deum circumrotundum decurtatum"，可能更准确的翻译应为"因为柏拉图将上帝描绘为一个被截断的完美球体"。

② 古希腊女预言家。

学睿智与众人辩论，用最清晰的证据驳倒了大家，最后，所有人都瞠目结舌，博士们一个个无话可说地呆立着。这大大激怒了皇帝，他开始肆意谩骂博士们，诘问他们怎能颜面扫地地输给一个黄毛丫头。于是，这些人推举了一位发言人回答皇帝道："皇帝陛下，世上无人能在我们面前立于不败之地，但上帝之灵帮助这位姑娘开口说话。她的话语使我们共有一个感觉，我们实在无法反对基督，我们恐惧战栗而无言以对！皇帝陛下，我们庄严宣布，如果你无法更有力地证明我们先前崇拜的诸神的确存在，我们将一起皈依基督教。"皇帝气得暴跳如雷，下令在市中心的广场上火刑伺候这群博士。这时，凯瑟琳开始勉励博士们，让他们坚定信念直面即将来到的殉难。她还不断给他们信仰方面的教导。博士们哀叹着自己的不幸命运，因为还没来得及受洗，就得为信仰赴死。凯瑟琳对他们说："你们不必担心。你们受难的鲜血将被视作施洗之水和荣耀冠冕。"博士们听此一说，就画了十字后，一个个投进了熊熊火焰，将他们的灵魂完全交给了上帝。奇怪的是，他们的头发和衣服都完好无损。之后，基督徒们安葬了他们的尸体。

此事之后，那个暴君又对凯瑟琳说："哦，高贵的凯瑟琳，为了使你能永葆青春，你得住到我的皇宫里来。除了皇后，你将成为最尊贵的女人！我会在市中心为你立像，全世界的人都将把你当作女神来崇拜！"凯瑟琳反唇相讥道："请你谨言慎行，存乎此念亦属邪恶。我已将自己嫁于基督，他是我的荣耀、爱情和喜乐。无论你如何软硬兼施都绝无可能动摇我对他的爱情。"这下子，皇帝再次勃然大怒。他命人鞭打凯瑟琳，让蝎子噬咬她，把她扔进漆黑的地牢，连续十二天不给她任何食物。后来，暴君有急事必须离开亚历山大，在他离开的那段日子里，非常敬佩凯瑟琳的皇后趁着夜色去地牢看望她。与皇后同去的还有皇家护卫官波菲利(Porphyrius)。皇后一进地牢就看到屋子里满溢着无以言传的光辉，天使们正用油膏为凯瑟琳的伤口止痛。凯瑟琳向皇后传讲了永恒喜乐的福音，当皇后皈依基督信仰后，凯瑟琳预言自己将荣享殉道冠冕。她们一直谈到深夜。那位波菲利也在旁聆听，后来索性跪倒在凯瑟琳脚下，带着他的两百位士兵，一起接受了基督信仰。整整十二天，凯瑟琳颗粒不进，基督差遣白鸽从天而降，用天粮喂养圣女。上帝还在天使和圣女们的簇拥中亲自向凯瑟琳显现，并对她说："我的女儿，看见吗？站在你眼前的正是你的造物主，为了他的圣名，你需践履苦地。你要坚定，因为我必与你同在。"

不久，皇帝回来了，他立即下旨要见凯瑟琳。他本以为经过那么长时间的斋戒，凯瑟琳看起来应该憔悴不堪、愁容满面，然而，当他发现凯瑟琳甚至比以往更容光焕发时，便料定有人在此期间偷偷给她送了食物。被激怒的皇帝下令对那些监狱看守们施以酷刑。凯瑟琳对他说："我未曾从这些人那里获得食物，喂饱我的乃是上帝差遣的天使。""请留心听我接下来要说的话，"皇帝对凯瑟琳说，"不要再以模棱两可的答案搪塞我。我不希望你做我的仆人，你可以作为皇后，统治我的王国，一位拥有无上权力和尊荣的皇后。""能请你听我说的话吗？"凯瑟琳回答道，"请仔细听我的问题，并告诉我你诚实的想法。一位是能力非凡、永恒、尊贵而伟大的君主；另一位是羸弱必死、卑鄙讨厌的国王，你说我应该选择哪一位呢？"皇帝愤怒了："你自己选择吧：要么向众神献祭，要么死于各种酷刑。""用你能设计出的任何酷刑来折磨我吧！"凯瑟琳回敬他道，"为何浪费时间？我单单渴望能将自己的血肉之躯奉献给基督，正如他曾为我献出自己一样。他是我的上帝，我的爱人，我的牧者和我唯一的配偶。"

皇帝手下的一员大将给这位暴怒的主子出了个主意：两三天后他将做好四个轮子，每个轮子都从边缘冒出许多铁锯和尖锐的钉子。

他将用这恐怖的刑具撕碎那位姑娘，借此杀鸡儆猴，教训基督徒。但见两个轮子朝一个方向旋转，另两个轮子反向而转，这样一来，他们就能，将凯瑟琳从上到下碾成齑粉。行刑那天，凯瑟琳祈祷上帝，为了荣耀上帝之名，也为了让在场的人都能皈信基督，请求上帝亲自毁掉这些恶毒的刑具。上帝立即派遣天使击碎了刑具，猛力之下，残骸飞溅，竟致四千异教徒瞬间遭到击杀。

此时，目睹一切的皇后跑了出来，她严厉谴责皇帝那禽兽不如的暴行。这下更是火上浇油，皇帝令皇后立即向众神献祭。遭到拒绝的皇帝竟然立刻下令割去皇后的乳房，再处以斩首极刑。即将受死之际，皇后恳求凯瑟琳为她祷告。凯瑟琳说："不要惧怕，亲爱的女士，上帝所爱的人！今天，你将用昙花一现的帝国换取一个永恒的国度，将有一位永远的配偶取代一个必死无疑的凡人。"这番话激励了皇后，她催促刽子手们赶紧行刑。他们将她带至郊外，先用铁矛割去她的双乳，继而砍下她的脑袋。护卫官波菲利埋葬了她的尸体。

第二天，由于皇后的尸体遍寻不得，那个独裁的暴君又开始疯狂屠杀无辜者，直到波菲利挺身而出，他喊道："我就是那个埋葬基督侍女的人！我本人也已皈信基督教！"马克森提乌斯听后，近乎发疯，他怒吼道："我真是命苦！是普天下最不幸的人！波菲利，我最亲密挚爱的朋友，我在所有艰难困苦中的安慰，为什么甚至连你都误入歧途！"当他把这个消息公布给皇家卫队时，卫兵们竟也毫不犹豫地异口同声道："我们也是基督徒，我们也准备着为我们的信仰赴死！"皇帝的怒火越燃越旺，他丧失了全部理智，命令将包括波菲利在内的所有人斩首，还将他们的尸体喂了野狗。然后，他再次传唤凯瑟琳："你已经用妖术将皇后置于死地了，不过，只要你恢复理智，你仍然有机会成为这王宫中的第一夫人。今天，你要么献祭给众神，要么丢命。"凯瑟琳回答道："悉听尊便。你会看到我已经预备好必将承受的一切。”于是,皇帝下令将之斩首示众。

来到刑场后,凯瑟琳举目向天,她祈祷道:“哦,忠实者的盼望和拯救啊,圣女们的尊贵和荣耀啊,耶稣基督,美善的君王,我恳请您的惠允,如若有人在临终之日,或有其他需要之时,念及我的殉道并祈求我的帮助,请您怜悯并施恩于他,请您应允他的祈求。”一个声音传来:“来吧,我所爱的新娘!看哪,天堂之门已经为你打开!如若有人虔诚地礼拜你的受难圣日,我允诺必将按你的祷告成就这来自天国的保守。”

凯瑟琳被斩首时并未鲜血四溅,有乳液似的油汁从她身体中流淌而出。天使们取了她的尸体,将之移到离受难地足有二十多天路程的西奈山,在那里举行了隆重的葬礼。她的遗骨恒久地流淌着那奇特的油汁,许多人的疾病由此治愈。公元310年左右暴君马克森提乌斯或马克西米安统治时期,凯瑟琳殉道……

圣尼古拉(St. Nicholas)

12月6日

佩特雷[1](Patras)市民尼古拉出生在一个富有而敬虔的家庭。他是父亲埃菲法纳凯斯(Ephiphances)和母亲约翰娜(Johanna)年轻时初次欢爱的结果,从此,父母携手度过了清心寡欲的一生。在尼古拉出生那天,当人们为他洗澡时,他居然自己在浴盆里站了起来。此后,只有在每周三和周五——也就是一周两次——他才接受母亲的哺乳。长大之后,他对其他年轻人趋之若鹜的那些享乐避而远之,但却经常造访教堂,在那里学习并牢记《圣经》所教导的一切。

父母去世之后,他开始思考如何恰当地使用巨额遗产,使之能够荣耀上帝而不是为自己赢得赞誉。恰巧那时,他的一位邻居,一位有三个女儿而此刻正身陷困境的贵族,正盘算着卖女为娼的可耻交易,以便凑足钱财,养家糊口。尼古拉得知了这个罪恶的念头,非常震惊。一天晚上,他把一些金子包在布里,从窗口扔进那位贵族的房间,然后悄悄溜走。第二天,贵族起床时发现了那包金子。他感谢赞美上帝之后,嫁走了大女儿。不久后,这位上帝的仆人又做了同样的事情。贵族再次看到一包金子,他大声颂赞这位不知名的恩人。同时他也决定守候,看看究竟谁是那位救他于急难之中的好心人。几天后,尼古拉又将双倍于先前的金子扔进贵族的房间。这一次,终于被守候的贵族发现,他紧紧追赶正匆忙离开的尼古拉,一边大声喊道:"停一停!别跑!让我见见你!"他加紧步伐,终于追了上去,发现竟是尼古拉。贵族俯身亲吻尼古拉的双脚。尼古拉阻止了他,并要他发誓,除非尼古拉死了,否则一定不能透露这个秘密。

---

① 佩特雷,希腊西部港口城市,在伯罗奔尼撒半岛西北岸,临佩特雷湾。

后来，迈拉(Myra)的主教去世了，主教团成员聚在一起，商讨推举一位继任者。他们中有一位大有权威的主教，他的意见极有影响力。他敦促其他主教一起专心斋戒祷告。一天晚上，一个声音对他说，那天黎明的时候，他必须守候在教堂门口，因为第一位走进教堂的人将被祝圣为主教，而那人的名字叫作尼古拉。他把这事告诉了其他主教，勉励大家继续尽心祷告，他自己则守候在教堂门口。破晓时分，尼古拉在上帝神奇的带领下，最先来到教堂。主教拦住他，问道："你叫什么名字？"尼古拉低头回答，单纯如鸽子："我叫尼古拉，是殿下您的仆人。"于是，主教们领他进教堂。无论他如何强烈拒绝，他们还是迫其就职，高居圣座。即位后的尼古拉依然行事谦卑庄重：他整夜祈祷，清心寡欲，不近女色，待人谦恭；他的祈祷非常灵验，而且，他总是热心地规劝人们向善，严厉地谴责世间恶行。

一本编年史书还记载说尼古拉参加过尼西亚会议。①

一天，几名水手遭遇海难。他们泪水汪汪，祷告道："尼古拉，上帝的仆人，我们久闻你的大能。如果所言属实，请快点显灵！"话音未落，一个酷似尼古拉的身影出现了，他说道："你们呼唤我，我在这里。"说完，他用帆、缆绳和各种渔具帮助他们，风暴立时减弱。事后，水手们赶到尼古拉的座堂。虽然之前从未见过圣人的真身，但他们马上就认出了他。在教堂里，水手们感谢上帝和圣人的搭救。尼古拉却说，这并非他的功劳，而是上帝的怜悯和他们自己的信心。

还有一次，当地发生了非常严重的饥荒，颗粒无存。正在那时，来了几艘满载谷物的商船。尼古拉，这位上帝忠实的仆人一听说这

---

① 第一次尼西亚会议于公元325年召开，这是基督教历史上一次非常重要的会议，确立了反对阿里乌主义的《尼西亚信经》(*Nicene Creed*)。目前没有可靠证据证明尼古拉参加了这次会议，虽然似乎确有一位迈拉主教与会。

个消息，就立刻赶往港口。他恳求水手们从每个船舱取出一些谷子，救济当地难民。但是，水手们回答说："神父，我们不敢这么做。这些粮食都是在亚历山大里亚港称重后才装进船舱的，我们运到皇仓时也必须足量。"圣人就说："照我吩咐的做吧，我以上帝的权能保证，皇帝的手下们检查货物时，绝不会短斤缺两。"水手们按他的吩咐做了。最后证明，交到皇仓的谷子和从亚历山大出发时所称量的分毫不差。他们把这个奇迹告诉了所有人，那些人就因为上帝的仆人尼古拉的缘故而大大颂扬上帝。尼古拉照各人所需分发粮食，奇妙的是，这些食物不仅够两年口粮，甚至还有剩余的可为来年播种之用。

过去，迈拉人崇拜偶像。很长一段时间里，人们特别尊崇臭名远扬的女神狄安娜[①]。即便是尼古拉的时代，还有不少民间歌谣咏唱这可耻的迷信，神树底下也常举行一些供奉狄安娜的异教仪式。为铲除迷信，尼古拉砍掉了这棵树。这就惹恼了魔鬼撒旦。他略施诡计，搞出一种能在水里和石头上燃烧的魔油[②]，化身为修女模样，坐着小船，追上一群要远航觐见尼古拉的朝圣者。"我原本也要和你们一起去朝见那位圣人，只是现在脱不了身，"撒旦继续说道，"你们能否帮我个忙，将这瓶油作为礼物敬献给尼古拉的圣堂，把它涂在教堂的墙上？这样，大家就能记住我的功德了……"话音未落，她就立刻消失得无影无踪。忽然，朝圣者们看见另一条船上坐满了诚实的灵魂，其中有一位很像圣尼古拉，他开口说道："诸位哪！那位妇人刚才

① 狄安娜(Diana)，系罗马神话中的月亮和狩猎女神，也就是希腊神话中的阿尔忒弥思(Artemis)。

② 魔油，译自拉丁文"oleum Mydyaton"。这里第二个词可能是"Median"一词的变体。"Median Oil"是"希腊火"的专有名词，它的主要材料，也即石油，取自现代伊朗北部。希腊火是一种用于向敌舰或其他军事设施开火的易燃物，最早的记载是君士坦丁堡的希腊人使用过它。

向你们说了什么？又把什么东西交给了你们？”在朝圣者们说明了来龙去脉后，那人说：“这是无耻女神狄安娜！快把油扔入海中，马上就能得到验证！”他们照做了。果然，海水中顿时燃起熊熊火舌。火焰以超自然的猛力燃烧了好几个时辰，直看得众人目瞪口呆。

抵达圣地后，这群人找到了上帝的仆人尼古拉。一见之下，他们惊叹不已：“你真的就是圣人尼古拉啊！你曾在海上向我们显现，拯救我们脱离了恶魔的网罗！”

与此同时，有个部落反抗罗马帝国。皇帝派了三位将领前去镇压，他们分别是尼波奇亚努斯（Nepotianus）、乌尔苏斯（Ursus）和阿庇利奥（Apilio）。可是，逆风阻拦他们航行，反将他们送到安德里亚卡港（Andriaca）去了。圣尼古拉就邀请将领们共进晚餐，席间要求将领们约束部下，不许他们如以往那样在赶集时间为非作歹。就在圣人离开这当儿，一位罗马总督收了恶人的贿赂，判处三位无辜的士兵死刑，要把他们砍头治罪。尼古拉闻讯赶来，请求三位尊贵的客人一起火速赶往刑场。此时，三个倒霉蛋已经蒙头跪地，只待刽子手手起刀落了。尼古拉义愤填膺，一个箭步冲了上去，夺下刽子手的凶器。他替三人松绑，将他们毫发无损地送回家。接着，他又迅即赶到总督府邸，紧闭的大门也拦不住他。那位总督匆忙从屋内跑出来向他问安，尼古拉则断然拒绝。“上帝的仇敌！”他喝道，“律法的破坏者！你犯下如此邪恶的罪行，竟然还敢正视我！”他义正词严地训斥总督，正义的话语如同从天而降的冰雹。最后，将领们替总督求情，尼古拉才宽恕了他。事态平息后，带着圣人的祝福，将领们重返航程。他们兵不血刃，就招安了叛乱部落，凯旋时还得到皇帝的欢迎。

将领们虽然功成名就，却也招来了别人的嫉恨。有些恶人买通皇家法院，在皇帝面前控告将领们涉嫌叛国。皇帝听了指控，勃然大怒，将他们投入监狱。盛怒之下，皇帝还越过听证程序，命令将三人当夜斩首。将领们从监狱看守那里听闻这个噩耗，他们撕裂衣裳，悲恸欲绝。三人之一的尼波奇亚努斯则想起了尼古拉在刑场上救下三个无辜士兵的往事，便赶紧催促兄弟，齐声祷求圣人庇护。圣尼古拉听到了他们的祷告，就在那晚向君士坦丁大帝显灵。“你为何不秉持公义？”圣人诘问道，“你为何逮捕那三个无辜的将领，还定他们死罪？赶快起来释放他们，否则我就祈求上帝发动战争，而你必在战争中丧命，你的尸体将成为野兽的口中之食！”皇帝答道：“你是谁？胆敢闯入宫中？还竟敢这样向我说话？”尼古拉回答道：“我是尼古拉，迈拉主教。”与此同时，尼古拉也用同样的方法警告那位法官，向他显出异象。“你这个笨蛋！”他说，“你这蠢货！你为何成为流无辜者血的同谋？赶快释放他们，否则虫子会咬得你体无完肤，你的房子也会瞬间倾覆！”法官问道：“你是谁？胆敢这般恐吓我？”“我是尼古拉，”圣人答道，“迈拉主教。”话音刚落，皇帝和法官同时醒来。他们告诉对方各自的噩梦，然后叫来那三个囚犯。“你们三个在耍弄什么妖术？”皇帝问，“竟然遣梦蒙骗我们？”将领们回答说，他们既不是法术师，也未犯死罪。皇帝又问道：“那你们知道一个名叫尼古拉的人吗？”一听到圣人的名字，将领们顿时心明如镜。他们举手向天，以圣尼古拉的善名祈求上帝拯救他们脱离险境。他们把尼古拉的生平和神迹告诉了皇帝，皇帝听完后说：“你们走吧。感谢上帝蒙允尼古拉的代求，也拯救了你们。不过，我这里有些珠宝，你们带给圣人，请他不要再威吓我，常能为我和国家祷告！”

几天后，将领们俯伏在圣人脚边，大声呼喊着：“你是上帝真正的仆人，是真正敬拜并热爱基督的圣人！”他们告诉尼古拉发生的一切，圣人向天堂举手祷告，打心底感谢上帝。祷告完毕，他教导将领们如何才能培养完全的信心，然后就送他们启程回家。

那一天，上主决定要召尼古拉回天园。圣人正低头祷告，祈求上主派天使来接他。他还没有抬头，天使们就到了。他念诵《诗篇》中的“上帝，我倚靠你”[①]，当诵到“我将我的灵魂交在你手里”[②]时就咽了气。他离去时，人们听到有歌声从天堂传来。这是主后343年发生的事。

尼古拉被埋葬在大理石墓穴中。下葬后，圣油和圣水从他的头和脚流出，至今流淌不息，它们治愈了很多很多病人。尼古拉的继任者是个好人，却由于恶人的嫉妒而遭驱逐流放。那段时间，圣油也停止流淌。直等到他被召回，才有圣油重新流出。许久以后，土耳其人攻毁了迈拉城。一天，四十七个来自巴里(Bari)[③]的士兵正巧路过这城市，他们得到四位僧侣的帮助，掘开了圣尼古拉的坟墓，取走了那仍浸泡在圣油里的遗骨，带回巴里。这已经是公元1087年的事了……

---

① 参见《诗篇》(30—31)。

② 《诗篇》(31:5)。

③ 巴里，意大利东南部港口城市。

圣女露西亚(St. Lucy)

12 月 13 日

叙拉古(Syracuse)的圣女露西亚出身贵族世家。那时,圣阿加塔的名声传遍了西西里全地,露西亚和母亲优提凯娅(Euthicia)也启程前去朝拜她的墓地。四年来,优提凯娅身患血漏,难以治愈,备受折磨。她们到达时,正巧在进行弥撒,又刚好在诵读福音书中主耶稣治愈妇女血漏病的故事。露西亚对母亲说:"如果你相信这个故事,也必当相信阿加塔,她任何时候都会在主耶稣面前为我们代求。只要你满有信心,摸一摸她的墓地,就会即刻康复。"其他人离开后,母女俩依然在墓边祈祷。很快,露西亚沉入梦乡,见到阿加塔。她满身珠饰,身边天使簇拥。她对露西亚说:"露西亚,我的姐妹,献给上帝的圣女,你自己完全可以赐予母亲的,为何还要来求我?你的信心已经使她痊愈!"露西亚醒来后对母亲说:"妈妈,你已经安然无恙!不过,以救你脱离疾病之灾的人的名义,我想求你答应另一件事:请不要再对我谈婚论嫁!把你为我预备的嫁妆分给穷人吧。"母亲回答道:"等我死后,你可以随意安排所拥有的一切。""若你死后才给我,那只是因为这些东西原本就生不带来死不带去,"露西亚说,"但如果你活着的时候就给我,那你会满得奖赏。"

回家后,母女俩就每天变卖产业,救济穷人。直到有一天,那位已经和露西亚订婚的男子听说她们已散尽家产,就跑去询问露西亚的乳母,探知究竟。乳母谨言慎语,说露西亚已经在其他地方找到了一处更好的庄园,所以才变卖家产,并准备以未婚夫的名义购置那新的产业。这愚蠢的人认定这是一桩划算的买卖,就热情相助。最后却发现,变卖所得已全都进了穷人的口袋。气急败坏之余,他把露西亚扭送到总督帕斯卡西乌斯(Paschasius)那里,控告露西亚是个基督徒,还违反了皇帝的法律。

帕斯卡西乌斯命令露西亚向他的神灵祭献。露西亚回答道:"神所喜悦的祭品乃是扶困济贫,救助弱者;我已经一贫如洗,只能把自己作为祭品献上。"帕斯卡西乌斯说:"你这蠢货,收回你的胡言乱语!你的鬼话与我何干?我只遵行皇帝的法律。"露西亚说:"既然你要遵行你主子们的法律,我也必须合乎我的上帝的法律。你害怕皇帝,我敬畏上帝。你不想触犯皇帝,我也决不背离上帝。你巴望取悦皇帝,我则只想蒙我的上帝悦纳。你尽可以照你最好的方式行事,我也有权若此!"帕斯卡西乌斯回答道:"你滥用父母家财,引那些堕落之人歧路难返,你说话的腔调更像个娼妓!""我已经把财产藏到安全之所,"露西亚继续说,"至于那些真正堕落的人,他们在精神和肉体上都已堕落,我根本不认识。"帕斯卡西乌斯问:"谁是那些精神和肉体都堕落的人?"露西亚回答说:"精神堕落者就是你这样子的人,你们成天鼓动自己的灵魂否认创造你们的主。肉体堕落者则是那些沉溺于肉欲的人,他们罔顾永恒之福祉。"帕斯卡西乌斯说:"我该命人狠狠抽你一顿,你就不会再逞口舌之快了!"露西亚反唇相讥道:"上帝之言,永不沉默。""那你是上帝?"帕斯卡西乌斯反问道。露西亚答道:"我是上帝的婢女。《马可福音》中,上帝有言,你们在诸侯君王面前,'不要预先思虑说什么;因为说话的不是你们,乃是圣灵'。"[①]"所以,"帕斯卡西乌斯说,"难道圣灵住在你里面?"露西亚回答道:"凡过着圣洁生活的人,他们都是圣灵居住之殿。"帕斯卡西乌斯说:"我现

① 和合本《圣经》中《马可福音》(13:9—11)原文为:"但你们要谨慎;因为人要把你们交给公会,并且你们在会堂里要受鞭打,又为我的缘故站在诸侯与君王面前,对他们作见证。然而,福音必须先传给万民。人把你们拉去交官的时候,不要预先思虑说什么;到那时候,赐给你们什么话,你们就说什么;因为说话的不是你们,乃是圣灵。"

在就把你送到妓院，你的圣灵也就滚蛋了。”露西亚说：“只有心中愿意，身体才会受污辱。倘使我的身体与心思意念相悖，你的行为反会使我因贞洁而得到更多奖赏，更能确保我得着殉道圣徒的冠冕。你纵然迫我为娼，却非出于我自己的意愿。我的身体已经做好准备，不会惧怕你施加的任何折磨。还迟延什么？来吧，你这恶魔的族类！你满心巴望折磨我，现在就使出你最恶毒的招数吧！”

于是，帕斯卡西乌斯招来皮条客。“让全城人来好好享用这个女人，”他对皮条客们说，“强暴她，至死方休！”可是，他的手下来拖露西亚时，圣灵使她重如泰山，根本无法撼动。帕斯卡西乌斯又叫来一千个男人，但即使捆绑了露西亚的手脚，还是根本不能移动她分毫。帕斯卡西乌斯又加了一千对公牛，但这位圣洁的童女依旧岿然不动。无奈之下，帕斯卡西乌斯召来很多巫师，对露西亚施咒，结果还是如此。“究竟是什么邪恶的力量在作祟？”难以置信之下，他吼叫道，“为什么一千个男人不能挪动一个小姑娘？”“不是邪恶的力量，”露西亚正告帕斯卡西乌斯说，“这是耶稣神圣的力量。即便你再增加一万个男人，也不会有丝毫改变。”

帕斯卡西乌斯又听说尿液能破解女巫的魔法，就让人在露西亚身上撒尿，可是仍无效果。他怒不可遏，在她身边焚起熊熊之火，又把沥青、树脂和滚烫的油浇在她身上。露西亚高声喊道：“上帝让我慢慢经受这殉道的酷刑，只有如此，信徒们才不会为种种折磨而忧心如捣，才能令不信上帝、嘲笑信徒的人闭嘴！”正当此时，总督的一个朋友见帕斯卡西乌斯已近疯狂，赶紧用匕首捅破了露西亚的喉咙。然而，露西亚并未失去说话的能力。她继续说道：“我还要告诉你们：平安已回归教会！马克西米安今天已死，戴克里先也被逐出他的帝国。正如阿加塔姐妹是卡塔尼亚(Catania)城的守护圣人，我也将成为叙拉古城的守护者！”

话音未落，罗马使节忽然出现。他们逮捕了帕斯卡西乌斯，将他押解至罗马去见恺撒，因为皇帝听闻帕斯卡西乌斯鱼肉百姓。罗马元老院判处帕斯卡西乌斯死罪。至于圣女露西亚，她始终纹丝不动地站在被刺之地，直到神父为她行了临终圣体圣事，众人齐声应了“阿门”之后，才终于咽了气。人们就将她葬于屹立之所，为了纪念她，还建造了一座教堂。她于君士坦丁和马克森提乌斯当政时殉道，也就是公元310年前后。

圣徒传记选译

韦穆修道院与贾罗修道院的院长生平[①]

比德[②]

位于韦穆(Wearmouth)与贾罗(Jarrow)的修道院的神圣院长——本尼狄克、切奥尔弗里德(Ceolfrid)、埃奥斯特温(Eosterwine)、西格弗里德(Sigfrid)和瓦特伯特(Hwaethert)——诸位的生平,由该修道院的神父和僧侣比德序次陈述:

---

① 选译自 *Baedae Opera Historica*, Vol. II, edited by J. E. King; Loeb Classical Library; Harvard University Press, 1930. 除约定俗成的译名外,本文所有人名与地名都与商务印书馆《英吉利教会史》(1991 年版)一致。

② 比德(Bede)及其《英吉利教会史》在英国的地位,类似我国的司马迁及其《史记》。

第一卷

比斯科普(Biscop),得名本尼狄克(Benedict)[①],乃是基督之虔诚仆人。因天恩眷顾,他在威尔河的河口北侧建造了一座修道院,以荣敬最神圣的彼得,使徒之首。这块土地是由可敬且虔敬的国王埃格弗里德(Egfrid)捐赠与他的。在经历着数不胜数的旅途辛劳与疾病缠身之际,比斯科普以最初奠基修道院的虔诚之心矢志不渝地管理修道院十六年之久。于此,我要用神圣的教宗额我略(Gregory)[②]在称赞另一位以比斯科普之名为姓的修道院院长生平时的所言来描绘比斯科普:"他度着可敬的生活,本尼狄克正是名至实归[③]。他自孩提时代,即有成人之心,可谓少年老成,也从未耽于享乐。"比斯科普本是英格兰高贵世家子弟,然其心志之高贵尤胜之,故此举升天堂,配得与众天使为伍。简言之,他在二十五岁时,曾作为国王奥斯维(Oswy)的亲兵从国王处受赐了一份与其职务匹配的土地。然而,他轻视这种可衰残凋零的财物,而期待那永恒之宝藏。他不屑世上事务,因其回报总要消亡;以便真正的大君王[④]赐予他天上之城那无穷之国度的奖赏。为了基督之故,也为了福音之由,他撇弃房屋、亲族和家国,为了那百倍的收获,以及来世的永生[⑤]。他拒绝了肉体婚约

---

① 比斯科普是姓,本尼狄克是名。

② 本文人名地名多采用基督新教(国内简称基督教)译法,仅在教宗人名上一般采用罗马公教(国内简称天主教)译法,特此说明。

③ 本尼狄克(Benedict)意思是祝福。

④ 大君王指耶稣基督。

⑤ 《马可福音》(10:29—30)中耶稣说:"我实在告诉你们,人为我和福音撇下房屋,或是弟兄、姐妹、父母、儿女、田地。没有不在今世得百倍的,就是房屋、弟兄、姐妹、母亲、儿女、田地,并且要受逼迫,在来世必得永生。"

的束缚，以便于以童贞之荣，在天国里毫无瑕疵地跟从羔羊耶稣[①]。他也不想要肉身生育必死之婴孩，乃因基督之预定，他要以属灵的教导为基督养育有属天生命的不朽之子[②]。

故此，他离开本土来到罗马，以其始终燃烧之热爱，躬体力行地参拜和敬奉圣人遗体安放之处[③]。回国之后，他从未止息地将热爱、尊崇和颂赞归给他在罗马所见闻的教会生活规矩。那时候，前文所言的奥斯维国王的儿子阿尔奇弗里德(Alchfrid)定意参观罗马，以便在诸圣徒的教堂里做礼拜，因此，他带上了比斯科普同行。不过，阿尔奇弗里德的父亲在此行半途中将他召回，要求他留在自己的国家里。然而，作为一位有美德的年轻人，比斯科普继续前进完成了这趟已然开始的旅途。就在我们前文提及的已故教宗维塔利安当值期间，他急速奔回罗马。此次，就和前次访问罗马一样，他享受了美好知识的丰富获得。几个月之后，他离开罗马来到了勒兰岛(Lerins)，于此加入了僧侣行列，接受了剪发礼[④]。有了这个僧侣誓约的标志，他就全力以赴、谨小慎微地履行一切规矩。不过，在学习了两年的修道院生活各项知识之后，他对于那使徒之首神圣彼得的崇敬之爱又

① 中世纪及天主教至今传统认为，童贞是重要的美德，故此接受圣秩的神职人员需要终身守贞。

② 基督教认为，一个人悔改罪恶，皈依基督，是一次新的出生过程，被称为重生。故此，引人皈依并教导之，是属灵上的生养儿女，是比肉体的生养更重要的。

③ 礼敬圣人遗物、遗骨等圣髑，朝拜圣地，都是中世纪极为看重的信仰实践，认为具有巨大的灵性意义。

④ 剪发礼是昔日的僧侣在领受神品前的第一步骤，在神职人员的头顶剪为光秃圆顶，此礼现在已经废除。

一次抓住了他,他决定再次拜访那座因彼得的遗体而神圣的罗马城①。

此后不久,一艘商船达成了他的愿望。那时候,肯特国王埃格伯特(Egbert)从不列颠派遣一个名叫威格哈德(Wighard)的人,他被选担任主教之职②。此人在肯特由神圣教宗额我略所命的罗马学者培训,学习了教会各项习俗惯例。埃格伯特国王期待他在罗马被祝圣为主教,这样他们就有了一位可以讲当地话的本国人的主教,国王和他治下的人民就可以在言辞和信仰的奥秘中更完备地受教③。这样的话,无须通译,而是借助一位他们的亲族成员的口舌和手,他们就可以领受这些言辞和奥秘。但当这位威格哈德到罗马之际,还没有接受主教品秩时,他和与他同行的随从全部死于一场临到他们的疾病。由使徒所传的教宗④,不愿意由于使团成员死亡之故,让这一敬虔使命落空,于是咨询意见之后,挑选了一位他自己的人,可以派遣到不列颠作为大主教的人选。这就是西奥多,一个精通教会哲理、世事练达的饱学之士,他还通晓希腊和拉丁两门语言。教宗给西奥多配备了一位同样心志坚定与明智的同侪顾问,就是哈德良(Hadrian)。因为教宗注意到可敬的本尼狄克必是一位谨慎、勤勉、敬虔和显贵之人,于是把他任命的主教和所有随从委托给本尼狄克,要求他放弃因基督之故所从事的朝圣生活,为了更高的利益回到本尼狄克

---

① 彼得作为耶稣的首徒,在罗马殉道,并葬于罗马,在其墓穴上建造了圣彼得大教堂,这是罗马公教(天主教)极为看重的。

② 天主教的主教需要教宗任命,其他合法的主教祝圣,才能任职。

③ 这里的原因是当时教会各种信息都是以拉丁语为基础的,拉丁语是当时西方世界的通用语和书面语,而英语只是一种上不了台面的方言而已。但大多数民众,甚至包括贵族都不懂拉丁语,所以希望能够有会讲当地方言的主教。

④ 使徒是耶稣基督亲自拣选的十二位门徒,是基督教的柱石。罗马主教是首徒彼得的继承人。

的国人中，带回他们所迫切需要的真理的教师[1]，而他可以在这位教师前往不列颠的路途上以及其后教导中，担当通译与向导。本尼狄克如其所求地听从了教宗的指示，他们来到了肯特，得到了盛情接待。西奥多就主教之位；本尼狄克从事治理圣彼得修道院，上述的哈德良随即被任命为这所修道院的院长。

当本尼狄克管理了修道院两年后，他开始第三次罗马之旅。此次罗马之行一以贯之地顺利通畅。他带回了各门神圣学问的书籍，有些是花钱购买的，有些是他的朋友免费赠送的。返程之际，他途经了维埃纳（Vienne），从他曾经托付为他买书的朋友那里拿回那些书籍。当他重返不列颠时，定意要去见西撒克逊的国王森瓦尔（Cenwalh）。本尼狄克曾经受惠于这位国王的友谊，得到国王的支持。恰在其时，森瓦尔国王不幸逝世，本尼狄克不得不掉转脚步，回到自己的国民中去，归回他出生之地。他来到了特兰沙姆伯里亚地区的国王埃格弗里德的宫廷。他向埃格弗里德国王讲述了他自年轻时离开家乡后所行的一切事。他坦诚地公开了那激发他内心热忱的宗教情怀。他向国王彰示了他在罗马及其他地方所习得的教会与修道院习俗惯例，并给国王观看了他所携带的所有神圣书卷以及圣徒或基督殉道者的宝贵遗物。他在国王的眼中蒙恩得福，国王就从自己的地界中，划出了七十海得[2]的土地赠予本尼狄克，嘱咐以他的教会首牧[3]之名修建一座修道院。这就是我在序言中所提及的，于主基督

① 指西奥多主教。

② 海得（Hides）是古老的英国土地面积计算单位，相当于 120 英亩，1 英亩略多于 4000 平方米。

③ 教会首牧是指圣彼得。

道成肉身后 674 年，该纪第二年[①]，也即埃格弗里德治下第四年，在威尔河的河口北侧所修建的修道院。

当修道院奠基不到一年之际，本尼狄克跨海到了法兰西。在那里，他寻觅招揽了一批石匠带回国内，并要他们按照他所钟意的罗马风格建造一座石头教堂。在这项工作中，因为他对其敬爱的圣彼得满怀挚爱之情，在奠基后一年之内，就以非常快的速度上了房顶，并且那神圣的弥撒也可以在其中举行了。不仅如此，当工程接近尾声之际，他派遣信使到了法兰西，为的是带回制作玻璃的工匠（这在当时是不列颠所没有的工种），让他们给教堂、附属小堂的窗棂以及通风天窗都镶嵌上玻璃。他们来了，事就这样成了；他们不仅完成了委托他们的工作，而且还让英格兰人民因此晓得并习得了这一工艺：这工艺无疑般配教堂各色灯具与各类器皿的样式。除此之外，对于他无法在本土找到的那些东西，这位虔诚的买家精挑细选地从海外购得各式物件，就是适用于侍奉祭台与教堂的那些圣爵与祭衣[②]。

更进一步的是，为了给他的教堂获取罗马境内的饰品和书籍，就是那些在法兰西也无法找到的东西，这位勤勉的总管进行了第四次罗马之旅。当然，这是在他根据规章安置了他的修道院之后进行的。结束旅程之际，他带回空前丰富的属灵物品。首先，他将大量各色书籍带回故土。第二，由于他的争取，基督的殉道者与圣徒遗物之恩惠充盈了英格兰众教堂[③]。第三，因为他的恳请，教宗亚佳东（Agatho）

---

① 中世纪的一种纪年方法，以 15 年为一个轮回，依次为第一年、第二年；类似我国的天干地支纪年。

② 这些东西都有较强的仪式性要求。

③ 殉道者与圣徒是比较有德行的人物，他们的功德被认为附着在他们的遗物上，这些圣髑所在之地也因此变得特殊，充满了奇迹和恩惠，在那里往往会建造教堂。

惠许他将圣马丁修道院院长，也就是圣彼得教堂的领唱者、罗马的导师约翰带回到不列颠岛的英吉利人民中间，作为本尼狄克的修道院的导师，从而把罗马式吟咏、颂赞以及教会各项圣事制度都介绍到本尼狄克的修道院中来了。当约翰到了之后，他不仅口述了自己在罗马曾经学习到的东西给那些师从他学习教会事务的学徒，而且还著述了大量作品。这些作品至今仍然保存在上述提及的修道院的图书馆里作为纪念。第四，本尼狄克带回来一件宝贝礼物，乃是那可敬的教宗亚佳东所写的特许状，这信是他在埃格弗里德国王知情同意的情况下，经过自己不懈努力争取才得到的。凭借此信，他所建造的这座修道院可永免于外界攻击侵扰，保持平静安稳。第五，他将不少圣画像带回故土，以此布置他所建的圣使徒彼得教堂，其中神圣的天主之母童贞马利亚和那十二个使徒的画像，被用来贴在两壁之间横贯上述教堂的拱顶上；而福音故事的圣画像被用来装饰教堂的南墙；圣约翰在《启示录》中所见的异象的圣画像以同样的方式装饰北墙[①]。这样，所有进到教堂里的人，即便目不识丁，无论朝向何方，都可以目睹基督与其圣徒的慈祥容颜，哪怕仅只是画像而已，抑或他们可以感受到主基督道成肉身的真活体验，如同活画般使他们目睹那最后审判的临头，故此忆及勤勉躬身自省。

埃格弗里德国王因为极其喜悦可敬的本尼狄克的美德、勤勉和敬虔，目睹他上次所赏赐的礼物得其所哉，开花结果，于是动念扩增他曾给予本尼狄克修建修道院的馈赠土地，又给了本尼狄克另外的四十海得土地。这样，一年后，本尼狄克派遣了十七名僧侣，委任了切奥尔弗里德作为他们的院长与司祭。根据埃格弗里德国王的建议，或者更确切地说是命令，本尼狄克修建了圣使徒保罗修道院。不

① 传统教堂一般都是东西向的，西边是门，东边是祭台。

过此修道院的建立是有如下条件的：这两座修道院应以和睦协调达到和合一致，两造之间友谊永续，慈爱长存。这就好比说，身躯不能离开用于呼吸的头部须臾片刻，而头部也无法脱离身躯一瞬间。故此，无论何故都不可离间这两者，两个修道院是以使徒之首[①]的手足之情连结一起的。这个本尼狄克委任的院长切奥尔弗里德从前一个修道院最初时期开始，就一直是本尼狄克最热诚的帮手。他还与本尼狄克在便利时候同行到过罗马，一起接受必要的建议和礼拜。在那时候，本尼狄克还选派了圣彼得修道院的司祭埃奥斯特温(Eosterwine)作为该院院长，委任他管理这所修道院。这是为了分担重负，因为让他一个人单独承受此担过重，而亲爱的勇敢同袍可以帮助他减轻这重负。故此，无须奇怪为何一个修道院同时会有两位院长。因为本尼狄克经常因修道院事务而奔波海外，频繁离开，归期不定。而历史也记载了，最神圣的使徒彼得，出于他的责任所在，曾连续指派了两个从属于他的主教驻节罗马，管理教会。教宗圣额我略曾经对我们说过，圣本笃[②]院长自己也曾在其认为恰当之际，任命了十二位院长，管理他的跟随者。他这样做非但没有减少弟兄之情，反而增益了手足之谊。

上述这位埃奥斯特温是从修道院建成后第九年执掌管理之责的，他在去世之前承担这一职责四年之久。他出身高贵，但并未如同某些人那样把高贵的出身作为炫耀，以此夸口并鄙视他人。反之，作为基督的仆人，他以其高贵出身作为灵魂更加高尚的方法。他其实是本尼狄克院长的堂表兄弟，不过这对兄弟的可敬灵魂是如此高超，

---

① 圣彼得是负责归化犹太人的使徒，圣保罗是负责归化外邦人(非犹太人)的使徒，故此，他们被并称为“使徒之首”。这两座修道院的联合显示两位使徒和谐无间。

② 即本笃会创始人。

他们极其轻忽世俗荣誉，视其为无物。当其中一个进入修道院时，认为绝不可为着出身高贵或家庭显赫而位居人上，其余那个也不觉得自己应该获取任何特权。而出于他内心的良善与美好动机，他与众弟兄们同盘吃饭，他所夸口的，就是遵行那些与他的年轻相适应的各种规章制度[①]。尽管他曾经是埃格弗里德国王的亲兵，但是他现今一劳永逸地放弃了世俗的关切，放下武器，仅仅进行属灵的争战，持久地谦卑恭顺，与众弟兄完全一样，乐于操持脱粒、扬场、给牛羊挤奶，欢乐且顺从地参与烤面包、花圃修缮、厨房劳务以及各色修道院的事务。不仅如此，在承担了院长职务管理修道院之后，他还始终如一地对待他人，这是根据一位智者的忠告："他们立你为管理者，切勿自大，但要置身他们之中，犹如他人一般，以温柔、谦和、仁爱待人。"的的确确，在他认为恰当之际，他会以管理规章惩戒罪人，但出于本质的情感，他总是更乐意规劝他们，让他们不要犯罪，以至于让自己的罪意发动，其阴影遮蔽了院长面容上公义之光。当他外出巡视修道院各项事务时，如果看到弟兄们在工作，他就会毫不犹豫地加入他们的劳作中，无论是手扶犁柄垦地，或者抡锤锻造铁器，或者鼓风扬糠，或者是其他类似的事务。因为他是一位年轻人，孔武有力，言语和蔼。除了拥有欢快的灵魂，他还是一位乐善好施者，仪容堂堂。他和其他弟兄吃同样的食物，并且和他们同住在一所房子中，他一直住在他做院长之前所居的房屋。即便在重病缠身、死亡将临之际，他仍然在他的弟兄们的宿舍躺了两天。在他最后弥留的五天里，他才许可把他搬到一个更僻静的房间。某天他从那里出来，坐在露天里，把所有弟兄召集起来。出于他天性的慈悲，他与各位弟兄亲吻问安，他们都啜泣哀哭如此一位父亲和牧者的离世。他于 3 月 7 日的夜里去

① 对于年轻人，修道院的规章制度更加严格，故此更难遵守。

世，当时所有弟兄们都在以歌诵诗章来唱早祷。当他进入修道院时，年方二十又四岁，他在修道院中生活了十二年。他担任神父七年，而其中有四年时光用于治理修道院。如此这般，他"脱离尘世的形体，预备了死亡的来临"，从而步入了天国。

在叙述了可敬的埃奥斯特温感人生平之后，让我们言归正传。在本尼狄克指定埃奥斯特温担任圣彼得修道院院长，指定切奥尔弗里德担任圣保罗修道院院长之后，本尼狄克随即第五次从不列颠奔赴罗马，回来时如同惯常那样带着无数有益教会的礼物，就是实实在在大量的圣书，还有比前次只多不少的圣画像。这次他带回来描绘着我们主基督历史的一组画像，他用这些画像布满他所修建的更大的那个修道院里的整个圣母教堂。通过装饰圣保罗教堂和修道院的绘画作品，他精心布展，彰显了新旧约的统一和谐。例如①，一幅以撒背负那他将要于其上被宰杀的薪柴的画像和一幅我们主背负他将于其上受难的十字架的画像摆在一起，处在紧邻着后者的上方。本尼狄克还将人子耶稣在十字架上被举起来与摩西在旷野举蛇的画放在一处。在所有这些东西之中，他还带回来两件做工精美异常的丝绸披风；他后来用这两件披风从阿尔弗里德(Aldfrid)国王(而他在归来的时候发现埃格弗里德国王已经被杀)和他的顾问们手中购买了威尔河南岸靠近河口的三海得土地。

可是在他归回的喜悦中，他也发觉了故土上令人扼腕的消息：他在临行之际任命的院长、可敬的神父埃奥斯特温与他手下的不少弟兄们在一场横扫而来的瘟疫中辞世。但仍然有值得安慰的事，因为他看到他的同侪院长切奥尔弗里德与弟兄们一起在该修道院中挑选

---

① 这两个例子都是将《旧约》中耶稣的预表和《新约》中耶稣的生平对照，以此说明新旧约的和谐一致。

了助祭西格弗里德替代埃奥斯特温的职务。西格弗里德性格柔和谦卑，与其受人敬重的程度般配。他是被《圣经》知识所教导之人，兼有高尚美德，并被赋予节制的恩赐，但因身体疾病的缘故，他的脑力受到严重损害，而在持守内心纯洁无瑕方面又被可恶的不治之症肺病所严重妨碍。

不久之后，本尼狄克自己也开始遭受疾病的侵袭摧残。不过，为了在他们已有的宗教热诚之上添加忍耐的美德，上帝的仁慈让他们身染此尘世之疾病，卧床不起[①]。其目的是，在死亡战胜了疾病之后，上帝可以用天堂的平安和光明这样永驻的安息来更新他们。故此，西格弗里德在受尽他肉身之内的长期折磨（如我前述）后，走到了尘世的尽头。而本尼狄克在三年的逐渐瘫痪过程中越发虚弱，他的下半身完全瘫痪，仅仅残存上半身（其中若无生命，人就无法存活）以操练忍耐的美德。他们两个在病患中却始终如一感谢他们的创造者，终日称颂上帝，并且鼓励他们的众弟兄。本尼狄克定意要坚固他的弟兄们，劝勉他们遵行他所制定的修道院规章，他说过："你们切勿认为我凭借己意设立规章，而不曾为了制定这些规章寻求指导。因为我在频繁的长途旅行跋涉往返之中，我在十七所修道院中发现的最好的部分都记录下来，并传授给你们来遵守获益。"对于他从罗马带回的数量巨大的书籍（这些书籍是教会训导工作所必需的）所置放的图书馆，他叮嘱要谨慎维护其完整，不要因为疏忽大意而损坏或失散。除此之外，他还谆谆告诫那些前来探视他的弟兄们，在选择修道院院长之际，任何人不可以把家族出身作为凭据，而不把生命的正直和教义的正确作为依据。他说过："我实实在在告诉你们，如果比较

---

① 忍耐是基督教美德之一，为了操练这一美德，需要受苦，因此，这里将肉身的苦楚视为上帝的成全美意。

两个灾祸,一个是这座我所修建的修道院所在之处成为永远的荒场(假若上帝许可),一个是让我某个众所周知偏离正道的同胞兄弟接班作为修道院院长管理这座修道院,那么,我认为前一种灾祸比后一种更容易忍受。故此,我的弟兄们,你们应当永葆谨慎之心,不要因为一个人的家庭出身而挑选他当神父,也永远不要选择从外面来的人当神父。反之,你们应该根据我们可以溯及的渊源、伟大的本笃院长所定的规矩,以及我们所得的特许状的规定,从你们自己人中间选举出众望所归的人作为院长。他需要因为他那良好的生命以及明智的教义,而显示出比其他人更加适合、更加般配这一使命,他也应该是你们基于爱而和谐一致判断和选择公推出来的最佳人选。之后,你们请来主教,邀请他以公开的祝福认可他作为你们的院长。"他接着说:"因为那些以肉身方式产生肉身子嗣的人,需要为他们肉身和尘世的财产找到肉身和尘世的继承人;但是以话语的属灵种子产生属灵子嗣的人,必须在他们行事为人中,以属灵作为归依。对于被赋予了更丰富属灵恩典的人,众弟兄应该以其为他们属灵子嗣中的长子,就如同尘世的父母总是将他们首生的儿子立为他们后代的负责人,而当他们分配遗产之际,认为他应该比其他人得到更多考虑一样。"

我禁不住要讲论,可敬的本尼狄克院长在因为痛苦的疾病折磨而无法入睡时,为了消磨漫长的夜晚中的厌耗,他请人来为他诵读约伯忍耐的故事,听取《圣经》的其他篇章,如此,他在病痛中可以获得安慰,也可以在落入深谷时却因着对天上事务活泼的盼望而得到高举。因为他根本无法起立祷告,而完成规定的歌诗功课也因为他难以发声和变调变得困难重重。这位大智的人,因着对宗教的热爱,规定自己在日间和夜里的几个小时的祷告之中,召集几个弟兄对唱指定的赞美诗,如此他就可以尽其所能地和着他们的旋律,借助他们的帮助，完成他无法独立完成之事。

然而，当这两位院长因为长期困扰他们的疾病精疲力竭之际，他们晓得自己濒临死亡，不再适合管理修道院（因为落在他们躯体上的疾病如此疼痛，以至于在他们里面完全了基督的能力）。某日，他们都想在离世之前再见一次面，谈一次话。西格弗里德被用担架抬到本尼狄克卧病所在的房间，他们被并排放在一起，两人头枕一枕（哀伤的场景啊）。但他们即便面目相近，却也无力靠得更近彼此亲吻；这也得求助于其他的弟兄们的帮助才得以实现。随后，本尼狄克经过咨询了西格弗里德和所有弟兄后，召见了他曾指定的圣保罗修道院院长切奥尔弗里德。他们因为共同的美德而缔结的亲缘更胜于肉身的血缘姻亲。在所有其他人都同意并且认为恰当的情况下，本尼狄克任命了切奥尔弗里德作为两所修道院的神父。因为本尼狄克认为，为了保持两座修道院的和平与联合，最佳的方案就是让两座修道院拥有同一个神父兼管理者。本尼狄克常常用以色列王国为例提醒大家，当以色列被自己民族中唯一的领导人统治时，是平安稳妥的，任何外族都无法将其驱离国土。但以色列由于前期的罪过的缘故，导致了人民彼此为敌，因为互相斗争而分裂，以色列便逐步败亡，也从先前的稳固中变为废墟。① 本尼狄克叮嘱他们要反复思考福音书的箴言：“凡一国自相纷争，就成为荒场。”②

第二卷

这些事发生之后两个月，上帝所爱的可敬的院长西格弗里德，在

---

① 以色列在大卫和所罗门统治时期，是政治统一的黄金时代。在所罗门死后，以色列国分裂为北国以色列和南国犹大，逐渐式微。

② 参见《路加福音》(11:17)：他（耶稣）晓得他们的意念，便对他们说：“凡一国自相纷争，就成为荒场；凡一家自相纷争，就必败落。”

经过现世水火之灾磨炼之后,首先被带入到永恒安息的更新之中。他进入了他在天国的家,以清洁的口所承诺的誓约作为恒常不断的祭献呈送给主。四个月之后,本尼狄克,这位战胜罪恶者、公义的荣耀工人,被肉体软弱所胜,到了此生尽头。"那夜因冬风呼啸而凛冽。"不过对于这位圣人来说,永远快乐、平安与光明的白昼很快就要来临。弟兄们聚集在教堂彻夜不眠,以祷告和唱赞美诗歌度过无眠的黑夜:他们以不休止的赞美上帝来减轻内心与神父的离别之痛。一些人守候在本尼狄克的病房中,在那里,本尼狄克以孱弱之躯、坚强之志,寻找从死亡的幽谷通往生命的路径。那天整个晚上,犹如其他的夜晚一样,有一位司祭大声诵读福音书来安慰他的痛苦。他离世的时刻近了,为了他上路的预备,他领受了主的圣餐,即主的身体和宝血。于是,这个神圣的灵魂,在善意的慢火煎熬中经历了考验,离开了肉身的泥炉[①],飞升至天堂荣耀的福祉之中。本尼狄克的离世是一场伟大得胜,邪灵无论如何也无法搅扰阻碍,这从那时刻为他所唱的赞美诗歌即可得到明确的证据。从傍晚开始,众位弟兄们就匆忙聚集在教堂,通篇唱诵《诗篇》,那时候刚好唱至第八十二篇,题目是:"主啊,谁能像你?"这篇诗歌的整体大意是,基督之名的仇敌,无论是肉身的,或者精灵的,都总是竭尽全力破坏摧毁基督的教会和那些虔诚的灵魂,但是他们自己反而会恐慌丧志和永远地消亡,他们的力量会被主所削弱;没有可与主比拟的,唯有他自己才是全世界的至高者。故此,在本尼狄克的灵魂离开躯体之际,正在歌唱这样一首诗歌,可以被恰如其分地理解为从天而来的安排。对于本尼狄克来说,主是他的帮助者,没有敌人可以胜过他。在他建造了修道院后的第十六年里的1月12日,这位信徒安睡在主的怀里,并葬于圣彼得

① 参见《诗篇》(12:6)。

教堂。于是，在他去世后，他的躯体还是靠近彼得的遗物和祭台。在本尼狄克还在肉身之际，彼得就是他所爱的。彼得也是为他进入而打开天国大门的人①。如我们所述，有十六年之久，本尼狄克治理着修道院。前八年是他自己单独做，没有指定第二个院长来帮助他；后八年由可敬而神圣的埃奥斯特温、西格弗里德和切奥尔弗里德三人以院长之衔与权柄及职务辅助了他。第一位帮助了四年，第二位帮助了三年，最后一位帮助了一年。

这第三位的切奥尔弗里德是一位行事勤勉、才思敏捷、业务熟稔、处事果敢、热心虔敬的人。如我们在前曾记述过那样，他先是在本尼狄克的帮助下拓展、修建、完善并管理了圣保罗修道院七年之久。随后，他继续以其贤明治理这两所修道院二十八年，更确切地说，是位于两地却合二为一的圣彼得圣保罗修道院。他的前任所启动的所有高尚的正义之工，这位切奥尔弗里德都尽其所能地予以完成。他在长期的治理修道院的经验中知道，哪些东西是修道院所必需的，他就提供这些必需之物。除此之外，他还建造了不少小教堂。他添置了教堂和祭台所用的器物，以及各色的祭衣。本尼狄克院长曾经及时开创的两个修道院的图书馆，在他治理下拓展了不止一倍，特别是除了过去从罗马带回的单套旧译本《圣经》之外，他又添置了三套新译本《圣经》②。在他老年时去罗马之际，把其中一套新译本《圣经》和其他东西一起作为礼物。而另外两套，他捐赠给了这两座修道院。除此之外，有一部本尼狄克从罗马购买的做工精美的《宇宙志学者》(*Cosmographer*)③手稿，切奥尔弗里德以此与那位精通《圣

---

① 耶稣在福音书曾经应许把天堂大门的钥匙给彼得与其他使徒。

② 即哲罗姆的拉丁文译本。

③ 宇宙志学者，意思是研究宇宙学的学者。

经》的国王奥尔德弗里德交换了弗雷斯卡河（Fresca）旁边的八海得土地，作为圣保罗修道院的地产。这一书稿换土地的方法本来是本尼狄克在世的时候同这位奥尔德弗里德国王商量好的，只不过本尼狄克还没有来得及完成这个交易就去世了。后来在国王奥斯雷德（Osred）统治时期，切奥尔弗里德又用这块地盘，加上适当的一些钱，换了当地人称之为萨姆布斯村里的一块二十海得的土地，因为这块地皮看起来更接近上述的修道院。在已故的教宗圣色尔爵①任期内，切奥尔弗里德曾经向罗马派遣了一些僧侣，从这位教宗那里，切奥尔弗里德获得了一封保护修道院的特许状，如同教宗亚佳东②曾授予本尼狄克的那种。这个新特许状被带回不列颠之后，在宗教会议上公开，不仅由在场的主教们签字认可，还得到了高贵的奥尔德弗里德国王的签名确认。这情形和前一封特许状一样，众所周知，前一封特许状就是由国王和主教们在宗教会议上公开认可的。在奥尔德弗里德国王统治期内，有一位上了年纪的威特梅尔（Witmer），他是基督的虔诚仆人，熟稔《圣经》，通晓练达世俗学问。他委身于圣彼得修道院（切奥尔弗里德秉政时期），并且永久地转让了十海得的土地给这所修道院，这土地本是他从国王奥尔德弗里德获赠的产业，位于多尔顿村（Dalton）。

切奥尔弗里德长期恪守由教父基于古老前辈的权柄，同时为了自己与同袍切身利益而谨慎地制定的典章。他以从不间断的每日祈祷与吟唱来操练自己，这恐怕是任何人无法比肩的。在克制邪恶方面，他显示了让人瞠目的嫉邪之心；而安慰软弱者时他却又是清醒冷

---

① 一译教宗圣思齐一世（Sanctus Sergius I），就任于687年12月15日；离任于701年9月8日。

② 一译教宗圣佳德（Sanctus Agatho），就任于678年6月27日；离任于681年1月10日。

静的。他在饮食上践行节制，衣着朴素，这都是管理者中罕见的。不过，他因为年纪老迈，意识到高龄的限制因素，无法对他权下之人给予言传身教，并要求他们履行属灵的实践。在内心盘算了良久之后，他认为最佳的办法是，根据他们特许状的要求和神圣院长本笃的规章，从弟兄们中间挑选一位更合适的人来当他们的神父，而他自己决定重访罗马那些在他年轻时曾与本尼狄克一起到访的圣徒之圣地。这都是为了在他死之前，可以有一段从关心世界之事务中解脱出来的时间，可以自由自在地私享寂静安宁；而且，弟兄们有一位更年轻的院长，就可以因为与新院长年纪相近，而在遵守他们的规章上取得进益——这本是那规章的根本所在。

虽然一开始的时候，所有人都反对，并涕泪俱下地跪在他面前，反复恳求收回成命，他却已立定心意。他是如此迫切地想要离开，在告知弟兄们他的隐秘意图的第三天，就急忙上路了。因为他有些担心，事实上，将来也的确如他所担心的那样，他会在到达罗马之前去世；他还希望这样可以避免他的行动被他所敬重的朋友或者要人们所拦阻，也防止有人给他赠送钱财，而他又不能立即报答他们。因为他的惯例就是，如果有人给他一个礼物，他要么立即偿付或者稍过一段时间偿还，绝不亏负人。所以，当 6 月 4 日，一个礼拜的第五日的早上，在童贞圣母马利亚教堂和圣彼得教堂的首场弥撒礼成之后，所有在场的人领过了圣体，他坚决地预备出发。大家集中在圣彼得教堂中，切奥尔弗里德亲自点燃香后，在祭台前祈祷，他手持着香站在台阶上，为他们祈求平安。弟兄们依次从他那里经过，抽泣之声在他们启应连祷中清晰可闻，他们步入了弟兄们宿舍对面的殉道者圣劳伦斯小教堂。他在临别赠言中，告诫他们持守相亲相爱之道，并以福音书纠正那被过犯所胜的人。他给予那些可能得罪他的人以赦免和祝福的恩惠。他请求大家为他祈祷，并与他和好，假如他曾经过于严厉叱责过他们的话。[①] 大家一起来到渡口，他又一次给那些泪水中的弟兄们平安的亲吻。祈祷之后，他与同行者一起登船离岸。教会的助祭们也在船上，手持点燃的蜡烛和金十字架。他渡过了河，礼敬了十字架，跨上马离去，留下的是差不多六百人规模的两座修道院。

在他和他的同行者离开之后，弟兄们回到了教堂，在泪水和祷告中，将他们自己以及其所有的一切托付给上帝。在唱了第三个时辰的赞美诗之后，他们很快重新集合起来，思考下面怎么办。他们决定以祈祷、歌诗和禁食，全速从上帝那里祈求一位神父。他们通过一些当时在场的圣保罗修道院的弟兄们和他们自己的弟兄们，把这样的决定告诉圣保罗修道院的僧侣们，因为他们彼此是兄弟。他们当即同意了；两座修道院同心同意；大家的心意和大家的声音都投奔上帝那里。第三天，在五旬节主日来临之际，圣彼得修道院所有僧侣济济一堂，人数同样不少的圣保罗修道院的长老们也参与一起开会。众心一致，而且两座修道院有同样的意见。故此，瓦特伯特（Hwaetbert）被选为院长，他不仅从幼年起就在该修道院学习教规，接受培训，而且精于各种书写、歌唱、阅读和教导的技巧。他在已故的教宗圣色尔爵任期内，奔赴罗马，在那边居住良久，并且学习、抄写并带回了所有他认为自己需要的东西。不仅如此，他已担任神父十二年之久。在被上述两座修道院的所有弟兄们一致推选为院长后，他带着一些弟兄一起直奔院长切奥尔弗里德处，而切奥尔弗里德当时正在等候带他渡海的船只。他们告诉了切奥尔弗里德他们选择了哪位作为院长。切奥尔弗里德回答说“感谢上帝”，就是认可了这次选举，而

---

① 这些也是基督徒临终之际应当进行的步骤。

且从瓦特伯特手里接过一封推荐信，是给教宗额我略的[1]。这封信的部分段落我们认为适合以摘抄的方式在这本书中记录下来。

至万主之主所眷顾的阁下，非常神圣的教宗额我略；瓦特伯特是您卑微的仆人，在撒克逊使徒之首最神圣的圣彼得修道院的院长，祝您在主里永远康健。

我，以及在这里的分别为圣的弟兄们（我们一起肩负基督那最轻省的轭[2]，以期寻获灵魂的安息），我们不住地感谢上天裁决的英明，因为这裁决赐予了您，一位被挑选的如此荣耀器皿在我们的时代来管理整个教会，以至于借助您身上充满的真理与信心之光明，主可以将他的慈爱光辉丰丰富富地遍及那些不配的人身上。现在，基督里最尊敬的神父与阁下，我们将我们最尊敬的神父、院长切奥尔弗里德那可敬的白发托付给您的恩惠之中。他是我们修道院宁静生活中灵魂的自由与平安的保育者与看顾者。首先，我们感谢那神圣且不可分的三位一体者。因为即便切奥尔弗里德的离开让我们陷入叹息、悲伤、哀恸和泪水之中，但是他获得了他期待已久的休息的神圣喜乐。我们看出，尽管他已经年迈体衰，他仍然再次虔诚朝圣，拜访那些圣徒的教堂，就是他记得自己年轻时曾经满怀喜乐地走访参观和朝拜的地方。经历了四十余年之久的长期辛劳和担任管理两座修道院的院长所带来的无尽繁杂之后，犹如被他那无可比拟对美德的热爱之情召唤，要享受天堂生活的憧憬，他在古稀之年与垂死之

① 可能是教宗圣额我略二世，就任于 715 年 5 月 19 日；离任于 731 年 2 月 11 日。

② 《马太福音》(11:30)："（耶稣说）因为我的轭是容易的，我的担子是轻省的。"

> 刻，又重新开始为基督的缘故成为朝圣者，这样悔改的熊熊烈火就可以及早在属灵的熔炉里将从前世俗杂务的荆棘销毁。其次，我们进一步地恳请您的为父的心肠，仔细给他举办一场我们自愧难当的葬礼。因为我们知道，虽然他的身体在您那边，但无论他那敬畏上帝的灵魂还被躯壳桎梏，或已经从肉身得了释放，我们与您都可以从他的灵魂那里得到一位在天上慈悲者面前为我们的过犯而代祷和辩护的大能的人。

瓦特伯特刚回来，阿卡（Acca）主教就被召来，并以惯常的祝福确认了他的院长职务。在瓦特伯特明智地运用自己年轻的勤奋时，他再次为修道院带来了无数的恩惠，其中有一项特别讨大家喜悦和感激：他取出了埋葬在圣彼得教堂入口的门廊处的埃奥斯特温院长的遗骨，还有埋葬在圣所外南面的曾经做过他导师的西格弗里德院长的遗骨，然后将这两份遗骨放在一个盒子里，但用一个中间的隔板隔开了，又将他们安葬在同一教堂里神父本尼狄克的躯体旁边。这是在西格弗里德的冥诞之际，即8月22日。在那天还发生了上帝奇妙的安排，可敬的基督之仆人，我们前面提及的威特梅尔也去世了。于是，在上述院长安葬之处，他作为他们的跟随者，也埋在其中了。

不过，基督的仆人切奥尔弗里德，就是上文所说的那位，在他兼程奔赴圣徒教堂的路上被疾病所袭，在到达目的地之前就走到了此生尽头。在那一日的第三时辰前后到达了朗格勒（Langres），同日的第十时辰就到主那里了。次日，他在神圣的孪生殉道圣徒教堂里被隆重地安葬了。痛哭哀伤的不仅是他同行的八十多个英吉利人，还有当地的居民，因为他们为一位如此可敬的老人未能完成临终遗愿而悲痛。一些切奥尔弗里德的同行者在没有他们的神父的情况下继续已经开始的旅途；一些同行者更改了去罗马的打算，而是返乡去报告他的葬礼;同时,其他人因为他们对于神父那不变的爱,守护在死者的坟墓旁,滞留在他们无法通晓语言的人群中;如果一个人看到这些场景,无论如何都是很难控制住自己的泪水的。

切奥尔弗里德在七十四岁去世。担任过四十七年的神父职分,三十五年的院长职务,或者更确切地说是四十三年,因为自从本尼狄克院长开始修建尊敬最神圣的使徒之首圣彼得修道院的最初时候起,切奥尔弗里德就是他的帮手,从未离开,并和他一起做修道院生活规章的辅助导师。自从他离开修道院的那天直到他去世为止,即从6月4日到9月25日一共114天中,年龄、疾病或旅途劳顿都没有影响他严格遵守过去的规章惯例,除了规定的祷告时间之外,他还在每天之中找适合的时候歌诗两次。即便他已经变得如此孱弱,无法继续骑马,不得不躺在马抬担架上的时候,除了在海上的那天和临死前三天这几日之外,他每天在唱完弥撒之后,还要向上帝献上救恩祭。

在主道成肉身后的716年9月2日,一个礼拜中的第六天,第九个时辰之后,切奥尔弗里德在属于前文所提城市的那个地方去世了。次日,他被埋葬在那座城市南边第一块界碑处的孪生子修道院里。有一大群人参加了他的葬礼,不仅有和他同来的英吉利人,还有这所修道院的弟兄们,以及该城的居民,大家齐唱赞美诗。这些孪生殉道者(在他们的修道院和教堂里埋葬了切奥尔弗里德)是斯普西皮斯(Speusippis)、埃路西普斯(Eleusippus)与梅路西普斯(Meleusippus)。他们同时出生,也和他们的祖母利奥尼拉(Leonilla)在一起,于教会的同一信仰中同时重生。他们在他们身后留下了配得上那地的殉道纪念。愿他们以他们的代祷和保守,慈悲地帮助我们的神父和我们这些不配的人。

查理大帝行传[①]

圣高尔修道院的诺特克

卷一

世界的全能主宰，他制定各国的命运，把握时间的步骤，他已经把那有着半泥半铁的双脚的贵重雕像[②]，就是罗马，砸得粉碎。他又以那非凡的查理之手，高举了另一个金头[③]，毫不逊色的法兰克。从这里开始，当查理开始单独统治世界的西部之际，追求学问已经在他所有的疆域中全然遗忘了，对于真实上帝的崇拜也变得暗淡孱弱。此刻，有两位苏格兰人从爱尔兰跟着一些不列颠的商贾来到了高卢的海岸。这些苏格兰人在神圣和世俗的学问上无比娴熟，日复一日，当人群在他们周遭聚集的时候，他们什么也不拿出来卖，却高声呼喊："看啊，那渴望智慧的人，让他近前来，从我们手中拿吧；因为我们

① 查理大帝，或称查理曼。若称为查理曼大帝则是错误的，因为查理曼本身就包括了查理和大帝的含义。

② 这里用《但以理书》中一个著名的典故。巴比伦王尼布甲尼撒做了一个梦，醒来忘记内容，却强迫智者哲士为他解梦，如果无人能解，就灭绝巴比伦所有的哲士。但以理受上帝启示，说出梦的内容是一头大象，金头、银胸银臂、铜腰、铁腿，脚是半泥半铁，后有一非人手所凿的石头，打在象的脚上，大象跌得粉碎，石头却成了一座充满天下的大山。但以理解释金头就是巴比伦帝国，其他部分是随后的各个帝国。基督教传统解释金头是巴比伦帝国；银胸银臂是毁灭巴比伦的波斯玛代帝国（联合帝国）；铜腰是亚历山大的希腊帝国；罗马帝国是如铁一样强硬，但是混杂了各族，后期半强半弱；那块非人手凿成的石头，即指耶稣基督和他的国度。

③ 《圣经》并无认为法兰克王国是金头的异象，这里是作者对于查理与法兰克王国的奉承之语。

是兜售智慧的。”

他们宣称有智慧要卖，是因为他们说，人们不在乎免费，但是重视出售的东西，希冀人们可以在购买其他东西的时候，也会动心买点智慧。也许他们还盼望通过这样的宣扬，他们自己可以成为人们的一个奇观怪事。后来，果真如此发生了。因为他们长期的宣扬，最终那些对他们感到奇怪的人，或者可能认为他们精神失常的人，把这事传到了国王查理的耳中。查理是一直热爱并寻求智慧的人。于是，查理命令他们全速来见，并询问他们是否如同传闻说的那样，带来了智慧。他们回答道："我们都拥有智慧，并且乐于以上帝之名施教，给那些配得上寻求智慧的人。”查理再问他们要价几何。他们回答说："吾王，我们要的不是价钱。我们所要的仅仅是一个合适的地方来教导，还要有敏锐的头脑来学习，另外有饭吃、有衣穿即可。因为没有这些我们无法完成我们的朝圣历程。”

这个回答让国王满心欢喜，一开始，他让这两个人陪他了一小段时间。但是没过多久，当他不得不外出征战之际，他让其中一个叫克雷孟(Clement)的人留在高卢，查理给他派来了许多男孩，有贵族门第、中等人家和低微出身的。查理命令为他们提供他们所需要的充足食物，并为他们空出了适合学习的房子来。但同时他把另外一位学者送到意大利去，并将靠近帕维亚(Pavia)的圣奥古斯丁修道院送给了他，这样那些希望来的人可以聚集到他那里学习。

当英吉利人阿尔比努斯(Albinus)，即阿尔昆(Alcuin)，听说最虔诚的皇帝查理乐于款待智慧之人时，他就搭乘一条船来见查理。阿尔比努斯精于各门学问，在我们这个时代出类拔萃，因为他是那位最博学的神父比德的门生，而比德是仅次于圣额我略的最娴熟的《圣经》阐释者。皇帝查理和善地接待了阿尔比努斯，除了他与军旅进行宏大战役之外，他终其一生都让阿尔比努斯随侍左右。不但如此，查理甚至愿意自称为阿尔比努斯的弟子，而称呼阿尔比努斯为夫子。查理任命阿尔比努斯管理都尔城（Tours）附近的圣马丁修道院，以便于当自己不在的时候，阿尔比努斯可以在那里休憩，并教导那些来此求助于他的人。他的教导结出如此果效，以至于这些当代的高卢人或法兰克人中的学生逐渐赶上古代罗马人或雅典人了。

查理经常从那些穷孩子中挑选出写得最好的和读得最好的，让他们进入他的礼拜堂。法兰克人的众国王称呼他们的私人祈祷室为礼拜堂（Chapel），这是从圣马丁的斗篷（cope）一词转化而来[①]，法兰克的众国王在战争期间总是带着它，以抵御他们的敌人。有一天，有人报告给这位最谨慎的国王查理说，有一位主教死了。当国王问及这去世的主教有何遗赠来谋求灵魂的利益，这位信使回答："陛下，他只留下了不到两磅的银子。"此际，一位随从他的宫廷教士叹息有声，无法藏之胸臆，而是传之其王："对于一个漫长而无尽的旅途，这是多么微不足道的啊！"

此际最温良的查理慎重考虑了一下，对这年轻人说："你认为，如果你得到了那主教的职位，你会为同样漫长的旅途更妥善预备起来吗？"这谨慎的话语落入宫廷教士的耳朵里，就如同那熟透了的葡萄落入那张着嘴巴等待葡萄的人的口中。他扑倒在查理脚前，说："陛下，此事取决于上帝的意志与您拥有的权力。"国王说："在我身后挂着的帷幕后面站好，注意一下，如果你被抬举到这个高位，你需要怎样的帮助才是。"

宫廷里的官员们总是虎视眈眈地关注死亡或意外变故，当他们

---

① 礼拜堂在古代的法语中是"Chapele"，拉丁文是"capelle"或"cappella"，来源于"cappa"，就是僧侣的斗篷。

听闻主教死了，每个人都争先恐后，也彼此猜疑，大家通过皇帝的友人来争取主教的职位。但是查理信守不渝，他回绝了每个人，并说他不想让他年轻的朋友失望。最后，皇后希尔迪加尔德(Hildigard)派遣国内的显贵来求情，最后亲自前来，为她自己的一个教士恳求主教的职位。皇帝非常和蔼地接待了她的恳请，并说他不能也不愿拒绝她任何事；但是他认为欺骗他自己的小教士是件可耻的事。但皇后总归是妇道人家，认为一个妇女的意见和期望可以比男子的法令更有分量。故此，她隐藏起内心中上升的情绪。她把自己强有力的声音降到耳语的地步，以妩媚之姿试图软化皇帝尚未出口的心意。她说："我的国王陛下，如果那个男孩失去了主教职位，有什么了不起呢？别这样，我求求你，亲爱的陛下，我的荣耀和高台，把这个职位给你忠实的仆人，我的那位教士吧。"此刻，那个躲在靠近国王座位的帷幕之后(这是让他藏身之处)的年轻人，听到这番恳请，就在帷幕后拥抱国王，呼求说："国王陛下，请坚定不移啊，不要让任何人把上帝赋予您的权力给夺去。"

此际，这位真理的坚定热爱者吩咐他出来，并说："我要你作主教；但你切切万事留意，要在那同样漫长的去而不返的旅途中为你自己和我预备更充足的储备。"

不过，我似乎不应该忘记或忽视阿尔昆。所以，这里要将阿尔昆的能力和功绩做出真实的说明。他的所有学生，无一例外，都献身自己成为修道院院长或主教。我的导师格里马尔德(Grimald)就是在他门下学习文艺，开始是在高卢，后来是在意大利。但是那些在此事上博学之人可能指责我有谎言，因为我说"他所有的学生无一例外"。事实是，在阿尔昆的学校里有两个年轻人，都是在圣科隆班(Saint Columban)修道院服侍的一个磨坊主的儿子，他们委实不合适，也不是能够提升到主教职位或修道院院长的人选。即便如此，这两个人也可能因为受他们老师影响,先后晋升到博比奥(Bobbio)修道院的司祭职位,在这个位置上他们表现出高超的能力。

故此,当最光荣的查理目睹了在他的国度里求学之盛蔚然成风之际,他也难过地发现,这还远未达到早期教父的成熟程度。因此,在经过超出常人的努力之后,一日他发出如此忧伤的慨叹:"但愿我能有十二位如同哲罗姆和奥古斯丁般精通各门学问、受过完美训练的教士。"这时,博学的阿尔昆,感觉自己和这些伟大人物比起来的的确确是微不足道的,却以无人能及的勇气斗胆当面答复可畏的查理,他内心深藏恼怒却不动声色地说:"天地的造物主也没有那许多如此人物,你竟然期待有十二个之众吗?"

这里,我必须报道一些我们当代人感觉难以置信的事。如果不是我们应该确信我们神父们的真确,而非现代慵懒者虚假的诽议,那么,即便写下这些事的我,自己也几乎不能信以为真,那就是我们唱诗的方法与罗马的方法如此大相径庭。因此,那永不倦怠地热爱服侍上帝的查理,当他可以庆幸于在学术知识领域所取得的各种可能的进展之际,同时难过地观察到各省——哦不,不仅是各省,还有各地区和各城市——在赞美上帝上的千差万别,就是在他们歌诗的方式上分歧巨大。他于是请求已故的教宗斯蒂芬[①],就是那位在法兰克国王希尔德里克(Hilderich)被废黜,并削发成为僧侣之后,按照法兰克人民的古老习俗膏立查理成为王国统治者的教宗。他请求教宗斯蒂芬为他提供十二名精通圣乐的教士。教宗认同他的良善意愿和神圣所感的意图,根据十二使徒的数量,他从教宗管区挑选了精通圣

① 那个时期有三位同名教宗。教宗斯蒂芬(Stephanus),就任于752年3月23日,离任于752年3月25日;继任教宗,斯蒂芬二世(Stephanus II),就任于752年3月26日,离任于757年4月26日。教宗斯蒂芬三世(Stephanus III),就任于767年8月1日,离任于772年1月24日。

乐的教士十二名，送到法兰克去。

当我上面提及法兰克时，我的意思是所有阿尔卑斯山以北的各省。因为《圣经》上曾写道[①]："在那些日子必有十个人从列国诸族中出来，拉住一个犹太人的衣襟。"因此当那个时候，因为查理的威望，高卢人、阿奎丹人、伊杜安人、西班牙人、日耳曼人和巴伐利亚人，如果他们被人认为配得上称为法兰克人的仆人，那就是给予他们不小的荣誉了。

前文所述的教士和所有的希腊人与罗马人一样，纠结于对法兰克人的荣光的羡慕嫉妒。故此，在离开罗马时，他们彼此商议决定让他们唱诗的方法变化莫测，好让查理的王国和疆土永远无法享受联合一致的喜悦。然后，他们来到查理那儿，他们得到了最敬重的接待，又被派遣到要地。就是这样，他们在各自分配的地方开始不遗余力地变乱唱腔，以他们所能编造的错误方式荒腔走板地教导他人唱诗。不过，最明智的查理有一年在特里夫斯(Treves)或梅斯(Metz)庆祝基督降生与来临的节庆，他非常仔细地敏锐地掌握并理解了唱诗的风格。次年，查理在巴黎或都尔(Tours)过同一个肃穆的节庆，但是他发现唱诗全然不同于他在前一年所听到的。不仅如此，他发现他所派往不同地方的教士也是唱法各异。于是，他把整个事情都报告了已故教宗利奥[②]，已故教宗斯蒂芬的继任者。

教宗将这些教士召集到罗马，处罚他们流放或终身禁锢。然后，教宗对查理说："如果我再派其他人，他们也会如同他们前任那般被

---

① 《撒迦利亚书》(8:23)：万军之耶和华如此说："在那些日子，必有十个人从列国诸族(注："族"原文作"方言")中出来，拉住一个犹大人的衣襟说：'我们要与你们同去，因为我们听见神与你们同在了。'"

② 教宗利奥三世(Leo III)，就任于795年12月26日，离任于816年6月12日。

邪恶所蒙蔽，不会不骗你。但是我认为，我可以用这样的方法满足你的意愿。你从你那里派给我两位你有的最聪明的教士，而我不让我这边的人知道他们是你的人，在上帝的帮助下，他们将在那些事务的知识上达到你所期待的完美。”如此所说，如此所行。很快教宗就把两个受过完善训练的人送还查理。其中一个，查理留在自己的宫廷；另外一个因查理之子梅斯主教德罗戈(Drogo)的请求，查理把他派到梅斯的大教堂去了。这位教士的努力不仅在梅斯城成果显赫，而且很快广布整个法兰克全地，以至于今天在使用拉丁语的地区，人们称呼教会圣乐为梅坦西安；或者使用条顿语或条提斯坎语的人们，称呼教会圣乐为梅特；或者使用希腊语的人们，称呼教会圣乐为梅蒂斯克。那最虔诚的皇帝还命令彼得，就是那位陪伴他同行的唱诗者，在圣高尔修道院停驻一段日子。这位查理也在这座修道院中建立了持续至今的唱诗方法，还有一本钦定的歌本。作为圣高尔永久的热忱护卫者，查理制定了仔细的指令，保证在圣高尔修道院里即要教导又要学习罗马的唱诗方法。他还给予了圣高尔修道院许多钱财和不少土地。而且他还赠送了圣髑，圣髑放在一个由精金与宝石所制造的圣髑盒里，这个圣髑盒被称为查理的神龛。

一次，在查理的巡游的大路上，有一处正当其冲的主教辖区，他真是难以绕开这个主教辖区。这地方的主教，总是极力希望使人满足，把他所有的一切都交付查理，任其处置。不过有一次，皇帝出乎意料地到来，主教极其惊惶，如同燕雀般东奔西走，不仅把宫殿和住房拂拭一新，还把庭院和广场清洁干净。此际，才顶着疲劳与不适，迎接查理莅临。最虔诚的查理注意到这些，在视察了所有各色细枝末节之后，他对主教说：“我的好当家，你总是为我的到来收拾得极其整洁。”这时主教犹如圣灵感动，俯首握着国王那所向无敌的右手，掩饰了心中的不适，亲吻国王的右手，并说道：“我的君王，任何时候您来，所有东西都应该被彻底清洁，这是理所当然的。”众王之中最明智的查理了解事情的来龙去脉，对主教说：“我所倾空的，我亦能填满。”他又说：“你可以得到那块临近你主教辖区的地产，你所有的后继者都可以拥有这份地产，直至末日。”

我们业已显示最明智的查理如何抬举谦卑者，让我们现在看看他怎样贬抑骄傲者。有一位主教过度地追求虚荣与人间名望。最机敏的查理听说此事，就告诉一位犹太商人，不管用什么方式，整治欺骗一下这个主教。这个犹太商人经常往来于迦南圣地，从那里带回各种稀奇罕见之物，运往海外各国。于是，这位犹太商人捕捉了一只普通不过的家鼠，以各色香料塞满了老鼠的身体，然后去卖给那位主教，并说这是他从犹太带回的最宝贝的前所未见的珍兽。这主教认为好运临头，意外之喜，就为这宝贝货出价三磅银子给犹太人。可这犹太人说：“对如此宝贝的货色，这可真是一个地道的好价钱啊！我宁愿把它扔到海里，也不愿意让任何人以如此低贱羞耻的价格买到它。”于是，这位极其富有却从不济贫的主教为了这件天下无双的财宝出价十磅银子。但那狡黠的无赖，假装愤怒不平，回答说：“亚伯拉罕的上帝禁止我如此糟践我劳苦跋涉的成果。”此际，我们那位贪婪的主教急于求成，把价钱提高到二十磅银子。可犹太人却怒气冲冲地用最昂贵的丝绸包好老鼠，显得意欲离去。这时候，主教完全陷入了这个局，也是他当得的，他为这无价的东西出了一大笔银子。最后，我们的商人显得很勉强的样子屈从于主教大人的讨价还价，然后拿着钱到了国王那边，告诉了他整个经过。数日之后，国王召集所有主教和各省要人来和他开会。在商量了许多事务之后，国王命令把那笔银钱全都拿过来，放在宫殿的中央。然后，国王如此说：“神父们和院长们，教会的主教们，你们应该服侍穷人，或者确切地说就是在穷人中的基督，而不是寻求荣华。但你们现今所行相反，比其他人更是虚荣贪婪。”他又说:“你们当中的一员,曾用所有这些银子,买一只赝品老鼠。”此际那位曾被如此恶毒地欺诈的主教,扑倒在查理的脚前,恳请赦免他的罪。查理以恰到好处的话责骂了他,才让他狼狈地离去。

由于嫉妒之人经常妒火中烧,故此,罗马人反对甚至敌对所有强而有力的教宗,也就是习惯成自然的了。这些强力的教宗不时被举到圣座的位置。当时有一些罗马人被妒忌所蒙蔽,以重大罪名控告上文所述的已故教宗利奥,并试图把教宗的眼睛弄盲。但因为某种神圣的介入,震慑并阻止了他们。当他们徒劳无功地想挖出教宗的眼球而失败之后,他们就用刀横切眼球的中部。教宗把这个消息通过他的仆人秘密地带给君士坦丁堡的皇帝迈克尔。但是皇帝拒绝援手,并说:“教宗有独立的王国,并在品秩上高于我的王国。所以,他必须自己向他的仇敌复仇雪耻。”于是,神圣的教宗利奥邀请战无不胜的查理来到罗马。这正含有上帝的旨意。因为查理早已是众多国家的事实上的统治者和皇帝,现在通过宗座的赋权,他就可以拥有皇帝、恺撒和奥古斯都的名号。

因为查理一向整装待发,随时备战,虽然他完全不晓得召他的原因,却和他的随从及臣仆即刻赶至罗马。他是世界之首,他来到了那座曾经一度是世界之首的城市。当那些寡廉鲜耻之徒听闻查理突然来临,立即如同麻雀听到了主人声音就会躲藏起来一样,也作鸟兽散,藏身于各种隐蔽处、地下室和洞穴中。然而普天之下,莫非王土,他们无从逃脱查理的不懈努力与洞察力。很快他们就被逮捕归案,带着镣铐被押解到圣彼得大教堂。这时,无畏的教宗利奥拿起我们主耶稣基督的福音书,高举过头,并在查理和他的骑士们面前,也在他的那些逼迫者面前,如此发誓:“在最终审判之日,愿我得享上帝的应许,因我在他们所诬告我的事上是清白无辜的。”随后,很多犯人也请求许可他们在圣彼得的坟墓前发誓撇清自己，证明自己在被控之事上是清白无辜。但是教宗知晓他们的虚伪，对查理说："不要如此，我恳请您，上帝的不可战胜的仆人，不要听从他们的狡黠。因为他们知晓圣彼得一直乐于宽恕。只要在殉道者的坟墓找到刻着圣潘克拉斯（Saint Pancras）的那块石碑，就是那位十三岁的殉道者。如果他们以这人的名义向您起誓，您才可以信任他们的誓言。"于是事情就如教宗所吩咐地行了。当很多人走近坟墓去发誓的时候，有些人直挺挺地向后倒下死了，有些人被恶魔所控，疯了。这时，可畏的查理对他的仆人们说："注意，别放跑了一个人。"随即，他把所有被捕的人定了罪，要么是某种死刑，要么是终身禁锢。

查理在罗马驻跸数日，宗座主教即教宗，召聚了所有能够从临近区域赶来的人。当着他们众人的面前，也当着不可战胜的查理的所有骑士们面，教宗宣布查理登基为帝，并作为罗马教会的保护人。因为查理对这来临之事毫无猜及，故此，虽然他不能拒绝这看起来天命所归于他的，但他也对他的新头衔并无感激的表示①。因为，首先他认为希腊人会被更胜前筹的妒忌所激发，以至于会筹划侵害法兰克王国，或者至少会更加警惕于查理为了征服他们的国土并拓展自己的帝国而对他们突然袭击。慷慨大度的查理尤其想起从君士坦丁堡君主的使节们前来出访时，告诉过查理他们的君王希望成为他的忠诚朋友；而且，如果双方成为更接近的邻国时，君士坦丁堡的君主定意待查理如己出之子，并以其资源缓解查理的困厄。故此，当初听到这里时，查理忍不住发出内心火热的激情，并宣称过："哦！唯愿我们

---

① 下文给出了一个查理不感恩戴德的解释。但有人认为，这是因为教宗突如其来的加冕，将成为某种由教宗为皇帝加冕的惯例，从而将皇权置于教权之下。

当中没有那个池塘[①]。如此一来,我们双方或可分享东方的财富,或可共同持有这财富。”

上帝是健康的赐予者,也是健康的恢复者,因此,他向教宗利奥的清白无辜大施眷顾,以至于康复了他的眼睛,甚至比遭受那恶毒残忍的刀割之前更加明亮有神。不过仍有痕迹,就是他美德的记号,在他眼睑上有如非常纤细的线条一般的闪亮疤痕。

当最有精力的皇帝查理有片刻休息的时候,他并没有懒散无为,而是努力服侍上帝。他希图在他的本土建造一座比罗马人的建筑更精美的大教堂,很快他的目标就实现了。为了建造这座建筑,他从海外各地召聚了建筑师和能工巧匠;但他首先任命了一位无良的修道院院长主管其事,查理了解这人执行此项任务的能力,却未能洞察他的品行。当威严的皇帝为了某次出巡而离开的时候,这个修道院院长许可任何人只要缴纳足够的钱财就可以回乡;而那些不能赎买自己劳役的人,或者那些其领主不许可他们返乡的人,院长就让他们负担无休无止的劳作,好似当初埃及人曾经折磨上帝的子民一样。他以这种无良的诡诈,聚敛了大量的金银财宝、绫罗绸缎。在他的房间里展示的都是最低廉的物件,而把最贵重的财宝都藏在箱子和柜子里。可是,一日有人突然告诉他一个消息,他家里着火了。他急忙奔跑回家,穿过熊熊烈焰冲到存放塞满黄金的箱子的保险室。他可不满足于带走一个,而是要他的仆役每个人背负一只箱子,他才肯离开。当他正逃离之际,一根被烈火移位的大梁正好当头落下;随即,他的身体在尘世被焚毁,在永生之中,他的灵魂化为烈焰。这是上帝的审判,在最虔诚的皇帝查理的注意力被其国事所吸引时,这审判还在如此守护着他。

---

① 此处应该指地中海。

有一位精于铜器与玻璃器皿的精巧工匠。他的名字是坦科(Tancho),他还曾经是圣高尔修道院的僧侣。这个人铸造了一口精致的钟,皇帝喜悦这钟的声音。这位最出类拔萃也最倒霉透顶的铜匠说:"皇帝陛下,请下命令给我送来更多的铜,我好精修一番;不要给我锡,给我我所需要的白银,最少也得一百磅;我要为你铸造一口钟,会使得现在这口钟相形见绌,犹如哑巴。"在君王之中最慷慨的查理,是"若财宝加增,不要放在心上"[①]的人,马上下了供其所需的命令,让这位无良的僧侣乐开了花。他熔化了铜,并加以提纯精炼;不过他所用的,不是白银,而是纯粹的锡。很快他制造好了新钟,比皇帝前面称赞过的那口还好得多。经过测试之后,他把这钟呈交皇帝。皇帝欣赏新钟的雅致外观,命令加上钟舌,把它悬挂在钟楼里。这些旨意都马上遵行了。随后,教堂的看守、随从人员和当地的男孩子们都逐一尝试敲钟。不过都是徒劳,钟无法鸣响。所以最后那口钟的无良制造者来了,抓住绳子,摇曳撞击那钟。此刻,看啊!注意了!那个铜家伙从高空坠下,不偏不斜落到这个骗人的铜匠头顶上,使他当场毙命。铜钟穿过他的尸体,在地上跌得粉碎,把他的五脏六腑都带了出来。当发现了上述数量的银子后,最公义的查理命令将其散发给宫廷中最穷苦的仆人。

当时有一个规定,如果圣旨发布,要完成某项任务,无论是建桥,或是造船,或是修路,还是清扫、堆砌和铺平泥泞道路,伯爵们是可以让他们职责的代表和仆人去执行相对不重要的任务,但是对于大型工程,特别是那种原初性的工程,不论是公爵,或是伯爵,也不论是主教,还是修道院院长,都不可能豁免于此。美因茨的那座大桥的桥拱

---

① 参见《诗篇》(62:10):不要仗势欺人,也不要因抢夺而骄傲;若财宝加增,不要放在心上。

就是证据；因为可以说，整个欧洲以其有序的合作从事了此项工程。后来因为一些无良的惫懒之徒，他们想偷取从下面经过的船只上的商品，就把这桥给破坏了。

在皇室领土上的哪座教堂如果缺乏了雕镂的天花板或者壁画作为装饰，那么，附近的主教和修道院院长就有责任承担起这项任务。不过如果是要建造新的教堂，那么全体的主教、公爵、伯爵，所有的修道院院长和皇家教堂的头头脑脑，以及全体担任公共职务的人，都必须从奠基到封顶期间为新教堂进行无休无止的劳作。你们可以从在阿亨（Aix）所建的大教堂看出，这是皇帝在建造大教堂方面的技巧之明证。这大教堂可谓半是人工，半是天成。你们还可以从显贵之宅邸发现同样的证据。这些宅邸都建造在他自己皇宫的周围，并修建成这样一种格局，就是从查理房间的窗口，他可以目睹所有进进出出的人，以及他们所做的一切，而此际他们却不认为有人可以看到他们。你们也可以通过他的贵族的住宅看出皇帝的建造技巧。这些住宅都在地面上架高起来，以至于贵族的家臣和家臣的仆人，还有各阶层的人都可以得其荫蔽，防雨躲雪，抵御寒热；而同时，却无法逃避最明察的查理的眼睛。

但我不过是在我的修道院围墙之内的囚徒，而您的大臣们却是自由的，故此我将描述大教堂的任务留给他们，我自己回过头来说说上帝的审判如何在修建大教堂时彰显出来。

最细致的查理命令邻近的某些贵族要不遗余力地支持他所安排了任务的工匠，并且还要供给他们为此所需要的一切东西。他把这些来自远方的工匠交给一个名叫柳特夫里德（Liutfrid）的人，他宫廷的管家。查理告诉他为这些工匠提供衣食，并留意供应建造中所需之物。在查理驻跸当地的短暂时期之内，管家尚且能够遵从这些命令。但查理刚一离开，他就完全无视这些命令，并以残酷的折磨手段从穷苦的工匠那里聚敛了如此多的财富，以至于迪斯(Dis)和普路托(Pluto)[①]都得要用一匹骆驼才能将他的不义之财带入地狱。这事后来是以下面的方式被发现的。

最光荣的查理惯于在夜里披着一个长长的拖曳下来的斗篷去参加每日的晨祷。当唱完晨祷之后，他就回到他的内室，再穿上他的朝服。所有的教士总是衣冠整齐地来到夜间的祈祷厅，然后在那里等候皇帝的到来，开始在教堂里或者在当时叫作外庭的门廊里举行弥撒。有时候他们得刻意保持清醒，或者要是有人需要打盹，他就把头靠在同伴的胸前小憩。有一个穷教士，他经常把他的衣服拿到柳特夫里德家中去清洗和缝补，其实我应该叫那些衣服是褴褛破布。他就头枕着同伴的膝盖睡着了，在睡梦中见到一个异象：有一位巨人，比圣安东尼的对手还要高大，从国王的宫廷出来，匆忙翻过一道跨越小溪的桥梁，来到了管家的房子，他牵引着一匹巨大的骆驼，满载着无价的行囊。他在他自己的梦里感到惊奇震撼，就问这位巨人他是谁，意欲何为。巨人回答说："我从国王的住所来，我要去柳特夫里德家去。我要把柳特夫里德放在这些行囊上，然后带上他和行囊一起下地狱去。"

此刻教士醒了过来，担心害怕查理发现他在打盹。他抬起头来，把其他人都唤醒，喊着说："我请各位听我说说我的梦。我似乎见到另外一个波吕斐摩斯(Polyphemus)，就是脚踏大地、手可摘星、徒步穿行爱奥尼亚海而水不及腰的那巨人。我看到他从皇宫里匆忙走到柳特夫里德家里，带着重负的骆驼。当我问他此行的缘由时，他说：'我要去把柳特夫里德放到这驮子顶端，然后带他下地狱。'"

故事刚说完，从他们都很熟悉的房子里来了一个女孩。她扑倒

---

① 这两者都是阴曹地府的头领。

在他们脚前,请他们在他们的祷告中纪念她的朋友柳特夫里德。当他们问她此话怎讲,她说:"我的主人,他健健康康地走了出去,但因为耽搁了过久,我们就去寻找他,发现他死了。"

当皇帝听说他突然暴毙,又听闻工匠和仆役谈论柳特夫里德的吝啬贪婪,就命令清查他的家产。大家发现那都是无价之宝。当皇帝效法法官中最伟大的上帝,发现这些家产都是通过何等的邪恶卑劣手段搜刮而来后,他就给出了公开的判决:"以欺瞒手法获得之物是不能用于从炼狱中拯救他的灵魂的。让他的财富在我们建筑房子的工匠中和我宫殿中的穷仆人中分发吧。"

我在这本小小的作品的序言中曾经提及,我仅仅采纳三个权威来源。但是其中最主要的,就是韦林贝尔特(Werinbert),他在七天前去世了。今天是5月13日,我们这些他的遗孤和门生,要去庄严肃穆地悼念他。所以,这卷有关查理王虔诚和他对教会庇护的书我也写到此为止,上述内容都是出自同一位教士韦林贝尔特之口。

下一卷书是关于最勇猛的查理的战事记录,来自韦林贝尔特之父阿达尔贝尔特(Adalbert)的口述。他曾经在对匈奴人、萨克森人和斯拉夫人的战争中,追随他的主人克罗尔德(Kerold)。当我还是一个孩子的时候,他已经垂垂老矣。我住在他家里时,他经常讲述这些故事给我听。我极其不乐意听,总想逃之夭夭,但是最后他凭借强力迫使我听了下去。

卷二

因为我将根据一个没什么文学修养的世俗之人的口述故事来撰写此卷书,所以我认为我应该首先通过再述那些书卷中写就的早期信史,来动笔写这卷书。当上帝所憎恶的尤利安在波斯战争中被天谴所诛杀时,不仅那些海外的各省从罗马帝国中抽身而去,而且那些临近各省，如潘诺尼亚、诺里库姆、里提亚，或者换言之，就是日耳曼人和法兰克人或高卢人的各省，也都从罗马帝国脱离了。后来，因为杀害了维恩主教圣迪迪埃尔和驱逐了那些最神圣的宾客科隆班和高尔，法兰克人（或高卢人）的国王们的权力逐渐式微了。匈奴的种族早已稔熟于入侵法兰克和阿奎丹（即高卢人和西班牙人），现在更是倾其全力犯境，犹如烈火泛滥蹂躏全地。他们掳掠之后就带着他们的所有战利品回到一个隐藏之地。我前面曾经提到的阿达尔贝尔特惯于如此描述这个隐藏之地的特征，他说："匈奴人的土地有九道圈子包围着。"除了那种普通的我们作为羊圈的柳条圈子，我想象不出来是什么圈子。所以我就问："先生，您说的到底是什么意思啊？"他说："嗯，就是由九道篱笆所防卫起来的。"可除了我们那种保护麦地的篱笆之外，我也想象不出来什么篱笆的样子。所以我又问他，他回答说："每道圈子都很宽广，就是说，第一道圈子包围起来的土地，就有从都尔到康斯坦茨之间那么宽广。圈子是用橡木、白蜡树和紫杉木的柱子搭建的，有二十英尺宽，高度和宽度一样。圈子中间都被坚硬的石头和黏性的泥土所填充；这些庞硕的壁垒的表面上覆满了草皮和青草。圈子包围的地面上，种植着一种灌木，即是被砍伐或扯下后，它们仍然可以发芽生长。这些壁垒之间的村庄和房舍经过特别布置，人们之间可以相互传声。对着这些房舍，在这些无法征服的壁垒上，他们开凿出一些不大的门来。这样，这些或远或近的居民可以从这些小门中涌流出来，四处掳掠征伐。第二个圈子也和第一个圈子相似，距离第三个圈子有二十条顿里（或四十意大利里）之远；其余依此类推，直到最后的第九个圈子。当然，每个圈子都比前一个圈子窄小。但是在所有的圈子之内，各处的地产和房舍都被布置得可以传递号角的声音，从一处到另外一处传播各路消息。"

在两百多年间，匈奴人就栖居在这些壁垒中，出击席卷西方各国的财富。由于哥特人和汪达尔人也在同一时代扰乱世界的和平，西方世界几乎成为了荒场。但是那最不可战胜的查理在八年之间，让他们臣服下来，以至于这些侵略者现在几乎没有留下什么蛛丝马迹。查理却对保加利亚人网开一面，因为经过匈奴人的颠覆破坏，他们对于法兰克人的国家无能为害了。查理把他从潘诺尼亚发现的匈奴人的掳掠之物都极其慷慨大方地分封给主教辖区和修道院。

差不多与此同时，波斯国也派遣使节来觐见查理。他们甚至不晓得法兰克国在何方，但是因为罗马的盛名，他们也知道现在罗马是在查理治下，当他们能够到达意大利的海岸时，他们就认为很不错了。他们向坎帕尼亚、托斯卡纳、埃米利亚、利古里亚、勃艮第和高卢等地的主教们，还有修道院院长们和伯爵们，解释他们此行的缘故。但是这些人要么欺骗他们，要么实际上驱逐了他们，所以在他们最终到达阿亨，觐见那位因其美德卓著而最负盛名的国王查理之时，他们已经四处飘荡了一年之久，在漫长的旅途中精疲力竭、皲手茧足。他们在四旬斋的最后一个礼拜才到达，当他们抵达的消息被告知皇帝时，他把他们觐见的时间推延到复活节前夜。为了庆贺这一主要节日，无与伦比的君王打扮得无与伦比的富丽堂皇。查理下令接见那曾经一度震慑全世界的种族的使节。但是这些使节一见到最堂皇的查理，就大惊失色，以至于大家认为他们之前可能从未目睹过国王或皇帝。查理却以最和蔼的方式接待了他们，并且恩赐他们一项特别待遇，就是他们可以去任何他们想去的地方，甚至如同他们是查理的孩子一样，他们还可以任意观察，询问任何问题，探究他们想知道的事。他们因为这一恩惠而欢呼雀跃，他们视这种可以接近查理、凝视他、尊崇他这一特别待遇比所有东方的财宝还要更有价值。

他们登上环绕大教堂正厅的回廊，从上面俯视教士与贵族，然后，他们又回到皇帝身边。因为他们欢喜之至，都无法控制地放声大笑，击掌而言："我们过去所见不过是尘土之人，此处却是黄金之人啊。"然后他们走到贵族那边，逐一观望，惊讶于他们感到陌生的武器和装束；之后又回到皇帝身边，更惊诧地注目着查理。当天晚上和次日礼拜天，他们都是在教堂里度过的；在那最神圣的节日当天，最大度的查理邀请他们与法兰克贵族和欧洲贵族一起参加盛大宴席。在宴席上，他们目瞪口呆于各色新奇之物，以至于他们在宴席结束的时候，几乎没有吃到什么东西。

当黎明女神，离开提托诺斯①的床榻，
就用斐伯斯②的火炬照明了天下。

查理是不能容忍无所事事、慵懒无为的，于是就去森林中捕猎各种野牛，他也准备带上波斯的使节一同前往捕猎。但是，当这些波斯的使节看到那些庞然大物时，他们胆战心惊，旋踵而逃。无畏的英雄查理，骑在一匹昂首挺胸的健马上，奔驰到一头野兽附近，拔出利刃，试图砍断其颈项。但他失手了，那庞大的野兽扯开了皇帝的靴子和绑腿，还用它的牛角尖轻微地划伤了皇帝的腿肚子，让他有些跛了。随后，因为被那失手一刀激怒，野牛逃到了一个山谷中躲藏起来了，那里密布石头和树木。

差不多所有查理的随从都想脱下他们自己的长袜，让给查理穿，但是查理拒绝了，说："我想就这个样子去见希尔迪加尔德。"这时候，伊散姆巴尔德追击那野兽，不敢过于靠近，就投出手中长矛，击中野牛肩膀与气管之间，刺中心脏，再把这野兽趁热带到皇帝那里。这伊散姆巴尔德是瓦林的儿子，这瓦林就是迫害您（指胖子查理）的守护

---

① 提托诺斯是希腊神话中黎明女神的丈夫。
② 斐伯斯即是太阳神阿波罗。

圣徒奥特马尔的那人。皇帝看起来对这件事并不在意，把死牛的身体交给随从，就回去了。可是回去之后，他叫来皇后，给她看他腿上那些撕烂了的地方，并说："那个把我从害我至此的敌手中解救出来的人，应该得到怎样的奖赏？"皇后回答说："他配得上至高的奖赏。"然后，皇帝讲述了整个故事，并把野牛那硕大的角拿来佐证。这位皇后叹息哭泣、捶胸顿足。但当她听说是那个惹恼皇帝因而被撤职的伊散姆巴尔德把皇帝从这危险的敌手中拯救出来时，她扑倒在皇帝的脚前，劝告他恢复伊散姆巴尔德那些曾被剥夺的所有职务；后来，伊散姆巴尔德还得到了额外的一大笔奖赏。

这些波斯来的使节还给皇帝带来了大象、各种猴子、香树脂、那达香膏、各色油脂香膏、香料、香水和各种药物，数量如此充足，仿佛为了把西方填满而把东方搜刮一空似的。很快，这些使节逐渐和皇帝亲近起来。有一天，当宾主双方欢愉融洽之际，受到烈性啤酒的刺激作用，这些使节以玩笑的口吻说："皇帝陛下，您的权力确实伟大；但是比起来在东方各个国家传闻中的报道来说，又略有不及。"当皇帝听到这里，他隐藏了内心中深深的不悦，也略带诙谐地说："我的孩子们，你们为什么这么说呢？这种想法怎么到你们脑子里的？"于是，这些使节从最初讲起来，告诉皇帝他们曾经在渡海登陆之后所遭遇的一切。然后他们说："我们波斯人和米太人、亚美尼亚人、印度人、帕提亚人、依兰人以及东方各地的居民敬畏您犹过于我们自己的统治者诃论(Haroun)。我们怎么能表达完全这种敬畏呢？包括马其顿人和所有的希腊人，他们都开始敬畏您无比的伟大，此敬畏之情超过爱奥尼亚海的波涛汹涌。在我们所途经的所有岛屿上，居民都预备好效忠于您，成为您最忠诚的仆人，就好像他们是在您的宫廷中蒙您的恩惠抚养长大的一般。但是您自己国度上的贵族，在我们看来，除非当着您的面，否则对我们视若无睹；因为当我们远道而来，恳请他们看在爱您的份上，仁慈地给我们指出一条通往您的路时，他们置若罔闻，打发我们空手而去。”于是，皇帝把使节们曾经途经的地方所有的伯爵和修道院院长从他们把控的职位上罢黜下来，并且惩罚了主教们大笔的钱财。然后，他下令把这些使节以全副的尊敬和荣誉遣送回到他们自己的国家。

不久之后，这位不知倦怠的皇帝向波斯人的皇帝赠送了一批西班牙的马匹和骡子，还有白、灰、红、蓝各色的弗里西亚的长袍，因为他听说这些东西在波斯是少见而贵重的。波斯的皇帝还希望得到能够打猎和追捕狮子、老虎的狗，所以，他就送了一批极其敏捷而凶残的狗。波斯皇帝对于其他的礼物都是眼睛一扫而过，但却问使节：这些狗惯于和哪些野兽和动物搏斗？他们告诉波斯皇帝，这些狗可以把任何指定的目标迅速拖翻在地。皇帝说：“好极了，实践会检验之。”次日，有个牧羊人大声呼号逃离一头狮子。当喧嚣之声传到皇帝的宫廷中，皇帝对使节说：“现在，我的法兰克朋友们，上马跟着我走。”然后他们急忙追随皇帝，就好像他们从来不知道辛苦与疲倦一样。当他们看到狮子的时候，虽然还有一段距离，这位总督之总督，波斯皇帝对使节们说：“现在放狗，去攻击狮子吧。”他们急忙遵从了命令，勇往直前；日耳曼狗捉到了波斯狮子，同时，使节们以北方金属所造的利刃刺杀了狮子。这利刃曾经饱尝过萨克森人的鲜血。

诃论面对此景，作为这一称号最勇敢的继承人，见微知著地认识到查理的超然威能，因此开口赞美道：“现今我晓得我所听到的有关我兄弟查理的传闻都是真的：他是如何经常操演狩猎，如何孜孜不倦地锻炼身心，他因此而具备了让普天之下万物臣服的气魄。对于他给予我的荣誉，我应该何以为报呢？如果我把那曾经应许给予亚伯拉罕，又显示给约书亚的土地赠送给查理[①]，他在那么遥远之处，对于蛮族的入侵鞭长莫及啊。如果他作为魄力过人的国王，他要试图捍卫这块土地，我担心在法兰克王国边境附近的省份会叛逆他的王国。不如用下面这种办法，我可以对他的慷慨厚赠显示我的诚挚谢意。我将那块土地放置在查理的权下，而我仅仅作为他的代表行使管理职责。无论何时他乐意，或者恰逢良机，他可以派使节过来，他就会发现我是那个省份税收的一个多么忠诚可靠的管理人。"

如此一来，诗人曾经描绘的那不可能之事，竟然应验了：

阿拉尔溪流啊，被帕提亚人所见；
底格里斯河的波涛，被日耳曼人濯足。

通过最精力充沛的查理的不懈努力，他的使节不仅可以而且还能够轻易地往返于两国之间。而诃论的信使，无论老幼，都可以从帕提亚与日耳曼之间随意往返。（那些诗人的文句成真了，且别管语言学者们对于"阿拉尔溪流"作何等解释，也遑论他们认为它是罗纳河还是莱茵河的支流；要知道这些语言学者因为对于地理方位的无知，已经在这点上乱成一团糟。）我要以日耳曼的事来证实我的话。在您荣耀的父亲路易时代，每亩合法拥有的土地，都需要缴纳一个便士，用以赎回在圣地上被囚的基督徒。而这一行动，他们正是诉诸您的曾祖查理和您的祖父路易当年就对于该地所持有的统治主权名义而提出这种不幸的要求的。

但是，在战胜了外部的仇敌之后，查理曾在一次未遂的重大阴谋中，差点遭受他自己人的毒手。当他从斯拉夫人那里回到他自己的

① 这块应许之地，被称为圣地，《圣经》的故事大多数发生在其上，大致相当于现在的以色列国。

国家时，他差点被他自己的儿子俘虏与杀害。这个儿子是他的一个侍妾所生的，他的母亲为他起了一个带有凶兆的名字——丕平，就是曾为最显赫的丕平所用之名。这个阴谋诡计是以如下的方式被戳穿的。查理的这个儿子，在圣彼得教堂召集了贵族，阴谋杀害皇帝。当他们商议完毕，内心恐惧得杯弓蛇影，丕平下令进行搜查，看看是否有人躲在角落里或者祭台之下。哦，看啊！他们如其所担心的那样，发现了一个藏在祭台之下的教士。他们抓住他，让他发誓绝不泄漏他们的密谋。为了逃得一命，教士不敢拒绝，就按照他们所要求的发了誓。不过，他们刚走，这位教士对他那恶毒誓言就不以为意，马上赶至皇宫。历经千辛万苦他穿过了七重紧锁的大门，来到了皇帝寝宫之前叩门。那最警觉的查理感到非常诧异，谁如此大胆敢于深更半夜打扰他呢。他还是命令妇女们去开门，出去看看谁在门口，想做什么。这些妇女们是跟随他的帝辇伺候皇后与公主的。当她们出来发现是这么一个卑微小子，她们当面锁上房门，放声大笑，还用衣襟捂上自己的嘴，试图躲在房间的角落里。但是那最圣明的皇帝，普天之下洞察毫末的查理，严厉地问这些侍女，是谁叩门，意欲何为。当别人告诉他，是一个嘴上没毛、傻里傻气、疯癫无赖、衣衫不整的人，竟然请求立刻觐见时，查理命令接见他。他扑倒在查理的脚前，把刚才发生的一切都说了出来。那些阴谋图逆的人，完全没有意识到危险的临近，在天亮后三个小时内他们都被捕归案了，并受到罪有应得的惩罚，被判处了流放或其他刑罚。矮小驼背的丕平自己则被狠狠地鞭笞了一顿，削了头发，送到了圣高尔修道院一段时间，作为惩罚。在皇帝的广阔领土上，圣高尔修道院被认为是最清贫和最严格的修道院。

不久之后，有一些法兰克贵族试图反叛他们的国王。查理对他们的意图了如指掌，但却不愿意消灭他们，因为假如他们肯效忠的话，他们仍然是基督教人民的强大保护者。故此，他就派信使到这个丕平那里，询问他对于此事的意见。

这些信使发现丕平正在修道院的园子里和一群年长的弟兄们在一起，因为年轻的僧侣都有被指派的工作要做。丕平正在用一把锄头挖荨麻和其他杂草，好让那些有用的植物生长得更为茁壮。当信使们向丕平解释了他们来此的缘故，丕平在他的内心深处长叹一口气，如此回答说："如果查理认为我的意见还有价值，他何必如此苛刻地对待我呢？我对他提不出什么建议。去吧，告诉他你们看我正在做的是什么即可。"信使们没有得到一个确切的答复，不敢回到可畏的查理那里，于是他们反复问丕平，他们应该带回什么信息转达给他们的君主查理。最后丕平怒气冲冲地说："除了我现在所干的活，没有什么可以转达给查理的！我在铲除无用的杂草，好让有价值的植物自由茂盛地生长。"

于是，信使们忧伤地离开了，认为他们带回去的是一个愚蠢糊涂的回答。当他们回来后，皇帝问他们带回了怎样的答复时，他们忧伤地回复说，在经过长途跋涉历尽艰辛之后，他们根本没有得到任何肯定的答复。而最圣明的皇帝仔细问他们在哪里见到丕平、丕平在做什么、丕平给了他们什么答复。他们回答说："我们发现他时，他正坐在一条简陋的板凳上，用一把锄头在菜园翻地。当我们告诉他我们的来意，并极力恳求之后，他什么也不说，只说：'除了我现在所干的活，没有什么可以转达给查理的！我在铲除无用的杂草，好让有价值的植物自由茂盛地生长。'"当不乏机敏而富于明智的查理皇帝听到这些，便揉揉耳朵，擤擤鼻子，说："我的好属下，你们带回来一个很有道理的答案。"所以当那些信使们担心有生命危险的时候，查理却能够从这些话里分辨出真正的含义来。

他把那些阴谋家从活人之地剪除，并给予那些忠良臣民让出发展和成长的余地，这些地方一度曾经为那些不恰当的臣仆所占。他的一个敌人曾经想在瓜分帝国时，意图割据法兰克最高的山峰，以及所有在此山上视野所及之地。查理命令就在这座山峰上，树起一个高高的绞刑架，把他挂在上面绞死。他还让他的庶子丕平选择一种他最喜悦的生活方式。基于这项被赋予丕平的许可，丕平在一度崇高、现已衰败的修道院选择了一个位置。

还有这样一件事，查理在他的出巡中，出人意外地来到了纳尔榜高卢的某一处沿海的城市。当他在这座城市港口静享晚餐的时候，有一些诺曼人的侦察兵来了一次海盗式的袭击。当那些船只落入视野时，有人认为他们是犹太人，有人认为是阿非利加或者不列颠的商旅，但是最明智的查理，通过船只的构造和他们航行的速度，知道他们不是商人而是敌人，他对他的随从说："这些船上不是满载货物，而是满载我们最凶恶的敌人。"他们听到这些话，就急忙驶向来船。但是他们的努力徒然无功，因为当那些北欧人听说他们平常所称呼的"铁锤"查理正在此地，害怕他们的船只会被击溃或化为齑粉，就急忙撤退了，其逃跑之神速，让他们不仅逃脱了追击者的刀剑，还逃离了追赶者的视野。那最虔诚、公义和热诚的查理，从桌旁起身，站立在东面的窗口前。有不短的一段时间，他任凭无价的泪水流下来，并无一个人胆敢和他说一句话，不过最后他自己向他的贵族们解释了他的行为和流泪的缘由："我忠实的臣仆啊，你们知道我为何如此悲伤地哭泣吗？我并非害怕这些不名一文的泼皮会对我有什么伤害，但是想到甚至在我有生之年他们竟然放肆地触犯这块海岸，这让我内心悲伤。因为我已经预见到他们将会对我的子孙后代及其臣民所要做的恶行，真是让我忧伤满怀啊。"

甚愿我们主基督的护守能够拦阻这预言的应验，也诚愿您那经由北方之人的鲜血所浸泡的刀剑，能够制止此事的发生！您兄弟卡洛曼(Carloman)的刀剑会帮助您,虽然现在这刀剑被闲置而锈迹斑斑,这并不是由于缺乏心意,而是因为财政捉襟见肘,因为您那最忠实可靠的仆人阿尔努尔夫[①]的土地过于狭小了。如果您的权威决意下来,如果您的权威命令下来,这刀剑将很容易明光烁亮、锋芒再现。他们以及伯纳德(Bernard)的小芽一同组成了从路易那曾经繁茂的根底上留下来的稀疏枝条,必可以在您奇妙的庇护之下枝繁叶茂。故此,让我在与您同名的查理传记中添加一段您高祖丕平的生平事迹,兴许未来的小查理们或小路易们能够读到,并效法之。

丕平发现他军队中的贵族们惯于私下轻蔑地谈论他,一日,他命令带来一头巨大凶猛的公牛,并向公牛放出一头威猛的狮子。狮子以骇人的狂野扑倒了公牛,抓住公牛的颈项,把它掀翻在地。此际,国王对那些侍立在他周围的人说:"现在,把狮子从公牛身上拽下来,或者把在那头公牛上面的狮子杀了。"这些人彼此相顾,内心寒战,从喉咙中勉强挤出来这句话:"陛下,普天之下,有何人甘冒此险呢?"随后,丕平从他的座位上信心十足地站起来,拔出利刃,仅一挥动就砍断了狮子的颈项,连带着把公牛的头也从肩膀上削了下来。然后丕平收刀入鞘,重登宝座,说道:"好吧,你们认为我配作为你们的主子吗?你们难道没有听说过孩童大卫对付巨人歌利亚所做之事吗?还有孩提时的亚历山大对他的贵族们所行之事吗?"他们扑倒在地,由于遭受了晴空霹雳一般,呼喊道:"除了疯子之外,还有谁胆敢否认您统治全人类的权柄呢?"

在战无不胜的丕平过世之后,伦巴第人再次攻击罗马,不可征服的查理虽然深陷阿尔卑斯山以北的事务中,他还是急速行军到意大

---

① 阿尔努尔夫是胖子查理之弟卡洛曼之子,于公887年继位为东法兰克国王,并取得皇帝称号。

利。经过一场几乎兵不血刃的战争，伦巴第人屈服下来，或者也可以说伦巴第人出于自愿而缴枪投降了，查理接受伦巴第人作为他的臣属。为了防止他们在法兰克人的国度中再次作乱，或者威胁到圣彼得的领域，查理迎娶了伦巴第人首领德西德里乌斯的女儿。但是过了不久之后，因为她身体孱弱，恐难为查理续嗣，由于教士中那最纯洁者的建议，她遭到了冷落，犹如活死人一般。故此，她的父亲勃然大怒，以誓言约束自己的臣民，在帕维亚城墙之内驻守，他准备向所向披靡的查理开战。查理收到这叛乱的消息之后，随即全速奔赴意大利。

那时候正好有一个名叫奥特克尔的一等贵族，他在几年之前曾经触怒过最令人战兢的皇帝查理，于是逃到德西德里乌斯处躲避。当可畏的查理迫近的消息传来之后，奥特克尔和德西德里乌斯登上一座非常高的塔，从那里他们两个可以在距离非常遥远时就看到别人的靠近。当辎重车辆靠近的时候，这些车辆比大流士或者尤利乌斯所用的辎重车辆更迅速灵巧，德西德里乌斯对奥特克尔说："查理在这对大军中吗？"奥特克尔回答说："还不是。"随后，德西德里乌斯看到查理帝国内从各处召聚的诸侯大军，他自信地问奥特克尔说："查理肯定在这些行伍中骄傲地前进吧？"可是奥特克尔回复说："还不是，还不是。"这时候德西德里乌斯落入惊惧之中，说："要是他还带来更为庞大军队，那我们怎么办啊？"奥特克尔说："当他来到的时候，你就晓得他什么样子了。至于我们会发生什么，我可说不上来。"看啊，正当他们两个如此交谈的时候，查理的私人扈从出现在他们的视野，这些人片刻不离职守。德西德里乌斯看到他们，惊恐大叫："这是查理！"奥特克尔回答说："还不是，还不是。"随后，他们看到主教们和修道院院长们，查理的宫廷教士以及他们的随从们。当他看到他们的时候，他憎恶光明，渴想死亡，哽咽且张口结舌地说："让我们藏到地缝里去，躲开如此可怕的敌人之面。"奥特克尔曾经在从前那快乐的日子里,对战无不胜的查理的政策和部署都有充分而长期的了解,所以现在颤抖地回答说:“当你看到大地上竖立起铁一般的庄稼,波河与提契诺河犹如大海的波涛一样冲击城墙,水面由于铁器的闪光反射出漆黑的光芒,那时候,你就知道,查理兵临城下了。”这些话音刚落,从西方来了一片乌云,将明亮的白日转为昏黑的幽暗。但因皇帝的到来,武器的光芒又再次将黑暗转为白昼,可对那些困顿的守城者来说,这白昼比任何夜晚更黑暗。现在可以看到铁一般的查理了,头顶铁盔,手罩着铁手套,他那铁一样的胸膛和宽阔的肩膀被一幅铁胸甲保护着。他的左手高举一根铁矛,他的右手总是按在那无敌的铁剑上。虽然大多数人为了便利地骑在马背上,都裸露着他们的大腿,但查理的大腿也披上了铁甲。我根本无须专门谈及他的胫甲,因为整支军队的胫甲都是铁的。他的盾牌也是纯铁所铸造,他的坐骑是铁色的。他还有一副铁石心肠。那些走在查理前面的人,那些陪伴查理旁边的人,那些跟随查理身后的人,全军的所有装备都极力效仿查理。大地和空旷之处,充满了铁,连太阳的光芒也被铁器的闪光反射回去了,一支刚强胜铁的军队以铁之坚硬为普遍的荣誉。阴间的恐怖都无法比拟这铁器光芒的闪烁。城市中的居民混乱的呼号此起彼伏:“哦,铁啊! 祸哉其铁!”看到这铁,坚硬的城墙也震动;在铁的前面,无论老少都消化如水。当那老实巴交的奥特克尔用眼光快速扫了一圈之后,看到了我以佶屈聱牙、童稚之言、杂乱无章的文字,如此拙笨地表述的这一切时,就对德西德里乌斯说:“你那么期待目睹的查理,就在那边。”说了之后,跌倒在地,只剩下半条命。

不过,城里的居民不知道是因为疯狂还是因为有负隅顽抗的指望,他们拒绝查理在当日进城。最富有创新精神的皇帝对他自己的人说:“让我们今日修建一个纪念物吧,免得我们落入无所事事度日的指责之中。让我们赶紧为我们自己建造一座祈祷室,要是他们不尽快为我们打开城门，我们也好履行我们侍奉上帝的职责。”他的话音刚落，他的属下就立马奔赴各处，收集石灰和石料、木头和漆料，并交付那些一直陪伴查理的娴熟工匠们。就在那日的第四时辰到那日的第十二时辰之间，他们在年轻的贵族和士兵的帮助下，修建了一座大教堂，有墙壁屋顶，有带格子的天花板和壁画。任何人看到之后都无法相信在不到一年时间就造好了这座大教堂。不过，在次日，有些城里的居民要求开门投降，有些要求纵然毫无制胜希望仍然对查理顽抗，或者更愿意增强防御抵抗查理。而查理征服、夺取和占领那城是如何轻而易举，兵不血刃，仅仅凭借技巧的手腕就克敌制胜，这些我必须留待别人去讲说了，就是那些不是为了敬爱，而是出于获利指望而追随陛下的人。

殉道者国王圣埃德蒙受难记

当国王埃塞尔雷德（Aethelred）在位的时候，某位十分博学的僧侣从圣本笃那里由南方漂洋过海而来，到了大主教登士丹（Dunstan）的座前，就在登士丹去世前的第三年。这位僧侣名叫阿勃（Abbo）。双方进行了会谈，后来登士丹讲起来圣埃德蒙的事迹。这些事迹圣埃德蒙的护剑官曾经给国王埃塞尔斯坦（Aethelstan）讲述过，那时候在场的登士丹还是一个小伙子，而护剑官却已经垂垂老矣。随后，这位僧侣在一本书里记载了整个故事，又过了些年头，这本书流落到我们手中，我们就把它翻译成为英文，如其现在所是。那位僧侣阿勃两年之后就返回故乡的修道院，就在那所修道院中马上被任命为修道院院长。

蒙福的埃德蒙，东英格兰人的国王，明智又尊贵，并以高贵的举止尊崇全能上帝。他如此谦卑，富有美德，毅然克己，以至于他绝不会向可耻的罪恶屈服，另外他的善行中也绝无越轨之处，总是谨守遵行正确的教义："别人推选你当主席吗？你不要自高；你在宾客中间，要与同席的一样。"[①]他对乞讨者和寡妇仁慈慷慨，犹如一位父亲，他总是引领他的人民以慈善捐赠达致公义，也惩戒恶徒，并与正统信仰快乐同在。

那时，发生了丹麦人乘坐舰艇入侵蹂躏的行径，这些丹麦人早已惯于在这片土地横冲直闯。在这次的舰艇入侵中，有大名鼎鼎的首领辛嘎（Hinguar）和胡跋（Hubba），他俩真是恶魔牵头的联合，他们在诺森比亚（Northumbria）弃船登陆，蹂躏那片土地，杀害当地人民。

① 《圣经》天主教思高本《德训篇》（32：1）。

随后，辛嘎和他的船队向东，而胡跋仍然盘踞在诺森伯兰（Northumberland），以残暴牟取胜利。之后，辛嘎以小艇来到了东英格兰，那一年高贵的阿尔弗雷德年方二十一（他将会作为西撒克逊人的国王获取荣誉）；上述的辛嘎如狼似虎地迅速肆虐大地，残害人民，包括男人、女人和无辜的婴孩，卑劣地摧残折磨无辜的基督徒。

旋即，他给国王送来了一个牛哄哄的消息，告诉国王如果还想保住小命，就带着贡品来低头认输。于是信使来见埃德蒙国王，快言快语地把辛嘎的信息带给国王："辛嘎，我们的国王，海洋与陆地上敏锐者与得胜者，众民的统治者，现今快要携大军来到此地驻扎，好和他的队伍在此过冬。现在，他命令你们马上与他分享你们的秘密宝藏，你们先祖的财富。并且，你要是想保命，还得成为他的附庸王，因为你没有足够的力量来对抗他。"

实际上，国王埃德蒙召集了离他最近的主教，向他咨询如何回复残暴的辛嘎。主教对于这个突如其来的噩耗恐惧不已，担忧国王的性命，就说看起来对他来说明智之举就是应该向辛嘎所要求他的命令屈从。这时，国王陷入沉默，盯着地面，然后王者风范地向他说了如下的言语："可悲啊，主教大人，这片大地上悲惨不幸的百姓陷入水深火热之中，我宁愿现在投身战斗，好让我的人民尽可能长久地享受他们的家园。"那位主教说："啊呀，我的国王，你的人民奄奄一息，你也没有可以鼓舞你战斗的援助，那些维京人会来，把你活活捆绑起来，除非你能够以战斗博得一命，否则你可能屈服以残存性命。"于是，如其一贯的勇气，国王埃德蒙说："我心意已决，我绝不会在我的领主们身后苟延残喘，那些维京人在这些领主的卧榻上杀死了他们，还有他们的孩子与女人。挑衅开战从不是我的作风，但倘如为了我的家乡，我绝不避死；全能的上帝知晓我从未偏离他的侍奉，或者远离他的慈爱，无论或死或生。"

说了这些话之后，他转向辛嘎所派遣的使者，无所畏惧地对他说："老实说，你现在应该受死，不过我不愿意用你的脏血玷污了我的清洁之手，因为我跟随基督，他立下了如此榜样；我也很乐意被你所杀，如果上帝定意如此。现在快滚回去，告诉你们那残暴的头子：'埃德蒙此生绝不向他这个异教徒长官辛嘎低头服输，除非他先接受此地的信仰，向救世主基督俯首。'"

于是那信使就快速离开了，在半路上遇到了全速奔向埃德蒙的大军，嗜血的辛嘎。他告知那可耻的家伙他得到了怎样的答复。辛嘎于是气愤地命令舰队俘获国王，因为他回绝了自己的命令，并且马上捆绑他。当辛嘎到达之际，国王埃德蒙站立在他的厅堂之上，满心都是救世主，撇下武器。他试图效法基督的榜样，因基督禁止彼得以武器对抗嗜血的犹太人[①]。那些可耻的人捆绑了埃德蒙，羞辱地嘲弄他，以手杖打他。然后他们把忠信的国王带到一棵结实的树前，以坚固的绳索把他绑在上面，又用鞭子抽打了他很久；在击打之间，埃德蒙持续地大声向救世主基督宣告信仰；那些异教徒因为他的信仰而变得疯狂愤怒起来，因他大声呼求基督支持他[②]。随后他们用各种飞镖投向埃德蒙，就好像他们的一场游戏。最后他全身覆盖满了他们的飞镖，就如同刺猬的刺一样，犹如塞巴斯蒂安。当辛嘎，残暴的维京人，看到高贵的国王不肯撇弃基督，而是以决然的信心向基督呼求时，他命令将埃德蒙斩首。这些异教徒就如此行了。即便在那时候，埃德蒙还是在呼求基督。这些异教徒带走这圣人去斩首，仅用

---

① 见《马太福音》(26:52)，耶稣对彼得说："收刀入鞘吧！凡动刀的，必死在刀下。"

② 埃德蒙在这里所行的，与耶稣基督在受难过程中的样式极为相似，让人一睹就能够联想到基督的受难。如何殉道，以及事后能否有奇迹发生，都是能否被封为圣人的关键。

一次就砍下了他的头，他那快乐的灵魂就奔赴基督了。那附近有一个人，被上帝所隐藏，没有被异教徒发现，他听到这些，并且如同我们这里的复述一样讲述了这个故事。

事实上，维京人又回到了他们的船上，用厚厚的荆棘把圣人埃德蒙的头给藏起来[①]，防止被埋起来。于是，过了一些日子，当他们离开后，那地方剩下的人们，来到他们的主人那没有头的身体所在的地方。因为他的死，他们的灵魂非常悲伤，特别是因着他们没有埃德蒙的头可以和其身体埋葬在一起。于是那位目击者，他曾经目睹整个事件，他说维京人带着那头颅，他好像看到（后来事实证明果然如此）他们把那头颅藏在树丛中。

随后，他们都集中到树丛中，在灌木丛和荆棘丛中，四处寻觅，看看能否在某个地方找到那个头颅。这也是一个伟大的奇迹，一匹狼被上帝的护理之工[②]所派遣，日夜守护那颗头颅，防止其他野兽的侵害。当他们一边前进，一边呼唤，犹如那些经常进入丛林中的人的习惯一般："你在哪里，我的朋友？"那个头颅回答他们："这里！这里！这里！"如此频繁的回音，回答着他们的每声呼唤，于是最后他们都来到那地，就因为这种呼喊。那头灰狼躺在那边守护着头颅，用他的两个爪子抱着头颅；纵然贪婪并且饥饿，但因为上帝的缘故，它却不敢品尝这头颅，而是保护着头颅，防范其他的野兽。这时，他们都惊讶于野狼的护卫，他们带回了那神圣的头颅回来，感谢全能者所有的奇迹。但是那狼跟随那些带着头颅的人，犹如是驯化的一般，直到他们回到了村庄，野狼才返身折回丛林。然后，人们把那头颅安置在那神

---

① 在耶稣受死前，也曾被嘲弄他的人带上用荆棘做成的王冠，戏称他是王。这里埃德蒙的头被荆棘所包裹，也是明显的相似。

② 上帝的护理是一个重要的神学命题。

圣的身躯之上,以当时他们力所能及的方式埋葬了,并且马上在其上建立了一座教堂[①]。

很多年之后,当掳掠止息、和平恢复到受欺压的人们身上时,他们又聚集在一起,建造了一座配得上的教堂,因为在埃德蒙的埋葬地经常发生神迹,甚至就在他所埋在的小教堂里。于是,他们想以公众的敬意抬起那神圣的躯体,再安放在教堂里。此际,发生了一件伟大的奇迹,就是他极其完整犹如活着的时候一般有一个不朽的身体。他的头颈先前被砍断过,现在也得了医治;那个地方,就是曾经断头之处,颈项上有一条如丝的红色线条,恰好给人们看出,他是怎样被杀的。除此之外,那些被嗜血的异教徒反复砍戮在他身体上留下的伤痕,也被天父上帝所医治;故此,他不朽地安眠直至今日,等候复活得永生的荣耀。他的躯体,就是安卧不腐的,告诉我们他在此世生活得清白,并无淫乱,并以清白的一生通向基督。

有一位寡妇,名叫奥斯雯(Oswyn),在这位圣人的埋葬地附近居住,多年祷告禁食。每年她精心且满怀爱意地为圣人理发,修剪指甲[②],并把这些头发指甲作为圣髑保存在祭台上的神龛中。该地的民众虔诚地敬奉这位圣徒,提奥德(Theodred)主教礼敬圣人,以金银为礼物尊崇教会。

后来,有一次发生了一件事,有些罪恶的窃贼在某日晚上八点来到可敬的圣人那里,妄想偷取人们放在那里的宝藏,他们费尽心机试图靠近这些财富。有一个贼用一把大锤强力地击打门闩;有一个贼用锉刀在四围磨锉门闩;有一个贼用铁铲从门下挖窟窿;有一个贼带

---

① 中世纪时,是否有圣髑是一座教堂名望的关键。

② 在基督教的东方教会里,也有一些类似的情况,圣人遗体继续生长头发和指甲,需要每年修剪。

着梯子想撬开窗户;但他们都徒劳无功,而且得到惨不忍睹的下场,因为那位圣人奇迹般地把他们都给定身了,每个家伙都呆立不动,拿着工具保持正在干活中的状态,故此这些蟊贼没有一个能做恶,也不能从那里离开,只好定在那边直到早晨。人们惊奇于这些恶棍停滞的样式:一个在梯子上,一个弯腰挖坑,每个家伙都在自己的位置上被定得牢牢的。随即,他们都被带到了主教那里,他命令把这些家伙吊死在一个耸立的绞刑架上。可是他没有回想起慈悲上帝借他的先知是如何说的,话是这样的:人被拉到死地,你要解救。[①]并且圣典禁止神职人员,无论是主教还是司祭,关涉偷窃之事务,因为赞同任何人的死亡都与那些被选定服侍上帝的人不合宜,如果他们是上帝的仆人的话。然后提奥德主教在查考了他的书籍之后,悲伤地忏悔他曾经对这些不幸的偷儿发出如此残忍的判决,直到他生命的终结他总是悔过不已;他诚恳地邀请人们与他一起禁食三天之久,祈祷那全能者赦免他。

在那地有一个人叫罗弗斯坦(Leofstan),在俗世富有,却藐视上帝。他极其嚣张地骑马来到圣人的神龛,并且非常桀骜地指令他们给他看那圣人,看看是不是完整无缝的。但是当他一看到圣人的身体,他立即发了疯,咆哮喧嚣,最后在一种可恶的死亡中悲惨地了解了此生。

这就与那个虔诚的教宗额我略在他关于圣劳伦斯的作品(这位劳伦斯埋葬在罗马)中所写的一样:人们,无论善恶,总欲知晓自身终结如何,但上帝阻止他们实现欲念。当一伙七个人在观看之际同时

① 《箴言》(24:11)。

毙命，其他的人才停止以人类谬误的方式观看殉道者①。

我们曾经在人们的谈论中听闻许多有关圣埃德蒙的奇迹，我们不会都写在这里；不过每个人都知道这些故事。凭借这位圣徒，以及凭借如他一样的那些圣徒，全能上帝显示出可以让人在审判大日从大地上全身复活的能力，他将护理埃德蒙身体的完整直至那大日，虽然他也是尘土所造之躯②。该地因为可敬的圣徒而得到尊荣，以至于人们都崇礼此地，以上帝仆人适宜的方式——侍奉基督——来供养该地，因为圣人比人们能够设想的更加伟大。

英国无法与上帝的圣人分离，因着在英伦的土地上安眠着如此的圣徒，例如这位圣人国王，还有蒙福的古柏(Cuthbert)，伊利岛的圣埃塞德丽达(Aethelthryth in Ely)和她的姐妹，都是身体完整，以此鼓舞了信心。还有许多其他的圣人，他们都行了诸多奇迹，也是众所周知的，他们颂赞了他们所信仰的全能者。基督通过他抬举的圣徒向人们显示，他就是全能上帝，独行奇迹，即便卑劣的犹太人全都否认他也无济于事，也因此犹太人都如其所愿地被咒诅。在犹太人的神龛不再有奇迹，因为他们不相信那活着的基督；而基督通过他的圣人在全世界行出这些奇迹，就向人们指明真信仰之路。故此，荣耀归于基督，和他的天父，以及圣灵，从永远到永远，阿门。

---

① 此处含义不详。猜测是当七个人以一种猎奇和质疑的心态观看，并且希图发现作伪的蛛丝马迹时，遭遇暴毙，因此如此说。

② 这里说明埃德蒙的奇迹用以表现在末日审判之际，死人可以肉身复活，以此反驳那些不相信肉身复活的说法。

凯德蒙的生平

在这位女院长的修道院里，有一位僧侣因为一件神圣的恩赐而名声显赫，因着他惯于创作有关宗教与虔诚的恰如其分的诗歌，不管他通过学者从圣书中学到了什么，过了很短的一段时间之后，他就能以最优美动人的旋律将之写成诗歌，并且是以英吉利语言创作的。因为他的诗歌，很多人的内心经常激发起对尘世的轻蔑，而向往属天生命的联结。而且，在他之后很多英吉利人也开始创作敬虔的诗歌，但是，却没有一人能够如他一般，因为他不是从凡人那里，也不是通过任何人学到的诗歌创作技艺，而是在上帝的助佑下，通过上帝的恩赐得到的技艺。因此，他从来不创作那些轻浮小调或空洞诗歌，而只作那些有关敬虔的、那些适宜他虔诚的声音去吟唱的诗歌。

他一直在世俗中生活，直到他年龄已经颇老，但他却从未学习诗歌。他经常参加宴饮，那时有一个取乐的酒令，他们都要在竖琴的伴奏下轮流唱歌。每当轮到他时，他就羞愧地离席而去，回到自己的家中。有一次，当他又如此行时，他离开宴饮之厅，来到了畜生栏，因为当夜由他看管照料。之后在某个时间，他已经安眠入睡，一个人站在他面前，犹如梦境之中，呼唤他的名字，向他问安，提名向他说话："凯德蒙，给我唱首歌。"他回答道："我不会唱歌，所以我才离开宴席来到这里，因为我什么都不会唱。"那个和他说话的人又说："无论如何，你也得给我唱点什么。"于是凯德蒙说："我唱什么好呢？"他说："给我唱唱造化大功吧。"当他刚得到这个答复，他就开始直接唱起来赞美造物主上帝的诗歌，而且是他从未听过的词曲，歌词是：

现今赞美天国守护者，

造物主的大能与其创想，
荣耀天父的工作，因他创立起初，
永恒的主，施行奇事。
他先为子民造了大地。
神圣造物主以天为穹庐，
还有中土之地，人类的守护者啊，
永恒的主，修整世界，
为人栖居，主乃全能。

之后，他从睡梦中醒来，在睡眠中所唱的都记得一清二楚，他马上又添加了一些同样韵律，也般配上帝的诗句。早上，他去拜会他的上司，就是当地的长官；他向他讲述了自己是如何获得这一恩赐的。长官直接把他带到了女院长那里，向她陈述了此事。于是她让所有最博学的人与学生都聚集起来，要求凯德蒙告诉他们他的梦，并唱出诗歌。这样，那些选出来的人就可以判断诗歌如何，从何而来。而他们众口一词，毫无疑义，这是上帝自己所赏赐的恩赐。当他们向他讲述一个神圣的故事，以及圣训之词，他们要他可能的话就把这些写成和谐的诗歌。当领受了这些信息后，他回到自己的房子，第二天一早又回来，向他们唱出了最曼妙的诗歌，如此完成了他们给予他的任务。

于是，女院长开始欣赏热爱上帝给予此人的恩赐。她建议并开导他离弃世俗生活，操起修道生活，他也同意如此行。她接受了他和他的所有之物进入修道院，成为上帝仆人中的一员。她建议他依次学习圣史及各故事。对于他能够听得懂的所有内容，他都反复思量，犹如一个洁净的动物反刍一般[①]，转化成为甜美的诗歌。他的歌曲和诗词听起来如此优美，以至于那些作他老师的人要记录下他口中所流出的诗歌，并且进行思索和研究。

他最初歌唱中土的创造、人类的起源，以及所有《创世记》的故事：就是摩西的第一卷书[②]。随后他歌唱以色列出离埃及的旅途[③]，进入应许之地，还有很多在正典书中所记录的神圣故事。他还创作基督道成肉身的诗歌，包括基督的受难、基督的升天，以及圣灵降临、使徒的教导；之后，他创作很多有关未来审判那日的诗歌，包括折磨人的刑罚之恐怖、天国的恬美。与此类似，他创作了许多有关神圣恩惠与审判的诗歌。在他所有的诗歌中，他迫切在意于把人从罪恶败坏中拖离出来，引导他们向上，追求热爱善行；这是因为他是一位非常虔诚的人，谦卑地委身于修道规章。对那些试图背离此道的人，他都是深恶痛绝的。故此，他以一种美好的方式结束了自己的生命[④]。

原来，当他死期临近，快要上路之前十四天的时候，他已经身体虚弱，孱弱不堪，但即便如此，他仍然能说会走。在他附近有一所为病人所用的病房，修道院的习惯是将体弱者与濒死者送到这个病房中，在那里照顾他们。于是，在他即将离开此世那夜的天黑时分，他请求照顾他的人在那所房子里给他预备一个地方，好让他可以待在那里。那个人诧异凯德蒙为何如是要求，因为看起来他的死期还没有临头；不过他还是按照凯德蒙所说所求的做了。

---

① 《旧约》里规定了部分动物是洁净的，因为这些动物是偶蹄并且反刍。

② 《旧约》的前五卷，据信是摩西所写，被称为“摩西五经”。其中第一卷是《创世记》。

③ 这是“摩西五经”第二卷《出埃及记》。

④ 临终之际如何是看一个人是否蒙恩的重要方法，故此详细记录了其临终的表现。

他到病房中去休息,满心欢喜地和那些已经在里面的人一起聊天嬉笑。刚过了半夜,他问他们是否还有圣体[①],他们回答他说:"你哪里需要什么圣体?你离去的时候还远着呢,你不是正和我们谈笑风生嘛。"于是,他又说了一遍:"给予我圣餐吧。"当他手持圣餐之际,他询问他们当中是否全都对他有和平友爱之心,并无可怨之事。他们都回答说他们对他一无所怨,并且他们都对他非常平和。然后,他们也对应着问他是否与他们喜乐相处。他回答他们说:"我的兄弟,我所亲爱的,我对你们非常满意,对所有上帝子民都非常满意。"[②]然后他领受了终傅礼得以坚强,预备好自己进入到另外的生命中。他还问起来,还需要多少时间僧侣们才起床颂赞上帝的慈爱,诵读晨祷。他们回答:"不久了。"他说:"哦,好的,让我们等待那一时刻吧。"然后他祈祷,并以基督的十字架的记号为自己划了十字,躺在他的枕头上,不一会儿,他进入睡眠。就是这样,他的生命结束了。就如同他曾经以清洁的心和沉静无瑕的虔诚侍奉上帝一样,他也以静谧之死亡脱离了此世,来到上帝的面前。他的唇舌,就是那曾经创作过许多赞美造物主有益之歌词的,也在对上帝的赞美中吐出了最后的话语,他还为自己划了十字,将自己的灵魂托付到上帝之手,这才去世。所以,差不多可以从我们所听闻的看出来,他对自己的死亡是有所预知的。[③]

---

① 临终索取圣体是一种传统。

② 这样濒死者与暂生者之间请求赦免和原谅是防止还有未解的怨恨和歉疚,妨碍濒死者进入天堂。

③ 这是一个典型的基督教的善终。

译名对照表

A

阿波利纳里	Apollinaris
阿波罗神庙	the temple of Apollo
阿勃	Abbo
阿达尔贝尔特	Adalbert
阿德里安	Adrian
阿尔比努斯	Albinus
阿尔弗里德	Aldfrid
阿尔昆	Alcuin
阿尔马奇乌斯	Almachius

阿尔奇弗里德	Alchfrid
阿弗利加努斯	Africanus
阿弗罗狄西亚	Aphrodisia
阿格蕾伊	Aglae
阿亨	Aix
阿圭拉	Aquila
阿加皮图	Agapitus
阿卡	Acca
阿奎利娜	Aquilina
阿雷佐	Arezzo
阿里乌	Arian
阿里乌派异端	Arian heresy
阿曼杜斯	Ametos
阿尼阿努斯	Anianus
阿涅塞	Agnes
阿庇利奥	Apilio
阿庇安	Appian
阿皮奥	Apio
阿皮亚	Apia
阿普利亚	Apulia
阿斯帕修斯	Aspasius
阿西西	Assisi
埃奥斯特温	Eosterwine
埃德萨	Edessa
埃菲法纳凯	Ephiphances
埃格伯特	Egbert

埃格弗里德	Egfrid
埃及的圣马利亚	St. Mary of Egypt
埃路西普斯	Eleusippus
埃塞尔雷德	Aethelred
埃塞尔斯坦	Aethelstan
埃塞琉斯	Ethereus
爱奥尼亚海	Ionian Sea
艾弗托希	Eustochius
艾克斯	Aix
安比奥	Ambio
安布罗塞	Ambrose
安德里亚卡港	the port of Andriaca
安坦浊斯	Antandros
安提阿	Antioch
安提帕特	Antipater
盎格林	Angeln
盎格鲁	Anglia
盎格鲁人	Angles
奥尔良	Orleans
奥雷娅	Aurea
奥利布里乌斯	Olybrius
奥普拉	Apuila
奥斯蒂亚	Ostia
奥斯维	Oswy
奥斯雯	Oswyn

B

芭比拉	Babilla
巴莱利乌斯	Valerius
巴勒斯坦	Palestine
巴里	Bari
巴伦西亚	Valencia
巴马修斯	Pammachius
巴塞尔	Basle
巴泽尔	Basil
班伯格	Bamberg
北方之人	Nordostrani
本尼狄克(本笃)	Benedict
比德	Bede
比斯科普	Biscop
彼拉多	Pilate
波菲利	Porphyrius
波吕斐摩斯	Polyphemus
伯大尼	Bethany
伯利恒	the town of Bethlehem
伯纳德	Bernard
柏拉图	Plato
博比奥	Bobbio
博俊古拉	Portiuncula
博洛尼亚	Bologna

C

查理曼	Charlemagne

D

大公信仰	Catholic faith
达尔马提亚	Dalmatia
达格努斯	Dagnus
达里娅	Daria
达玛苏	Damasus
达米昂	Damian
达奇安	Dacian
戴克里先	Diocletian
德罗戈	Drogo
德西乌斯	Decius
登士丹	Dunstan
狄奥尼修斯	Dionysius
迪斯	Dis
蒂布尔齐乌斯	Tiburtius
东盎格鲁人	East Anglians
都尔	Tours
多尔顿村	Dalton
多洛休斯	Dorotheus
多米蒂拉	Domitilla
多纳图	Donatus

E

额我略(格列高利)	Gregory
恩费达	Enfide

F

法比亚努	Fabianus
法兰克王国	Frankish nation
方若	Fanjeaux
菲利克斯	Felix
腓特烈皇帝	Emperor Frederick
奉献礼	the offertory
佛萨诺瓦	Fossa Nova
佛萨诺瓦的红衣主教斯德望	Cardinal Stephen of Fossa Nova
伏提庚	Vortigern
福尔克	Fulk
福卡斯皇帝	emperor Phocas
福莉古拉	Felicula
弗布斯	Phoebus
弗拉库斯	Flaccus
弗拉琉斯	Follarius
弗洛伦丝	Florence
弗洛伦蒂乌斯	Florentius
弗斯都斯	Faustus
弗斯提尼阿努斯	Faustinianus
弗斯提努斯	Faustinus

G

高地盎格鲁人	Middle Anglians
哥顿努斯	Gedonius
戈雷奇奥	Greccio
格列高利	Gregory
格里马尔德	Grimald
格尼撒勒	Genezareth
古柏	Cuthbert

H

哈德良	Hadrian
诃论	Haroun
赫各西普斯	Hegesippus
亨吉斯特	Hengest
洪诺留	Honorius
胡跋	Hubba
霍沙	Horsa

J

加拉	Galla
加拉略加	Calaruega
加利克	Gallic
加里纳利亚岛	Gallinaria
加略	Iscariot
迦南人	Cannanite

贾罗	Jarrow
《教父讲道集》	*Discourses of the Fathers*
教会史	*Ecclesiastical History*
教宗圣玛策林	Pope St. Marcellinus
教宗英诺森	Pope Innocent
日耳曼努斯	Germanus
君士坦丁	Constantine
君士坦丁堡	Constantinople
君士坦丁大帝	Constantine the Great

K

卡尔卡松	Carcassonne
卡洛曼	Carloman
卡帕多西亚	Cappadocia
卡普阿	Capua
卡萨玛里亚	Casa Mariae
卡斯蒂利亚	Castile
卡塔尼亚	Catania
卡西诺山	Monte Cassino
恺撒	Caesars
恺撒利亚	Caesarea
坎帕尼亚地区	Campania
康拉德	Conrad
康斯坦蒂亚	Constantia
寇朵拉	Cordula
科尔内留斯	Cornelius

科尔索涅斯	Chersonesus
科隆	Cologne
科斯杜斯	Costus
克莱图斯	Cletus
克劳狄(革老丢)	Claudius
克雷孟	Clement
克雷莫纳	Cremona
克罗尔德	Kerold
克罗玛提斯	Chromatius
克洛蒂尔达	Clothilda
克洛维	Clovis
库塞昂斯	Couserans
昆蒂亚努斯	Quintianus

L

拉德贡德	Radegund
拉撒路	Lazarus
拉特兰会议	The Lateran Council
拉韦纳	Ravenna
莱昂纳德	Leonard
莱维加纳	Levicana
莱茵教会	church of Rheims
朗格勒	Langres
老查士丁	Justin the Elder
老底嘉	Laodicea
勒兰岛	island of Lerins

雷吉纳尔德	Reginald
雷蒙	Raymond
雷内尔	Reyner
雷普罗比斯	Reprobus
李安迪	Leontius
李巴尼乌斯	Libanius
李诺思	Linus
利奥	Leo
利奥尼拉	Leonilla
利拜耳	Liberius
利比亚	Libya
柳特夫里德	Liutfrid
鲁本	Ruben
鲁菲努斯	Rufinus
罗弗斯坦	Leofstan
桑塔·马利亚·马乔里教堂	the church of Santa Maria Maggiore
罗曼努斯	Romanus
罗热	Roger
伦巴第	Lombardy
吕西亚	Lycia

M

马堡	Marburg
马大	Martha
马尔库洛斯	Marculus
马尔西亚努斯	Marcianus

马可	Marcus
马可·奥勒留	Marcus Aurelius
马克森提乌斯	Maxentius
马克西姆斯	Maximus
马克西米安	Maximian
马克西米努斯	Maximinus
马勒古	Malchus
马里迪科特	Maledicte
马立休斯	Maurisius
马迈尔提努斯	Mamertinus
马其顿	Macedonia
马切利亚诺	Marcellianus
马赛	Marseilles
马提拉	Martilla
马西安皇帝	Emperor Martian
马西迪亚娜	Macidiana
马克西姆努斯	Maximianus
迈拉	Myra
迈森侯爵夫人	the margravine of Meissen
麦西亚人	Mercians
梅路西普斯	Meleusippus
梅斯	Metz
蒙雷阿勒	Montréal
《蒙特福特伯爵事迹》	*Deeds of the Count of Montfort*
米兰	Milan
抹大拉	Magdalum

魔法师西蒙	Simon the Magician
莫鲁斯	Maurus
墨丘利	Mercury

N

纳博讷/纳尔榜	Narbonne
纳西昂	Nazianzus
尼波奇亚努斯	Nepotianus
尼古斯特拉斯	Nicostrarus
尼科美底亚	Nicomedia
尼塞达斯	Nicetas
尼西亚	Nicaea
涅尔瓦	Nerva
努尔西亚	Nursia
诺森比亚	Northumbria
诺森伯兰	Northumberland
诺森伯里亚	Northumbria
诺特	Nothus

O

欧洛希奥思	Eulogius
欧兹玛	Osma

P

帕福斯	Paphos
帕兰提亚	Palentia

帕斯卡西乌斯	Paschasius
帕特雷	Patras
帕维亚	Pavia
潘诺尼亚	Pannonia
潘塔鲁斯	Pantalus
佩鲁贾	Perugian
皮克特人	Picts
坡旅甲	Polycarp
普拉西度	Placidus
普路托	Pluto
普瓦捷	Poitiers

Q

奇里乞亚	Cilicia
切奥尔弗里德	Ceolfrid

S

撒迦利亚	Zacharias
撒克逊/萨克森地区	Saxony
撒克逊/萨克森人	Saxons
撒拉逊人	Saracens
萨拉戈萨	Saragossa
萨拉米斯	Salamis
萨摩斯	Samos
萨亚	Zoe
赛博利亚	Cyborea

赛琳	Celion
赛维林	Severinus
塞勒斯	Syrus
森瓦尔	Cenwalh
斯普西皮斯	Speusippis
司提反(斯蒂芬)	Stephen
苏庇西乌斯	Sulpicius
圣奥古斯丁会规	the Rule of St. Augustine
圣本笃	St. Benedict
圣卜尼法斯	St. Boniface
圣阿加塔	St. Agatha
圣多明我	St. Dominic
圣方济各	St. Francis
圣高尔修道院的诺特克	Notker of St. Gall.
圣基里科斯	St. Quiricus
圣吉拉希娜	St. Gerasina
圣凯瑟琳	St. Catherine
圣科隆班	Saint Columban
圣克雷孟	St. Clement
圣克里斯托福	St. Christopher
圣克罗切	Santa Croce
圣朗吉努斯	St. Longinus
圣劳伦斯	St. Lawrence
圣雷米	St. Remy
圣洛伦索	Saint Laurence
圣玛格丽特	St. Margaret

圣抹大拉的马利亚	St. Mary Magdalene
圣母升天日	the Assumption of the Blessed Virgin Mary
圣尼科麦德	St. Nicomedes
圣露西亚	St. Lucy
圣露西亚娜	St. Lucina
圣潘克拉斯	Saint Pancras
圣帕特涅拉	St. Petronilla
圣乔治	St. George
圣切奇利亚	St. Cecilia
圣巴拿巴	St. Barnabas
圣塞巴斯蒂安	St. Sebastian
圣提摩太	St. Timothy
圣味增爵	St. Vincent
圣西奥多拉	St. Theodora
圣西斯笃教堂	the church of St. Sixtus
圣西斯笃女修道院	the convent of St. Sixtus
圣谢拉皮翁	St. Serapion
圣亚历克西斯	St. Alexis
圣依拉利	St. Hilary
圣伊丽莎白	St. Elizabeth
圣尤斯塔斯	St. Eustace
圣哲罗姆	St. Jerome
圣朱利娅娜	St. Juliana
斯特立登	Stridon
施舍者圣约翰	St. John the Almsgiver
使徒圣马提亚	St. Mattias, Apostle

索西莫	Zosimas

T

塔尔苏斯	Tarsus
台伯河	Tiber
坦科	Tancho
特奥多鲁斯	Theodorus
特奥皮斯	Theopistis
特奥皮图	Theopistus
特拉	Tyella
特兰奎利诺	Tranquillinus
特里尔	Trier
特里夫斯	Treves
提奥德主教	Bishop Theodred
提多	Titus
图拉真皇帝	emperor Trajan
图林根伯爵	the landgrave of Thuringia
图卢兹	Toulouse
图密善	Domitian
托蒂拉	Totila

W

瓦莱里安	Valerian
瓦特伯特	Hwaethert
威格哈德	Wighard
威克特吉尔斯	Wihtgyls

威塔	Wihta
威特梅尔	Witmer
维埃纳	Vienne
维多利努斯	Vietorinus
维多利亚	Victoria
维纳斯	Venus
维斯塔	Vesta
维塔利斯	Vitalis
韦尔切利	Vercelli
韦林贝尔特	Werinbert
韦穆	Wearmouth
沃登	Woden
乌尔班	Urban
厄休拉	Ursula
乌尔苏斯	Ursus
五旬节主日	Pentecost Sunday

X

西比尔	Sibyl
希尔德里克	Hilderich
希尔迪加尔德	Hildigard
希加略	Scarioth
西奥多西厄斯	Theodosius
西多会	the Cistercian Order
西尔沙	Silena
西尔韦斯特	Silvester

西格弗里德	Sigfrid
西里亚库斯	Cyriacus
西门	Simon
西蒙·玛古斯	Simon Magus
西奈山	Mount Sinai
西塞罗	Cicero
西西里	Sicily
西昔尼乌斯	Sisinnius
席博特	Sigbert
辛嘎	Hinguar
叙拉古	Syracuse
叙利亚	Syria
宣道会	the Order of Preachers

Y

亚尔迦丢	Arcadius
亚迦布	Agabus
亚佳东	Agatho
亚历山大皇帝	Emperor Alexander
亚历山大	Alexandria
亚历山德罗	Alexander
亚维阿农	Alvianum
耶路撒冷	Jerusalem
伊利岛的圣埃塞德丽达	Aethelthryth in Ely
医院骑士团	the Order of Hospitallers
以弗所	Ephesus

以哥念	Iconium
以吕马	Elymas
以萨迦	Issachar
优提凯娅	Euthicia
优西比乌	Eusebius
犹大	Juda
犹太	Judea
尤菲米亚努斯	Euphemianus
尤卡丽娅	Eucharia
尤利塔	Julitta
尤斯蒂娜	Justina
尤斯图斯	Justus
约翰·巴莱斯	John Beleth
约翰娜	Johanna
约翰尼斯	Johannes
约旦河	Jordan
约瑟夫斯	Josephus

Z

扎霍伊斯	Zacheus
斋期	feast-day
詹姆斯/雅各	James
《赞美天父歌》	*Gloria Patri*
哲拉修	Gelasius
芝诺	Zeno
总理事会	the general council

朱利娅娜	Juliana
朱利叶斯	Julius
朱庇特	Jupiter
朱特地	Jutland
朱特人	Jutes

译后记

本书节译了中世纪圣徒传奇作品的代表作《金色传奇》和多篇圣徒传记，旨在使中国读者更多地了解西方中世纪文化的重要组成部分——圣徒崇拜这一传统的主要内容和特色，及其在不同文学类型中的独特呈现方式。其中，《金色传奇》部分由褚潇白翻译，圣徒传记由成功翻译。感谢华东政法学院丁宁老师审读全稿，也感谢华东师范大学中文系徐思远同学统一全书译名，并做了译名对照表。

本书的译者序有点长，不看也罢。这个译后记，其实也可有可无。独独正文，译者认为那饱满的信仰激情与朴实却不乏热忱的叙事风格对于日渐干瘪的当代人是一味猛药。在强调客观与价值中立的时代，这些叙事无疑显得格格不入。但是，对于人类灵魂与永恒的关注，难道不应该持有这种勇气和激情吗？需要反思的是，当信仰丧失了真诚，那么，剩下的还有什么值得持守？

两位译者都从事人类学研究，故此希望读者和我们一样，对于这些异质性的故事，不仅有他者的眼光，还能持内部的视角。我们邀约读者进行换位思考。通俗一点讲，就是穿越到当时讲述者和聆听者的世界中，感其所感，动其所动。要知道，当这些故事在撰写和讲述的时候，是作为某种超越性的真，感动着“在场的”人，让他们以此校对自己的价值判断，从而共同弥合在一个神圣共同体之内。如果读者偏执于自身的现代性经验和知识，就必然无法进入那个神圣叙事的语境。如果读者能够借着阅读这些文字，感受到那个信仰时代的某种“金色”，进而对当下的“灰色”心灵状态有所警醒，那么，也许会思考更多关乎生命和永恒的问题。

译　者

2012 年秋

图书在版编目(CIP)数据

金色传奇:中世纪圣徒文学精选 / 褚潇白,成功编译.
—杭州:浙江大学出版社,2016.2
ISBN 978-7-308-15365-2

Ⅰ.①金… Ⅱ.①褚… Ⅲ.①宗教文学—故事—作品集—欧洲 Ⅳ.①I507.3

中国版本图书馆 CIP 数据核字(2015)第 286284 号

金色传奇:中世纪圣徒文学精选
褚潇白　成　功　编译

责任编辑　谢　焕
责任校对　杨利军　陈　玥
封面设计　周　灵
出版发行　浙江大学出版社
(杭州市天目山路 148 号　邮政编码 310007)
(网址:http://www.zjupress.com)
排　　版　浙江时代出版服务有限公司
印　　刷　浙江印刷集团有限公司
开　　本　880mm×1230mm　1/32
印　　张　10.5
字　　数　253 千
版 印 次　2016 年 2 月第 1 版　2016 年 2 月第 1 次印刷
书　　号　ISBN 978-7-308-15365-2
定　　价　38.00 元

浙江大学出版社发行部联系方式　(0571)88925591;http://zjdxcbs.tmall.com